用文字照亮每个人的精神夜空

微信 | 微博 | 豆瓣　领读文化

黄子平 著 文学的意思

天津出版传媒集团

天津人民出版社

目录

序 / 1

第一辑 | 文学的意思

小引 / 003

有点意思 / 006

没意思 / 012

意思的"涌现" / 017

陌生化 / 023

意思和意义 / 029

意思的传达 / 034

谈误解 / 041

说隐喻 / 048

读空白 / 055

"摆过来摆过去" / 063

体裁的"误读" / 070

文学与印刷 / 076

第二辑 | 边缘阅读

我们就在题目当中 / 087

读生命的秘密 / 091

永远找下去 / 096

"文类之别"和"男女之别" / 105

到激流深处去探索 / 113

"圭臬之死"? / 123

好的中篇较多,好的短篇难寻 / 128

"新写实"来不及"主义" / 133

逃向散文之乡 / 138

中国前卫艺术 / 141

返向一个失忆的城市 / 148

坐下来看风景的旅行者 / 151

关于树和人的现代寓言 / 154

夜行者的灵魂之音 / 157

迷宫内外的小型流浪 / 161

你的行为使我们恐惧 / 165

阿城读威尼斯 / 168

被诗歌烧伤的人 / 172

语言之肺 / 175

闻多素心人，乐与数晨夕 / 181

红楼精神 / 186

悲天而且悯人 / 191

哲人兼痴人 / 196

古籍的新读法 / 200

"革命·爱情·死亡"的神话 / 205

聆听话题的声音 / 209

莫言的《丰乳肥臀》/ 213

世纪末寒夜中不灭的烛光 / 216

此恨绵绵无尽期 / 220

"百科"香港"童话"香港 / 225

语言中的生存秘密 / 229

"张腔""胡说"忆前身 / 231

沙之书 / 235

演戏或者无所为 / 243

书目和提要 / 255

第三辑 │ 害怕写作

害怕写作 / 267

以"体裁"为重点的文学教学 / 273

学诗以言志 / 283

更衣对照亦惘然 / 293

故乡的食物 / 311

宵夜、消夜与夜宵 / 327

批评的位置与方法 / 330

白话经典·八股眼光·才子文心 / 339

书评五则 / 351

读书小札 / 367

漫说"漫说……" / 378

如何在21世纪的香港用汉语写作 / 381

在词语的风暴中借诗还魂 / 397

喜欢阅读 / 412

序

这本书由我以前出过的三本小册子(《文学的意思》《边缘阅读》和《害怕写作》)合并而成,篇目有删减,但结构和文字没有太大的更改。

1986年,我和李陀、张辛欣一起到天津去,参加冯骥才他们《文学自由谈》的创刊座谈。大冯要我为刊物辟一专栏,我一向害怕这种要定期准时交稿的写作,挺犹豫,架不住陀爷和辛欣在一旁鼓励,就应承了。专栏最初定为《艺海勺谈》,缘由是我当时的住处是北大勺园,专栏里谈的却与"艺"呀"勺"呀没多大关系。待到李庆西、黄育海为浙江文艺出版社编"学术小品"丛书的时候,就以《文学的意思》作书名,忝列其中。这专栏文章开头几篇写得拖沓、啰唆,显见得是怕话题一下子说完了，无以为继，就慢节奏地扯闲篇，后来总算找到感觉了，才写得比较紧实。

在我看来，"意思"的同义词是"好玩儿"，"好玩儿"的同义词是"自由"，写作的自由和阅读的自由。"文学阅读是比文学写作更难以扑灭的地火，在岩层底下奔突、运行。在我们阅读的时候，自由回到了我们身上……在我们阅读的时候，日常的无聊、琐屑、绝望和厌倦不再包围我们，勇敢地生活下去不再是一句虚假而空洞的勉励。阅读，正如写作一样，都是以一个人的自由呼唤另一个人、另一群人乃至全人类的自由。"这是少年时无书可读的人生体验带出的表达。多年以后，我在豆瓣读到瓣友对这段话的引述，岁月荏苒，深感自己再也写不出如此"激情燃烧"的句子了。

《边缘阅读》是我在牛津大学出版社的第二本书，出版家林道群仍然是此书的责任编辑。简体版经《读书》吴彬女史的重新编排增删，纳入辽宁教育出版社的"书趣文丛"。这本书回归我的文学批评行当，具体而微地讨论作品文本，主要是在中国台湾和中国香港报刊写的书评，以及为自己和朋友的书写的序、跋。那些年"边缘"已经变成一个时髦的热词，在"边缘"挤着很多人，熙熙攘攘，直接把"边缘"变得比"中心"还热闹。为了警醒自己，我说，边缘不是与中心僵硬对立的固定位置，边缘只是表明一种移动的阅读策略，一种读缝隙、读字里行间的阅读习惯，一种文本与意义的游击运动。我希望收在书里的这些文字，真的实现了这一阅读策略。

《害怕写作》是中国香港天地图书公司的颜纯鈎策划的"香港文学评论丛书"之一种，简体版经由席云舒引进到江苏的凤凰出版集团。书名误导了一些家长，以为是一部指导写作的教辅书。一些朋友很喜欢这个书名，后来我发现都是些跟我一样写了一辈子也没写多少的人。于是我赶忙辩正，说虽然害怕写作，却是喜欢阅读，说没有喜欢的害怕不是真害怕，没有害怕的喜欢不是真喜欢。"把文学当工作是危险的，必须畏惧话语的力量。"（卡内蒂）对语言心怀敬畏，只因语言的展演或施为，会在他人或人群中产生效应。当然，我很沮丧，在语言暴力四处泛滥的网络时代，已经没有人在乎这一点了。

显而易见，这些写于不同年代的文字放在一起，最大的特点就是文体驳杂。若要找一个统称，勉强可归为"随笔"。随笔的好处是不拘一格，灵活多变，可以离题再离题（对离题的离题），可以古今中外地引用而不加注释。学术论文的引文是为了证明自己有资格在一个有学术规范的学术团体里写作，证明"我跟你们是一伙的"。随笔的引用单纯是"这话他比我说得好"，"我没法比他说得更好了"，是借他人的嘴说自己的意思。这本书里也许难免有一两篇带学术腔的文字（也许真没有），我建议像我一样厌烦"塑料味"的读者，跳过不读。随笔是体现写作自由的最佳文体，呼唤的正是不可扼制的阅读自由。

此时此刻，我想感谢很多很多的朋友，上文提到的诸君，有的去了遥远的国度，有的已经多年未曾谋面了。我思念你们，一厢情愿地想象，我们还在一个"不成其为共通体的文学共通体"里阅读和写作。我要特别感谢领读文化的康瑞锋，没有他的鼎力促成，这本书的面世是完全不可能的。

2022年3月6日于珠海唐家湾

第一辑 文学的意思

小引

作家们经常碰到的一个提问是："为什么写作？"回答当然是"五彩缤纷"的，或严肃或真挚或激昂或抒情或幽默。据说，最聪明而又俏皮的回答是一句反问："为什么不写？"

人们却很少想到要问问文学读者："为什么阅读？"也很少想到，如果问到你，你会怎样回答？

显然，读的人毕竟比写的人多（有人说"写诗的人比读诗的人多"，对这句开玩笑的话我们不必认真）。读者不一定写，作者却一定在读。实际上，在他开始写之前，他已经读过很多了。他的"读龄"比"写龄"长，正是文学阅读把他引上了文学写作之路。上路之后，也还是读书的时候多于写书的时候。"阅读先于写作"，不仅就作者个人而言是这样，而且就整个文学系统来说，也是这样。没有阅读的写作是不可想象的，即使写出来只是给自己读或心爱的人读。实际上，在作家一边写的时候，他就在一边读自己的作品。

大多数人都并非为了学会写作才阅读。我们只是"文学生产"的"消费者"。可是，当我阅读的时候，不是在一定程度上重复了作家的写作过程么？我不是在进行某种再创造么？"白纸黑字"不是由于我阅读的目光才"活"了起来，组织成"作品"吗？

因此，作家们回答"为什么写作"时，实际上也隐约地回答了"为什么阅读"。他们的"五彩缤纷"的回答，在某种程度上也是我们文学读者的回答。假如真的碰到有人屈尊向我们提问，我们也满可以既聪明而又俏皮地来上一句反问："为什么不读？"

是的，阅读已成为我们理所当然的一种生存方式，一种无法阻遏的愿望和需求。你会想起茨威格的《象棋的故事》，一位关在单身牢房里的囚犯如何发狂般地读那本偶然落到手里的棋谱！阅读，是个人与整个人类的精神文明的"接通"。只需回想一下那个"焚书坑儒"且规模史无前例的年代就行了。文学阅读是比文学写作更难以扑灭的"地火"，在岩层底下奔突、运行。在我们阅读的时候，"自由"回到了我们身上，饱受凌辱的心灵受到抚慰，被暴行和不公正所分离所隔绝的人们又在共同的召唤下聚集。在我们阅读的时候，日常的无聊、琐屑、绝望和厌倦不再包围我们，"勇敢地生活下去"不再是一句虚假而空洞的勉励。阅读，正如写作一样，都是以一个人的自由呼唤另一个人、另一群人乃至全人类的自由。正如一位哲人所说，"因为写作的人不惜劳驾动笔去写，这个事实就说明他承认了他的读者们的自由；又因为读书的人仅凭他翻开书本这个事实，就说明他承认了作家的自由，因此艺术创作，不管你从哪个方面探讨它，都是一种对人们的自由寄予信任的行为"。这样，企图奴役读者或讨好读者的写作不可能是真正的写作；同样地，只有不甘被奴役和不愿被讨好的阅读才是真正的阅读。

文学的媒介是语言。文学的写作和阅读实际上构成一种语言交流活动。而语言只能是"我们"的语言，"我"通过写作或阅读加入"我们"之中。在文学活动中我和语言互相渗透，"我"的界限被打破了，我开放自身，在与"我们"的交流中超越了自己的个体存在。语言本身是一个不透明的、深不可测的世界，其中积淀着一个个古老的民族的文化和内心生活。阅读使我潜入这个世界的神秘幽深之处，使先民们、父老们、兄弟姐妹们的痛苦、希望、愤懑和幻想汇入我的人生体验，我却消失在人类普遍情感的激荡之中，在刹那间沟通了永恒。因为我进入了那个从远古就讲起、还要世世代代讲下去的故事之中，我也成了这个唯一的故事的讲述者。它讲述人类存在的庄严和悲剧性，讲述灾祸、罪恶和死亡，讲述生命、爱情和青春，讲述已经走过的和还要走下去的漫漫长夜、漫漫长途……

阅读，正如写作一样，是用语言呼唤我们生命深处共同的回忆，正是这古老的记忆，把我们被日常分工所割裂、所隔绝的个人联结到一起，去面对人类共同的困境和前景。这就是我所说的文学的"意思"、文学的根本价值。当我们回答"为什么阅读"时，正如作家们回答"为什么写作"一样，实际上都是在回答："人类为什么需要文学？"

当你与这个问题相遇之后，你的阅读就不再处于一种盲目的、被"灌输"、被诱惑的状态了。你成为一个自觉的、积极的、创造性的读者。你寻求文学作品的"意思"，你创造它们，加入文学"意思"的生成之中。于是你开始关注在什么情况下作品是"有意思"的，"意思"是怎样在阅读进程中涌现和传达、组织和调整、老化和复活，你是怎样跟"文学语言"这个怪物打交道的……你发现，甚至在文学活动这样一个相对狭窄的领域里，人类通过如此复杂的写作和阅读，也在艰难地、坚韧地争取着实现着自己的自由。

你会想，是呵，"为什么不读？"

有点意思

我有一位同学,有人给她介绍对象。第一次见面之后,介绍人问她:"怎么样?"笑而答道:"有点意思。"此后的发展不消说得,自然是很美满的。

另一位同学,是写小说的。平时大家在宿舍里聊天,聊到热闹处,他会跳将起来,去抽屉里拿笔记本,口中念念有词:"这有点意思。"看来,又不知什么素材被他捉了去也。

发现"意思",应该说是我们人类的本能。并不是到了谈恋爱或搞创作的时候,我们才瞪大了眼睛,耸起了耳朵。现代心理学的研究告诉我们,一个只有十四天的婴儿宁愿看有图案的卡片而不去看"一张白纸"。一周到十五周的婴儿对复杂的图案比简单的符号更感兴趣。四个月后的婴儿尤其喜欢看人脸的模型,而不爱看拆散的积木。显然一张脸对婴儿说来是最有"意思"的,它意味着爱抚、进食、安全,或者相反。长大成人之后,从墙上的雨迹、树干上的疤痕、摘了门窗的土屋、半夜的窗玻璃以及在好梦或噩梦中,我们最容易"发现"的形象就是一张脸。

那些有"意思"的东西,总是与我们的生存境况最密切的东西。在远古,我们的祖先(燧人氏和神农氏们)聚居在"山顶洞"中,不断地从一片黑暗中发现"意思"以保存自己、发展自己。那是什么？是敌人还是可以猎捕的动物？这种植物是可以食用的吗？我们现在在什么地方？到哪里去寻找可以敲出火星的石块？

多少年过去了，我们仍在重复着同样的程序。红灯意味着"站住"，绿灯意味着"放行"；一个大感叹号种在路旁是"危险慢行"，一个骷髅头下边两根交叉的腿骨是"有毒"；爸爸瞪眼，说明想吃第五个蛋卷冰激凌的愿望落空了；老师扔粉笔头，说明刚才做的小动作被他看见了；小说获奖了，嗯，照这样写下去还能叫好；"挨批了"，——那就有点不妙，是不是上头又有什么精神？

对这些"意思"的疏忽，都可能不利于我们的生存。这种反应——倘要"寻根"寻得彻底——早在多少亿万年前的原始单细胞生物那里就开始了。这也许太夸张了。但这些单细胞生物能够从什么是有营养的和什么是没有营养的这个角度与它们的环境发生联系。从"阿米巴"到爱因斯坦，据说只是"一步之差"，但这一步是"世界历史"的一大步。生存，对人类来说，早已不单是一个"自然"问题，而且是一个"社会"问题。

那么，当你在觉得有"意思"的地方却找不着"意思"时，会怎样呢？游园晚会上，你对着一个灯谜发愣；老师把你叫到黑板前去演算一个方程式，你准知道身后有好多幸灾乐祸的眼睛；某个古怪问题偶然闯进你心里，拂拭不去，却百思不得其解。诸如此类的境况之中，你会怎样呢？我会发出咒骂（出声的或不出声的），我感到焦虑，感到困惑，感到愤怒，我于是体验到一种挫折感。

可是，当你终于猜出了谜底，演算正确，找到了答案，你便解除了紧张，你享受到了一种快慰。发现"意思"的过程，常常就是一个由紧张而快慰的过程。当今世界上的无数赚钱或不赚钱的玩意儿，无不建立在这种人们心甘情愿地经由紧张而快慰的心理事实之上；魔方、家庭百秒知识竞赛、九连环、推理小说、侦破影片、"欲知后事如何"，等等。你相信案子总会水落石出，凶手总能捕获或击毙，好人定有好报而有情人终成眷属。挫折总是暂时的，合理的结局迟早要奉献在你面前。编导和作家不过是在"卖关子"，他们知道这能卖钱。六岁的孩子也晓得在电视机前安慰奶奶："别着急，会有人来救公主的！"

在日常生活中，可没人担保到了"下回"就定能"分解"。猜不出的谜、解不了的方程式、找不到答案的题，多的是。并不是每一件失物都有人招领，许多恶人也得享天年，寿终正寝。有时人们会问你一些刁钻古怪的问题：先有鸡还是先有蛋？屋子着火了，先救你妈还是先救你老婆？诸如此类，不是没法回答就是很难回答，你怎么办？你会嘟哝一句："无聊！"然后溜之大吉。你把它们"搁一边儿去"了，对之敬而远之。第一个问题不管答案怎样，都不影响我吃鸡或吃蛋。第二个问题，唉，到时候再说吧，当然，要做好防火工作……

但是，许多时候，有些问题没法"搁置"。它打上门来了，它迫在眉睫，不容忽视。需要面对着它，跟它肉搏，需要把那点"意思"弄明白。高考试卷上的一道大题（25分！），事关人生道路的重大转折，你玩儿了命也得把它做出来。如果哪里出了毛病，你会从头到尾检查，一遍又一遍地重复解题的步骤，找出可能疏忽的地方。要是绞尽脑汁、精疲力竭也还找不出毛病，你就会变得十分绝望、恼怒、沮丧。在日常生活中，我们程度不一地，会陷入这位倒霉的考生的境地。在应该有"意思"的地方找不着"意思"，我们说："全乱了套了！"下水道不知在哪里堵住了。没停电，保险丝也好好的，可是灯不亮。领导对你不满意（这次涨工资又没你的份），可又不知为什么。丈夫变得冷淡起来，是不是有了"第三者"？稿子退回来了，退稿信还是那几句铅印的套话。理想破灭了，人生的意义是什么？写封信给某杂志："生活的路呵，为什么越走越窄？"

小问题找不着"意思"是小麻烦，大问题找不着"意思"则是大麻烦。焦虑可能发展为危机感，发展为心理的失调、病态。一次又一次地重复过去采取的步骤，被心理学叫作"偏执"。用言语和行为表现出粗鲁被称作"敌意型"。对自己解决问题的能力失去信心，叫作"忧郁症"。把事情的好坏归因于天意或别人的阴谋，这叫作"妄想型"。退缩到自己能够控制"意思"的纯幻想中去，这叫作"压抑型"。在生活中丧失了必要的"意思"可能导致伤害他人或伤害自己。

大多数人都能容忍自己生活中一定数量的没"意思"或杂乱无章，否则，你真的没法儿活。人们在习以为常的"意思体系"中，活得有滋有味的，自得其乐。那些硬要在没有"意思"的地方找出"意思"来的人，比如为一个什么"猜想"写了六麻袋稿纸的数学家之类，常被人视为"疯子"。而那位"披阅十载，增删五次"，呕心沥血写什么"梦"的落魄文人，也自我感叹道："满纸荒唐言，一把辛酸泪；都言作者痴，谁解其中味？"惹得天底下不少痴男痴女，也陪着掉了不少辛酸泪。

在日常生活中丧失了必要的"意思"的人，和不满于既定的"意思体系"，致力于发现和创造新的"意思"的人，其实是两类不同的人。但是人们常常混淆不清，一律以"痴""傻""狂""呆"称呼之。

文学艺术作品是作家、艺术家对世界的一种把握的产物，是他们对自己认为有"意思"的东西的一种表现。意味深长的是，它们有时候作为日常生活中"没意思"的部分的代替物或补充，有时则作为这

"没意思"的部分的逃避或反叛，而成为我们不可缺少的"精神食粮"。于是文艺作品常常是某种"荒唐言"与某种"其中味"的古怪统一。

可是，无论如何，文学作品是被人们普遍地认为必定有"意思"的东西。生活中许多没"意思"的东西我们可以容忍，但如果说某部作品"毫无意思"，这就是一个很厉害的指责。所谓"意思"，依据不同的理论，可以理解为"主题""思想意义""韵味""境界""好玩"，等等。白纸上的黑字排成了行，这就是说，总要告诉我们点什么。寻找"意思"是我们与生俱来的天性。在小学里语文老师又教会了我们怎样归纳课文的"主题思想"。长大了，我们听说"主题的多义性"有可能比"主题鲜明"更棒。甭管"多义""单义"吧，反正一篇篇自命为"小说""散文""诗"的那些东西，理所当然地是应该蕴含着"意思"的。如果找不着，我们会说："令人气闷的朦胧！"

其实，无论是明白晓畅的作品，或艰涩难懂的作品，还是故弄玄虚的作品，都是建立在我们这种认定只要是作品就会有"意思"的心理之上的。契诃夫有一篇小说，公然标题为《没意思的故事》，他知道读者决不会因此掉头而去，恰恰相反，这位读者翻开书一看："哎，《没意思的故事》，真有意思！"读完了一想，果然这小说是大有深意在。

我们的头脑顽强地固执地要从认定有"意思"的地方发现"意思"。有一位反对"朦胧诗"的批评家曾经做过一个很得意的实验。他从莎士比亚的十四行诗集里胡乱摘了几句诗，再从雪莱那里摘了几句，又从当代某青年诗人那里摘了几句，像洗扑克牌一样打乱之后，排成一首"诗"，然后拿给一位"朦胧诗"爱好者看。这位无辜的爱好者连叹"好诗！好诗！"这个实验确实是很有趣的。读者诸君不妨重复一下，但要尽可能多排列出不同的组合方式来。你会惊奇地发现，在这样胡乱拼凑出来的"大杂烩"里，至少有一多半是能够"看出点意思"来的，而且既俏皮，又新鲜，蛮有"现代味"。你的头脑参加了"诗"的创造，你在填补诗句与诗句、词与词之间的空白，你在整理杂乱无章的字句时加进了自己的"意思"。

我无意推荐一种制造艺术赝品的速成技术。我只想说明，现代艺术尊重并且力图激发读者的这种创造性。划分什么是严肃的艺术试验，什么是故弄玄虚的造作，似乎越来越困难了，但标准总是存在着的。作家应该把读者对浑浊、膨胀、杂乱无章的"耐受能力"估计在内。他必须在纷纭复杂与有机和谐之间寻求一种不那么可靠的平衡。他相信，他的编码方式是能够被一部分译码的人们所接受的。谁愿意自己的作品被所有的人"搁一边儿去"呢！让所有的人都觉得很有意思似乎也不可能。智利诗人聂鲁达说过："如果诗人是个完全的非理性主义者，诗作只有他自己和爱人读得懂，这是相当可悲的。如果诗人仅仅是个理性主义者，就连驴子也懂得他的诗歌，这就更可悲了。"我们中国的大画家齐白石说过大致相同意思的话："作画妙在似与不似之间，太似为媚俗，不似为欺世。"

至于我们，作为读者，明智的做法是不要轻易抹杀自己"不懂"或"不习惯"的作品。如果我们不愿意花费精力去习惯它或弄懂它，也大可搁置了事，不必表示愤怒或者沮丧。但是更好的方式是充满了信心，因为艺术家只是以他个人的方式对人类的共同生活做出反应，我们依据自己的生活多多少少也能理解这种反应。我们必须生活在一个可以理解的世界里，又不会满足于生活在一个仅仅是可以理解的世界里。那些善于发现新的"意思"的人，善于创造新的"意思"的人，扩大着我们的视野，赋予我们新的眼光，去认识世界，认识我们自己。这些人，是世界上最有"意思"的人。

没意思

在电影院里,你听到一对恋人边看片子边嘀咕。最后,女的说:"没意思,咱走吧!"椅子咣当一声,他们出去了。你却津津有味地看到终场灯亮。这天下午连放两部片子,第一部讲十七岁少女的初恋,第二部讲孤独的女教师凄凉的晚景。这第二部片子刚开了一个头,退场者就陆续咣当而出。显然,都是些年轻人。而你,却看得老泪纵横……

蒋捷的《虞美人》词曰:"少年听雨歌楼上,红烛昏罗帐。壮年听雨客舟中,江阔云低断雁叫西风。而今听雨僧庐下,鬓已星星也!悲欢离合总无情,一任阶前点滴到天明。"少年、中年、老年,这是时间的推进;歌楼上、客舟中、僧庐下,则是空间的位移。同是一"雨",便听出种种不同的"意思"来。

"意思"的有无深浅浓淡,依一定的情感经验态度动机和价值体系而转移。当我们说,每次重读某部名著时都发现了一些新的"意思"时,名著本身并没有丝毫变化,而是我们的情感、经验、价值体系有了新的调整。"参照系"变了,"意思"也变了。

当有人说某部作品"没意思"时,我们不要忘记考虑,他依据的是什么样的"参照系"。很可能他刚跟老婆吵了一架,正怄气呢,看什么都没意思。不出半个钟头，两口子言归于好，他又会钻到床底下去找刚才扔掉的书，咂吧着嘴读将起来。要是他并没有跟谁怄气，不但心情平静，而且读得又细致又认真，也可能这本书真的没意思。所谓"真的"没意思，也只是意味着，我们相信他与我们持有大致相同的参照系。显然，持另外一种参照系的人，比如这本书的作者吧，绝不会同意我们的看法。至少在他写作的时候或领取稿费的时候，这本书是大大的有意思。

哲学史上有个著名的难题："森林中有一棵大树，倒下时周围空无一人，那么这时是否有声音呢？"这个问题依据不同的参照系，至少有两个答案：在物理世界里，大树倒下当然会引起空气振动，因而这时显然有"声波"；就心理世界而言，既然无一人听到它倒下，那么这时并没有"声音"。我们在这样的问题面前感到为难，是因为不善于区分出不同的参照系，然后依据不同的参照系得出不同的"意思"。我们有时会在不同的参照系之间犹豫不决，被"两者必居其一"的思维习惯所束缚，不愿意承认不同的"意思"都可能是合理的。

只需环顾四周，你会发现，每一个人都拥有自己觉得最有"意思"的领域。球迷们对球星在每一场比赛中的表现了如指掌，你对他们的狂热表现总感到大惑不解。影迷们津津乐道于明星们的一举一动，直到私生活的一些细节。在集邮门市部门口你会发现小小邮票构成了多彩奇瑰的世界。在湖边你了解到各种鱼饵、水流、鱼的习性等等大有学问。老烟鬼闭着眼睛也能区分香烟的牌子甚至产地。美食家可以就佳肴与你聊上几小时。你仿佛闯入了一个从前并未注意到的全新的世界，你还以为那里没多大意思呢。你觉得更有意思是另外一些问题，就拿国际政治来说吧，美国的星球大战计划，两伊战争，中苏关系正常化的三大障碍,你侃侃而谈,可是轮到别人却感到意兴索然。人们按照一定的"意思圈子"聚在一起交谈。"圈外人"可以说那没什么意思,却不能否认那圈子存在的合理性。游离于一切圈子之外的人是危险的,差不多这个人自己就没什么意思了。

在什么样的情况下我们会发出"没意思"的抱怨呢?

有时候是由于我们的无知。无知这词在这里不是贬义,当然也并非褒义。我们不可能像上帝那样全知。"百事通"对第一百零一事就不那么通了。多才多艺、知识渊博的"全才"也仍然所知有限。任何无知都意味着一种局限。当我们出于无知而说"没意思"的时候,只不过暴露出自己的某种局限。这种暴露有时是无伤大雅的,有时却难免被人嗤笑。然而,任何"意思"都依据一定的"译码系统"而得出,一个毫无局限的人,见了什么都一概连呼"有意思",不被视作怪人才怪呢。

因此无知经常得到原谅。妨碍我们得出"意思"的,更有"比无知离真理更远"的偏见。偏见是理论化了的无知,是用理论武装起来的无知,是"强不知以为知"。持有偏见的人坚持自己的价值体系的精神是可敬佩的,但他抹杀这一体系之外的一切体系存在的合理性,他认为按照他的方式来整理的世界才是可理解的,他种方式的整理在他看来是不对头的、别扭的。我所不通晓的外语对我来说只是一串毫无意义的音节的连续,这是由于我的无知。然而汉语里头保留下来的"胡说""胡扯""胡言乱语"等词,就表现了古人对少数民族语言的不理解以及由不理解而形成的偏见了。

有时候则是由于厌烦。千篇一律的、单调的刺激使我们变得麻木。我们说"没意思",是说缺少新意,"唉,老一套!"厌烦使我们失去对刺激物应有的敏感，这一点有时会造成可怕的后果。在流水线旁工作的工人，驾驶长途汽车的司机，当他们失去对"意思"的把握时，往往酿下了重大的事故。以前人们以为笔直的公路是最好的公路，现在人们发现在笔直的公路上事故发生率最高，因为路上缺少打破司机厌烦的必要刺激，缺少"意思"。人们在高速公路两旁设置一些醒目的变化丰富的标志、凉亭、花坛等等来改善这一点。厌烦是激发人类创造性的必要心理因素。无法摆脱厌烦心境的人，世界于他是索然无味的。他陷入一个可怕的处境。这时，变"没意思"为"有意思"，不消说其重要性就不亚于"救死扶伤"了。

文学艺术是人类与世界缔结的一种"有意思"的关系，也是人类对自身感到"有意思"的一种确认。就文学艺术的本性而言，它所不懈地与之搏斗的对象，正是种种侵蚀着我们的感觉、情绪、意兴的"没意思"。它从"没意思"中唤醒我们，使世界重新显现出意义，显现出新鲜而激动人心的一面。

因此文学艺术不得不生存于一种张力场中：一方面它必须是与我们已知的经验世界相联系，必须拥有与我们大致相同的参照系，它不能以居高临下的姿态嘲笑我们的无知，也不能以一种全然陌生的面容出现在我们面前；另一方面它又必须打破千篇一律的单调，必须是对世界的新整理新组合，它不能人云亦云地重复人所共知的东西，也不能淹没在我们以往的经验世界之中而无从辨认。

同样地，文学艺术还不得不与偏见搏斗。当文学艺术沦为偏见的说教工具的时候，不但变得索然无味，而且面目可憎。

世界之所以是"有意思"的，是因为人在这个世界中看到了自己，是因为世界以人为尺度呈现在人的面前。文学艺术是对"有意思"的肯定，因而不能不是对非人的、疏远人的世界的抗争，不能不是无知、偏见和厌烦的解毒剂。

正是在文学艺术中，世界同时变得亲切和陌生，但最终是变得亲切了。变得亲切是由于它消除了我的某种无知，以往从未进入我的意识域的东西突然向我微笑了。变得陌生是由于它使我从一个前所未有的角度凝视世界，世界从我的司空见惯的鼻子底下推到一个可以端详的距离上，我不能自欺欺人地对之视而不见了。重新端详的目的是为了在我和世界之中寻找新的平衡与和解，因而最终是变得亲切了，尽管这是一个仍需继续下去的进程。

文学家、艺术家不懈地与世界的"没意思"搏斗。这并不排除他们也时常制造着（甚至是大量地制造着）"没意思"。但是，我们已经深深知道，使世界变得"有意思"的是人，是创造着的人，是争取自由的人。因而，为了保证文学艺术"有意思"，文学家、艺术家应该是"有意思"的人，而我们——读者、观众、听众，也应该是同样日渐变得"有意思"才好。

意思的"涌现"

"zháo huǒ la ～～～"

你跳起来撒腿就跑,你冲出房门,冲下楼梯,冲到了安全地带。你那样快就从那三个音节中获得了信息并且做出了反应,其迅速敏捷令你自己都感到吃惊。你发现,你自己听到的并不是什么音节,而是"着火啦"这么个惊心动魄的警号,蕴含着一系列与身家性命有关的"意思"在里头。

"听",正如"看"一样,不是什么纯粹的感觉,而是"有意思的感觉",即知觉。

如果把感觉比为语音,那么它本身并没有什么"意思",必须依赖于听者把它组织成句子来解释。根据这种观点,感觉不过是经验的原料,要靠意识去理解。你会说,我们日常听到的并不是什么"音节",有待于"翻译"成有意义的概念;我们经验到的也不是一大堆质料、广度和强度,再把它们有意识地构成一个蕴含了"意思"的对象世界和事件世界。你会说,在我们的日常生活中,"意思"仿佛是自动涌现的,即时到来的,仿佛我们并不是感觉到刺激而是知觉到对象、时空和事件,我们的头脑似乎是为知觉而不是为感觉准备的。

可是，在我们能够知觉之前毕竟必须先感觉，否认知觉必须以感觉为基础是不对的。只不过是由于整个心理过程的"紧缩"使我们难以觉察到有那样的感觉活动罢了。

你阅读这一段文章的时候，至少是"整句整句"地读的，你把握的是思想和意义，而不是词和字，更不是笔画。我们是在知觉有意义的对象而不是在经验原始的感觉印象的简单集合。"意思"的自动涌现仿佛是在"不知不觉"中进行的。由于多次的经验积累，我们能够迅速快捷地、熟练地把感觉材料组织成"意思"。

现代心理学的研究成果进一步表明，影响我们的知觉的，不仅仅是经验到的原始感觉，而且有动机、态度、生理状态、个性特点乃至文化背景，也就是说，几乎每一种心理过程都可能或多或少地"掺和"到我们的知觉之中，在我们听和看的时候，不单我们的耳和眼，连同我们的全身心，以及我们的经历等等，都参加了使"意思"涌现的过程。

显然，"意思"的涌现有快有慢。从"一目了然"到"百思不得其解"，可以列出许多不同的等级来。无论快慢，其"涌现"的程序应该是大致相同的。

首先，你得有一种寻找"意思"的意向、需要、愿望、目的，也就是说，你得确认确实有某些"意思"存在于对象之中。西谚有云："不愿意看的人比瞎子还瞎，不愿意听的人比聋子还聋。"偏见使我们视而不见，这一点我们已经讲到过了。屋角放着一根木棍，你从来也没有意识到它的存在，只是在强盗要破门而入或是从哪里窜出来一只耗子的时候，你发现了它的用途。这是另一种情况。由于问题或任务的存在使我们致力于寻求"意思"。科学史上一个有趣的例子，讲的是一位生理学家抱怨道："我已经解剖了一千只兔子，什么也没找到！"

他的同事回答他："因为你什么也没想到要找呀！"

因此，那些抱了目的去"下生活"的作家是无可非议的。你可以非难的是他的目的不对头，他的目的过于狭窄或过于功利，你却不能指责他抱有目的。过于狭窄的目的可能限制了他的视野，或者使"意思"涌现的领域过于专门化。然而，漫无目的就会使什么都不可能涌现。生活在"生活"中的作家抱怨"缺少生活"的时候，其实是缺少"意思"，缺少使生活涌现出"意思"来的意愿和热情。他"在自己的百万财富之中贫困"，他"不识庐山真面目，只缘身在此山中"。

阅读也是如此。作品的"意思"常常受阅读目的的影响。致力于从作品中发现"异端邪说"的行家里手，其目的是并不高尚的。有时候我们会说"看着玩儿的"，殊不知，消遣也是一种目的，而且不见得是一种卑下的目的，至少要比上述行家里手不知崇高多少。鲁迅先生说他读书是"随便翻翻"，这正如"散步"或"漫步"，虽不似"赶路"之有一定目的地，只是"随便走走"，却也有一定范围。若干走熟的路线，而且途中碰到什么有趣之事，也会驻足而立，细加斟酌，而散步本身，便也是散步的目的哩！文学作品的读者大多怀着这样的目的打开书是不足为奇的。当然不排除别样的目的存在着，比如有的读者试图到书中寻找正确的恋爱模式，或者研究一下作者是否由于童年的"恋母情结"受到压抑而表现了心理变态，等等。但是，我觉得布莱希特在《戏剧小工具篇》对戏剧的功能的见解，同样适用于小说、诗歌等文学作品。他认为剧院"除了娱乐以外不需要任何其他身份"，"如果把剧院当成宣扬道德的集市，绝对不会提高戏剧的地位；戏剧如果不能把道德的东西变成娱乐，特别是把思维变成娱乐——道德的东西只能由此产生——就得格外当心，别恰为贬低了它所表演的事物。丝毫也不应该奢望它进行说教，除了肉体或者精神方面的充分享乐之外，不能奢望它带来更实用的东西。娱乐不像一切其他事物那样需要一种辩护"。以"看着玩儿"为目的的文学读者毕竟占大多数，而且他们一点儿也不用为此而脸红。正是这种无拘束的欣赏目的，才能使作品中的"意思"真正"文学地"涌现。

使"意思"涌现的第二步程序，往往就是你的头脑把你所注意到的外来刺激与周围环境分离开来，从而组织起一种被心理学称之为"形象—背景关系"的结构。

在星汉灿烂的夜空，我们的祖先很早就用划分星座的办法组织起这种"形象—背景关系"，从而使星空变得可以辨认。一旦爷爷指给你看北斗星之后，你就总能轻而易举地认出那柄由七颗星星组成的勺子，而且再也无法使它们融回到浩瀚夜空背景中去。牛郎织女的美丽传说，也许最早就萌发于被银河分隔开的那几颗星星从夜幕中凸现其"形象"的时候。

画框把美术作品与墙壁分离开来。银幕上的光影集中了你的注意力。戏开幕之后，倘前后左右的喧哗仍不停息，就会引起你极大的愤怒。无法组织起"形象—背景"关系，"意思"就无法涌现。一般说来，"形象"总是明亮的、紧凑的、有序的、实在的、变化着的，而"背景"多半显得暗淡、松散、无序、虚幻、稳定不变。可是，要是认为唯有"形象"是有意思的，而"背景"则没什么意思，那就错了。实际上，"意思"的涌现有赖于两者的关联、映衬、对立、统一。比如说，在我们开头的那个例子中，正是在日常生活的噪声背景中（汽车声、收音机声、小孩哭闹声，等等），那一声"着火啦！"才如此的"振聋发聩"。

当我们阅读文学作品的时候，组织起的"形象—背景关系"可能比欣赏一幅画要复杂。显然，黑字与白纸只是一个最基本的"形象—背景关系"。在诗歌中，押韵的句子总是凸现在别的句子之前。读小说时，你尽力从众多的人物中区分出男女主人公（比如说：王子和灰姑娘），你为把握到了情节发展的关键而得意扬扬（比如说：水晶鞋），它在众多的事件链环中显得那么突出。有的侦探小说、推理小说有意隐瞒这类关键，只不过是为了一步步地有如剥笋，在最后使它更耀眼地闪射在迷蒙的背景上。因此，白纸黑字并不是一盆糨糊般地贮存在我们的头脑之中的，阅读的每一步都是紧张地组织、选择"形象—背景关系"的过程。我们通过这种复杂的组织、选择使"意思"一步步涌现出来。

第三步，你的头脑会把注意力集中到"形象"本身，"目不斜视"，你依据以往的经验积累，分辨它的属性——轮廓、尺寸、颜色、质地、气味等等等等。你把它迅速归类，因为你，或多或少地，拥有一些把各种"形象"归类的大大小小的"抽屉"。于是最后，"意思"的涌现以"语词化"的步骤而告完成，你通过给"意思"命名，使它固定下来，凝定在那里。这时候你感到"意思"被你捉住了，松了一口气。命名仪式给你带来结束感，带来一种情绪上的宽慰。小孩子看戏看电影总爱这样发问："爸爸，爸爸，他是好人还是坏人？""他是好人。""哦，好人，他是好人。"安静了。其实对这个人物他并没有更透彻地了解，他满足于"正确"的命名。病人在未确诊之前总是焦灼不安，一旦告诉他疾病的名称，他就感到好受多了。这就是"命名仪式"带来的心理上的满足和宽慰。

我们从小就被灌输一种"正确"的给"意思"命名的办法。在语文课上，我们抄了无数遍的"段落大意"和"主题思想"。我们背，我们默写，我们在试卷上唰唰唰地挥洒自如。于是我们得五分，于是爸爸不打我们的屁股，而且妈妈答应买蛋糕。于是我们心满意足，而且把"段落大意"和"主题思想"连同课文一起忘得一干二净。

如果"意思"的涌现程序被简化为最后一个步骤，那么知觉能力的退化、迟钝化就是不可避免的了。可是我们已经被培养成这样了，我们懒惰，我们被寻求"意思"的复杂程序弄得疲惫不堪，我们急于从中摆脱出来。于是我们去问权威评论家这部小说是讲什么的，最好是"有情人皆成眷属"就省事了。当然我们也没懒到要别人嚼馍来喂的地步，想用一些陈芝麻烂谷子来糊弄我们也不行。我们会很快地把它们归类存档，以最迅速的命名来结束程序。我们，文学读者，是多么难侍候呀！

伟大的文学作品却往往不愿意结束，不愿意以简单的命名仪式而告终。它的"意思"仿佛在永远不停地涌现。它总是让我们读者得到一些零星的"意思"，而不能一目了然。它仿佛可以不断地举行命名仪式，因而永葆青春。"说不尽的莎士比亚"以及我们的《红楼梦》，就是这样的作品。在我们一生的每一个阶段，拿起它们，总会涌现出一些新鲜的令人激动的"意思"来。它不是仅仅为一种狭窄的目的而创作的，它足以构成无比丰富的多种多样的"形象—背景关系"，它绝不为任何简单的分类归档所束缚，于是它成为一个民族乃至全人类共同的取之不竭的"意思"的源泉。

陌生化

如果"有意思"的事物对我们渐渐变得"没意思"了,我们把这叫作"意思的老化"。

你经常听到有人如此这般地自我解嘲:"咳,老夫老妻了!"这通常都是为了掩饰他俩之间真正的恩爱之情。但也可能隐伏着某种危险,也就是说,他俩已不再像热恋中的情侣一般互相感到非常"有意思"了,他们仅仅是"彼此在一起习惯了"。有一天,他俩发现,在他们平淡无味的关系中终于涌现了"意思",却是某种颇为严峻的"意思",那已经为时太晚了。

我认识一些真正的"老夫老妻",年过花甲了,可几乎每天他们都能在对方那里发现新的"意思",因为他们每天仍在创造着,使自己始终是一个"有意思的人"。但也见过这样的老两口儿,每天无聊而冷漠地相对而坐,老头儿翻来覆去地看同一张晚报,老太太不知是在织还是在拆一件毛活儿。偶尔,老太太唠叨起来:

"别那样大声地擤鼻涕。"

老头儿不吭声,擦擦鼻头。

"我真是受够了,听你这样擤鼻涕都听了五十年了。"

"管得着吗？这是我的鼻涕，我爱怎么擤就怎么擤！"

老头儿阴沉沉地吼道。但很快他们又相安无事地复归于无聊和冷漠之中。

"意思的老化"是一件可怕的事情。然而，它又是人类生存和进化的必然产物。对于那些习以为常的事物，人们总是遵循"扫描—注意—归类—命名"的程序，迅速地把它安顿好："哦，是那么回事。"我们需要集中精力去应付新出现的情况。如果每一种"意思"都老是那么新鲜而富于刺激性，我们也受不了。热恋中的情人总是忐忑不安、兴奋激动、废寝忘食、掉好几斤肉。"老夫老妻"之间有安全感，彼此协调以应付新的人生课题。倘若他俩之间还像热恋时那样老出现新的情况、考验、犹豫不决、患得患失之类，这一家子可就热闹了。"意思"的老化并不是"意思"的死亡，它融入了由"老意思"们组成的可靠背景之中，腾出地儿来方便新的"意思"的涌现。

一个民族的语汇中的成语、谚语、熟语，常常是这些已经老化的"意思"的结晶。每一条成语在它刚出现时是很新鲜而引人注目的。"守株待兔""揠苗助长"，曾是多么生动有趣的寓言；"破釜沉舟""四面楚歌"，曾是多么悲壮激越的历史故事。经过千百年来的反复引用，它们已消融于熟套的语言背景中，不再像刚出现时那样鲜活了。一篇文章倘全部用成语写成，那是会令人"不忍卒读"的。旧时尺牍一开头总是"光阴似箭，日月如梭"，于今读了便觉得酸腐不堪。在日常生活中只用成语说话或张口就是名言警句的人，是没有什么意思的乏味之极的人。不少相声挖苦了这种怪人。可是，倘若把一个民族的语汇中的全部成语、俗谚都一一剔除，你会发现我们的语言突然失去了光彩，失去了历史和文化赋予它的那份财富。已经老化的词汇有如死去的珊瑚虫，构成了一个民族智慧的珊瑚礁坚牢的礁盘，使得新的珊瑚虫得以继续活活泼泼地生长。其实，经常争执不休的"传统与创新"问题，亦可以用这个比喻去说明。

任何比喻都只能说明问题的某个方面，这时就需想出另外的比喻。死去的珊瑚虫只具备石灰质了，老化的"意思"却可能由于某种原因重获新生，有如埋藏泥炭层中的千年古莲子重新发芽，开出了荷花。比如"走马观花"这个成语，改动一个字，曰"下马观花"，便被赋予了新意。有人曾举过另外一个例子，"遍体鳞伤"译成英语的时候（be covered with bruises like the scales of a fish——"身上伤痕遍布有如鱼鳞"），便重新以其鲜明的具象的悲惨令人震惊。

不难看出，"意思"的返老还童是由于语言表述的结构发生了变化，这实际上是人们观察世界的方式产生了调整。某个环节被挪动了，某个局部被展开了，某种出乎意料的并列出现了，某个细节被强调了，某种对比被尖锐化了，某种角色落入了很不相称的环境之中，等等等等。使习以为常的事物涌现出新鲜的"意思"的程序，叫作"陌生化"程序。俄国学者什克洛夫斯基认为，陌生化程序是艺术的根本程序。

他指出，诗人的使命不在"把未被认识的东西告诉人们，而是从新的角度来表现习以为常的事物，从而使人们对它产生陌生化之感"。他又说："人们称作艺术的东西的存在是为了感觉事物，为了使石头更像石头。艺术的目标是帮助我们真的去看一个对象，而不只是认知它。艺术程序是事物的陌生化，它产生一个更复杂的形式。这个程序增加了观察的复杂性，因为艺术中的观察过程本身就是一个目标，而且还必须被强化。艺术是体验一件事物形成的手段……"

所谓"认知"，就是匆促地简单地给事物命名并搁置了事。在"意思"涌现的全过程中被剥剩了最后一个步骤,"意思"只以一个硬壳的形态提供给我们。因而实际上并不是给一个新的"意思"命名,而是把万事万物纳入现成的概念体系中去对号入座。这种"认知"的语词化,表现为对陈词滥调的爱好。而艺术的陌生化程序,就在于打破这种习以为常的"自动化认知",使观众和读者回复到"意思"涌现的全部初始过程中去,去体验"意思"那奇异而顽强的生成。仿佛是用慢动作镜头重放这种生成,艺术的陌生化使我们回到了"第一次感觉到"这样一种无比新鲜而令人激动的境况之中。

在艺术中,"意思"的生成过程显然比"意思"的现成灌输要重要得多。有时候作家抑制不住地出来指点:"瞧!这里说出了多么深刻正确伟大的思想呵!"可是读者并不领情,他们更关注这么个问题:"它是怎样完成的?"平庸的作品一旦"真相大白"就索然无味。有一则笑话讲的是一位爱好看侦探剧的先生,由于急于看清楚已经开场的剧情,而忘了给领他进包厢的侍者小费,侍者就凑近他的耳根殷勤地说:"喏,凶手就是这位园丁……"一个美好的夜晚就此给破坏了。而伟大的作品,即便你已能把结局倒背如流,也还是翻开任何一页就使你沉浸入语言之流中,百读而不厌。舞蹈比魔术耐看,因为它把"生成过程"而不是最后的"揭宝"作为自己的目标。音乐在演奏中呈现。即便是一幅静止的画,善于欣赏的人也透过形、色、线、光、影等诸因素的张力一点点地品味其表现性的生成过程。艺术,绝不是"理所当然"的,由于它是"生成"的,它才需要体验,需要理解,需要解释,需要辩护或者反驳。它绝不是一种单纯地被"接受"的东西。陌生化程序邀请我们(观众、听众、读者)参与到"意思"的生成中来。

文学读者在阅读中享受到的乐趣是别的艺术欣赏无法代替的。"意思"的生成在文学阅读中显然更为微妙复杂。因为这位文学读者是在直接与语词打交道，每一个语词都实际上隐含着历史上业已存在过的一系列命名。在文学阅读中，这些语词一方面与我们固有的语义体系、文化背景、社会价值体系相联系，另一方面，它们又仿佛力图从上述背景中挣脱出来，被置于一个艺术地创造出来的言语系统中而重新界定。语词的固有含义仿佛被"半消磁"，文学读者在一个新的语域（"上下文"）中饶有兴味地捉摸这些重新"录制"生成的"意思"。逐渐生成的言语结构与我们固有的语义体系之间的张力，赋予文学读者极大的创造性和表现能力。我们由于被置于既陌生又熟悉的境地中而感到震动。陌生化程序对于文学来说，较之其他艺术部类是更为生死攸关的。尤其在诗歌中，有那样多的对固有语言的反叛、"扭断文法的脖子"、惊世骇俗的比喻、通感、象征、断裂和拼接，就毫不足奇了。文学通过给世界的"重新命名"来刷新我们对世界的感知。

陌生化程序使我们回到新鲜的感觉中去，回到原始的经验中去。然而，这并不是艺术的目的。把"意思"从陈词滥调中解放出来，这只是第一次否定。我们绝不会满足于这一点。我们的头脑会自动地从这些初始经验出发，向着得出"意思"的目标进军。陌生化把我们与事物"间离"开来，是为了使我们从新的角度去打量它，从而与之获得新的和解与和谐。用布莱希特的话来说，就是"积累不可理解的东西，直到理解出现……"。这是第二次否定。这才是艺术的目的。陌生化是从不充分的理解，经过不理解的震惊，过到真正的理解。正如"老夫老妻"之间重新变得有"意思"绝不是让他们又陌如路人或陷入焦躁不安的热恋之中。习以为常的、众所周知的、熟视无睹的东西被细细打量之后，重新与我们和好，却不是那种"和好如初"的和好，而是更高水平上的契合。因此,陌生化是真正的令人熟悉。这个世界对我们蕴含的"意思"在陌生化的折射中因其返老还童而获得了丰富性。所以,说"朦胧令人气闷"也好,说"朦胧是一种美"也好,都有几分道理又都没说到点子上:朦胧是迫使我们更清晰地洞察世界的手段,尽管这清晰永无止境。

意思和意义

这里有一道填空题，类似小学的语文作业里时常会见到的那样：

我们昨天去看了一场很有_____的电影。

你填"意义"还是"意思"？当然填哪一个都对，都打勾而不打叉，这一点是可以担保的。让我们感兴趣的是，填"意义"的学生，多半是很认真的好孩子，他把看电影很严肃地视为受教育，老师多半也爱在他的试卷上打个"5"分什么的。而填"意思"的学生呢，就拿不准了，他可能是一个比较活泼的孩子，好奇，贪玩，他觉得看电影嘛还不就是为了"好玩儿"，老师碰到这样的学生总是要在"4"分与"3"分之间犹豫不决。

由此可见，"意义"和"意思"这两个同义词之间，有着某种微妙的不同之处，并不那么"同义"。

为了叙述的方便，我们曾经不加区分地使用这两个词，用得较多的是"意思"，因为依据我们谈论的话题，在相当多的场合里，"意思"能勉强地涵盖"意义"。可是，倘细究起来，这两者之间的微妙区分太要紧了。至少，对于文学的作者与读者来说，这一区分是大有"意义"的。

我懒得翻字典，况且从字典上抄下一二百字来冒充有学问并骗得专栏稿费若干,也"不好意思"。依我的理解,倘若某一符号系统的目的是要把我们的目光直接引向它之外的某处,那么我就把它称作是有"意义"的;倘若某一符号系统的目的是要把我们的目光吸引在它自身,使之在它自己身上"流连忘返",那么我就把它称作是有"意思"的。

因此,有"意义"的符号系统多半是"透明的",它不允许自身的浑浊或模糊遮挡了通向"意义"的目光。譬如科学语言,便是这样的"透明系统"。当自然语言有可能污染其透明性的时候,科学家们往往代之以"人工语言",即公式啦、图表啦、模型啦什么的。日常语言就不那么"透明"了。"给我一杯水。"这还算意义明确,我们会越过这句话而直接注意它所要求的那个行为、动作。"讨厌!"你拿不准这一句是咬牙切齿的诅咒还是亲热的打情骂俏,你得回过头来琢磨:声调、对象、语境、上下文等等,要把握住其"意思"还真不那么简单哩!

可想而知,文学语言更是一种"半透明的"符号系统。"大漠孤烟直,长河落日圆",十个字,够你咂摸多久!音韵、平仄、对仗,意象、形状、画面,情绪、感慨、心境。你的目光在这"半透明物"中逐层扫描,由"言"而"象"而"意",最后你可能到达"道"的层次,体验到唐代诗歌中的"时代精神"或中国古代知识分子对自然、历史、人生的一种感悟什么的。而这"道"又仍然不能用"意义"这词来概括,你只是被笼罩在一种语言氛围之中,"不能自拔"。

文学语言,不是用来捞鱼的网,逮兔子的夹,它自身便是鱼和兔子。文学语言不是"意义"的衣服,它是"意思"的皮肤连着血肉和骨骼。文学语言不是"意义"歇息打尖的客栈,而是"意思"安居乐业生儿育女的家园。文学语言不是把你摆渡到"意义"的对岸去的桥或船,它自身就既是河又是岸。

这就是为什么，文学语言（诗、散文、小说、剧本）可以"朗诵"，朗诵得不单有板有眼，有腔有调，而且有滋有味。而菜单子却只能"念"或"背"，无论"念"得如何脆生生或"背"得如何滚瓜烂熟，色、香、味都要等菜肴上了桌子才能领略。倘若有谁出来富有表情地朗诵菜单子，就会产生强烈的喜剧效果。这效果产生于朗诵，而不是产生于菜单子。好些人至今不明白这个道理，非要"意义"化装出场表演，结果首先是亵渎了"意义"，失去了"意义"所应有的严肃、诚恳和本色。

反过来也一样。说某段音乐有"意义"，你总觉得这种说法颇生硬。"意义"可能属于歌词，也可能属于解说词，甚至，也可能属于标题。可是，就音乐本身，我们还是哑摸它的"意思"吧！萨特说，音乐是长着一双动人眼睛的哑巴。这确实是一个绝妙的比喻。"大音希声。"多少歌词被遗忘了而曲调却流传了下来。动人的眼睛闪闪烁烁。天地间萦绕的是一种无言歌。而舞蹈之所以不同于体操（即便是"艺术体操"），不同于捕俘拳，就在于它以自身的呈现为目的。据说印度舞蹈的每一种姿势都有很明确的含义，可是即使你对此一窍不通，也照样能从一举手一投足中享受到无限的意蕴。而书法家，也许他书写的是报纸上铅字印出来的同一句话，然而那"意思"就流动在那飞舞的笔画之间。"意义"应该是凝定的、可把握的、能准确传达的、一目了然的、立等可取的，而"意思"却是流动的、难以捉摸的、无可名状的、百看不厌的、逐渐生成的。而这可能也正是广告与艺术品的区别之所在。遗憾的是我们的广告却常常面目模糊，色调斑斓，不能一眼就留下鲜明的印象，使你直奔下一个动作：掏钱。而艺术品又过于"一目了然"，耳提面命，诲人不倦……

音乐、舞蹈、绘画、雕塑，都是"长着一双动人眼睛的哑巴"，它

意思和意义 | 031

们无须经过翻译就能进入"世界艺术"的大系统。它们蕴含的那份"意思"有可能直接进入各民族不同的接受者心中。当然，事情远不是像我们所说的那么简单。我们已经讲过，这要依各个接受者自身"意思体系"的开放性程度如何而定。听不惯洋腔洋调者大有人在。东方艺术也是到了一定的历史阶段才引起受"欧洲中心主义"熏陶的人们的注意。可是，无论如何，"意思"的感染、感动，不一定就比"意义"的传递、交流更困难。中国音乐家能够在欧洲作品的音乐比赛中夺魁，乃是人类心灵中"意思"相通的最有力证明。

不同专业的自然科学家们，能够在国际会议上借助于专业词汇和人工语言毫无阻碍地交谈有关论题。艺术家们直接用"动人的眼睛"对话。介乎两者之间的文学语言，处境便颇为尴尬。显然，翻译家们最挠头的绝不是"意义"的翻译而是"意思"的翻译。在文学语言中，"意思"是与言语结构形神不离的共生体。在另一种言语结构中想要原封不动地保持住"意思"简直是不可能的。更多的情况下是那点"意思"荡然无存了。这一点甚至不必是精通外语的人才能体验到，你只需读一下那些古典诗词散文的白话改写本就行了。鲁迅曾半开玩笑地举过这个例子："窈窕淑女，君子好逑"——"漂亮的小姐啊，先生的好一对儿啊！"成什么话呢？把诗定义为"不可翻译的东西"自然是绝对化了，但有人说译诗是"翻译剩下的东西"，我觉得确实是一种既俏皮又聪明的表述。

文学语言的困境在哪里呢？倘模仿萨特的比喻，可以说文学是一个花言巧语的盲人。它的"动人眼睛"就躲在它的嘴皮子后边，然而这嘴皮子吧嗒吧嗒，既是传达"动人眼睛"的通道，又是干扰"动人眼睛"的障碍。

语言是思维的直接现实。这是对的。但是有人认为只要是用语言来思维，他便是在使用概念，因而只能是抽象思维。其实，语言在其生成过程中是同时向着两面展开的，也就是说，它的"意义"和"意思"是同样地丰富起来的。按照语义学的研究成果，一个词的"意义"即其外延，其"概念意义"是可以确定的，可以在字典上查到的；而一个词的"意思"即其内涵，其"联想意义"是较难确定的，很难写进字典。比如"真理"这个词，其"意义"可以获得大致相同的界定，而"意思"呢，可就各人大不相同。我小时候觉得"真理"像一团火，暖洋洋红通通，烧得哪里都一片光明。人到中年以后，越来越觉得"真理"像一柄从火中锻打出来的剑，闪着冷飕飕的光。文学家的思维，就是运用语词内涵的思维，他们的"语言痛苦"，就是怎样剥去语词外延的共同性，而赋予内涵以新鲜的独特性。

而我们，文学读者们，从文学语言中领悟到"意思"的时候，常常大惑不解。好些人固执地认为语言只能传达"意义"，因而这"意思"仿佛是不知不觉中"偷运"进来的。于是产生一个"悖论"：我们获得的这个不可言传的"意思"，确实又是经由"言传"而获。由此就引出了一系列似是而非的"理论"，"得意忘言"啦，"不涉理路"啦，"不落言筌"啦，"羚羊挂角，无迹可求"啦，等等等等。文学的嘴皮子吧嗒吧嗒令人厌烦，当人们在刹那间与嘴皮子后边"动人的眼睛"眉目传情的时候，自然忘记了嘴皮子的存在。于是人们歌颂沉默——"天何言哉，天何言哉！""语言是银，沉默是金"，"善于沉默的人是真正的男子汉"。无数的谚语、警句，都在阐发这个道理，以至令你不禁产生怀疑，这些谚语和警句本身，到底是金还是银？

对文学来说，最有力的沉默就是开口说话。

意思和意义 | 033

意思的传达

"意思"的传达或交流，应该说是一件微妙至极的事情。时至今日，那众多显赫的学科，比如社会心理学、传播学、语言学、接受美学，似乎也都还没把这桩事情弄得很清楚。在日常生活里边，我们稍加留意，就不难发现，"意思"的传达根本不像一个人把篮球嗖的一下递到另一个人手中那么简单。至于"填鸭"或"灌输"这样一些隐喻性的用词，归根结底也不过是一种隐喻罢了。我们经常体验到要让别人明白自己的"意思"是多么困难。谁没有在电话里这样着急地吼过？"喂！喂！你明白我的意思吗？喂！喂？我再说一遍……"这也许得归咎于通信线路的不畅或噪音太多，闻声不见面的传达方式影响了"意思"的接受。可是在各种"面对面"的传达（比如交谈、争论、吵架等等）之中，类似"你这是什么意思"的追问，其出现率也是颇高的。当然，"面对面"有其十分有利的一面，质疑、驳诘、深入、展开、重复，都可以及时进行。这就难怪许多紧要的事情，比如相亲啦，谈生意啦（"价格面议"），非得"面对面"不可。

同样地，"面对面"的艺术，作者对自己的"意思"的传达，能够加以比较有效的"控制"。君不见说书人乎？凭三寸不烂之舌，惊堂木一拍之后，让场内的男女老幼要哭就哭，要笑就笑，说惊就惊，说怒就怒，要不隔壁老太太每次都预备好了几条手绢才出门呢。她准知道能得着足够的、令她老泪纵横的那些个"意思"。文艺理论家把这叫"共鸣"，叫"感染"，叫"移情"，叫"卡塔西斯"或者"净化"，还叫什么什么来着？——反正，名堂多了。这是"面对面"时的传达。说书人的表情、动作、姿势、语调以及"现场气氛"等等，统而言之可用语言学的一个术语来概括，叫"语境"，这语境加强了、帮助了艺术"意思"的传达，以实现作者预期的效果。

最"理想"的传达，当然像"灌输"那样，水龙头一拧开，哗哗哗的作者的全部意图一滴不剩地转移到了观众、听众、读者的脑子里或"灵魂深处"。然而，与把有形的货物从甲方转让到乙方大不相同。首先，"意思"是无形的，不可见的，它的传达要经由"符号化"的转换。其次，我把一束花交给恋人之后，这束花就不再归我所有；可是我的爱意虽经表达，这爱意并未从我的心中丧失。也就是说，"意思"的传达使之成为你我所"共有"的了。

这两点带来了"意思传达"中的一些至关紧要的问题。

既然我们传达的只是"符号"而不是直接的"意思"，那么就很难保证从符号里释放出的"意思"与转化成符号时的"意思"毫无出入。（在这里我们先不说是不是"毫无出入"就一定好。）

于是，既然"意思"经过传达已经为你我所共有，我没有理由不把我得出的"意思"（即使出入很大）看作就是你的"意思"。很多"文字狱"之所以能够搞成功，而且成功得那么理直气壮，我想，很可能就是这种心理在起作用。常见的手法，就是摘引一段文字，然后下一转语曰"这实际上是说……"，于是我的意思就变成你的意思了，往哪儿跑？这时候，如果我们提醒这位仁兄，说当他从那符号中得出这种意思时，其实已不可避免地加入了自己的创造，他是绝不承认的。抡出去的棍子变成了澳洲土人的"飞去来镖"，岂不令人沮丧？

毫无出入的、理想的传达必须具备这样一些条件：言者（发讯者）与听者（收讯者）之间，线路完全畅通，无噪音干扰；解释"意思"的代码必须对言者与听者都具有明确的、强有力的规定。但是，你会立刻感到，这种"理想的"传达不太像是人类进行的通讯，却更加适用于机器之间的固定信息的传达。只要把它们组编起来，它们就会完全按照代码的规定操作，而且只要不发生故障，它们就不会拒绝编制、解释讯息。在这里，发讯者与收讯者完全由封闭的线路所连接，外界的参与完全被排除了。显然，对当事者来说，它们之间传达的固定信息不可能叫作"意义"，更不能叫作"意思"。

只要一加入"人"的因素，通讯回路立即被变成"开放系统"，理想的传达被新导入的不确定因素打破了。人不可能被固定的代码所束缚，人还可能遵循多种多样的代码，更当紧的是，人还企图超越代码，创造新代码。

实际上，在日常生活中，我们经常接收到一些"脱离代码"的讯息。如果是机器，它就不会接受这种讯息。但是作为人，他不会仅仅因为这一点而拒绝接受讯息。学龄前儿童所说的不合语法的句子太多了，他们的母亲却能听懂这些话，并且做出积极的反应。中国话说得很糟糕的外国人买东西，急于"创汇"的个体户决不会因为他们的话超越了代码而不去想法弄清楚他们到底想买点什么。同样的情形也出现在崇拜著名诗人的诗歌爱好者们读"朦胧诗"的时候，他们努力在"前言不搭后语"之中领会出意思。"意思"的传达绝不是毫无出入的、理想性的传达，然而却是富有创造性的传达。

那些"越出"代码的讯息常常迫使我们做出选择。我们必须决定，它是否值得加以解释，如果不值得，就放弃它，正如我们经常扔下读不懂的诗集时那样。如果认为值得加以解释，然而已有的代码又不够用，我们便常常参照"语境"来体会。黄口小儿的牙牙学语对我们可能是不可解的，然而处在具体语境中的他的母亲却接收到了大量的"意思"。如果说，科学的通讯是"代码依赖型"的传达，那么意思的通讯却是"语境依赖型"的传达。前者是对讯息的解译，而后者则是对讯息的解释。

我们，文学读者们，当然不是那种僵硬的机器。我们热爱文学，正如母亲热爱牙牙学语的小儿，正如个体户热爱汉语蹩脚的外宾，我们主动地、创造性地介入到文学作品之中，以解释我们接收到的这些往往是模糊不清的、多义的文学讯息。

我们前面已经讲到过了，文学阅读，是一种"背对背"的意思传达。与听说书人说书大不相同，我是在脱离了现场"语境"的情况下，读到"诸位看官"，"欲知后事如何，且听下回分解"之类的文字的。作家住在高级宾馆里写下的小说，我在大杂院的防震棚里拜读。千年以前的古人刻在竹简上的经典，我视读了微缩胶卷来领教。万里之外的洋人用打字机嗒嗒嗒打下的作品，经由翻译家的努力转换成以汉语为代码的符号系统，然而我所处的"语境"显然与洋作家的"语境"大不一样。广义的"语境"是多层次的，从阅读时的心理，到社会的、历史的、文化的，越来越宽广，越来越丰富。既然每一个阅读者的"语境"都是具体的，他从文学作品中领会到的"意思"也必然是多种多样，各个不同的。从作品中生发出来的多种意思极大地丰富了作品本身。

那么，在这种情况下，从作者的角度看，这还能唤作"传达"么？喜欢"灌输"的作者憧憬于"理想的传达"，就像当年"最新最高指示"下达时那样，最好是"宣传不过夜，传达不走样"。文学的魅力不可能像政治的权威那样用"句句是真理"来保证，耳提面命的愿望和方式不能不说是用错了地方。

似乎有一种更严厉、更苛刻，因而也更高雅的情形：高山流水，知音难觅，子期逝矣，伯牙碎琴。这两位知音之间的经由音乐符号的传达是否就是原原本本的"理想的"传达，我们无法起古人于地下而问之。依我的"意思"，更愿意看作是他俩各自的创造性审美活动在某一高层次中（对人格理想的向往之中）得到了契合。倘把钟子期当作一部内在的"Hi-Fi"（即"高保真立体声音响设备"），那恐怕是对古人的一种亵渎，这千古流传的佳话也就黯然失色了。

把这个音乐界的例子推广到我们的文学阅读中来，可以看到这里也不单是一种"单向的传达"，而是存在着我们读者与作者之间的对话。在阅读之前我们就抱着某种期待："你将告诉我一些什么新东西呢？"在阅读过程中我们猜测、反驳、赞同、惊奇、厌烦……大量的空白、大量的语焉不详之处我们自己不知不觉地加以填充，我们的创造性审美活动被紧张地调动起来了。因此，我们的"语境"被我们携带过来与作者的"语境"也产生了对话。我读《红楼梦》的时候，不单只是与曹雪芹老先生闲聊，我周围的一切也挤了进来与曹老先生周围的一切磨牙。是的，在这种"背靠背"的磨牙中，你批判曹老先生也好，你指出他的历史局限性也好，你不过是代表你和你的时代、意识形态等等与之展开了对话。曹老先生向他的同时代人，也向着遥远的未来发出了讯息:"谁解其中味?"

我相信我们已经触及了一个较为深刻的命题。你会问:如果各人都是依据向己的语境得出作品的意思,那么所谓文学阅读不是乱七八糟得一塌糊涂吗?曹老先生的悲哀不正成了永远难以消弭的悲哀了么?

如果我们对"言者"(作家)、"听者"(读者)、"话语"(文学作品)与"语境"(世界)有着前述的那种开放的、宽广的理解,"意思"的传达在何种条件下成为可能的问题就不难解释了。尽管我们的生活条件、经历、气质、修养与古作家、洋作家、又古又洋的作家都大不相同,他们的作品却仍然深深地打动了我们,这说明了"意思"还是穿越了浩渺时空得到了传达。当文学符号被我们引进心理、社会、历史、文化,引进一层又一层越来越宽广越来越深化的语境的时候,我们终于拥有了一个与古今中外作家所共同分享的语境——人类共同面对的困难。夸父逐日普罗米修斯盗火吴刚砍桂树西绪弗斯推石头屈原沉汨罗但丁游地狱红娘为他人作嫁衣裳费加罗自个儿要娶媳妇杜十娘怒沉百宝箱茶花女病死修道院堂·吉诃德战风车阿Q画了圈儿大团圆安娜·卡列尼娜卧铁轨陈世美躺在老包的铡刀下马孔多下大雨黄河决堤发大水老渔夫拖回一具大鲨鱼骨头架子小海碰子要找六坨刺儿陌生的海滩交叉小径的花园红房子绿房子金房子娜拉走后怎么办在人间第二十二条军规第五号屠场世界末日之战高山下的花环我是谁?五光十色的文学符号带着它们各自的语境在我们面前旋转着、交融着、展开着,在那深处浮现出人类共同的困境:人与自我、人与社会、人与自然、人与人所创造的自然("第二自然")之间旷日持久的、永无止境的对峙和搏斗。每一部真正的文学作品都在程度不一地描写、表现、解释和回答这一困境。这一深层的语境像一座庞大的回音壁,每一个人灵魂深处的呼喊都在这里互相撞击着震响着传入人们的心底。"意思"的传达之成为可能，正在于坚信"我们都是世界的孩子"，在于坚信每一个人（作者与读者）都有责任为回答人类的困境贡献自己的创造性智慧。

谈误解

泰晤士河畔有一个很有名的公园。公园里有一座"中国塔"。前些年，中国的一个代表团参观了这个公园。临离开的时候，代表团里一位年长的学者很认真地对接待他们的主人说：

"中国的宝塔一般都有十一层或十三层，你们这个塔却只有六层。"

主人笑了一下，说："所以它是伦敦的中国塔。"

我想这位主人不光有幽默感。他并不因为这塔不是"原装进口"而深怀歉意。他很可能觉得既然是"伦敦的中国塔"，那么它只有六层就不奇怪了。他很可能甚至为此而自豪，就像我们谈起"中国之精工"或"中国的巴尔扎克"时那样。

联邦德国的汉学家阿克曼也讲起过，他的家乡慕尼黑市最美丽的大公园里也有一座"中国塔"。它是人们在十八世纪按照当时对中国塔的想象建筑的。"当然这座塔无论在形式上，还是在作用上，都已失去了一座真正的中国塔的本来面目。"

"这可以说是一个误解的产物。"阿克曼说。

他以这个"中国塔"的故事作为开场白，讲到了他作为一个西方读者在阅读中国当代小说时不可避免地产生的一些理解，这些理解肯定会被中国同行们认定为"误解"的。比如说《乔厂长上任记》里的一段描写：

> 他几乎用小伙子般的热情抱住童贞的双肩，热情地说："喂，工程师同志，你以前在我耳边说个没完的那些计划，什么先搞六十万千瓦的，再搞一百万的，一百五十万的，制造国家第一台百万千瓦原子能发电站的设备，我们一定要揽过来，你都忘了？"童贞心房里那颗工程师的心热起来。

阿克曼提请大家注意，这里是一颗工程师的心，而不是一颗爱人的心。可是他在中国，没有碰到一个人对这段描写有异议。作为一个西方读者就会对这种工程师同志式的而不是爱情式的拥抱，感到不太自然。他把这解释为"性意识的下意识躲避"。爱情的拥抱以及有关它的描写，在作者及其主人公眼里总是所谓"不正当"的，所以在乔厂长拥抱童贞之前，必须将他恋爱的女人转换成工程师同志，用心理分析法的理论来说，这个过程叫作"移栽"。也就是说，一种"不正当"的与性意识有关的活动用另一种正当的好像与性意识无关的方式来表达。

在我们看来，这里之所以存在着阿克曼所说的这一些"误解"，显然是由于西方读者采用了与中国读者不同的文化参照系的缘故。在文学艺术中，中国的爱情表达方式历来与西方大不相同，最方便的例子是《小二黑结婚》与《茶花女》这两部歌剧中女主人公的咏唱，她们之间的显著差异甚至成了一段著名相声的素材，尽管在这段相声里又暴露了我们中国观众对《茶花女》的"误解"。小芹对小二黑的爱慕是与他的"当劳模戴红花"等等联系在一起的。对我们中国读者来说,"恋爱+生产(或战斗、革命、抢险、开荒识字、承包、改革,等等)"这样水乳相融的情景,是一点也不会觉得不自然的。可是对西方读者来说,如此含蓄的、吞吞吐吐的、旁敲侧击的、顾左右而言他的爱情表达方式就很难理解。何况,是在弗洛伊德学说"污染"欧美大陆的二十世纪呢!类似"下意识躲避""移栽"这样的心理分析学术语很容易被用来批评他们所读到的别一文化产品,产生连作者也未意识到的一些"意思"。

阿克曼先生还列举了一些别的同样非常有趣的例子,这里无法尽数转述。不过,我完全同他的这一观点:

> 一般来说,"误解"被认为是有害的,是引起偏见和仇恨的根源,这当然有它的道理。但是,在两种文化相遇时,误解有时却能起积极的作用。在两种文化对话时,误解是不可能避免的。当它使对话无法进展下去时,误解有害;当对方在一定程度上互相理解并愿意进一步理解时,误解有利。

是的,误解的利与弊都不是无条件的。很多人愿意承认他可能误解了你的意思,并且对产生这种误解的原因抱着冷静清醒的态度,对这样的人你肯定乐意与他进一步对话,在对话中你发现那些误解都转化成了积极的有益的成果。最可怕的,是鲁迅所说的"谬托知己"者,一上来就认定他是你的意思的权威解释者,把他的误解当作唯一的"正解"。最后,当你发现他把你罩在他的误解之中开展起"革命大批判"的时候,已经为时太晚了。

谈误解 | 043

在这里，积极对话的愿望，进一步互相理解的愿望，比什么都重要。我们以前讲到过，理想的、原原本本的传达意思，只存在于运转良好不出故障的机器之间，一旦加入了人的因素，意思的"误解"就是不可避免的了。人们互相理解的愿望产生于他们经常互相误解的实际处境之中。古往今来，"心有灵犀一点通"的向往，"人生得一知己足矣"的慨叹，乃至"理解万岁"的口号响彻九州，无一不是这一愿望的表露。但是，倘若把人们之间的"理解"理解成原原本本的灌输，那就错了。人不是复印机。很难设想脑袋里装满了别人的意思的复印件会是个什么滋味儿。恰恰相反，正是由于在对话中发现了各自意思的相通之处与互补之处，"理解"才会如此激动人心。与那种毫无生气的、奴隶般的"不理解也要执行"不同，真正的理解是积极的、主动的、创造性的。在理解的"增益效应"中，误解起了积极的生气勃勃的作用。

在人类观念的发展史上，各种误解的例子简直俯拾皆是。让我们先来看看文学史上的一些事实。一个经典的论述是马克思给拉萨尔的一封信里提到的："毫无疑问，路易十四时期的法国剧作家从理论上构思的那种三一律，是建立在对希腊戏剧（及其解释者亚里士多德）的曲解上的。但是，另一方面，同样毫无疑问，他们正是依照他们自己艺术的需要来理解希腊人的，因而在达西埃和其他人向他们正确解释了亚里士多德以后，他们还是长时期地坚持这种所谓的'古典'戏剧。"那么，我们能不能由此得出结论说，每一个前一时期的任何成就，被后一时期所接受，都是被曲解了的旧东西呢？马克思认为：不能。因为，"被曲解了的形式正好是普遍的形式，并且在社会的一定发展阶段上是适于普遍应用的形式"。（见《马克思恩格斯全集》，第30卷608页）

这里谈到的是文学家对历史遗产的误解。所谓戏剧中的"三一律",即要求情节、时间与地点一致的规则。其实亚里士多德在《诗学》中只要求过"动作或情节的整一",至于时间的整一只不过是希腊剧作家的一种普通的用法,他们更没有提出过地点的整一,因为古代的戏剧没有幕间休息,不存在变换地点的问题。但是,联系"社会的一定发展阶段"来考察这种误解的时候,法国古典主义戏剧的"自己艺术的需要"就被看得更清楚了。形式上的整齐划一,正是哲学上的唯理主义和政治上的中央集权等等的对应物,从而使得这种"被曲解了的形式"成了"适于普遍应用的形式"。我们就不能简单地说,这种误解只起了消极的作用。

倘说,纵向的文学继承经常发生有趣的误解的话,横向的文学交流中这类误解就更多了。最常见的,当然是文学翻译中大量的字句的误译。这类"常规性"的误解一般很难见出其"创造性"来。"中国近代第一个著名的小说翻译家"林纾,并不懂外文,他的合作者口译,由他落笔成文。所以他有时把误译的责任推得干净:"鄙人不审西文,但能笔达;即有讹错,均出不知。"(林纾:《西利亚郡主别传·序》)有时又全部包揽下来:"纾本不能西文,均取朋友所口述者而译,此海内所知。至于谬误之处,咸重粗心浮意,信笔行之,咎均在己,与朋友无涉也。"(林纾:《荒唐言·跋》)其实这里重要的并不是一个"责任"问题,而是一个深沉的悲哀:"凡所译者,均恃耳而屏目,则真吾生之大不幸矣!"(林纾:《撒克逊劫后英雄略序》)钱锺书先生曾举出林译中许多"增补"而来的"讹错",说他根据自己的"古文义法"为写作标准,要充当原作者的"诤友",自以为有点铁成金或以石攻玉的义务和权利,把翻译变成了借体寄生的、东鳞西爪的写作。钱先生说:"作为翻译,这种增补是不足为训的，但从修辞学或文章作法的观点来说，它常常可以启发心思。"而且，更有意思的是："恰恰是这部分的'讹'起了一些抗腐作用，林译多少因此而免于全被淘汰。"（钱钟书：《林纾的翻译》）也就是说，倒是这些"创造性误解"的部分，较之亦步亦趋的"口译实录"部分，更有流传与研究的价值了。

观念的误解显然比一般字句的误解更能说明两种文化、两种价值系统、两种意识形态在"转换"过程中无可避免的"损耗"与"增益"，正是这些"损耗"与"增益"揭示了一定历史阶段上的社会需要。古代，我们的祖先根据自己的社会需要误解了印度的佛教而产生了"禅"，这"禅"又经由日本人的介绍而在欧美继续产生着形形色色的饶有兴味的新误解。近代以来，严复对达尔文主义的误解产生了激励好几代中国知识分子救亡图存的《天演论》。鲁迅、郭沫若、茅盾等人对尼采哲学的误解产生了现代文学史上发人深思震撼人心的作品。多年以来，我们对车尔尼雪夫斯基"美是生活"命题的误解又产生了一系列值得考察的理论现象……

倘若以为这只是中国人"以我为主"的心理定式才会产生这样多的"同化"现象，那就是一种误解。著名的哲学家莱布尼兹从《论语》中得出结论，中国人在世界上创造了唯一的一个公平和合理的社会。这一"误解"影响了十八世纪欧洲的政治和社会思想。在欧洲艺术中，引起了所谓的"艺术品的中国化"。这是我们的孔夫子在慨叹"道不行，乘桴浮于海"时绝对料想不到的。类似的误解也曾发生在伏尔泰、歌德等大哲人的身上。

如果把不同的文化、价值体系、意识形态理解为广义的"语言系统"的话，在这后面蕴含的深层结构可能是不同的思维模式，揭示了人们心目中不同的"世界形象"。单个的文学作品或观念被置入不同的"语系"中来理解的时候，很难不在新的"世界形象"映衬下发生某种变异。倘使我们意识到，在不同的"形象"后面，人类面对的却是一个共同的世界，那么，我们就会乐观地看到，这些无可避免的变异尽管有时导致各民族之间或者"邯郸学步"或者"买椟还珠"或者"以讹传讹"，然而在积极地对待这些误解时我们发现了人类生存方式的丰富多彩。就文学作品而言，多一些理解它的方式终归比只有一种规定的方式要好。有一种"图解文学"或"证明文学"是不会引起误解的，它的一切都由事先要图解或证明的理念表述得明明白白了。可是——众说纷纭的《红楼梦》呢？如果曹雪芹老先生还魂再世，一定会矢口否认他是一个"红学家"的，然而这正证明了一部名著的价值。我们开头提到的阿克曼指出："一部优秀的文学作品，像一座有好多门的建筑物，其中有一些门作者本人也未察觉到。"

如果我们有一天有幸见识到了伦敦或慕尼黑的"中国塔"，就不再会由于其"不伦不类"而哑然失笑，因为在我们的头脑中，就矗立着各式各样的"不伦不类"的"塔"。这并非坏事——只要我们严肃坦诚积极地对待这些误解的产物的话。

说隐喻

有没有玩过这样的游戏？给你有限的一些词汇（比如说，三十个或四十个），当然词类要齐全，有名词、动词、形容词、代词、数量词和虚词，然后，请你用它们表达尽可能多的事物和意思。这个游戏最好有五六个人一块儿玩，那三四十个词都写在一块黑板上使人一目了然，或者写在一些小纸板上（一个词可以有很多块纸板），便于组合与编配。

结果将会意想不到地有趣！在那些头脑机灵，有创造性的人当中，冒出来许多新奇、机智、怪异的词语组合和简单陈述，有的让你笑得前仰后合，有的让人拍案叫绝。

其实，牙牙学语的婴儿，每天都在玩这个游戏。当他学会十个词汇的时候，他便用来表达几十个不同的事物和概念。他说出的那些词组和短句，让大人们听了又新鲜又好笑。有趣的是，耐心的大人们居然也能联系语境，连猜带蒙地明白他的意思，然后教给他合乎规范的正确的表达方式，当然顺便也就把他的发明创造抹杀了——无影无踪。

社会语言学里，研究一种特殊的语言叫"洋泾浜语"（pidgin）。在世界好多通商口岸，由当地人与外来的商人、水手、传教士等打交道的过程中产生了一种变了形的外语。它的结构简单，词汇贫乏，形态变化较少。因此常常用一些描述性的短语来表达别的语言中用单词表达的意义。旧时上海滩上的"洋泾浜语"，保存下来的一个典型例子，是把"双烟囱三桅汽船"叫作：three pieces bamboo, two pieces puff-puff, walk-along inside, no can see（三根竹竿两个吐烟管走路的家伙在里面看不见）。新几内亚的 Tok Pisin 是现存最有活力的"洋泾浜语"，有自己的文字、文学、报纸、广播，甚至曾经在联合国的大会上用它发言。它的大约一千五百个词项中，有百分之八十来自英语。词汇量虽太少，拐弯抹角的说法也很多，比方，"胡子"叫 grass belong face（脸上的草），"口渴"叫 him belly all time burn（肚子里直发烧）。还有一组说法是讲人的内心的，也很巧妙："受惊"叫 jump inside（里面跳），"思考"叫 inside tell him（里面告诉他），"伤心"叫 inside bad（里面坏），"知道"叫 feel inside（里面感到），"改变主意"叫 feel another kind inside（里面感到另一种），等等。请注意 inside（里面）这词的灵活用法。在另一种叫波奇拉马尔的"洋泾浜语"里，没有与英语 piano（钢琴）相对应的单词，碰到要说"钢琴"的场合，它用下列描写去代替：big fellow bokus（box）you fight him he cry（你打一个大箱子，它会叫）。对应于英语 bald（秃头）的是 grass belong head belong him all he die finish（他头上的草全都死了）。这些拐弯抹角的迂回说法，看来似乎很笨拙，其实恰如巧妇的无米之炊，给人意想不到的新鲜感和幽默感，显示了一个民族的创造性。

作为参考，我想提到一只学会了几个非常有限的手势语词汇的黑猩猩。它也居然能用这仅有的词汇表达相当多的"意思"。比如说，它从训练它的科学家（假定他的名字叫比尔）那里学会了用"脏"这个词，来形容它的笼子、饮用水和自己的身体的清洁状况。有一天，它生这位科学家的气，就打手势"说"："脏比尔！"——尽管比尔穿着十分干净的白大褂。

这就是"隐喻"。撇开修辞学教科书上那令人头晕的定义，我把人们在自己熟悉的符号中创造出新的（或更深刻、更广泛的）意义的行为，都称之为"隐喻"。我想，人类语言能力和词汇量的增长，都与这"隐喻"有关。

实际上，现存的一切符号系统都是"有限"的，总会有原先不曾标示的事物或概念闯到它的面前，要求得到描述或"命名"。通常，我们会用比较笨拙的方式描述它，比如"不明飞行物体"，这跟"子虚乌有"也差不了多少。突然，一个隐喻出现了，曰："飞碟"——它终于生气勃勃地进入了我们的符号系统。天长日久，我们用得多了，习惯了，我们就忘了它原来是一个隐喻，它的新鲜的、生气勃勃的活力也就凋萎了。你要是不认真盯着瞧，就不会意识到这些词语都是个隐喻：雪花、电流、党风等等。

通常都强调"隐喻"的形象性，美国哲学家苏珊·朗格独具慧眼，指出了"隐喻"中的抽象成分。将一物喻一物，必然要把它们之间的相同处与不同处都分辨出来。在一个隐喻中，形象地暗示出了一种某些事物的共同含义，使之变得越来越清晰。随着时间的推移，这含义逐渐脱离包含它的种种具体形象，从而能够独立地被人把握，"这就是抽象产生的过程"。这也就是为何一个隐喻会最终"老化"成一个平淡无奇的抽象的词的内在原因。

但是苏珊·朗格论述"隐喻"的抽象能力，其用意是为了说明表面看来是"模仿"的艺术作品，其实对现实进行了一种"隐喻式"的转化。正是在这种"隐喻式的转化"中，产生了更为生动透彻、深刻感人的崭新的意义。而且，纯粹的视觉形式和音乐形式所传达的各种意义是永远无法命名的，只能永远由这艺术形象体现出来。也就是说，它通过这种转化而获得的意义将抵御时间的侵蚀，永远"保鲜"。这一种手法（隐喻、转化）所突出的是艺术中的"抽象"，也许就是克莱夫·贝尔"有意味的形式"概念中所说的"意味"了。

明乎此，我们就理解了苏珊·朗格何以给"隐喻"如此重要的地位。她说："不论是在语言发展史上，还是在人类理解力的发展过程中，隐喻表达原则都起到了极其巨大和深远的作用。这种表达原则所起到的作用和影响，甚至超出了大多数人的想象。简而言之，它是人类迄今所拥有的最高级的理性能力——抽象思维——所赖以进行的天然手段。"

开头提到的那个游戏，把我们日常生活中不知不觉进行的活动变得醒豁起来。它提醒我们在艺术创造和鉴赏中注意由这种"隐喻"或"转化"而产生的"意味"或"第二意义"。

与视觉艺术、听觉艺术不同，文学的隐喻永远受到老化的威胁。那些前不久还"毛茸茸水灵灵"的表述，转眼就被晾成干巴巴的一片。于是聪明的文学家时常像那些只掌握了少量词汇的儿童或土著一样，用"笨拙"的描述去代替众所周知的语词。请看鲁迅《离婚》里的一段：

> 木棍似的那男人也进来了，将小乌龟模样的一个漆黑的扁的小东西递给七大人。……七大人也将小乌龟头拔下，从那身子里面倒一点东西在掌心上；木棍似的男人便接了那扁东西去。七大

人随即用那一只手的一个指头蘸着掌心,向自己的鼻孔里塞了两塞,鼻孔和人中立刻黄焦焦了。他皱着鼻子,似乎要打喷嚏。

这里仿佛怕烫似的躲着两个众所周知的词:"鼻烟壶"和"鼻烟"。你也许会说这是由于从不识大场面的爱姑眼中看,故而只晓得是"扁东西"和"倒在掌心上的一点东西"。可是鲁迅明明写到爱姑这时注意力已集中到正数洋钱出来的庄木三那儿,直到七大人"呃啾"一声响,才"不由得转过眼去看"。可见这里"笨笨的"写法完全是为了达到一种反讽的效果,有如"洋泾浜语"中的一些表达那样,既有新鲜感又有幽默感。七大人的日常癖好转化成一种表演、一种仪式、一种心满意足的享受,一种既煞有介事又滑稽的慢动作。隐喻式的表述,产生了多样的无法言传的"意思",绝非"打开鼻烟壶吸了一撮鼻烟"这样的表述所能做到。而这,也就成了独具鲁迅风格的"有意味的"叙述形式了。

于是我们也就不难理解,热衷于"反讽"和"张力"的新批评派何以会如此看重"隐喻"这玩意儿了。休姆说:"创作激情只是一种发现新类比的快乐。"维姆萨特说:"让我们好好夸奖比喻。"布鲁克斯说:"我们可以用这样一句话来总结现代诗歌的技巧:重新发现隐喻并充分运用隐喻。"在新批评派看来,诗人用隐喻发现了事物之间"局部的同一性",但是,尽管这局部性依然存在,"但他走向完全的合一",也就是说,仿佛诗人完全相信这些事物就是一回事,这里就出现了"奇迹性"或"超自然性"。所谓"局部的同一性",就是钱锺书先生在《谈艺录》里引《大般涅槃经》论"分喻":"面貌端正,如月盛满;白象鲜洁,犹如雪山。满月不可既同于面,雪山不可即是白象。"

《翻译名义集》曰："雪山似象，可长尾牙；满月似面，平添眉目。"钱先生接着说："诗人修辞，奇情幻想，则雪山比象，不妨生长尾牙；满月同面，尽可妆成眉目。"跟新批评派讲的"完全的合一"意思相近。钱先生举了一系列诗例来说明，其中最精彩的要算李贺的两句诗。其一曰"银浦流云学水声"——"云可比水，皆流动故，此外无似处；而一入长吉笔下，则云如水流，亦如水之流而有声矣。"其二曰"羲和敲日玻璃声"——"日比玻璃，皆光明故；而来长吉笔端，则日似玻璃光，亦必具玻璃声矣。"这不就是新批评派所说的，隐喻带来的"奇迹性"和"超自然性"么！由于隐喻不像明喻那样，用"像""类似"等词标示出"局部的同一性"，它的"奇情幻想"使得事物之间产生了"反讽"或"张力"关系，产生了意想不到的意义。

其实，并非只有诗歌中的隐喻才有这样强烈的效果。在日常生活的许多陈述后面，都藏着一个隐喻。当我们意识到这个隐喻的存在的时候，貌似枯燥的词句就会被一种洞察所突然照亮，变得或生动或滑稽或怪诞，平添了一重意义。"以阶级斗争为纲"，这后面不是藏着一个有关打鱼的网的隐喻么？"样板戏"这词儿来自"样板田"，又来一种铸造或浇铸工艺。如此等等。

善于还原抽象陈述的"隐喻性"，有助于我们把握一些思维方式或叙述方式后边的总体"模式"。比如说文学史的描述多种多样，显示于对文学史的各种不同看法。法国的结构主义文学理论家托多罗夫就列举了一些文学史模式背后的"隐喻"，一种是"植物"，把文学看作像一个有生命的机体那样诞生、开花、衰老并且最终死亡。第二种是所谓"万花筒"，把文学看作是若干要素的构成，文学的变化不过是这些要素的新组合。第三种可称为"白天和黑夜"，把文学的变化看成昔日的文学与今日的文学之间的对立运动。瞧,这就把纷繁复杂的理论问题转化成具体可感的东西了。我们的思路一下子变得明晰起来。

你能不能给文学史再想出一两个隐喻来呢?我想到的一个是"浪潮"……

游戏并不仅仅是游戏。

读空白

读"空白"不是读"无字天书"。读"无字天书"须经神仙异人（比如九天玄女什么的）传授点化，读"空白"却是肉眼凡胎的平常人在日常生活中每日每时发生着的事。

只需稍稍留意一下日常生活中人们的所谓"交谈"，你会发现戏台上或小说中时常出现的"一环扣一环"的对话根本不存在。日常交谈中通常都是一种"不连贯的对话"，前言不搭后语，主题快速跳跃转移，想要从中找出什么逻辑性来非常困难。人们实际上沉浸在自己的思路里边，一边"嗯"啊"嗯"地应答着对方，一边继续着对话中的"内心独白"。我曾在火车上聆听过两位年轻的少妇"交谈"育儿经验，她们的对话非常热烈融洽，细听下来就发现她们都在互相"打断"对方，一旦接过话头就用半是责怨半是赞叹的口吻描述自己的小儿子的种种英雄业绩。对话的不连贯之处便是"空白"，倘把"空白"计算进去，它在对话中所占的分量是颇为可观的。然而，我敢担保这是真正的"交谈"，与那种僵硬刻板的一问一答不同，她们在这种"不连贯的对话"中获得的自我发现、信息、乐趣、愉快和友情，显然很多。

研究社会心理学的专家们发现，推动人们去"交流"的正是人与人之间的那些"空白"。R. D. 莱恩在《感受的策略》一书中写道:"我无法知道你对我的感受,你也无从了解我对你的感受。我不可能感受到你的感受,你不可能感受到我的感受。我们彼此都是无形的人。所有人之间都是如此。所谓感受是某人对他人产生的隐匿性。"你不禁会想起九叶诗人郑敏早年在《寂寞》里写下的那些诗句:

> 世界上有哪一个梦
> 是有人伴着我们做的呢?
> 我们同爬上带雪的高山,
> 我们同行在缓缓的河上,
> 但是有谁能把别人,
> 他的朋友,甚至爱人,
> 那用誓约和他锁在一起的人,
> 装在他的身躯里,
> 伴着他同
> 听那生命吩咐给他一人的话,
> 看那生命显示给他一人的颜容,
> 感着他的心所感觉的
> 恐怖、痛苦、憧憬和快乐呢?

你还想起一句忘了是谁写的诗,大意是说,他愿意用全部生命来换取一个瞬间,能够用"他人的眼光"来端详一下自身!哲学史上有过著名的"濠梁之辩"。庄子站在岸边说:"瞧,那些鱼悠哉游哉，多么快乐啊！"惠施就说了："你又不是鱼，怎么知道鱼的快乐呢？"庄子反唇相讥："你又不是我，怎么知道我不知道鱼的快乐呢？"实际上，我们不可能"知道"或"感受"同伴的感受，我们只是"揣摩"，并据此做出反应，调节着人与人之间的关系。这个"之间"（between），莱恩把它称之为"无"（nothing），他说："那真正的'之间'是无法用任何出现在两者之间的事物来命名的。之间本身即'无'。"在人与人之间的关系中，我们依赖的正是这个"无"，交往的动力在于我们不断地填补自己感受中的主要"空白"。交谈产生于我们无法感受到对方的感受。"空白"成为交谈的动力，并且制约着、调节着这一交谈。正是在"空白"中，显现着我们对他人的估计，显现着我们的自我形象，显现着彼此的"揣摩"，等等。

当然，阅读与日常交谈有许多明显的不同。我们以前讲过，阅读不是"面对面"的。面对面的日常交谈者可以互相提问、追问、回溯，来确定他们之间的哪些"空白"或多或少得到了"填补"。读者始终没法从作品那里知道自己对它的看法是否对头。所以，会有那样多的读者给作家写信，请他解释他的作品，或印证他们的理解无误。读者无法确定他与作品间的那些"空白"是否消除，只好越过作品，企图直接求助于作家。假若作家仍未泯灭自己的社会责任感并且尚有余裕的时间，给这位读者回了信，我们也无法担保那些"空白"的填充就比原先更对头或更精确。作品已远离作家的控制而独立存在着。况且，这封新收到的信也是一个"作品"，它与原作品之间，它与读者之间，又形成了一些新的"空白"。不单如此，这些新的"空白"还使原先那部作品与读者之间的"空白"发生了位置的错动，组成了新的"空白场"，读者必得重新去充实它们，理解和感受的不确定性很可能是有增无减了。

另一方面，面对面的日常交谈无论是怎样的"神聊""瞎扯"，它总有一个基本确定的"场景"和"交谈目的"。而你一卷在手开始阅读的时候，你与作品之间的共同"场景"和共同"参照系"是一种有待建立的东西。规则是零散地、逐步地呈现的，我得重新组织这些规则，而且是在不断地调整、打乱初步成形的结构的过程中进行这种组织的。"空白"陆续出现，不断被你填充，旧的"空白"被挤到了视界的边缘，却并未从视界中消失，它制约着新出现的"空白"的位置，也同时被这些新的"空白"所调节。由此构成了一个十分活跃的、动态的阅读过程。

由此可以看出阅读与日常交谈的一个明显相异之处在于，交谈者双方是基本对称的，而读者与作品之间的关系却极不平衡。尽管我不过是依靠揣度你对我的反应来调节交谈的方式和内容（你也同样如此），毕竟我们"面对面"的情景是确定的、具体的，环绕着我们并制约着这种交谈的"社会规则"也是确定的。但是，当我面对着据说是一位名叫曹雪芹或莎士比亚的人写下的一堆文字时，一切全靠我自己。一个巨大的"空白"依靠我逐步建立起一些小"空白"来接近它。那些"红学"或"莎学"著作能够帮我什么忙吗？它们与我之间的"空白"也不小。这一切，恰恰是这一切，激发了、产生了我与作品之间交流的多种可能性，作品和我，都可能变得丰富起来。我们在一连串的"无"中的运动，产生了如此充实的"有"。我和《红楼梦》"相遇"在什么地方？既不是在我的狭窄逼仄的斗室中，也不是在曹老先生冷粥孤灯的书案旁，而是在由我从作品的诸多"空白"中建立并不断调整的某一"情景"之中。

那么，能不能说，一切主动权都在我这位文学读者手中呢？"空白场"的形成是我随心所欲的结果么？作品真的对此无能为力、束手就"擒"么？

显然不是。任何积极、主动的读者都曾体会过作品的"难于就范性"。你总不能把阿Q被押上刑场去"嚓"的一下，读成了去赴宴吧。实际上，任何成功的阅读，都以作品对读者的某种方式的"松散"控制为前提。这种"松散"程度大致跟作品与读者之间的"空白"的数量、密度等等有关。

所谓"空白""无"，并不是绝对的"无"，而是"无形的有"。它是由"有"建立起来的。确切地说，它产生于那些表面看来暧昧不明、各不相干的词语、句子、对话、情景及其与读者的关系"之间"。温庭筠的两句诗是一个例子：

鸡声茅店月

人迹板桥霜

一个个名词接踵而至，它们之间的关系缺乏任何说明，一连串的空隙，正是要读者去加以组构的地方。你被扯进了这幅画图之中，凭借"已言部分"以提供"未言部分"的意义或意思。"已言部分"只是作为"未言部分"的参考才有意义。只有"未言部分"才使作品的"文学意思"成形并产生力量。由于"未言部分"在读者的想象中成活，"已言部分"也就得到扩张，比原先具有更多的蕴藉——普通的景色也透出了无尽的悲哀和惆怅。所谓"不著一字，尽得风流"，其实是要"著"了许多"字"之后才能办到的。

小说中的"空白"结构及其运动自然比两句诗不知复杂多少倍。其中最基本的形式是情节：情节线索突然中断，或者朝着始料未及的方向发展。如果一部侦探小说写了某人星期一、星期二、星期三、星期四、星期六、星期天的所作所为，你就会揣测他星期五这天干什么去了？甚至最简单的一句陈述，比如说"第二天，如何如何"，也就意味着两个时间的对比，对比就产生着"空白"。更不用说那些有意安排的悬念、突然上场的人物、福尔摩斯早已掌握而华生医生一直蒙在鼓里的材料等等了。每一个人物之间、场景之间、象征之间、主题之间，都可能存在着或大或小的"空白"。小说中的这些"转换"，通常都外现为分段、分章、分节，这些表面看来是为了把作品划分为小的部分，其实往往暗示了其中缺失的环节。[1] 在小说中，最重要的"空白"时常存在于不同的"叙事角度"之间，当作品巧妙地或突兀地由一种叙事角度转换到另一种时，其中暗含的缺失应格外引起我们的注意。

其实，对中国读者来说，读"空白"并不是什么新鲜的事情。书法艺术就讲究空间布白之美，所谓"计白以当黑，奇趣乃出"，要求把整个书法画面上的有字部分和无字部分有机地结合起来，使"点画之间皆有意"，产生"字外之奇"。古代绘画理论同样强调发挥画面上的空白之处的作用，使"画中之白即画中之画，亦即画外之画"，从而"画在有笔墨处，画之妙在无笔墨处"，于是，"虚实相生，无画处皆成妙境"。古代诗论中，则讲究"象外之象""言外之意""言有尽而意无穷"等等。戏曲表演中，那虚拟性的动作、道具和布景，其"空

---

[1] 参看本书《文学与印刷》。

白"之妙就更是有口皆碑了。即使在最不发达的小说评点中，所谓"草蛇灰线""暗度陈仓""偷天换日"之类的"笔法"，不也在暗示读者去注意情节发展中的"转换"和"缺失"么？

倘从哲学思想上考究起来，中国的文学艺术对"空白"的重视，可能与老庄哲学中贵"无"的思想有关系。老庄所理想的"大音希声"和"大象无形"的艺术境界，就是建立在"有无相生"，以"无"为本的哲学思想基础上的。老子说：

> 三十辐共一毂，当其无，有车之用。埏埴以为器，当其无，有器之用。凿户牖以为室，当其无，有室之用。

老子以车轮、器皿、房屋为例说明：没有车毂、陶器、房屋中央的"空白"，就没有车轮、器皿、房屋的功用。发挥器物功能的恰恰是那个"空白"，那个"无"。从这三个例子也可以看出，在车轮、器皿、房屋中起作用的那些个"无"，恰恰又是由它们周围的"有"来建立的。正如文学作品中的"言外之意"，只能是由"言"来建立一样。

我们在这里讨论的"空白"和"无"，通常在中国古典文艺批评中是用相对于"实"和"虚"这个范畴来概括的。显然，这个"虚"在古人的表述中显得有几分缥缈神秘，而且多从创作论的角度去阐发，很少从阅读的角度加以研讨。实际上，我们时常会感到困惑：所谓"言外之意"真的是存在于言之"外"么？古人天才地猜测到了作品的意义并不只在作品本身，但未能明确地阐述这一意义有赖于作品与读者之间的相互作用。因此，"言外之意"的这个"外"字可能用得不太准确，仿佛作品的意义或意思是与作品毫不相干的东西，可以脱离作品而存在似的。要紧的是那个"之间","言"与"言者"之间,"言"与"听者"之间,"言"与"言"之间,我们不妨用"空白"来命名这些微妙复杂的"之间",无穷丰富的意思正是产生于这些"空白"之中。所以,准确地说,这都是些"言外之意"。阅读过程,就是不断地涌现、组织、调整这些"言间之意"的过程。而作品,只是通过这些"空白"在读者的具体化过程的持续运动才获得了生命力。

显然,一部作品中的"空白"绝不是固定的、一成不变的、绝对的。首先,它总是因每一个不同的读者而异,它相对于读者与作品建立的不同具体化关系而异。对我,它的"空白"可能过于大,大得使我望而生畏,我找不到这个"深渊"中有什么意义,找不到串起那些零散的珠子来的红线,我为它的朦胧或晦涩感到气闷。对你,它的"空白"微不足道,你对作品简直能倒背如流,烂熟于心,它对你已失去了任何吸引力。其次,即使对同一位读者,同一部作品中的"空白"也在阅读过程中不断地位移、收缩或扩张、调整和变化。由于语言呈线性而历时地渐次展开,由于人们的注意力不可能长久地"囊括"所有"空白",阅读遂成为一个动态的不断重建"空白场"的流程。

因此,读"空白",使"空白"产生丰富的意义或意思,就不能单纯地取决于读者或作品的任何一"极",而是取决于两者之间的相互作用。有些作品诚然写得太"满",太"实",由于过分迫切的"灌输"愿望,由于过分拘泥于素材,由于技巧或想象力方面的缺陷,作品有点"固若金汤"。但是,一个善于读"空白"的读者,他自己也不能像一块"榆木疙瘩",或者盛气凌人,满得几乎要溢出来。他的脑子里也应有一些"空白",留有余地,虚怀若谷。道理很简单,既然阅读是一种对话,那么,在没有倾听的地方也就没有对话。

"摆过来摆过去"

"文字游戏"历来在批评家口中笔下都是个贬义词。

我们把语言当工具和载体。"辞，达而已"，这是通信工具。"文以载道"，这是教化工具。"炸弹和旗帜"，这是阶级斗争的工具。这都是对的，合理的。但却不能绝对化。工具也常常向非工具转化，正如手段每每变成了目的。"一方面，语言从一产生就具有某种独立性，'言'与'物'（物理世界）之间，'言'与'言者'（他的行为、道德、意愿等等）之间，都既有联系又有区别甚至对立，而且这种既有联系又有区别甚至对立的情况日益复杂化。另一方面，语言一旦越过了初期的实用和工具阶段，便日渐追求审美的（为'艺术'而'艺术'——为语言而语言）品格，乃至某种非功利的奢侈和装饰。"这是我在《得意莫忘言》那篇札记里写下的一段话。我们的古人是意识到了语言发展的这两方面趋势的，讲求"实用理性"的先民们对此一直深感不安。他们或者借助于外在的伦理标准来划分"信言"与"巧言"，"君子之言"与"小人之言"，或者干脆宣布"智者不言，言者不智"。文字一旦超越了实用的目的，便使人起戒心，甚至产生不如大家仍旧是只会对着某个洞穴或猎物嗥叫的史前人（？）的好这样的念头。但恐怕嗥叫上几千万年，那声音又总会与那特定的某个洞穴相分离，而抽象化成为声音符号——语言，再过几十万年，这声音又会与发出声音的人相分离，使结绳、刻木、画岩之类抽象化为文字符号。这抽象化的趋向仍会继续进行，在某一类语言活动（比如文学活动）中，语言的"能指"显得比"所指"更重要，语言的"审美功能"得到强调，语言成为语言的目的，也就不足为奇了。

但我们的古人把这叫作"舍本逐末"。

有一则神话传说是很有意思的。《淮南子》里讲，字是仓颉发明的，这位黄帝的史官，相貌非凡，长长的龙脸上长了四只眼睛（比"第三只眼"还多一只）。当仓颉先生造字的时候，奇迹发生了——"天雨粟，鬼夜哭"。可见我们的先民已朦胧地意识到了文字的产生确实是件"惊天地、泣鬼神"的大事。但是，更有意思的是后世的古人对这件事情的解释。何以会"仓颉造字而天雨粟，鬼夜哭"呢？给《淮南子》这部书作注的高诱先生解释说，老天爷恐怕人们从此会舍本趋末，抛弃农耕的大业，去贪图用锥刀刻写文字的小利，弄得将来饿肚子，便预先降点粟米来救济未来的灾荒，也是警告世人的意思。当然，"有一弊便有一利"，那些鬼们听说仓颉把这种可恶的东西给造出来了，害怕会被这些文字所"劾"，便都在夜里哀哀地哭将起来了。我不知道高诱先生的解释有何依据，从欣赏神话的角度来说，当然大煞风景，好端端的一个神话，糟蹋在儒生的"政治—伦理"价值框架里了。可是从研究"深层文化心理"或"集体无意识"的角度来看，这解释就大有意思。何以不把"天雨粟"看作是老天爷的赏赐而是老天爷的警告呢？真没道理。大有道理。"本"呵，"末"呵，"劾"呵——甚至在千年以后，你读到"林彪委托江青召开的部队文艺工作者座谈会纪要"

里的那些名句，什么"工人织布给衣穿，农民种地给粮食吃……而文艺工作者却……"之类，也不免悚然一抖，恍惚中瞥见了高诱先生的影子。只怪当年向老天爷预支的稿费早就花光了，如今轮到这些玩文字的仓颉先生们饿着肚子在半夜三更不出声地哭了。

文字是人类最值得自豪的发明。有了文字，人类社会才脱离了史前时期而进入有史时期，人类才有了历史。恩格斯说，人类"从铁矿的冶炼开始，并由于文字的发明及其应用于文献记录而过渡到文明时代"（恩格斯：《家庭、私有制和国家的起源》）。文字是文明的基础，人类自发明文字以来的发展速度是以往任何时期所不能比拟的。

以文字为材料的劳动——写作，正如以其他东西为材料的劳动一样，是人的本质的对象化，是创作主体作用于客体的一种实践活动。它与任何劳动一样是崇高的和严肃的。当写作超越了功利目的，而达到"游戏"的境界时，它就更是崇高的和严肃的了。按照马克思主义的经典作家对未来的劳动的设想，这样的一种境界无疑也是一切任何形式的劳动所憧憬的——在"游戏"中，人的本质力量在无拘无束的、自由自在的状态中得以发挥出来。

谁说"文字游戏"是贬义词呢？

任何一位曾经在写作劳动中体验过驾驭文字的那种"痛快"之感的人，都很难忘记那生命获得奇异的升华的心境——"下笔如有神"！有如一个高台跳水运动员在高难度动作中得到超水平发挥时那样！

打球是游戏，下棋是游戏，打球和下棋出了高水平，便都举国欢呼，群情鼎沸。唯独把文字游戏出了高水平的，视作大逆不道，岂不怪哉。

老作家汪曾祺年初写了一篇文章评论他的同行林斤澜的小说，他写道：

> 斤澜近年小说还有一个特点，是搞文字游戏。"文字游戏"大家都以为是一个贬辞。为什么是贬辞呢？没有道理。

汪曾祺认为："林斤澜把小说语言的作用提到很多人所未意识到的高度。写小说，就是写语言。"这话很实在的，对于一个自觉的作家来说，"文字游戏"恰恰是件呕心沥血的事情。

一种语言便是一种思维习惯。习惯却常常被人们固化为"天经地义"。可是，从来如此，便对吗？"游戏"每每起到打破人们习惯的作用，使人从因循守旧的思路中警醒过来，发现世界的新的面貌。实在的，我们是在语言的包围中认识世界，语言的新组合新排列才使我们领悟到经验世界的新组合新排列！

不妨举几个例子。

第一个例子为人们所熟悉，引自杨树达先生的《汉文文言修辞学》：

> 平江李次青元度本书生，不知兵。曾国藩令其将兵作战，屡战屡败。国藩大怒，拟奏文劾之，有"屡战屡败"语。曾幕中有为李缓颊者，倒为"屡败屡战"，意便大异。

这掌故后来有点以讹传讹，变成"李冠曾戴"了。可是"屡败屡战"这词，难道不是活画出一副百折不挠的情景了吗？

另一个例子引自王嘉璧先生所辑《西山臬》：

> 欧阳永叔守滁作《醉翁亭记》，后四十五年，东坡为大书重刻，作"泉洌而酒甘"为"泉甘而酒洌"。今读之，实胜原句。

苏东坡也许是无意识地篡改了欧阳修的名句,却使名句更名,泉水冰凉而美酒甘甜,常语也。颠而倒之,泉水甘甜仍不失其冰凉,美酒冰凉而不失其甘甜,两相映衬,怎不"实胜原句"?似乎多年以前,苏大学士就预见到了"冰镇啤酒"的好处。

古书里这样的例子俯拾皆是。让我们来看看当代小说里的例子。汪曾祺的《陈小手》是短篇小说里的精品,那语言,当得起"炉火纯青"四个字。"接生,耽误不得,这是两条人命的事。"语气短促、有力、迫切、负责。倘改成"接生是两条人命的事,耽误不得",如何?极佩服汪曾祺的青年作家何立伟慨叹道:这样一改,"则如涧石在而泉流涸,回环的文气便消失殆尽了。"

何立伟自己,把这叫作"摆过来摆过去"的试验,其启发来自沈从文先生。"一研究者告诉我,沈从文先生曾长期将他的小说的情节,分段在几张纸片上,摆过来摆过去地在墙上研究最佳的结构,我于中受到启发的是,小说的语言结构,其实也可以如此的摆过来摆过去,以化合出意外的精彩来。"何立伟自己在《小城无故事》中,就把"噼里啪啦地鼓几片掌声",摆成了"鼓几片掌声噼里啪啦"——他说:"文字于是就起伏了一种韵律感。"

这"摆过来摆过去"的试验,貌似儿童搭积木的游戏,难免要被肩了重任的批评家之流斥为幼稚或形式主义或不严肃或舍本逐末的。但什么是本?什么是末?在何立伟看来,这却关系到"提倡汉语表现层的垦拓,促成文学作品琅琅一派民族气派的美的语言"——岂不是重大得很吗?

汉语表现层!是的,汉语的表现力远远未曾被充分"垦拓"出来,而"摆过来摆过去"的试验,便是开掘这可能性和丰富性的一种极简单而又复杂的方式了。我们知道世界上约五千多种语言,可以大致归为孤立语、黏着语、屈折语、复综语四种语法类型。汉语是孤立语的一个代表,孤立语的主要特点是无词形变化,但是词的次序很严格,不能随便变动:"狗咬人"是常事,"人咬狗"则是新闻;再就是虚词的作用很重要,词与词之间的语法关系,除了词序,很多都是由虚词来表达的:"父亲的书","父亲"和"书"之间的领属关系是通过虚词"的"来表示的。这种关系,在俄、德、法、英等屈折语里,则通过词形变化来表示。因而在屈折语里,词序就没有在孤立语里那么重要。

不难理解,在词序很重要的汉语里,"摆过来摆过去"就成了打破常规,使之陌生化,产生审美效果的重要手段了。

不禁又想起了一段掌故。说的是新文化运动时的闯将刘半农先生,后来却对欧化式的白话进行了"伟大的迎头痛击",这一"迎头痛击"也是通过"摆过来摆过去"来使论敌出丑的——

我现在只举一个简单的例:

子曰:"学而时习之,不亦说乎?"

这太老式了,不好!

"学而时习之,"子曰,"不亦说乎?"

这好!

"学而时习之,不亦说乎?"子曰。

这更好!为什么好?欧化了。但"子曰"终没有能欧化到"曰子"!

鲁迅先生摘出这一段文字之后,很痛心地说:"其实是,那论法,和顽固先生,市井无赖,看见青年穿洋服,学外国话了,便冷笑道:'可惜鼻子还低,脸孔也不白'的那些话,并没有两样的。"事实是,半农先生把《论语》里的话"摆过来摆过去",得出来的语序虽则古文上没有,"谈话里却能有的,对人口谈,也都可以懂的",唯有将"子曰"改成"曰子"是胡搅蛮缠,"无的放矢"。

语言只是一种约定俗成的符号系统,不是"天经地义"。把一种语序绝对化,无非是表现了一种"语言忠诚"或"语言偏见"。这时,"摆过来摆过去"的试验便格外被看成"大逆不道"而备受重视,或者又撇撇嘴说一声"雕虫小技"来掩饰这种重视。

然而,自觉的文学家和文学读者,却从中体验到了人的主体性、人的创造性和人的实践力量。

体裁的"误读"

要是把一部剧本当成小说来读,会怎样呢?

杨绛先生在她的《关于小说》一书中,讲到过一部西班牙文学中的经典,写于十五世纪末年的《薛蕾丝蒂娜》。书的名称里标明是"喜剧或悲喜剧",但是这个"剧"显然不便在舞台上演出。它压根儿没舞台,也没有一句舞台指导。原作只有人名和对话(包括旁白和独白)。哪一段是旁白或独白也没有说明,全凭读者自己区分。把它当"剧本"读吧,没法演出的"剧"自然不合戏剧的规范。把它当小说读呢,杨绛先生说:"读来却像打破小说传统而别具风格的小说。"也就是说,读起来很有点二十世纪才兴起的现代"意识流小说"的味道。有心栽花花不发,无意插柳柳成荫。这部作品向我们露出一副"五百年前早知道"的残酷的笑容。

由亨利·詹姆斯和帕西·卢伯克阐明的一种小说理论认为,应该使"全知全能的小说家"从小说中有意地消失,而采取一种"客观的"或"戏剧的"叙述方法,使故事和人物像"画面"和"场景"一样自行"呈现"出来。其中最有特色的一个专门性技巧,则是法国人称为"内心独白"而美国人称作"意识流"的一套手法,这种技巧"直接把读者引导入人物的内心生活中去，没有作者方面的解释和评论加以干扰……"推崇这一类叙述方法的作家和评论家，都试图把它说成是唯一的艺术方法，《文学理论》的作者雷·韦勒克认为对这个武断的主张不必过分认真。

杨绛先生把《薛蕾丝蒂娜》当小说读时，发现它跟上述理论所阐明的现代小说有极相似的地方。它的那些个大段"内心独白"，约略近似于近代的所谓"意识流"，多少带些心理活动的"原始状态"。这也并不奇怪，早有人把莎士比亚戏剧中的独白看作"意识流"的祖宗。而这部写于十五世纪末的西班牙作品，其时间、空间的处理也与一般的戏剧或传统的小说不太一样。总之，"我们现在有意识地把它当小说读，就觉得像一部打破了传统的新小说，和近代某些小说家所要求的那种不见作者而故事如实展现的小说颇为相近"。

文学的体裁或类型（史诗、戏剧、小说、诗歌、散文等等）的划分，是文学理论中的一个麻烦问题。古典主义作家要求在创作时遵守体裁规范的"纯粹性"，比如贺拉斯致皮索兄弟的信（即《诗艺》）中就这样做出经典的、原则性的论述："不论写什么，都必须单纯一致"，"每一种特殊的体裁都必须恪守派给自己的领地"。但是，在席勒给歌德写信时，就已讨论到明确地区分"戏剧"和"史诗"这两种类型时碰到的困难。席勒认为这种体裁间的混同是不可避免的，特别是在传统受到挑战的时期。

我们不妨把文学体裁看作是历史地形成的一套"创作惯例"，代表了由一批"作品群"所暗示的某些"规范"和"模式"。既然是"历史地"形成的东西，也必然会"历史地"发生变化，因为一切历史问题都具有相对性，要为体裁划出一个清晰而不含混的界限实际上是不可能的。譬如近年来的中国当代文学,可能就是处在一个"传统受到挑战的时期",所以体裁之间的互相渗透、"顶替"、错位成为司空见惯的现象,"小说的诗化""小说散文化"一类的话题一再引起文学理论界的关注。"纪实小说"这样的似是而非或似非而是的体裁,也赫然闯入文坛,立住了脚跟。汪曾祺的《桥边小说三篇》,或有人物而无情节,或无人物也无情节,他认为,这是对小说规范的一次"冲决"。古典主义作家所要求的"体裁的纯粹性",在今天看来未免显得迂腐了。

从我们,文学读者们的角度看,"体裁"在阅读中起什么作用呢?文学体裁相对地限定了我们的"阅读视野"。当一部作品标明为"章回小说"时,我们知道,将读到一系列悲欢离合、除暴安良,读到"欲知后事如何,且听下回分解"等等。体裁的标定相对地制约了我们的"接受期待"。人物如所期待地一一上场,情节如所期待地一一展开,如果读了半天还是一些风景描写或内心独白,我们会不安地、恼怒地产生迷惑:"这算什么小说?"我们会回过头去瞅瞅标题旁边注明的体裁是不是标错了。就好比一通京剧的开场锣鼓敲打过之后,幕启处跳出来一群舞着"迪斯科"(海外有一位诗人将它译作"踢死狗")的青春男女,你会大吃一惊,你的"接受期待"被打破了。如果小说写得来像"杂碎汤"而诗歌写的来像"谜语",你知道作家、诗人的"视野"已越出了传统的规范,这种越出未必是成功的,所以你不必紧跟着调整自己的"视野",你还要等等看,看看"散文"或"新闻纪实"对"小说"体裁的大规模入侵到底势头如何,"鹿死谁手"?

当然,我们,文学读者们,也不必把一种文学体裁的具限看作"天经地义"、一成不变的东西。有时"期待"的被打破正是一种阅读的乐趣,"料事如神"会使阅读变得索然无味。新的写法与旧的规范之间形成的对比、映衬会增加作品的"意思",比如汪曾祺的"散文化小说"并无性格鲜明的人物,但是慢慢地你就读出来,果然,"字里行间就渗透了人物"哩!

十五世纪末的西班牙佚名作家创造了一部不合戏剧规范的剧本,却可以当作一部打破了小说传统的小说来读,这说明在造体裁界限的"反"方面,也不单是作家享有特权。我们文学读者也满可以不时来点淘气,来点"跨体裁"或"张冠李戴"式的读法,很可能会有新鲜意外的发现。我们的古人就曾经玩过这一类把戏。比如有一首著名的七绝:

> 清明时节雨纷纷,
> 路上行人欲断魂。
> 借问酒家何处有,
> 牧童遥指杏花村。

要是把它"误读"成一首词,就变成:

> 清明时节雨,
> 纷纷路上行人,
> 欲断魂;
> 借问酒家何处,
> 有牧童,
> 遥指杏花村。

于是,"诗境"就转换成"词境",其中产生了微妙的不同之处。

体裁的"误读" | 073

"五四"时期，周作人的《小河》，原是作为散文投给杂志的，待到发表出来时，编辑却把它分了行，遂成为中国现代文学史上第一首不押韵的、"用语体文写的"、有相当长度的新诗了。编辑的"误读"无意中开启了新诗创作的一条路子，使人们发现原来诗也是可以这么写的，恐怕又是"无意插柳柳成荫"的一例。

"安明，记着那车子！"这本是粉笔写在墙壁上的一句留言，诗人艾青却拿来作为"诗的散文美"的例证。这使我们想起美国诗人威廉斯的一首颇为著名的诗，其实和一张普通便条也没有多大不同，只不过是分行排列出来的罢了：

> This Is Just to Say 便条
> I have eaten 我吃了
> the plums 放在
> that were in 冰箱里的
> the icebox 梅子
> and which 它们
> you were probably 大概是你
> saving 留着
> for breakfast 早餐吃的
> forgive me 请原谅
> they were delicious 它们太可口了
> so sweet 那么甜
> and so cold 又那么凉

当我们不把它当作一张普通的便条，而是当作一首诗来读的时候，体裁所暗示的接受期待就刺激我们，这里可能包含着大于字面的意义。因为所谓读懂一首诗，实际上就是读出它的"言外之意"。按照评论家卡勒的解释，吃梅子是一种"直接的感官经验"，这种合乎自然要求的享受却违背了"社会礼俗"，两者之间形成对立，而用便条形式写成的这首诗则是一种"调解力量"，它一方面请求原谅，承认礼俗的重要，另一方面又通过最后几行肯定了感官享受的权利，认为在人与人（即诗中的"你"与"我"）之间的关系里，应当为这类感官经验留出一定余地。（参看张隆溪《诗的解剖》）

把日常的"应用文"误读成"诗"，便使得词语获得"解放"，摆脱实用目的的羁绊而"闪烁出无限自由的光辉，随时向四面散射而指向一千种灵活而可能的联系"。这种用"文学体裁的眼光"来误读日常生活的行为，不单是作家、诗人的职业习惯，我们文学读者也常常不经意地做，比如我们常常会在听人讲了一段真人真事后感叹道："这简直是一篇小说嘛！"因此，所谓"文学体裁"，不仅是作品的归类，而且是如卡勒所说的，"读者与作品接触时引导读者的规范或期待"。而真正的艺术又总是带有独创性，它不仅仅合乎规范，也往往改变现存规范。那么，有创造性的读者，也不会被动地受缚于这一规范，他也可以"越轨"，从"常语"中读出"诗家语"，从"新闻报道"中读出"小说"，从"严肃"中读出"荒诞"，如此等等。

文学与印刷

题目涉及的范围可能不小：文学史与出版史、文学与校勘学版本学、文学家与编辑、文学的传播、文学体裁与报刊（比如"连载小说"）……这远远超出我最初的想象和我的专业能力。单挑其中比较"贴近"文学的一个题目来讨论或许是明智的：谈谈文学作品的"印刷效果"。

文学，是"语言的艺术"。在雕版印刷术发明已逾千年的今天，径直把文学说成是"文字的艺术"，似乎也未尝不可。其实，你从"口头文学""口传文学"这样的一些用法中，也可窥见一点"其中消息"。至少，我们心目中的"文学"，大多是以印刷品的方式存在着的。当然这不是贬"口头"尊"文字"，乃至大逆不道地妄图驱"民间文学"于"文学"大门之外。事实上，我们现在所了解的"民间文学"，绝大多数也已"书面"地存在着了。

但是，文学作品是否就是以白纸黑字印成的一本书呢？这一点目前是有争议的。波兰的现象学美学大师罗曼·英加登认为，必须把文学作品同它的"物理基础"区别开来。文学作品"在作家的有意识的创造行为中获得其存在的源泉，同时在写作时记下的文本中或通过其他可能的物理性的复制手段获得其物理基础"。白纸黑字只是"文本"，只是"向文学作品提供稳定的实在基础的物质手段,只是使读者接近它的物质手段"(罗曼·英加登:《文学的艺术品的认识》)。那么"作品"存在于何处?"作品"超越其物理基础,存在于"文本"与作者、读者的相互作用之中。这一看法与克罗齐有同有异,相同之处在于都要求把艺术品与其"物理存在"相区别,相异之处在于克罗齐根本否定媒介的作用,认为文艺作品仅存在于人的心灵之中,而英加登并不放弃那支撑了文学作品的"本体论存在"的"物理基础",却也并不把它包含在作品的结构层次里面。

韦勒克在那本著名的《文学理论》中支持了、传播了英加登的"文学本体论"观点。他从两方面来论证文学作品不等于一件"人工制品"。首先,存在着大量未曾"写下来"的诗或故事。诗可以脱离它的"版本"而存在。如果我会背一首古诗,那么即便这首诗的全部版本都已毁掉了,却毁不掉这首诗。如果毁掉一幅画、一件雕刻、一座建筑,那么它们就被彻底毁掉了。重建的无论如何相似,终究是另一件艺术品,文学则不然。其次,印刷的书页里有好多因素对于文学作品来说是外在的:铅字的大小、类型(正体、斜体),开本的大小等等。否则,我们就会得出结论说,每一种不同的版本都是一件不同的文学作品,这显然是荒谬的。总之,"我们能够说明诗(或任何文学作品)可以在它们刊印的形式之外存在,而印刷的人工制品包括了许多不属于真正的诗的因素"。

当然,也有不同的看法。有人认为物质材料构成了艺术作品的一个基本层次。海德格尔也认为不宜在艺术作品的物质材料与艺术作品自身之间划一道明显的界限。实际上,想要"划清界线"历来都比理论设想的要困难得多。英加登也承认物理基础的特性与依靠这基础的艺术作品的特性，"并非毫无关系"（罗曼·英加登：《艺术价值和审美价值》）。韦勒克也举了一些例子说明了印刷上的许多"花样"，如何成为一部分文学作品中"不可分割的因素"，"忽略了它们就不可能对许多文学作品做出完整的分析，它们的存在证明在现代诗歌的创作实践中印刷是非常重要的，还证明诗歌不仅是写给耳朵听的，也是写给眼睛看的"（韦勒克：《文学理论》）。

要说文学体裁与印刷的这种审美上的依存关系，最明显的当然莫过于现代诗歌了。冯文炳先生在他的《谈新诗》一书中引述过林庚先生的一个观点，认为古今中外的诗的共同形式就是：分行。冯先生指出，这个见解"很得要领"。中国古诗从前印刷起来并未分行，但是那固定的格律、韵脚，起到了潜在的分行作用。法国学者热奈特曾举过一个极端的例子：

> 昨天在七号公路上
> 一辆汽车
> 时速为一百公里时猛撞
> 在一棵法国梧桐上
> 车上四人全部
> 死亡

把一段极平常的新闻报道，分行书写刊印出来，便使之"跃跃欲诗"，使读者期待着得到读诗的感受了。（至于诗的好坏，是否"纯诗"或"歪诗"，另当别论。）分行排列激发了读者的诗的"接受期待"，以它的印刷形式发出信号：这已不同于一般的新闻陈述了。它要求把它看作是虚构的、自足的、完整的、具有言外之意的语言结构。

现代诗歌在印刷上的"花样"自然远比分行排列更令人眼花缭乱。美国的卡明斯、德国的霍尔兹、法国的玛拉美和阿波利奈尔，他们把诗句排列成"心"形或别的图形，采用不同寻常的诗句安排，诗的首句甚至从页底开始等。据说马雅可夫斯基曾想用"五颜六色"来印刷他的诗集，只是由于技术上的原因而作罢。这些招数也传入我们中国，比如近时有一首咏长城的诗便把诗句排成城垛形而引起人们的诟病。但是，尽管绝大部分诗中没有这类东西，但它们在各自的具体背景中所起的作用仍是值得研究的。即便比这类古怪的印刷品更"温和"的措施，也常常引发无休止的争论。比如"有标点还是无标点"，就是我国诗歌理论界间三岔五就要"争鸣"一番的"经典"话题，尽管这些争鸣中的"理论"成分始终不见增长，人们更像是为各自的审美趣味和习惯寻找辩护依据。然而这"标点之争"却也表明了现代诗歌的"视觉性"已压倒了"听起来顺耳""好记易背"一类的要求。

小说等体裁似乎与诗歌不同，无须依赖于印刷上的视觉效果。其实，稍加留意，就会发现近年来相当一部分的小说已离不开至少两种类型的铅字（宋体和仿宋体）的穿插运用。其实，文字以外的"印刷现象"，比如说插图、装帧、版式等等，也可能对文学作品的"接受"起一定的影响。几乎没有一位作家不关心自己的书被印成什么样子。有些作家干脆自己动手。美国小说家库尔特·冯尼格给自己小说画的插图构成作品的有机部分。冯骥才给《三寸金莲》配上历史照片和小脚鞋样，插图的严肃性和资料性恰好与文字的古怪风格形成对比。早几年，徐迟的报告文学《哥德巴赫猜想》，一上来就是一个繁复而又漂亮的数学公式——它并不要求读者"看懂"，而是从视觉方面给你带来一个"艺术打击"。后来，似乎有不少作者竞相在小说里来上一段五线谱什么的（"命运在敲门"？），却并不一定与整部作品相谐调。

当然，能够给自己的小说画插图的作家毕竟不多，第二个给报告文学配数学公式的人便已有"庸才"之嫌。但是，即便是通常的给作品分章、分节、分段、空行、空格之类，也都有着潜在的组织读者的审美体验的作用。记得《人民文学》曾登载过汪曾祺给编者的一封信，对刊物发表他的《八千岁》这篇小说时的某些处理颇有意见：把该断开的段落给连上了，该连上的段落倒分开了，这样一来，全篇"文气"的舒缓徐疾、节奏等等，就都大不一样了。所谓"文气"，与一般"口气"或"语气"不同，是要通过文学作品的"书面存在方式"才能细细品味出来的。

进一步思考就会推出这样一个问题：以表音文字为媒介的西方文学作品尚且无法与其"书面存在"完全划清界限，以表意文字为媒介的汉文学作品，又将如何呢？这可以通过一个小小的阅读实验来体会——

　　　　Báirì yī shān jìn,
　　　　Huánghé rù hǎi liú,
　　　　Yù qióng qiānlǐ mù,
　　　　Gèng shàng yì céng lóu

这是什么？按汉语拼音一念，你知道是那首家喻户晓的唐诗绝句。听起来"耳熟能详"，瞧着却如此"眼生"。好像少了点什么，某种由"阅读传统"带来的"审美愉快"似乎从哪儿漏失了。比如"白日"与"黄河"等字所暗示的色彩感，"河""海""流"的那个共同偏旁所形成的统一感乃至"水汪汪"感,"山"字的象形所暗示的耸立、坚硬、垂直的感觉与上述三字所暗示的逶迤、横向、绵延的感觉形成的对照,方块字造成的整一、和谐等等。我已经说了,这不过是由于一定的文化价值体系制约着的"阅读传统"在潜在地发挥着作用,这里并没有什么绝对的优劣高下之分。假定有一位已从"汉语拼音阅读系统"里浸染出来的读者,他肯定会从上面那段我们瞧着别扭的诗句中发现属于他的美感,比如说第二句里接连出现了三个声母"h"等等,他会指出,声音层面上的一些"有意味的形式"比如韵律之类如何被"视觉化"了。以表意文字(汉字)为媒介的汉文学作品,不光"声音层面"在起着组织审美体验的作用,而且文字形态也参加了进来,发挥着并非无足轻重的功能。毫无疑问,把一首汉诗翻译到以表音文字为媒介的语言系统中去,除了通常的"耗损"之外,不可避免地会有"视觉方面"的损失。难怪,倾心于东方文学艺术的埃兹拉·庞德,会在他的《诗章》一书中,缀以那样多的方块汉字了——那恐怕不仅仅是一种"装饰"。由此,我们似乎应该对罗曼·英加登的"文学本体论"观点提出某种修正。英加登把文学作品的本体存在划分为四个层面,即物质指号、字面意义、代表的对象和"形而上"的目标。其中的第一个层面规定为"声音层面"(指作为产生意义的必不可少的先决条件的语音系列,不是朗读作品产生的实际声音,否则就会得出结论,说由不同的音色、个人腔调念出的是不同的作品)。他的理论是由以表音文字为媒介的文学现象中抽象出来的,倘若把汉文学的现象考虑进去,那么以印刷品方式传播的文学作品,文字的"形"的方面的因素就不能说跟意义的产生毫无关系。英加登明智地指出了每一个层面的"实现"有赖于读者的阅读,使之"具体化"。我们知道每一个读者都不是

"赤手空拳"或"天真无邪"地开始阅读的。阅读，作为一种视觉经验，有它的文化、它的传统和惯例。这一切都制约着我们从文字符号中如何产生"意义"。

媒介也是信息。从报纸上还是从电视里获知美国航天飞机爆炸的消息，其感受是大不一样的。新闻报道尚且如此，以震撼人的灵魂为己任的文学作品就不能对自己赖以存在的媒介物漠不关心。电视连续剧《红楼梦》开播之后不久，积存在新华书店书架上的《红楼梦》"原著"就销售一空。这说明"文学阅读"依然是一种无可替代的艺术享受。正因为如此，剧本、电影文学脚本等等才会在文学领域里占有一席之地，顽强地在舞台旁边或银幕后边探出头来呼唤自己的读者。也正因为如此，那样多"无法朗诵"的诗歌才生存下来，并且使你惊奇地发现，现时代的绝大多数"听起来顺耳"的诗都令人遗憾地写得不太成功。当诗歌主要以"吟咏"和"歌唱"的方式传播时，押韵、格律等等就作为声音层面的基本需求制约着诗的形式。一旦诗歌不但"写给耳朵听"，而且"写给眼睛看"，字"形"方面的考虑，印刷上的"招数"，就都试图参加进来对意义的产生起作用。你会想，离开了诗（以及别的文学体裁）的传播方式，抽象地"规定"诗应当怎样，显然有欠明智。

任何一种媒介都有局限性。文学作品的"书面存在方式"隐伏了它与"活的语言"过分分离的危险。"吾国言文之背驰久矣"（见胡适《文学改良刍议》）。可以说，只要"文字"存在一天，这危险就一天不会消除。"废止汉字"么？其实在西方文字中，语言的书面形式与口头形式"脱节"的情形也一直在发生着。视觉符号和听觉符号的不同记忆条件使得书面语言具有较大的稳定性和更顽固的保守性。这一点不也明显地表现为我们对文学作品在印刷上的各种"花招"的反感和不习惯么？其实，一种局限也往往伴随着一种优势。人类文明的基础是文字，这一点同样为印刷术发明以来的文学史所证实。"取消主义"并不能克服文学作品的"书面存在方式"的局限。相反，只有清醒地、自觉地探讨这一"存在方式"带来的全部问题、困难和前景，才能使文学充分利用某种限制中潜在的全部可能性。既然通常的分章分节分行等"印刷手段"就已参与了"文学阅读"中审美体验的组织过程，我们要判断其他"印刷手段"是否"形式主义"就很困难了。一部英国小说写到一个心力衰竭的老人的内心独白，当他死时，书中出现了"黑页"！我们不必夸大文学作品在印刷方面的"视觉效果"，因为一切媒介的运用都可能成功或不成功，和谐或不和谐。但是，如果我们意识到文学作品的"物理基础"中仍然有许多有利于产生"文学意义"的先决条件，就会对一切为增加新鲜的审美体验而做出的尝试，抱一种历史的同情的态度。

第二辑 边缘阅读

我们就在题目当中
——《艰难的选择》小引

《艰难的选择》,赵园著,上海文艺出版社1986年出版。

回顾我们走过的道路,常常会有这样一种感觉:仿佛不是我们选择了题目,而是题目选择了我们。我们被纠缠上了,命中注定地,要与它撕掳不开。这感觉既令人兴奋又令人惶惑,说不清哪样更多一些。

题目选择了我们

喧嚣尘世,苍茫人海,我们会和什么样的题目邂逅呢?几乎有无数的可能与偶然。我总在想,也许,被这样的题目选中,是幸运的——如果它显示了一种可观的研究前景,在地平线的后面你直觉到了某种不但可以"描述"而且可以"论证"的东西,即通常被称之为"发现"的东西;如果它正好出现在现有研究成果的"空档",有如目标出现在由缺口和准星连成的直线上那样;如果它为我们现有的知识结构和科研能力所胜任,不以过分令人昏眩的高度使我们望而却步;如果它与我们所生活的现时代紧密联系,因而经由对它的献身,我们能够参加到同时代人的事业之中；如果它与我们的个性、经历以及对人生对世界的体验有着奇妙的契合点，因而它能激发我们持久不断的（不怕失败也不甘失败的）热情和注意力，并使我们在与它的相互作用当中一天天地成长起来；如果……，如果真是这样，我们无疑就是幸运的。

知识分子形象史

从某种意义上说，文学作品就是知识分子的精神产品（在印刷术发明了一千二百年的今天，更是如此），一时代的文学风貌，与一时代知识分子身内身外的具体处境，至关密切。鲁迅先生准备写的中国文学史，把六朝文学这一章拟为"酒·药·女·佛"，把唐代文学的一章拟为"廊庙与山林"，都是着眼于当时文人的社会地位、生活方式、道德面貌、心理状态来立论的。一时代文学中出现的知识分子形象，在一定程度上就是一时代知识分子的自我反省和自我塑造。把这说成是一种机械的平面的镜像当然是危险的，总是有所扭曲变形，有所放大缩小，有所隐藏装饰。这种种变形，又正是知识者身内身外的具体处境使之然。研究者探讨文学中的知识分子形象，便不单要窥见那镜像，更须同时考察那镜——凸透镜、凹透镜或哈哈镜，将那镜的折射率、焦距、制作时产生的气泡，以及映射时的角度、光线明暗等等，一一指给我们看。不单解释了镜像与镜外之物，也解释了那镜。

然而研究者自身也是知识分子，检视那镜者亦映入镜中，我们将看见双重的映象。以后倘有人来考察这一考察，多半亦会映入其中。于是我们获得一种叠印的丰富性。这是一代代知识者执着的自我反省积累起来的丰富性。反省的又不仅仅是自我，其中蕴含的，却是由时代、世界、民族、个人诸因素交织起来产生的逼人质问所引发的思索：关于命运与道路，责任和自由，理想与代价，生和死，爱与恨……

但文学毕竟不单是一种自我反省。"在语言中，我根据他人的视界给自己以形象。"（巴赫金）我是在一个语言共同体之中写作，我是在一个文化共同体之中创造形象。对形象和形象史的分析，最终不能不归结为对文化与文化史的分析。知识分子是文化的自觉创造者与敏感承受者。文化内部的破裂与修护，外部的撞击与交融，都最集中地在知识分子的形象及其形象史中烙下印痕。我们经由一个似乎是很小的口子切入，突然间线索像树根一样在深层伸展开来，纠缠着蔓延着，却并未使我们迷失于这些线索之中。所有这些线索，文化的、心理的、社会的、民俗的等等，终至汇集于我们的目的地同时也是出发点，即它们如何制约了、化入了文学形象的创造。文学研究于焉而超越自身并返回到自身：超越自身以获得活力、获得丰富与充实；返回，则知所行止，获得完整与结构。

"盗火"与"理水"

鲁迅曾想写一部关于四代知识分子的长篇小说，包括章太炎的一代，鲁迅自己的一代，瞿秋白的一代和更年轻的一代，可惜未能写出。实际上，这一宏愿是由整个"中国现代文学"中的知识分子形象画廊来完成的。在接续而至的"中国当代文学"中，又有好几代的知识分子的形象得到了描绘。每一代人都面临艰难的选择，选择道路、方向、目标、意义和归属，从而，也就选择了自己的形象。按照英国历史学家汤因比的说法，当两种文明发生碰撞之时，知识分子的角色功能有如"变压器"。他们承担着双重任务：一方面率先学习发达的文明并将其精华传播至全社会；另一方面，是慎重地用新的眼光重构固有文明，使之获得新生而得以延续。不单要"盗火"，而且要"理水"。二十世纪的中国知识分子，便是在这双重的重负之下辗转挣扎，留下其零乱的脚印与不屈的身影。文学，自觉不自觉地，部分地然而生动地，表现折射了这一艰辛漫长的历程。即使仅仅经由文学来探视这个历程，也能意识到，这是一个至今仍在继续的历史进程。我们自己，也正身处在这一进程之中。因而，所谓"史"的研究，也就在这一点上获得了某种当代性与实践性。

治史的诗心

题目选择了我们，却原来我们就在题目当中。正所谓"我中有你，你中有我"，于是我们无法保证研究的"客观"。然而，在人文学科的研究当中，真的有可能"客观"么？如果题目不能与我们的生命"长在一起"，我们与它的结合就只会充满了痛苦。与其用一种无个性的主观去冒充所谓"客观"，不如毫不犹豫地掷笔敛手。

朱自清先生讲到闻一多先生治中国文学史时曾说：他"是在历史里吟味诗"，更是"要从历史里创造'诗的史'或'史的诗'"。我想，文学史的研究者，最难得的，莫过于这一颗跳动的"诗心"了……

赵园嘱我"海阔天空"地写一点什么作她这本书的小引，于是，我涂了几段类乎札记的文字在这里。

读生命的秘密
——《秋萤》序

《秋萤》，岑献青著，广西民族出版社1988年版。

岑献青故乡的出版社，将她这些年的散文结集出书，这是令她的老同学们，譬如我，感到特别高兴的。毕业后这些年繁忙杂沓的生计之余，动笔写各种文字的同学不少，似乎独有岑献青，在不声不响地犁着一块被唤作"散文"的地。

赭红色的秘密

遂有一份浓浓的乡愁来罩住我的心了。我旅居北地京华，岑献青的笔却把南国的风光带来我的眼前。然而这拂之不去的愁思，在岑献青，起先当然不过是一个远走北国的壮乡小女子的怀乡情愫，也掺着血一般浓的亲族骨肉之眷恋。渐渐，却又生发开来，连同苦涩却又多梦的童年，作为历经劫难的乡土的反衬，时时显现出来未脱稚嫩的稍嫌絮叨的回忆之中。最后，在我看来这是一个飞跃，这乡愁升华为对一个民族的"永远的魂灵"的寻觅，她站到了壮乡花山崖壁画前——

上千个魂灵，簇拥一个无形的世界，带着一个赭红色的秘密，化作了大山的一壁。……

嚷，我壮民族的先人，亦是用生命，带了一个民族的历史凝聚在这悬崖上了。上千年，上万年，面临一江水，背倚千重山，任树绿了一春又一春，任水流了一夏又一夏，不移不摇，不崩不垮。那赭红色，经年历代，风吹雨刷，竟水冲不去，雨刮不掉，依然是活泼泼的一壁生命，硬朗朗的一壁生命！正是这魂，游荡了上千年上万年，令一个民族在铁血与苦水中生存，在沧桑世事中繁衍不息。不背弃这江边的山，也不背弃这山边的水，以坚韧、以顽强，创造着生命，创造着文化！

这是在"找魂"，也是在"寻根"。一个民族的魂灵当然不单是崖壁上赭红色的符号化，实在，也只有具体到这游子心中的记忆眷恋、眼中的世事风景，才能有血有肉地成为可触摸的。然而，倘若只囿于日常生活中的点点滴滴，这魂灵便难免滞实在一般的民俗风习之中，无法经由个体生命如此深切的体验，升腾到一个哲理诗般的层次。但我又想，再往深里掘去，这乡愁，怕还不单是为一个民族的魂牵梦绕。利普斯说："'我们回家吧！'这在任何一种语言中都是一句神圣的话。"普遍的"乡愁意识"，实在是现代社会里人们对生命之树的"根"的眷恋。我们是谁？我们从哪里来？我们需到哪里去？我须得为自己的现实存在寻根，我不是在"发思古之幽情"，我在读这一壁赭红色的岩崖，不过是在读我自己的魂灵，读我自己的秘密，读生命的秘密。

现时代的生死场

壮乡遂在岑献青的笔下呈现为一个现时代的生死场。那是很难而又坚初的生，平淡而又凄凉的死。或许，因了多少年前的飞来横祸曾差点使母亲轻生江中吧，她对这"死"字会有这样的敏感。姨的死，矿警叔叔的死，正是反思这"死"才向我们昭示了"生"的意义。九死还魂草、长满气根的榕树、死不绝的星星……这些反复抒写的意象显示了岑献青想要参透生命奥秘的努力。更能打动人的是写"亲情"的那些篇章，她写出了那份复杂的充满了酸甜苦辣的感情：眷恋、歉疚、感激、遗憾、不满……实在，生命的奥秘须得在生命的长链上去体验：我们的个体存在，负载了怎样的一些自然的和文化的基因，辗转于这个陌生的世界呢？这"生死场"在岑献青的笔下或许展开得过于狭窄。世事场景过于纯净化，"铁血和苦水"中的众生相未能得到原生态的表现，笔墨也嫌不够精到简练，然而，生与死的疑问如何始终燃烧着她的文思，那痛苦、困惑、折磨、焦灼、执着，却是可以感觉到的，并且被震撼了。

"冷抒情"的文字

起先，岑献青也免不了像当今初学写散文的人般，受了"杨朔模式"——"由物抒情、因情显理"的限制，把本来是自家的体验写入了他人的套子里去。渐渐，或许是从"五四"散文大家和古典散文精华里汲取了养分，又受现今文学新思潮（譬如"寻根文学"）的激荡，她的文笔竟老练起来，却仍不失其质朴、自然。所以，较之那些"热抒情"的篇章，我更喜欢这些不动声色的"冷抒情"的文字——

> 村里的孩子却要粗野些，光着屁股，在近岸处水中，拿只破簸箕东兜西兜，偶然捞起几只小鱼小虾，便兴冲冲地挤做一堆，用手指将那些小生物拨拉过来拨拉过去，倾入小鱼篓中，然后继续移着脚，在水中翘起屁股，下巴直点着水面。
>
> 人们却依然来来往往，拥拥挤挤。带着朱明瑛的"咿呀呀"。喊着哭丧的"爷呵娘"。带着三洋和索尼。携着祭神的酒肉和皇历。迎来生。送去死。用昨天换来今天，用过去换来现在。用永恒换来暂时。来，去。去，来。匆匆，忙忙。走，跑。跳，跃。秩跌，撞撞。把日子过得如桥下的流水，忽而暴涨湍急，忽而细缓轻流。

第一段文字只是个素描，几乎把形容词都"洗"掉了，干净、平淡，最末一句实在传神。第二段文字把木桥上过往的新与旧、生与死"平等地"并列出来，多用句号使每一分句"升格"为独立的句子，使词组变为句群，木桥上的日子便如这语气一般忽而急促，忽而舒缓。要之，这种"冷抒情"使得叙述人不再是凤凰树下望星星的长不大的少女，而是经历了纷繁世事的中年知识者，借用老作家汪曾祺有一次用过的一个比喻：端了一张紫皮竹椅坐看小河水涨水落，木桥人来人往，面容平静如常，心里却想了极深极远极多。

散文是一块并不容易耕作的、冷清的园地。从前，编辑见到有写得不成功的小说时，会嘱咐作者"改成散文吧！"如今却最乐意把写得好的散文列在小说中发排，做一种体裁上的"冲决"。实在，散文笔法业已大规模"入侵"小说,评论者把这叫作"小说的诗化、散文化"。这是从小说方面着眼立论的。倘若从散文方面看,则是"边缘文体"用暗度陈仓的办法试图恢复"失去的天堂",向"中心文体"渗透。文学史上体裁的互渗互补原也是常有的事,倘从散文这一独立文体自身的建设着想,则不必孜孜于往地位显赫的小说那一面挤,对散文失了应有的"文体自信心"。所以,我既欣喜于岑献青不时用她的散文笔法写小说(真正的小说!),又欣喜于她这不声不响地犁散文这块地,经由真切深邃的人生体验,去呼唤、寻觅"永远的魂灵",遂也把自己的生命,用赭红色烙上那一壁山崖了。

永远找下去
——《到美国去！到美国去！》序

《到美国去！到美国去！》，查建英著，作家出版社1991年3月版。

查建英（还是按习惯叫她小楂吧）命我为她的第一本小说集"随便写几句"，搁前边算是"序"。古人说过"人之患在好为人作序"，是至理名言。但这回却义不容辞，而且这"不容辞"之"义"极有分量。小楂曾用一个极端中国乡土化的词来说明，曰"缘分"。我想起在她的小说中常出现的另一个颇欧化的词儿——"碰撞几率"。月的阴晴圆缺跟人的聚散离合恐怕并非一码事，前者尚有规律可循，后者却包含了太多太多的偶然。

最初的流星

一九七八年高考，报考人数与取录人数的比率之大恐怕是空前绝后。当年，我从海南岛的橡胶农场来到北大，第一次在32楼的会议室，中文系文学专业七七级开班会。四十几张陌生的面孔热气腾腾挤满了那间小屋子。心想，恰好是这些人于此时此刻从天南海北聚于此地，除了说一声"命运"，谁能估算得清这里无数的偶然加偶然呢？后来都熟了，聊起天来，才发现有更巧的事。譬如说陈建功竟与小楂的同父异母哥哥是中学同学——十年前跟哥哥中学同窗，十年后跟妹妹大学同学，说起来能不一番感慨么？有一次聊到各自的生日，就发现我与小楂是同月同日生，其间却相隔整整十年。"蹉跎岁月"？"青春祭"？慨叹中毕竟也有几分惊奇，凭着几个神秘的数字，仿佛"缘分"已不容置疑。

转眼又过去了十年。记得十年前一个晴好的冬日，陈建功拿了小楂的一篇小说稿噔噔噔地来找我，兴奋得直擦汗。其时大学校园里又可以有社团活动了，班上自然立了个文学社，下分小说、诗歌、评论三个小组。还不定期地出油印的纯文学刊物，刊名叫《早晨》，足以证明那时大伙儿心里"心总是热的"。大约我来上学前在广东出版社当过半年"借用编辑"的缘故，一众社员就推我当《早晨》的"主编"。文学社里最热闹且最有出息的是小说组，一开会就轮流"谈构思"。最擅长"谈构思"的是陈建功，从宿舍到饭堂打饭一个来回，一个短篇小说就在你的耳边初具规模了。接着就是极虔诚地要你提意见，第二天新的小说构思又出来了。我有时会怀疑后来干上文学批评的行当，是老给建功的小说构思"提意见"给激励的——当时那些有口无心的零散"意见"到底有无价值，只有自己心里知道。小说组里后来颇出了几位知名作家，后话不提。说回那天陈建功跟我一块儿讨论小楂的那篇小说稿，都极振奋，说是这一期《早晨》的头条重稿，还你一句我一句说了好些这篇小说的好处和不好处。同宿舍的李春在一旁摆弄新买的那时极流行的"砖头"式录音机，偷偷地将我俩的讨论录了下来。第二天小楂听说有这个带子，不禁大喜。可惜李春那机子的质量大有问题，话音放出来含混不清。我至今仍记得小楂耳朵紧贴"砖头"的那副着急的神情。后来，我说，干脆我写一篇评论吧。这就是小楂的第一篇小说《最初的流星》和我的第一篇文学批评（题目却忘了）。

今夜星光灿烂。可那时几颗最初的流星要发光也不易。小楂二十岁的处女作，搁在一九七九、一九八〇年那些红极一时的"伤痕文学"里头，应该也属上乘之作。建功拿着稿子满北京找刊物推荐，大半年时间里却屡遭退稿。退稿的理由有时让人哭笑不得，比如说写了高干子弟开舞会之类。文坛历来阴晴难定，编辑也是一片好心。最后还是上海的《文汇月刊》发表了它，从此小楂就对上海的几家文学刊物情有独钟。差不多十年之后，才开始在北京杂志的版面上见到"查建英"的名字。

如今重读《最初的流星》，给它挑毛病的话当不太难。中国式的"意识流"文体磕磕绊绊，故事过于集中，初恋者分手的缘由过于直露和理性，芬原的形象亦嫌太表面……我疑心有些毛病是当年我这位"老编"给出了馊主意才改糟了的。可是，至今仍深深打动我的，是叙述者执着的追求、寻找、探索、前行的语调。"真有一颗小流星陨落了，它曾给你带来最初的光辉。你目不转睛地凝视着它划破天际，消逝在冥冥之中，你的心在痛苦地悸动，你从头到脚地战栗着、喘息着，可是，你打算为此放弃这浩渺美丽的星空吗？""路，新的路，伴着头顶无数闪烁的星，在眼前伸展开去。我不能逃避它的诱惑和召唤，我相信走下去会有微茫的晨曦……"这是只能出现于那个思想解放的年代里的语调和声音、感觉和情愫，时过境迁即无法复制。因而这是那过于简单化了的故事遮掩不住的真的声音和真的感觉。无论小楂的星光下的路将伸展到哪里，无论她还将给世人讲多少或简单或复杂的故事，在我，则只关注那语调中的真声音和真感觉——其中，也必渗入另一"时"和另一"境"中的一切的"氛围"，助我理解一个中国的少年寻路者在这世界上的探寻。

境况中的真声音真感觉

《最初的流星》里俨然包含了小楂后来的作品中反复出现的那些主题因子。在有些篇目里她仿佛忘记了它们，游离了开去，这时作品在我看来就显得有点心不在焉、没精打采，少了点北京话常说的"精气神儿"。当她紧紧抓住这些主题因子，敲击它们、发展它们、折磨它们，作品就开始火花四溅，散落的灵气就凝聚起来并且于字里行间游走流动、闪闪发光。细读了小楂这十年里写下的不多的小说，一些成对的并立的词儿浮现于我眼前，越来越清晰。它们是：中国／世界，父母／子女，离别（分手）／重逢，政治／性爱，自我／百姓，生／死，熟悉／陌生，下坠（重）／飞升（轻），结束／开始，温柔／倔强，等等。读小说读到只剩下一对对的词儿，你会说太煞风景了。但在我，每一对词儿都伴随着那些生动的场景、人物、感觉、气氛。比如说"温柔"，就总是和"水"一块儿出现。星光下的筒子河。镶着月亮的小河。汽车窗前的湿漉漉的雨。水床。河水里"他"的水淋淋的胸膛。在北京的家里稳稳地坐上一只硬板凳烫脚。校体育馆的晚泳和长长的热水澡。D在冰河下静静地漂流。从小说里读出的词儿也还不仅仅是伴随着这些，它们还常常凝聚了某种哲学家称之为"境况"的东西，某种对人类的历史存在的探询。比如捷克的那个小说家米兰·昆德拉就老在他的小说里试着给一些关键词"下定义"，这些定义其实是为某种境况不断地寻找一连可能的回答和解释："当我们被抛到成年的门槛上，当我们在童年时并未理解到的童年的好处被我们不安地领悟到，在那一刻，温柔便产生了。"又说"温柔，是成年给我们唤起的担忧"。还有："温柔，是创造一个人为的空间，另一个人在里面像孩子一样被对待。"等等。小说家的探询自然不同于哲学家，后者每每一锤定音、斩钉截铁，小说家却只是编织人物和故事，展开种种境况，创造存在的种种可能，并尽力去理解它们。小楂对"温柔"也好，别的那些词儿也好，自然有她自己的定义和解释，正是这些词儿、定义和解释，交织着震荡着，汇成一个中国的少年寻路者在二十世纪八十年代的"后现代"世界上对人的历史境况的探询——"找找看""找到了什么""错过了什么""想找回什么"……

未来·现在·过去

小楂的这些小说，按写作时间，大致可以分成三组。一组是出国之前的练笔之作，包括《最初的流星》《飞》《镶着月亮的小河》。然后是在美国写的一部分"留美故事"：《沈记快餐馆》《客中客》《芝加哥重逢》《天南地北》《红蚂蚁》《水床》《周末》。最后则是她回国一年多的时间里，在南京北京等地写的几个中短篇：《头版新闻人物》《到美国去！到美国去！》《丛林下的冰河》《往事离此一箭之遥》《献给罗莎和乔的安魂曲》。在这里不可能细细地分析这些作品，我只想写下一些粗疏的感觉。比如说，我想用时间的三个维度来大致地标识这三组作品，虽然粗暴，却能准确表达我阅读之后的感觉。出国前的作品，是"将来时"的，它们的时间维度是指向未来，充满了对未知的前方的渴望、期待和向往。叙述者只想"飞",飞向前去,不管前方将是什么。《镶着月亮的小河》落入一般"伤痕文学"套子,似乎不在此列;即便如此,小说中那个将要到来的"星期六",对叙述者来说也是坚定地去迎接的。想像哥哥那一代人那样,想长大,想从妈妈的翅膀下出来,想飞,这一切都坚定而执着地指向未来,一个告别了过去的未来。旧的结束了,流星划过天际,新的正在开始、必将开始、已经开始。我读出了二十岁的小楂兴奋的心境,也读出了八十年代初的那种历史氛围。

小楂终于飞向大洋彼岸,成了二十世纪中国人第二次留学大潮的"先行者"。在那里写下的"留美故事"是"现在时"的。此时此刻,目不暇接地扑面而来,过去和未来并未消失,过去和未来却都凝集于当下的瞬间。《沈记快餐馆》里的节奏极快。《客中客》正是留学生们的一个小小聚会,现找话题现炒菜。《芝加哥重逢》是一段单恋的结束,相逢和分手都在现在。《天南地北》亦是写重逢,重逢在纽约,街景川流不息,是大都市无数片段的集合。《周末》《水床》都像一出独幕剧,现场演出。工业社会的大车轮快速旋转,时间的深度消失了、平面化了。叙述里即使有回忆,也都一闪而过,稍纵即逝,淹没在无数的瞬间里。这是一组典型的"留学生文学",细节方面小楂提供了许多新鲜的感受,可是从总体上说,于一般"留学生文学"并无多大突破。许多类似的故事,你从白先勇、於梨华、陈若曦们那里,都已读到过了。但《沈记快餐馆》是个例外。这类场景从来是将各色人物方便地聚集一处的所在,小楂遂把开餐馆的留美博士夫妇、打工的国民党四川老兵、吃快餐的美国青年男女,一一写活,笔墨简练老到轻灵,内里却有悲哀拂之不去。更重要的,她在这部作品里,第一次把汉特,一个美国人，一个失败者的境况，纳入海外中国人的境况中一起描写，不仅仅是作为一种参照，而是作为同一种境况来探询。《红蚂蚁》是更为明确的一次尝试，也许是不太成功的尝试。三个人，美国大学生夫妇和一个中国留美学生，三个"第一人称"的三重奏构成小说的上篇、中篇和下篇。美国南方的悲哀遂与中国人的忧愁融成一片。说不太成功，是因为三个"第一人称"在文体上的难度甚大。美国人的内心独白里突然冒出"乌眼鸡"一类的中国式比喻总让人吓一跳。但毕竟值得一试。只盯着文化的"隔"，看不到人性和历史境况的"通"，则是症结之二。其实隔和通是一体之两面，是同一个词儿的不同编码和解释。

这就来到了第三组作品，我用"过去时"来标识它们。三十岁的小楂有了这样多的记忆和回忆，沉思般的追溯的语调开始浸润这些故事。《头版新闻人物》是她第一篇纯粹以美国人为主人公的"留美故事"。在南方大学执教的扬基（北方）佬，犹太人，怪杰，谋杀未遂的自杀者。叙述者回忆死者生前的零星往事，一年前的神秘暗示，描写南方小城的舆论和传播媒介的无聊，并未刻意把这些和"留学生文学"的主题（如"边缘人""文化撞击""乡愁"，等等）相联系，反而别开生面。一个美国教授之死在中国留学生心中引起的震撼和探询，可能触发了比上述一般主题更深沉的一点什么。是什么呢，却未点破，也许并无答案，也许正是前面说到的历史境况的"通"。《献给罗莎和乔的安魂曲》再次写到了美国人的死亡（死亡的阴影开始出现在这组作品中，或许正是将它们标识为"过去时"的有力依据）。罗莎和乔的死讯引发了一连串的回忆，这是关于性爱、婚姻、生活和上帝的思索，中国留学生在纽约的谋生故事和一对美国老人的平静晚年奇异地交织在一起。《丛林下的冰河》视野宏阔，构思严整，当然是小楂的一篇力作。有关它的评论已经不少。我想评论家每每着力于小说中的"我"与捷夫与 D 的爱情故事，而把那个印度人巴斯克伦轻轻放过。真可惜。我常想起巴斯克伦那双悲哀的眼睛，亦切身感受到他的悲哀的沉重。"找到的就已经不是你要找的了。"也就是说，永远找不到又不得不永远找下去，无论是往前找还是往回找。东方人（至少是东方的知识分子）与西方人一起掉进"后现代"世界的陷阱之中，整体和深度消失了，被平面化的碎片所包围，聆听远处若有若无的安魂曲。顺便说说《到美国去！要美国去！》，我想它是巴尔扎克的拉斯蒂涅或德莱塞的《嘉莉妹妹》的中国版，自然其中有很多中国特色，六十到八十年代动荡不宁的苦难现实和小人物的挣扎。换一个角度，则可以把它看成是"知青文学"的延伸，"土插队"故事直焊"洋插队"的故事。这故事过于完整，便也单调，幸而伍珍的奋斗毕竟有吸引人之处。我感兴趣的是小说一再暗示的"男性叙事角度"，读者应注意这是一篇由男人讲述的女人奋斗史或堕落史，因而其可信度是要打折扣的。我喜欢那些游离于伍珍故事主线之外的那些松散细节，如"惠东饺子公司"的几位前舞蹈演员咬牙在纽约演出自己创作的舞剧之类。但伍珍在中国在美国的谋生方式虽有极大差异，其为谋生则一，土插队既不能真与乡民"打成一片"，洋插队就真能融入彼邦文明么？这故事里还是有巴尔扎克和德莱塞想象力以外的东西。

丛林下的冰河

一九八八年秋天的一个夜晚，小楂托人把她的一部中篇小说稿以极快速度在京城的几个朋友中传阅一遍之后,将这些人"拘"到一个朋友家中开她的"作品讨论会"。大伙儿坐在沙发上、地毯上,喝着极酽的红茶,唇枪舌剑,将整个构思好一通褒贬。陈建功又在擦汗。小楂极虔诚,俨然是在通过博士论文答辩。这是我久违的场景。好些年了,干文学这一行的人在一起以谈文学为羞。仿佛又回到十年前,有过一个"早晨文学社",有过一块刻蜡纸的钢板和几支铁笔,沾满油墨的套袖,有过去大饭厅的路上的构思和反构思,还有那个耳朵紧贴"砖头"录音机,因那听不清的带子而吱哇大叫的女孩。

那部中篇小说后来发在一九八八年的《人民文学》第十一期,头条:《丛林下的冰河》。

但星光下的路,仍在延伸。

"文类之别"和"男女之别"
——《男男女女》序

《男男女女》，黄子平编，人民文学出版社1990年10月出版。

从二十世纪卷帙浩繁的散文篇什中编出一本十来万字的、谈论"男与女"专题的、带点儿文化意味的集子，不消说是一件虽然困难却十分有意思的事。

散文，是一个文体类别的概念。男女，则是一个性别概念。把这两个概念搁一块儿考虑有没有什么道理？有些女权主义批评家琢磨过这两者之间的关系，比如说："性别（gender）和文类（genre）来自同一词根，它们在文学史上的联系几乎就像其词源一样亲密。"由此，人们讨论了"小说与妇女"这一类极有吸引力的课题，指出某一些文体类型更适合于成为"综合女性价值"的话语空间，等等。但是，也有另外的女权主义批评家，不同意这种基于词源学的观点来展开逻辑论证的方法，说是"你能根据'文类'与'性别'源于同一词就证实它们有联系的话，你也能证实基督徒（Christian）和白痴（cretins）有联系，因为它们皆源于拉丁语'信徒'（christianus）"。当然，一种方法的滥用并不能反过来证明它在其一定范围内的有效性已经失灵：词源学上的联系仍然是一种联系，而且也就投射了一种概念上、观念上和思想史上的可能相当曲折的联系。避开拉丁语之类我们极感陌生的领域，回顾一下我们中国自己的"文体史"和"妇女史"，也能觉察出"文类之别"和"男女之别"，实际上是处于同一文化权力机制下的运作。中国古代的文体分类可以说与伦理道德教化体制一齐诞生。《周礼·大祝》曰："作六辞以通上下亲疏远近：一曰祠，二曰命，三曰诰，四曰会，五曰祷，六曰诔。"在《礼记》一书中，还对某些文体的使用范围加以规定，比如"诔"："贱不诔贵，幼不诔长，礼也。唯天子称天以诔之。诸侯相诔，非礼也。"把文类看作仅仅是文学史家为了工作的便利而设置的范畴归纳，而看不到其中包含的文化权力的运作，就太天真了。每一个时代中，文类之间总是存在着虽未明言却或井然有序或含混模糊的"上下亲疏远近"关系，有时我们称之为"中心——边缘"关系。直至今天，当我们注意到几乎所有的综合性文学刊物都罕有将"散文"或"抒情短诗"置于"头条位置"时，文类之间的上述不成文的"伦理"秩序就昭然若揭了。有时我们能听到这样的传闻，说是从事剧本创作的文学家在文艺界代表大会上尴尬地发现自己"掉在了两把椅子中间"，在"剧协"中无法与著名导演、名角、明星们平起平坐，在"作协"中又被小说家和诗人们所挤兑。他们呼吁成立专门的"戏剧文学家协会"，正表明了某一文类在当代文化权力机制中的困窘地位或边缘位置。如果我们由此联想到别的一些代表大会中要求规定女性代表的数量达到一定的一分比，这种联想多少总是有点道理的了。

性别与文类

同样,"男女之别"绝不仅仅是生理学或生物学意义上的划分,而首先是文化的和政治的划分。正如西蒙娜·波伏瓦所说的,女人绝非生就的而是造就的。从中国古典要籍中可以不费力地引证材料来说明这一点。《通鉴外》载:"上古男女无别,太昊始设嫁娶,以俪皮为礼,正姓氏、通媒妁,以重人伦之本,而民始不渎。"《礼记·郊特牲》:"妇人,从人者也,幼从父兄,嫁从夫,夫死从子。"《礼记·大戴》:"妇人,伏于人者也。"《说文》曰:"妇,服也。"在两千年的父权文明中,"男女之别"不单只是一种区分,而且是一种差序,一种主从、上下、尊卑、内外的诸种关系的规定。

这样,当我们把文体类别和性别这两个概念搁一块儿考虑的时候,那个作为同一位"划分者"的历史主体就浮现了,那位万能的父亲形象凸显于文化史的前景。更准确地说,任何划分都是在"父之法"的统治下进行。既然"男与女"是文学、文化、伦理等领域无法回避、必然要谈论的主题,父系社会就规定了谈论它的方式、范围、风格、禁忌等等。周作人曾经谈到中国历来的散文分为两类,一类是"以载道"的东西,一类则是写了来消遣的。在前一类文章中也可以谈"男女",却正襟危坐、道貌岸然,其文体主要是伦理教科书之类的形式。父系文明甚至不反对女才子们写作这类东西,如班昭和宋若华们写的《女诫》《女伦语》之类。更多的涉及"男女"或曰"风月"的作品,却只能以诗词、传奇、话本、小说这类处于话语秩序的边缘形式来表达。被压入幽暗之域的历史无意识借助在这后一类话语中或强或弱的宣泄,调节着消解着补充着润滑着整个文化权力机制的运作。

现在要来说清楚编这本散文集的"十分有意思"之处，就比较容易了。

散文的命运沉浮不定

十九世纪末二十世纪初，中国社会发生急剧的变动。相应地，文体类型的结构秩序也产生了"中心移向边缘，边缘移向中心"这样的位移错动。正统诗文的主导地位迅速衰落了，小说这一向被视为"君子弗为"的邪宗被时人抬到了"文学之最上乘"的吓人位置，担负起"改良群治""新一国之民"的伟大使命。新诗经由"尝试"而终于"站在地球边上呼号"。戏剧直接由域外引进，不唱只念，文明戏而至"话剧运动"。这其间散文的命运最为沉浮不定。它既不像小说那样，崛起于草莽市井而入主宫闱；也不像新诗那样，重起炉灶另开张，整个儿跟旧体诗词对着干；更不像话剧那样，纯然"拿来"之物，与旧戏曲毫无干系（至少表面看来如此）。说起来，在中国整个文学遗产中，各类散文作品所占的比重，比诗歌、小说、戏曲合在一起还大。而所谓散文这一类型概念本身的驳杂含混，足以容纳形形色色的文体，诸如古文、正史、八股文较占"中心位置"的文体，又包含小品文、笔记、书信、日记和游记一类位于边缘的类型。因此，在谈论"二十世纪中国文学"的文体结构变动中散文的位移时，就无法笼统地一概而论。借用周作人的范畴，我们不妨粗疏地说"载道之文"由中心移向边缘，而"言志之文"由边缘移向中心。其间的复杂情形无法在这里讨论，譬如书信、日记、游记之类渗入到小说里去暗度陈仓，或者反过来说，小说在向文体结构的"最上乘"大举进军时裹挟了一些边缘文体咸与革命。有一点可以说说的是，以前人们用"文章"这个名目来概括上述形形色色的文体，如今已觉不太合适。至少，古代文论中通常指与韵文、骈文相对的散行文体的"散文"，被提出来作为西方的 Pure prose 的译名，并产生持续相当久的命名之争。周作人呼吁"美文"，王统照倡"纯散文"，胡梦华则称之为"絮语散文"。或者干脆合二为一，如郁达夫所说的，"把小品散文或散文小品的四个字连接在一气，以祈这一个名字的颠扑不破，左右逢源。"还有将一些新起的名目，如杂文、杂感、随想录、速写、通讯、报告文学等，归入散文这旗帜之下。命名的困难正说明了散文地位的尴尬。在二十世纪中国文学的发展进程中，它总是夹在中心与边缘、文学与非文学、纯文学与"广义的文学"、雅与俗、传统的复兴与外国的影响、歌颂与暴露等诸种矛盾之间，有时或许真的"左右逢源"，更多的时候是左右为难。在五四新文学运动的最初十年，胡适、鲁迅、周作人、郁达夫等人无不认为相对于小说、新诗、戏剧，散文取得的成就最为可观。而可观的原因，却又恰好不是由于他们所极力主张的反传统，而是由于可依恃的传统最为丰厚深沉的缘故。可是没过多久，讨论起"中国为什么没有伟的文学产生"这样的大问题时，鲁迅就不得不起而为杂文和杂文家辩护，争论说，与创作俄国的《战争与和平》这类伟大的作品一样，写杂文也是"严肃的工作"。在鲁迅身后，"重振散文""还是杂文的时代"一类的呼声，其实一直也没有中断过。散文的"散""杂""小""随"等特征，说明了它的不定型、无法规范、兼容并蓄、时时被主流所排斥等等，与其说是必须为之辩护并争一席之地，毋宁说恰恰是散文的优势之所在，它借此得以时时质疑主流意识，关注边缘缝隙，关注被历史理性所忽视所压抑的无意识、情趣和兴味，从而可能比小说、诗、戏剧等文体更贴近历史文化主体及其精神世界的真实。

王纲解纽时代的女性

不消说,文体结构的错动只是二十世纪社会文化伦理诸结构大变动中的一个部分。周作人曾认为,"小品文是文学发达的极致,他的兴盛必须在王纲解纽的时代。"二十世纪初,随着王权的崩溃,父权夫权亦一齐动摇。五四时期讨论得最多的热门话题,便是"孝"和"节"("饿死事小,失节事大"的那个"节")。男女之别不仅在差序尊卑的意义上,而且在分类的意义上受到质疑。"我是一个'人'!"女权首先被看作人权的一部分提了出来,幼者与女性一视同仁(人)地被当作"人之子"而不是儿媳或儿媳之夫被置于反抗父权文化的同一条战壕之中。妇女解放始终没有单独地从"人的解放"(随后是社会解放和阶级解放)的大题目中提出来考虑,遂每每被后者所遮掩乃至淹没。如同处于错动的文体秩序中沉浮不定的"散文",变动的社会结构里,二十世纪的中国女性身处诸种复杂的矛盾之中。一方面,妇女的社会地位确实经历了惊人的变化,并且得到了宪法和法律的确认;另一方面,妇女事实上承受的不平等至今仍随处可见,某些方面甚至愈演愈烈(如长途贩卖妇女)。你会问,社会和阶级的解放能否代替妇女及其女性意识的解放,或者说后者的不如人意正证明了前者的"仍须努力"?另一个令人困惑不解的趋向是,到了二十世纪末叶,与欧美的女权主义者正相反,中国的女性似乎更强调"女人是女人",这一点似乎亦与二十世纪初的出发点大异其趣。一个流传颇广的采访或许能说明问题。当一位普通妇女被问到她对"男女平等"的理解时,她说:"就是你得干跟男人一样繁重危险的工作，穿一样难看邋遢的衣服，同时在公共汽车上他们不再给你让座，你下班回家照样承包全部家务。"看来，妇女解放不单充满了诗意，也充满了散文性和杂文性。有意思的是，茅盾曾有短篇小说以《诗和散文》为题，描写了二十世纪初的新青年新女性的爱情婚姻生活。而丁玲的两篇著名杂文，《我们需要杂文》和《三八节有感》，几乎就发表在同一期的《解放日报》上。所谓杂文无非是在看似没有矛盾的地方出其不意地发现矛盾，而这"发现"带有文化的和文学的意味罢了。

驳杂不纯　众声喧哗

喜欢发现"同构性"的人，倘若生拉硬拽地夸大这里所说的联系，可能不会是明智的。这篇序文只是试图提供一种阅读策略，去看待这本集子中文体方面和论及的话题方面所共有的驳杂不纯性。收入集子中创作时间最早的，是前清进士、后来的北大校长蔡元培先生的一篇未刊文《夫妇公约》，文中表现的"超前意识"几乎与其文体的陈旧一样令人吃惊。鲁迅早年以"道德普遍律"为据写作长篇说理文，在著名演说《娜拉走后怎样》中则提及"经济权"的问题，到了后来，就纯粹用数百字的短文向父权文明实施"致命的一击"了。周作人却一直依据人类学、民俗学和性心理学的广博知识来立论，其文体和观点少有变化。继承了"鲁迅风"且在女权问题上倾注了最大战斗激情的是聂绀弩，《"确系处女小学亦可"》一文取材报章，处女膜与文化程度的这种奇怪换算真使人惊愕，至今，在许多"征婚启事"上此类杂文材料并不难找。徐志摩的演说援引了当时的女权主义者先驱、小说家伍尔夫的名作《自己的房间》里的许多观点，却无疑做了出自中国浪漫主义男性诗人的阐释和理解。林语堂仿尼采作《萨天师语录》，梁实秋则在他的《雅舍小品》中对男人女人不分轩轾地加以调侃，然而这调侃既出自男人之笔下，"不分轩轾"似不可能。张爱玲的《谈女人》从一本英国书谈起，把英国绅士挖苦女人的那些"警句"也半挖苦地猛抄了一气，最后却点出她心目中最光辉的女性形象——大地母亲的形象。集子中那组由郁达夫、何其芳、陆蠡、孙犁等人撰写的更具抒情性的散文，或谈初恋，或寄哀思，或忆旧情，可能比说理性的散文透露了更多至性至情，其文体和情愫，借用周作人的话来评说："是那样地旧又那么地新"，新旧杂陈，难以分辨。关于婚姻，夫妇的散文占了相当篇幅，其中有关"结婚典礼"的讨论是最有兴味的，仪式的进行最能透露文化的变迁，二十世纪最典型的"中西合璧"式长演不衰，其中因由颇堪玩味。悼亡的主题本是中国古典散文的擅长，朱自清和孙犁是两位如此不相同的作家，写及同一主题时的那些相似相通之处却发人深思。一本谈"男与女"主题的散文集，出自男士之手的作品竟占了绝大部分，这是编书的人也无可奈何的事。幸好有新近的两位女作家，张辛欣和王安忆的大作压轴，一位"站在门外"谈婚姻，一位却娓娓而叙"家务事"，都能透露八十年代的新信息，把话题延续到了眼前目下。

驳杂不纯，散而且杂。苏联批评家巴赫金有所谓"复调"或"众声喧哗"（heteroglossia）理论，用于评价二十世纪中国文学是最为恰当的。就谈论"男与女"的"散文"而言，就更是如此——文体、语言、观念、思想，无不在时空的流动中嬗变、分化、冲突，极为生动，十分有意思。不信，请君开卷，细细读来。

到激流深处去探索
——《中国小说一九八六》序

《中国小说一九八六》，冬晓、黄子平、李陀、李子云编，香港三联书店1988年5月出版。

编选年度小说的难题

如今，小说这东西，年年有人写，有人读，有人评，自然也有人选。

按年度编选小说，细究起来也不见得有什么深刻的道理。岁月如流，抽刀难断，明年元月里发表的小说，就非得跟今年十二月里发表的分成两拨儿搁着？文学毕竟不似时装，年年换一批流行货色。也不似"仕途经济"上风云，"你方唱罢我登台"，猛然间"觉今是而昨非"。文坛上流传过一句笑谈，是改了清人的诗句来形容文学潮流的瞬息多变的，曰："江山代有人才出，各领风骚三五天。"照此说来，岂不是要按周编选小说了？其实，文学赖读者的接受而生存，而读者的审美心理、审美兴趣、审美理想，实在少有戏剧性的剧变，多半是在潜移默化之中，发生着"静悄悄的革命"。一年年斗转星移不觉得什么，猛回头去读十年前二十年前的小说，才品味出语言文体结构趣味观念人物什么的，都渐渐地变了模样。但好小说就是好小说，隔了多少年，也还经得起重读，当然在重读的时候对这"好"字会有一些不太相同的体会，可这"好"嘛，却还仍然是"好"。

由此，也可见出编选年度小说的人的一个愿望（愿望里便也藏了一种标准），无非是想把一批经得起时间流水冲刷的好作品集中一下，以利于保存，流传和翻检。

这里立即引出一大堆难题。

首先，"有什么好？"这标准便很朦胧，似乎只好由全部选在这里的小说来说明。喏，摊在这里的就都是好小说。可是，另一个问题又冒了出来。倘若"好"的标准产生于编选之后，那么这些小说是怎么选出来的呢？类乎"先有蛋还是先有鸡"，颇有点纠缠不清了。

其次，似乎"经得起时间的流水淘洗"便是"好"，这恰恰是无法未卜先知的事情。即便一百年后，你出来"代表历史"宣布一批沙中之金，也难保二百年后人不出来嗤笑你"有眼无珠"。何况你是在年终岁末就匆匆忙忙地给一年里的小说结账，"时间"帮得了多少忙。更何况，是不是得于流传的作品便一定"好"，也仍然是有待讨论的问题。至少，你在时间之中，却试图跳出时间代表"永恒"给作品打分，难矣哉！

再次，既然是选出来的，便只能是这一年的小说整体的"局部"，无论是多么出类拔萃或有代表性的局部，只有全局在胸我们才能理解这些局部。但不通过这些局部我们又无法把握整体。这样我们所谓"好"便难免总是陷于两端：或者大而无当，或片面褊狭。对任何选本来说，主要的危险常是后者。

看来，按年度编选小说，也不是没有深刻的道理在内的。编选，也是一种批评，一种阐释，无法不陷入所谓"阐释的循环"。这就涉及当代文学理论所关注的那些基本命题，关于"文本""阅读""接受""阐释"等等。在这篇不长的序里自然不宜于讨论这些复杂繁难的问题。只需指出一点，并不存在一个固定的、永恒的、普遍的评判小说的"好"，实在是一代代的写、读、评、选小说的人，与小说的互相"作用"的结果。"作用"这个词太缺少色彩了——你跟小说拥抱、撕搏、搏击、杀进杀出、扯碎了又拼合，慢慢地你才品出什么叫"好"来。这"好"，以你所承受的全部文化、历史、文学传统等等为背景。一代代的写、读、评、选小说的人，又以他们各自的"好"，融进了这动荡深邃的背景之中。

编选小说的人，并不是赤手空拳地站在一大堆"洗干净了"的作品面前。他们在时间之中，承受着时间，却想做点能"超越"时间的事——这便有几分悲壮，几分荒诞。由是也可以免去许多多余的说明："挂一漏万"啦，"遗珠之憾"啦，"见仁见智"啦，等等。

从一九八五到一九八六

毕竟，"海日生残夜，江春入旧年"。

谈一九八六年的小说，没法不谈谈小说的一九八五年。因为这一年，确实曾让写、读、评、选小说的人，都好生兴奋了一阵。单是我看到的小说选本就有各不相同的三种之多：《探索小说集》（上海文艺出版社）、《新小说在1985年》（上海社会科学院出版社）、《1985小说在中国》（中国文联出版公司）。从书名也可揣摩出来，那"新"，那"探索"，与中国的"1985"有某种紧要的密切。透出些激动、自豪、迫切，似乎要向世界宣告点什么……这种心情，在《探索小说集》的"代后记"（吴亮、程德培）里，有一段话表述得甚是妥帖：

在本世纪终了的时候，人们也许会被文学的日新月异和过剩状态所炫惑，以至忘了这几年的惨淡经营和艰难劳动。可是，人们迟早将知道整个历史的过程，而这一过程的每一环节都是不可缺的，在这条文学史的长链上，近几年，特别是一九八五年，总有一天会被人重新提起，致以敬意。

那么，一九八五年的文学究竟发生了什么令人兴奋的事情呢？有兴趣的读者可以去翻检这三本小说选和别的选本。综论和总结这一年的文学（但主要是小说）的文章也已出了不少（似乎也值得编选一本集子了）。但带给人们兴奋感的一九八五年的小说，仍然有许多文章未曾深入地好好做一做。时至今日，提起这一年的小说，人们仍然眉飞色舞或义愤填膺或痛心疾首，为什么？是"寻根"主张的提出，使文学从民族文化传统中获得了活力又反过来赋予传统当代的光彩？是在开放、变革的条件下，文学始终把握了跟"世界文学"对话的共同语言？是小说家主体性的觉醒与活跃，终于激活了文体意识的自觉？是一大批小说评论家"风驰电掣"地掠过文坛，对小说新潮推波助澜？是小说读者兴趣日趋多样纷繁，"曲高和众"的局面已指日可待？

关键仍然是把握"文学史的长链"上的这"一环"。"二十世纪中国文学"已经走过了近百年行程，小说在其中一直是挑大梁、唱主角。从不登大雅之堂的"稗官""小道"，一跃而为"文学之最上乘"（梁启超语），小说承受了一种既令人羡慕又令人哭笑不得的命运。在一个古老的诗国里，小说迅疾地取代诗歌成为文学的正宗，急剧地从文学结构的边缘移到了中心。这种过于仓促的移位带来了成就也带来了许多困窘。小说一直超负荷地承担着力不能胜的许多要求——"新一国之政治"到普及"计划生育"之国策。过分地抬高一如过分地抑低，都使小说时时迷失自己的本性。毕竟，小说在文学结构中的"移心化"，使它最集中和尖锐地体现了"二十世纪中国文学"所承受的那些迫力、动力和张力。在这里不可能详细论述小说在这一进程中扮演的角色及其"本事"。简捷地扣紧了本题来说，到了一九八五年，推动"二十世纪中国文学"前进的那诸种矛盾，终于从漫长的浑茫中挣扎出来，显露了通向文学的下一世纪的曙光。而小说，无疑是这曙光中最璀璨的一抹了。

目标之光

于是，人们理所当然期待着小说一九八六。

但所遇的，以摇头叹气的居多。有如谈论起曾经跃过二点二六米标杆而如今只能跃过二点三三米的某跳高名将，说起一九八六年的小说，一言以蔽之，曰："好的不多。"这摇头叹气是有道理的。好作品的命运有时正与"真理"的命运相同，只在它被承认的那个"瞬间"拥有夺目的光彩。在这之前它被社会偏见所压抑埋没，在此之后它被一拥而上的模仿（包括作者的自我模仿）冲淡为平庸。一九八六年的许多小说并不在水平线之下，却湮没在众多的所谓"伪现代"或"伪寻根"的赝品之中。创作的主体的心态，由焦灼而焦躁，到一九八六年普遍表露为某种浮躁。标准消失了，人们以无标准为标准，或者干脆以"我不喜欢"为标准了。界限在哪里呢？以随意散漫冒充"无法之法"和"开放结构"，以俏皮油滑代替荒诞、幽默和忧患意识，以猥琐浅薄的观淫癖假冒精神分析和人性挖掘，以"语言感"的盲目冒充文体的自觉，把冒允唤作"超越"，鲁莽欢呼为"突破"——太多的亮点不免令人眩惑，嘈杂的喧嚣只会使人耳鸣。评论家把这叫作"一九八五年的高潮迅速消退之后的沉寂"，莫不是"大音希声"了？有的更用了生理的术语来概括，说是"由亢奋到虚脱"！

然而，把文学史看作是有机体的生长，发育和衰亡可能是一个已经变得陈旧的隐喻。小说收成的丰歉也难以像田地里的作物般可做定量分析。失望之大也可能源之于期望太殷。直线发展或螺旋式上升，都已被证明是对事物发展过于简化了的模型。文学，处在变革时代中的文学，其复杂性和丰富性，绝非"空前活跃又空前混乱"这样的貌似公正的套话所能涵盖。问题倒不在于一切喧嚣与骚动背后都有必定依然有着艰辛扎实的劳作，也不在于模糊紊乱的繁荣也比面目清晰的萧条要好，而是在于，正是众多的仿作、众多的"热"和"潮"，也是那宏伟的文学进程的一种"显示标记"！泡沫也是大河奔涌的产物和表现，千里冰封固然消灭了泡沫，却也凝结了大地的动脉。

从"文学史的长链"看一九八六年的小说，我们所说的"二十世纪中国文学"并未在这一年里停顿过自己的步伐。"云横秦岭家何在，雪拥蓝关马不前"么？艺术从来便是困难的克服。小说家的命运确实与跳高运动员有相同之处，生命在一次又一次的起跳，已经跃过的高度既是光荣又是致命的威胁。可是那根横杆毕竟是有形的标高，艺术的横杆却难以捉摸。在因循守旧的环境中，创新的艰难在于能否冲破僵化的规范，在趋时求异的风尚中，创新的艰难却在于有无坚执的目标。一九八五年的小说给人以"登高一呼""横空出世"之感，一九八六年的小说却需到激流深处去摸索。在"盗火"的英雄之后，迫切需要的是"理水"的勇士。当阿Q和假洋鬼子一齐加入变法新党中来时，银桃子便成为被嘲讽的标志。一九八六年的小说对评论家和选家的考验也如此。只识得名牌商标而不好好看看货色的人难免上当。然而当一名小说的"品酒员"要难上百倍。要学会区分"小趋势"和"大趋势"。跟着"小趋势"蜂拥而上的小说家和评家看不清脚下那些磕磕绊绊，猛抬头才发现"始作俑者"早已在别的小径上掘进。胸中有"大趋势"者晓得"条条大路通罗马"，绝不会在一棵树上吊死，在每一条小径上都有目标之光的照耀。在文学向着下一世纪冲刺的今天，目标感的缺乏将是致命伤。新旧世纪之交的人类被深刻不安所笼罩，到处充满了危机感和挑战的因子，民族为了拥有明天而重塑自我，与世界对话，对此无动于衷或鼠目寸光的文学，还能叫文学么？

评论和编选一九八六年的小说是一件困难的工作。因为难，所以要做。或许这才叫作"灵魂的探险"呢。

血、生死场、性爱与小说文体

一九八六年新春伊始，莫言以他的《红高粱》系列中篇的熠熠血光照亮小说界。（到将近年终的时候，张炜的长篇小说《古船》用腥甜的血气袭击了小说读者。）在小说中，人们从来没有像这一年中见识过如此之多的血！淤积的血层层叠叠，压得人们喘不过气来。"历史是血写成的"——这句话早已被冲淡成为无力的陈套。小说家却以其非凡想象力和历史的洞察力，使死去的鲜血复活了给人们看。乔良的《灵旗》以同样的永难刷洗的血腥恢复了历史的原生面貌。在民族走向下一个世纪的前夕，人们不妨清点一下近百年支付的血海般的代价。这两篇小说使"革命历史题材"在读者面前"陌生化"了，小说家终于取得了驾驭这一题材的自由。抗战和革命都不再是"理念化"了的，正是在这两部中篇小说极为复杂的叙述语言结构中,历史的复杂性、丰富性得以重现出来。当莫言谈论"种的退化",当乔良写下了血染湘江"五十年的默默地流",他们显然是在深重的苦难中血泊中寻找民族的魂,重塑民族的魂。

这魂无所不在。在朱晓平的《私刑》里,天灾人祸逼迫着山里人,愚昧中透着坚韧。在张承志的《辉煌的波马》中,是火红的夕照中如痴如醉的古歌《阿睦尔撒纳》,回族的碎爷倾诉着诚挚、苦难、渴求的诵经。在李锐的《厚土》里,是苍天下木然沉默着的屈辱而悲壮的群山,和繁衍着生命的人和牛。林斤澜的《李地·蛋》里,一个被汗润湿了的鸡蛋,却在艰难时世里显出那沉重的分量。在阿城的《遍地风流·茂林》里,是那奇诡异常的民间剪纸,鸡狗兔鼠若憨若巧若痴若刁,人物竹树极古极拙,令你一时看呆了。在韩少功错杂而神秘的《女女女》中,又是一支送葬的古歌:"气化为风兮汗成雨,血成江河兮万年春……",炎黄之血浸入墙基和暗无天日的煤层,一个人死了,呵,洪水滔天洪水滔天,你将向哪里去?

说沉重是那样沉重,说辉煌是那样辉煌。一个人死了。陈村的《死》突入死屋,与死去的傅雷先生直接对话,在死气包围中,在黑火红浪之中,重现了二十年前的梦魇。"死并没有死去",不死的双眼仍在直视着苟活的人们和人们的不堪苟活。先生是东方和西方文明的撞击、孕育的结晶,先生的死亦同时显现了两种文明共通的人格理想。然而,现在是对这两种文明的都同时进行反思的时候了,生死两代作家之间的对话才会如此严峻甚至严酷。

一九八六年的小说对"生与死"主题表现出持久而深切的关注,而且在深入的掘进中有不容忽视的成果(例如史铁生的《我之舞》和收在这本集子中的《毒药》)。但是在蜂拥而上的性爱题材中，唯有王安忆的"三恋"有独到的开掘，其中，以《小城之恋》最为成功。这部中篇小说用冷静从容的语言细致入微地叙述了一场紧张的灵肉冲突、性爱的纠缠、犯罪感、自谴、挣扎、陷落与超越，于小人物的暗淡灰色的灵肉悲剧中，反衬出一个沉闷而又饥渴的大时代。分析性的、直入隐秘之处、环环相扣的叙述语言令人呼吸困难，其中蕴含了一个女性作家对此题材积累多年的苦苦思索。

小说家的文体意识在一九八六年进一步高扬了。"怎样写"至少被看得与"写什么"同样重要，语言不再被仅仅当作表情达意的工具，小说语言的审美功能从来没有像今天这样受到重视。从收入这个选集的全部小说也可见出小说家在开掘"汉语表现层"方面的努力。无论是知名作家如王蒙（《铃的闪》），到不知名的作家如陈洁（《牌坊》），文体都成为人格的一部分，成为掌握和表达世界的艺术方式，既不得意忘言，也不得言忘意。老作家汪曾祺在他的《桥边小说三篇》里附了个"后记"，他写道："我要对'小说'这个概念进行一次冲决；小说是谈生活，不是编故事；小说要真诚，不能耍花招。小说当然要讲技巧，但是：修辞立其诚。"按照作家林斤澜的说法，使用"冲决"一词儿，对汪曾祺来说真是非同小可——似乎"冲和""冲澹"一类的词儿于他更合适。从"冲决"这词儿上，你不难体验到整个小说潮的迫力。无疑的，作家的文体意识同时也是作家的生命意识和实践意识。是呕心沥血，是苦心经营，是玩儿命，而不是玩儿小说。而"冲决"了小说规范的小说才更像是小说——小说原是多种多样的。自从梁启超倡"新小说"以来，小说一直在"寻找自己"，找到了么？请看一九八五、一九八六的小说！

时间中的小说潮

想用如此简短的文字,复述并评论选本的每一篇小说是不可能的。仅就入选的小说来综论一年的创作也必然陷入以偏概全的误区。但是,我们是否已经有理由指出,一九八六年的小说,是几年来的小说潮的继续,其势头并未有任何减弱呢?我们是否可以说,就一九八六年的小说而言,仍然足以列入"二十世纪中国文学"的"保留节目单"而毫无愧色呢?是否可以考察一下,这一年的小说,对历史的反思、对时代的哲学氛围的探讨、对人性深层的挖掘、对民族灵魂的重铸、对世界文学的开放和融汇、对语言文体的探索等等方面,有了哪些不同程度的进展呢?

似乎都依然须得等待"时间"来回答。我所说的"时间"并非那无形无影的"虚空",而是今天和明天的一代代写、读、评、选小说的人。艺术的生命在他们身上延伸。

"文坛是无须悲观的。"在我阅读了一九八五、一九八六两年里发表的大量小说之后,开始注意着今年的小说时,想起了鲁迅先生很久以前说过的这句话。向着下一个世纪冲刺的小说潮是无法遏止的。即便在表面的喧嚣与骚动消失之后,业已解放的小说生产力的巨大潜能,仍然是难以估量的。

是为序。

"圭臬之死"？
——《中国小说一九八七》序

《中国小说一九八七》，黄子平、李陀编，香港三联书店1989年5月出版。

据说，一九八七年的中国大陆文坛是相对沉闷的。在沉闷中编选年度小说不一定是件沉闷之事。近日读到一位同行的言论，却深有同感。他说：

> 编年度小说是一年的工作；一年中的每一天，编选者都必须工作。他要看当天或当月发表的小说，同时要不停地加以比较和过滤。而更重要的是，他必须非常注意社会状况的演变，因为在小说中可能和"它们"相遇。他必须在小说的文字、结构、主题、层次、意象之外，尚能透视小说主题或人物的展现是否验证或歪曲了小说家所描写的社会背景。

当然，这位同行可能给自己规定了过于艰巨沉重的任务。因为，从"社会状况演变"到"小说家所描写的社会背景"到"小说主题或人物"再到"小说文字、结构、层次、意象",这一层层之间的关系,实在是错综复杂得可以,编选者未必有能力——加以"透视"。何况,"社会状况的演变"能否在当年即渗入小说的诸层面,也是有疑问的。尽管如此,编选者不能不与小说家们一道承受着"社会状况的演变",这演变当然也影响到他"比较""过滤""透视"时的心境、情绪和眼光的。编选者遂亦同在沉闷或不那么沉闷中工作,却祈望能透过这沉闷或不那么沉闷来收获艺术的果子了。

文学的流失

这"演变",说到底仍是老中国向着现代化民主化的艰难进程。到了去年和今年,都说是"改革到了最关键的阶段"。别的行当不太清楚,弄文学的人,日日在激奋、困惑和烦躁不安里生活。眼见得"严肃文学"的读者逐年减少,旧日的清规戒律尚未去除,新的拜金狂潮正冲击文坛。在许多人那里,说起"文学"就跟说起"理想"和"信仰"一样成了"酸词儿"。我在别处说过,经典意义上的"文学"正朝着三个方向流失。一是所谓"通俗文学",文学的商品化当然亦是文学之社会化的一种途径,其结果不完全是消极的,而且"雅俗之分"也仍然是纠缠不清的问题。但是坊间流行的"通俗文学",其文学品位是可疑的。二是所谓"报告文学"。由于新闻功能的不健全,具有责任感和社会良知的作家遂起而以文学相弥补,来满足大众"知"的要求,但其中"报告"压倒"文学"的情形已愈演愈烈。三是所谓"纯文学"。按说它打着"纯"的旗子应该是唯一保存"文学"的所在,但是你在那里读到的只有两种东西,一是"哲学"(主要是虚无主义学),二是生活流水账的堆积。倘若你把这三个方向上的创作都叫作"文学",那只是用"多元化"为遁词,以掩饰你对文学观念的蜕变视而不见。倘若你朝其中的一种去认同,当然就要介入文学中的价值冲突。"通俗文学"将嗤笑你"迂腐"和"假清高",不懂得"初级阶段的文学"需与商品经济联姻。"报告文学"指责你丧失使命感,"玩文学"。"纯文学"视一切为荒谬和庸俗,遂以颠覆语言和意义为唯一快事。

好评论和好小说

说到对一九八七年文学的评估,文坛上曾发生过相当有趣的争论。先是一青年评论家著文认为一九八七年"有好评论,没有好小说",随后两位中年评论家发表异议,一位认为这一年"有好评论,也有好小说",另一位断言"好评论不多,好小说倒不少"。就剩下最后一种判断无人出头来挑明:"没有好评论,也没有好小说"——私下里交谈,这种看法却相当普遍。评论界之外的人不太明白何以要把"评论"和"小说"搁一块儿做年终总结,也可能不太关心这些形同文字游戏的"排列组合"后面那些微妙的价值冲突——每一个人使用的"好"字,其"所指"已不大相同。甚至,同样认为一九八七年"有好小说"的两位,他们举出的作品,竟没有几部相同的,与我们这本年选也罕有交叉重复之处。

"圭臬之死"——某著名"朦胧诗"诗人新近用了这个题目来描述当今诗坛,其实也可以涵盖小说界。坦率地说,本书的两位编者,对每一篇作品的看法也都不尽一致。比如对洪峰的小说,李陀的看法跟我几乎截然相反。《瀚海》之入选,完全是我坚持的结果。求同存异，或许这是正常的事情。那么"圭臬"真的"死"了吗？我们是否终于身处"价值真空"之中了呢？这恐怕是过于悲观或过于乐观的估计罢。权威和原则都并未消亡，我们面临的并非价值匮乏，而是价值冲突的混乱。

价值冲突的边缘

文学创作不可能在"价值真空"中进行，它将在价值冲突的边缘存活。"价值无序"将给文学家的创作带来巨大的困难，但对困难的克服却将带来成功的机会——历史上那些杰出的作品不是曾产生于"价值失落"因而急需"价值重建"的年代么？当然，需要的是那类冷静、敏锐、坚韧的艺术家，他们能够观察和倾听这个时代的喧嚣和骚动，探索艺术地表现价值冲突的多种可能性。他们不蔑视传统，也不排斥新的文化因子，而是细心地捕捉文化碰撞中的契合点。显然，浮躁的艺术家不可能成为浮躁年代的见证人，他们只是不自觉地跟着时代一块儿浮躁罢了。

年度小说的编选从另一层面提供观察和倾听时代的资讯材料。编选者能否做到冷静、敏锐和坚韧，当然存在许多困难，人应有自知之明。但也还是祈望能够尽量克服这些困难，一点点祛除自身浮躁之气，做好这份工作，能将"价值冲突中的艺术"及"艺术中的价值冲突"尽可能清晰地保存下来。不致由于自身过于褊狭的眼界，将纷繁的当代小说创作"纯净化"，也不至于用含混的兼容并蓄来掩饰自己的怯于判断。

我们别无选择。

在简短的序里我不打算逐一评述书中所选的作品。值得注意的是今年我们更多地将篇幅留给了新进的不知名的作者。名家新作能让年度小说建立"安全感"和"连续性",但也可能遮掩某些的艺术发展的可能性。何况新作也未必保持了名家的水准。在文体上,短小精致的所谓"新笔记小说"也占了不小的比重。一定程度上是为了在一部书的容量内收选较多的作家作品,更主要的是在一九八七年这一类小说正趋于成熟,成绩颇可观。各类文体、风格的消长起伏,是文学史复杂而饶有兴味问题,年度小说是否可能为此提供一点信息,亦是我们感兴趣的事情。这本书的编选由于诸种原因进行得相当迟缓,但愿从下一本书起将进展得比较顺利。

好的中篇较多，好的短篇难寻
——《中国小说一九八八》序

《中国小说一九八八》，黄子平、李陀编，香港三联书店1989年10月出版。

一九八八年，龙年。

龙年里发生了许多事，都可以作为小说家们创作时的"历史语境"来描述。但咱们还是就小说论小说，而且只限于就选在这里的小说论一九八八年的中国大陆小说。

从总体上看，这一年的短篇小说质量大不如中篇小说，所以这本年选中，对两者的比重做了相应的调整：比往年多选了一部中篇小说，少选了几篇短篇小说。至于何以短篇小说精品较前难觅，不是三言两语说得清楚的事情，也不是这篇短序所要探讨的。小说文体中的长、中、短篇之分，绝非篇幅上量的衡量，它涉及了传统、阅读兴趣、报刊出版潮流、作家截取现实特定方式乃至稿酬制度等等，其消长起伏亦应为文学史家深切注意。在这里，我们只需记住一九八八年的中国大陆小说中，好的中篇较多，而好的短篇难寻，也就够了。

短篇精品难觅

自八十年代初以来，短篇小说出于与中篇小说抗衡的某种原因，每每以"系列"的面貌出现，冠以"小说三题"或"小说八题"一类的名目。这是量上的解放，以"集束手榴弹"取胜。但也有人与此同时在每一篇上坚执"短"的优势，往精练、凝聚、浓缩、简约、暗示、省略上努力。入选的《到黑夜我想你没办法》一组极短篇，可以说是这两方面的努力的一个极致般的表现。短篇小说的老手汪曾祺先生，对这一组作品赞不绝口，形容其散发出"雁北的莜麦味儿"。与近年来的"新笔记小说"的雅、诡、奇追求不同，曹乃谦搞出一类"土得掉渣儿"却又精致得让人心情沉重的品种，亦不妨说是"新笔记小说"的别一进展。

短篇小说在讲故事方面的功能亦日渐揖让给中篇小说，遂在抒情、营造意境、氛围以及讲述哲学寓言等方面着力。心理描写和分析亦是其中的一方面。入选的《谋杀》和《我以为你不在乎》，以后者较为成功，通篇以对话写成，又将对话的另一方面的言语全部删去，却使双方的微妙心理跃然纸上。《伤心的舞蹈》和《原罪》，都从所谓"童年视角"，探讨了"成长""命运""理性""神话"等主题，因而略带哲学寓言的色彩，而以《伤心的舞蹈》较为洒脱、精警。年选还收入了两位山东作家的短篇小说，矫健的《快马》和张炜的《冬景》，其中不约而同地，都出现了令人难忘的孤独老人的形象，借此深犁着中国当代历史的土壤。

历史缝隙中的参照

《大年》的篇幅介乎中、短篇之间，格非貌似讲述一个近代的历史故事，其实研讨了时间、权术、暴力和情欲之间的紧张而错综的关系，唐继尧这个人物在"历史"中扮演的角色是耐人寻味的。《天桥》一改李晓的冷嘲热讽风格，平静地写了一部忧愤深沉的寻找母亲遗骨的小说。被遗忘在历史深处的普通人的生命，被偶然性所玩忽、践踏。"天桥"原是联结壕堑使道路相通的，却使人生死两隔、音问难通，遂成为令人悚然的一个象征了。对历史和偶然性的探讨亦是《世事如烟》的主题之一。但余华处理得极抽象而更带形式感，使得"世事"成为一种无历史的"历史"，偶然性更像一种冥冥中无法逃脱的"必然"，听觉和视觉方面的精细描写伴随着残酷的冷漠感渗入你的阅读之中。比较而言，刘恒的《伏羲伏羲》更应被视为一九八八年最好的小说之一，虽则前半的叙述过于拖沓缓慢，但小说真正严肃地探讨"性"在中国传统文化与现实中诸般问题，笔力雄沉有力，令人震悚。杨天白，这个"婶侄通奸"的结晶反过来成了逼杀生父逼走生母的一个最残酷的"报复"，无疑使小说的结局具有意味无穷的震撼力。

《丛林下的冰河》是近年来新崛起的"留学生文学"中较有质量的一部小说。查建英的这一篇自有其动人的特异之处，将中国近代被卷入现代化潮流以来，又一代青年知识者彷徨、苦闷、追索在一个大的文化冲突背景下呈现出来。

子文的《万佛岩》选自边远的文学杂志《西藏文学》。数年来，在世界屋脊上聚集了不少优秀的文学青年，默默地探索着诗、小说，探索着宗教文化。《西藏文学》这一几乎不为人知的杂志其实办得极出色。年选收入的这一篇供读者借一斑以窥全豹。

文学缺少了什么

一九八八年的小说在一片"低谷"声中,并非毫无建树,其实绩亦显示在这本年选中了。而年选之外,尚有多篇无法收入的作品是质量上乘的,如叶兆言的《枣树的故事》、刘震云的《新兵连》、朱晓平的《闲粮》、杨争光的《干沟》、林斤澜的《白儿》等等。"低谷"之说并非毫无道理,但也常与期望过高的社会主观心理有关,亦与读的审美反应的某种疲惫有关。细心追寻小说衍变的脉络,一九八八年的小说仍然是近十年来文学探索的继续。"寻根"的呐喊沉寂了,但对传统文化的批判思考并未停止,很可能更扎实地沉潜于作家的创作之中,有如读者在这本年选中收入的《伏羲伏羲》等小说中可以体味到的那样。艺术实验的势头方兴未艾,亦渐渐脱离其模仿的"母本",融汇入作家对世界和艺术的独特发现之中。但一种强烈的不满足感仍时时袭击小说的读者和编选者。文学中"缺少"什么的讨论一直是近年来中国大陆文坛饶有兴味的热门话题。有人说是缺少了想象力,有人说是缺少作家的人格力量,有人说是缺少了现代意识,有人说是缺少了哲学思考和思想性,有人说是缺少了传统文化的底蕴,有人说是缺少读者的参与,有人说是缺少了作家的责任心和使命感,有人说是缺少生命力的本体冲动,有人说是缺少了意识形态的规范指导,众说纷纭,不一而足。几乎要有一种"十全大补"之剂才能救文学于困厄之中。然而写小说、读小说、编小说,都是身处这个世界的同代人的一种"话语实践",其中自然激荡着各色人等的社会愿望、利益、要求、期待。令人感兴趣的不是提出的药方是否有效,而是他们何以提出了这种而不是那种药方,以及各种药方的多元对峙多元互补而构成的深邃激荡的图景。

所以,编选这一本年度小说,一方面也满足了编者的愿望和期待,另一方面也激起一些新的愿望和期待了。

"新写实"来不及"主义"
——《新写实小说选》序

《新写实小说选》，李陀编，香港三联书店1995年出版。

小说在中国，起初是无所谓"写实"不"写实"的。六朝有"志怪"，唐代有"传奇"，不是白日见鬼，便是夜游仙窟，似乎都很不写实。但据鲁迅在他那部经典性的《中国小说史略》里的研究，"怪"在六朝人眼中，是如假包换的"实"，而唐人笔下的"奇"，才真正带有虚构成分。所以他说："至唐人始有意为小说。"不过，"有意"是"有意"了，这自觉性却一向不太坚定。史家的传统实在太强大，想挤进去"补正史之遗"的小说，便常常扮出一副言必有据的模样。唯有阅尽世态炎凉者，如蒲松龄、曹雪芹辈（"姑妄言之姑妄听之""假作真时真亦假，无为有处有还无"），才能一语道尽小说中虚实相生的真谛。可那骨子里的一腔沉重和愤懑，在在让人觉着他们仍执着于写"异史"或"情史"的。真正看透了的要算写《阅微草堂笔记》的纪昀。一方面，他指责《聊斋》的不写实，比如人物背地里的许多对话，哪里可能写得如此的声口毕肖，只能简略转述才是。另一方面，他自己也写了不少狐鬼花妖之事，心里却明白只要有利于百姓的道德伦理建设，不妨"神道设教"。中国真正的好老百姓也果然一如既往，为董永七仙女孝子节妇热泪长流。把自己都不相信的虚构当作"写实"来赚大众的感动，前几年有《渴望》这样的好例，且通常都会被当作"现实主义"的杰作得到嘉奖。

这就很容易理解，李陀选一些小说在这本书里，何以在"写实"之前，还要缀一个"新"字。

"写实""现实""新写实"，而且"主义"

"写实"而且"主义"，在中国，也只有七十来年的历史。起初，用来对译西文中的Realism，并不暗蕴什么褒贬。到了三十年代，同一个Realism，却改译作"现实主义"。"写实"何以就不如"现实"高明，大约是前者只涉技巧，匠气，消极摹写生活，缺乏理想之光的照耀；而后者，则能概括、善提炼，塑典型、有理想，不但使人认识世界，且能鼓舞大众改变世界也。其中或许有受当时苏俄日丹诺夫一流的文艺理论的影响，但其时中国身处的历史情境也强化了此一对"现实"的理解。从此就罢黜百家，独尊"现实主义"。有时前缀"革命"二字，使之有别于欧美十九世纪以来的经典名家且显示后来者已经居上；有时又与"革命浪漫主义"喜结良缘，以求左右逢源战无不胜。其结果，世人都已知晓：小说走上了一条自以为是"金光大道"的半截儿胡同。长篇小说《金光大道》，主人公的名字就叫"高大泉（全）"，很能透露这种"主义"的真谛。这小说共四部，据说去年终于出齐了，据说仍然很畅销。

这就很容易理解，李陀选一些小说在这本书里，何以在"写实"

之后，没有缀上"主义"两字。

"新写实"而且"主义"，是李陀编定这本书（1989）之后几年里发生的事情。不但"主义"，而且还很鼓噪了一番。先是南方的一家大型文学杂志出了"新写实主义小说大展"，随之亦有别的几家刊物蜂拥而至。其中常被举为"代表作家"的，除了也入选于这本书的，住在北京的刘恒、刘震云，还有未入选本书的，住在武汉的两员女性，方方和池莉。跟着便有大批批评家为之定义，为之归纳出一些一二三四、甲乙丙丁。定义似乎颇玄奥，如"写原生态生活""零度写作""现象学还原""故事的回归"等等。用常人都能明白的话来讲，无非是说，"新写实主义小说"老老实实地写了中国老百姓过往几十年实实在在的日常生活。但鼓噪不到一两年，小说和鼓噪者都受到奚落。奚落来自不同的方向："革命现实主义"批评家认为是向"自然主义"和"消极现实主义"的倒退，"先锋派"批评家认为是向媚俗、小市民哲学和商品经济投降。有一个概括最为精辟，说这是"无奈的历史处境"中的一种"无奈的小说"。其实，有人鼓噪，有人奚落，都实在是中国大陆作家的一种幸运。在别的地方，这类土拨鼠般的爬格子敲键盘动物，自生自灭，人们"睬你都傻"。问题仅仅在于，在鼓噪和奚落都演出过之后，作品和对作品的评论，还留下了些什么给我们？

李陀说，如果现在来编这本书，作品会有相当的调整。但是我想，在"新写实"而来不及"主义"时的眼光，应自有其独到之处的罢？

阅读"实"中之"虚"

选在这本书里的小说，好些大概不会被"主义"过的批评家归到

"新写实"的名下。《老井》和《桑树坪记事》大约会被当作"寻根小说"的边缘,《插队的故事》或会被看作"知青小说"的余绪,《到黑夜我想你没办法》恐怕是"新笔记小说"里的"荞麦味"变种。剩下的两位,刘恒和刘震云,或会以为有更具"主义"特性的"后期"作品值得选入,比如《一地鸡毛》等等。在文学领域里作归纳和概括,从来都吃力而不讨好,却也展示了批评家建立类型以把握当代创作的一种卓绝的努力,以及这些类型间的复杂交错纠缠。"见仁见智"的套话倘若在这里仍能说明一点问题的话,就须进一步具体追问见到的是什么"仁"、何种"智"?因为套话的功能从来就是用来有效地规避这种追问的,追问便也常常不了了之。

我自己重读这些小说,依我的习惯,对"写实"的作品,是注意去读出里边的"虚"的东西来。比如《老井》里头,"井"的象征作用。《插队的故事》勾起我自己的插队生涯的许多诗意和不诗意的回忆。《到黑夜我想你没办法》,我看到作者如何用"土得掉渣儿"的语言,精心营造了一种最精致的短篇小说。而汪曾祺先生帮他把原来平平无奇的标题《温家窑风景》改成现在这个题目,也令我佩服而且感动。有哪一句话能比民歌里的这句简单歌词,更凝练地唱出黄土地上农家汉子的所有热望、祈求和无奈!读《桑树坪记事》,从风俗和生存欲望的交织中领略到一种"土色幽默"。《新兵连》,卑微的追求和崇高的名目之间构成了强烈的反讽。《连环套》,叙述语言具有一种油画般的效果!

我这样读,可能与"新写实"的名目已毫不相干,也可能已暗中接受了这类规范而不自觉。我只想表明,"类型"和"主义",都只是提供了许多种读法中的一二种,具体如何去读,永远是一个实践性的问题。

写实地理学

独到，通常也就是一种偏颇。选本要有某种"代表性"，却不能面面俱到，编得极芜杂。要编得单纯，却也容易编得单调。比如李陀选的这本，"写"的全是北方黄土地里农家的"实"，《新兵连》里也都是些穿上军装的北方农民。我想起住在贵州的作家何士光，称得上是当代的写实名家了，他笔下的西南乡土，应是能提供一些异样的图画的罢。至于城镇里市井小民的油盐柴米酱醋茶，似乎也在李陀的"写实版图"以外。用人文地理学的眼光去苛求一本小说选本，有点无稽，但当读者追问编选者所见为什么"仁"、何种"智"时，会不会去思索一些绝非无稽的问题呢？——比如说，用与普通话（"国语"）较亲密的语言去"写实"，是否在当代文坛占据了某种较特权的位置？南北文化、城乡文化、沿海和内陆文化的冲突与融合，在当代文学中，又有何种折射？

逃向散文之乡

《八十年散文选》，林锡嘉编，九歌出版社1992年3月出版。

我觉得，"年度散文选"似乎比"小说年选"或"诗歌年选"更难编选。散文是一种缺少规范的体裁。文无定法，又仿佛存在着一些无法之法。因此，有过所谓诗歌理论和小说理论，至今却未闻"散文理论"问世。散文是一种极具包容性的体裁，只要任何作品自称"散文"，它就承认你是散文。结果，在别的领域里可以花样翻新，出奇制胜，制定新规范或反规范以开辟一代新风，写散文的后起者却难以存此侥幸之心。细读历年散文，你不会碰到戏剧性或革命性的巨变，更多的只是微小琐细而缓慢的演进、迁移、积累、沉淀，一如我们的日常生活。林嘉锡锲而不舍，十年如一日，从《七十年散文选》编到《八十年散文选》，对此当深有感触。当他锁定"散文"与"时代"的"最直接表达"的关系时，尽管时代的变迁之大有目共见，论到十年来散文景致的转换，也只能含糊其词，道是"起落层次之间各有意境"也。

现代戈壁上的一道蜃景

因此你在这本散文年选中读到的也仍然多是些历久弥新或缓慢发展的主题。比重最大的依然是"大自然",如山林中斫笋的辛苦劳作(《山林中》),海岸边风雨阴晴里的徘徊(《徘徊的海岸》),更添加了历史民族母血的缅怀(《仰望九蠹》《戈壁十二帖》),或地质生态原貌的追溯(《玉山去来》《台湾榉木的故事》)。其次则是伦理亲情,女儿恸写父亲的病与死(《地道》),作家伤悼同行的早逝(《奇异的两点零三分》《纵横观照人世与天空》),从姊妹之情(《寻找药草》)到同窗之谊(《小同窗》),更有六十年文酒深交两位前辈教授的最后岁月(《从温州街到温州街》),和剽悍机车维修工的舐犊情深(《推动摇篮的黑手》)。然后才是人生感悟、哲理冥想、读书小札等等,其中最有特色的,当数从鸷鹰的叙事角度改写了的希腊神话(《普罗米修斯与鸷鹰》),或将考古的现场挖掘与远古的虚构描摹交替叙写(《八里十三行》)。那么这一切是否构成了时代的"最直接的表达"呢?诚然,编者经由他的拣选和编排,辅以前言后记及每一篇的评点,确乎构筑了一个他所说的"散文的故乡",纯朴、温馨、令人感动。如果仍要坚执一种与时代的对应关系,则这"散文之乡"更像钢筋水泥的现代戈壁上空,水光潋滟的一道蜃景。

跳一支舞也是很好的

但通往散文之乡的道路并不单是纯朴温馨这一途。面对现代冷漠卑琐的日常生活,并非人人都能隐逸山林,缅怀往事,寻觅旧情。或许人们更需要多种多样的"表达方式"的装备,来随时随地迎向现代日常生活的焦虑、荒诞和恐惧。比如说:幽默和讽刺。古人曾说过"嬉笑怒骂,皆成文章"。最向往"大自然"的散文大师庄周先生也说他的文章大都是些"谬悠之说,荒唐之言,无端崖之辞"。中国和西方的现代文学史上,幽默小品亦俨然成一大宗,名家名作历历可数。倘若这种对"现代散文"的理解是对的,则可反观出长时段的年度散文的编选,似已奠定了某种明显的规范,某种不包容性,从而使得超越与突破它们的写法、读法和编法成为可能。

如果不能逃往他处、逃往已逝的岁月,那么,就在此时此地,按照散文名家三毛的说法:跳一支舞也是很好的。

中国前卫艺术

《中国前卫艺术》，李陀、岳恒等编，牛津大学出版社1993年出版。

本书以九十年代初在德国的一个展览为基础，介绍了六十位中国前卫画家近三百幅精选的作品，其中一百六十页用彩色印刷。书中同时收入了由中国和西方学者撰写的十九篇专论，论述了七八十年代以来中国美术、诗歌、电影、戏剧、小说、音乐、建筑、摄影等艺术领域的演变过程和历史趋向。此书由牛津大学出版社同时以中文和英文两种版本出版，据我的了解，以如此规模推介中国前卫艺术的书，迄今为止在海内外仍属绝无仅有。

画作变成插图

画家用他的画告诉我们一些什么，但我们无法以同一媒体（美术作品）回馈他，说我们看出或看懂了什么。语言文字的介入，使得任何美术评论都不得不对作品"施暴"，不是增加、就是减少了一些什么。"言不尽象"，固然先天的赋予画家在评论面前莫测高深摇头微笑的优势；但另一方面，正如我们在每一本画册中都看到的，美术评论不可避免地反客为主，将空间形态的画作纳入语言文字的线性叙述流，使之转变为文字论述的"插图"。我想指出，在《中国前卫艺术》这本书中，文字与图像、学术与艺术、批评与创作之间的种种复杂微妙紧张互动，显然更为鲜明突出。

譬如徐冰作于一九八八年的大型装置作品《析事鉴》（又名《天书》），在大幅宣纸上印满了三百多个各不相同、刻意杜撰的"汉字"，展出时气势磅礴地覆盖了三百平方米大厅的四壁、地面和天花板。地面上铺置了一百二十套四册一卷的线装书，天花板上垂挂下来的印刷长条形成大跨度的弧形。徐冰用了三年时间，用传统的木板刻印技术，一个一个地完成这些徒具宋版书风格却全然无法释读的方块符号。那么，美术评论将如何用可释读的汉字为媒体，来解说这部蓄意颠覆汉字系统的作品呢？但是，我们看到画册中的两幅11cm×17cm的黑白照片，显然不是传达，而是消解了《析事鉴》的颠覆力量，从而使之臣服于全书关于"中国当代精神史的叙述"的整体目的。

有趣的是，越是构思宏伟、试图远离画布纸张的作品，越是需要依赖语言文字的统领，才能在画册中占有一席之地。单看293页的两幅二寸见方的彩色相片（《王德仁用红色指导喜马拉雅山》，1988），实在无法领略艺术家的行为艺术或大地艺术想告诉我们什么。UlrikeStobbe（于丽克）的介绍文字似乎更具感染魅力（292页）：

> 艺术家身披红装，以人类异化语言的代表自居，出现在珠穆朗玛峰上。他在岩石上设置了一个表示太阳的红色大符咒，以此象征神的语言，亦即人类的"前语言"。当红日冉冉升起时，朝霞

映红了喜马拉雅山脉及其周围的一切。此时，无论是符咒还是人或山都融于红色，形成了一个消解语言异化、使之返璞归真的艺术境界。

谷文达一九九一年在日本福冈创作的大地艺术，《消失的颜料粉末——三十六个黄金分割块》，是进入画册后被彻底"插图化"的又一好例。251页上的三幅6.7cm×10cm彩色照片，只不过是Andreas Schmid（施岸笛）下列文字叙述的勉强补充而已（249页）：

> 作者在露天挖了一个长150米，宽7.5米，深1.3米的墓穴，将36个根据黄金分割比例切成、用红色颜料染成、并行排列组合的方形土块置入坑底，接着用沙土填平墓穴。谷文达的用意是在隐匿中永久地保存一旦作成而又马上在观众眼睛里消失的作品的精神内涵。对于观众来说，这一思想只体现在创作的一刹那，也就是说，红色只在目光接触到地面的瞬间进入观众的眼帘。当红色自下而上进入观赏主体时，它顿时又随着墓穴被沙土覆盖而消失。

事实上，消失的作品赖文字的叙述而继续存留，"前语言"、符咒和艺术家本人在大地高山的"相融"，与其说消解了、不如说加强了语言的异化。画册的功能当然不在于让一幅幅作品单独向我们说些什么。当然也不同于美术展览现场，亲临其境的观众在展场空间的穿行，看到的是画作为主文字为辅的布置安排。画册的功能恰恰在于解除一幅幅作品的相对独立性，将之纳入语言文字的整体叙述流中，"完整地"向我们说些什么。那么，这本画册讲给我们听的是什么故事呢？

"前卫"：中国的和世界的

"前卫"一词译自西文 Avant-Garde，以此来形容或界定二十世纪七八十年代中国大陆各艺术领域的大规模喧嚣与骚动，似有其理所当然或不得不然的缘由。诚如李陀在序言中所说，"无论自觉或不自觉，艺术家只能在身处双重历史语境——中国的和世界的——的情形下进行艺术实践，他们的艺术的意义也只能在双重的权力关系网中生成"。（5页）然而，比较一下书中中外学者的叙述，你会发现一个饶有兴味的对照。中国学者毫无顾忌地频密使用诸如"现代主义""后现代主义"等西方术语来描述本土的文艺实践，以此强调这些作品的"世界性"或"世界意义"。例如，柏格森和弗洛伊德，这些"已故欧洲白种男性权威"的名字，会在高名潞讨论"西南艺术团体"时浑然不觉其突兀地被引用。（51页）而中国学者的西方同行，却显得分外谨慎，步步为营。有时，相似性如此明显，实在无法避免将介绍到的作品与西方的某流派某大师相比附，他会立即补充指出其中的"中国特色"或个人创意。例如，施岸笛介绍艾未未一九八七年的《鞋子系列》，说："他不仅仿效超现实主义的实物崇拜主义，而且还追忆了从荒原回到都市文明后穿西式皮鞋的痛苦经历。"（230页）这不一定是用心良苦的曲意维护，却正好显露了一种"只在街灯下寻找丢失的钥匙"的读画方式。西方学者还尽量发掘中国前卫艺术与华夏传统文化的正反关系，特别乐意提到艺术家对道家和佛家主题的醉心，或书法艺术与装置的结合。（34页）与中国同行对外来影响的重视相反，他们似乎更愿意"从内部"来解释当代中国艺术的流变。

为什么会有这样的对照呢？ 一种可能的解释是：尽管中外学者分

享着一个共同的解释艺术的"前卫性"的意义——权力世界,他们在这个世界中所处的位置却是明显不同的。中国学者描述出艺术家迅速习得世界性视觉语言的过程,力图证明其前卫性并不只是相对于官方艺术或士大夫"文人画"传统而成立,更由于他们与世界同行在时间箭头上的并驾齐驱。西方学者并不满足于说中国人已经学会了我们的什么什么,更侧重于友善地指出他们给世界艺术市场提供了哪些我们所缺少的新货色。显然,对官方艺术的反叛,仍然是西方学者读画的重心所在。本书的封面采用余友涵的油画《毛主席和韶山农民谈话》(1991),似乎最能透露此中消息。Wolfger Pdölmann谨慎地把余友涵的艺术称为"中国式的波普(Pop)艺术",不仅有对宣传品画似讽非讽的临摹,也有"近似于美国最简单画派硬边画的手法",以及"符合商品美学不折不扣的冷静"的广告设计式着色,更重要的,还有民间花卉图案充斥整个画面的巧妙运用。应有尽有,几乎是进入九十年代后中国文化环境的集大成式表达。"具有中国特色的政治波普"这几年一直在西方艺术市场走红,良有以也。

"前卫"一词的大前提,是黑格尔式的一元化进化论时间观。尽管李陀在他的序言中一再申说前卫艺术运动的"紊乱、不稳定、没有共同的风格和主张、艺术观念的互相冲突",因而"不必一定要为它寻出某种统一的意义",(3、5页)但"前卫"的统一命名便已然是一种归并和简化,一本精装严整、页码井然有序、前有序言后有索引的画册,更赋予它一个整体的外观。更内在的,当然是中西学者所共享的顺时性编年史式的叙述方式了。最引人注目的是,他们几乎全都采用了"代"作为关键的叙述单位。

"代"作为叙述单位

Michael Kahn-Ackermann用他在北京的一位画家兼作家朋友的广播剧构思引出他对近年中国文学的评述（89页）：

> 他把他的广播剧取名为《89沙龙》，全剧共分三幕。第一幕的标题为《1986》，内容是写一群中国知识分子和艺术家坐在"89沙龙"里，慷慨激昂地高谈阔论艺术问题。第二幕标题为《1989》，同一群知识分子和艺术家在沙龙里以同样的激情就民主问题发表高见。最后一幕发生在1992年，这一群知识分子和艺术家重又聚在一起，以不减当年的激情对经商大发议论。

尽管阿克曼承认，"对中国最近几年的精神发展做这样的概括，显然是一种大胆妄为的简化"，但仍"不得不借助这一简化来说明中国当代文学的状况"。当然他的修正是将"同一群"拆散为"几代人"，一"代"一"代"地描述了从蒋子龙到王朔的三"代"作家层。Jochen Noth（岳恒）在他的《1979—1992：风云变化的北京》一文中，也很自然地使用了"三代人"这样的小标题。（7页）在中国最有影响的新潮美术评论家高名潞，把当代中国美术平面地划分为"传统美术""学院美术"和"新潮美术"三大块，其实仍暗蕴了"老中青"三代的顺时性分类法。（49页）张旭东强烈反对讨论像"中国有没有现代主义"或"中国能不能有现代主义"这样的几近乎无意义的问题，但在论述《从"朦胧诗"到"新小说"》时，却强调"代"的范畴"对理解当代中国文学的美学蕴含和历史蕴含具有关键意义"。（75页）倘若讨论到

当代中国电影，像"第四代导演""第五代电影语言"这样一些大可怀疑的范畴，人们似乎早已习惯成自然了。（张巇箴，87页）

唯一的例外是 Barbara Mittler（梅嘉乐）对《八十年代的中国音乐》的讨论。她用了"代沟还是代中之沟？"这样的小标题，指出"在中国，将某种作曲风格与某一代人相联系是不可能的。师生之间，进步与保守之间的界线不以出生年月为标志"。（110页）"多元和折中主义"是她对这一现象的解释，不太令人满意，却因为难得地跳出了"代沟分类法"而令人耳目一新。

其实"出生年月"并非人们划"代"的主要依据，更多的是看他们接受正规或非正规艺术教育的"政治年代"。学者们用代与代之间的反叛或衔接，来讲述当代中国艺术的历史流程，只不过是采用了最方便而直观的方式，把艺术家的风格和观念直接当成体现政治变迁的某种载体罢了。我绝不想看轻政治在中国当代（又何止当代！）艺术发展中的巨大作用。但是，把从一九七九年十一月"星星画展"开始的"视觉革命"，直接通向一九八九年二月"中国现代艺术展"的两声枪响，以及此后的犬儒和玩世不恭，似乎不是描述中国当代艺术的唯一好方式。被抹杀和遮蔽的东西可能很多很多……

《中国前卫艺术》这本相当有分量的书，向我们提出的问题，仍然是：有可能向一个时间上一元化的现代世界，讲述这空间上紊乱而分散的"艺术运动"么？

返向一个失忆的城市

《记忆的城市·虚构的城市》，也斯著，牛津大学出版社1993年出版。

"九七"已进入"倒数计时"阶段，许多人想写香港的百年沧桑，大时代的史诗，戏剧性的传奇，巴尔扎克式的"都市生活场景"。也斯却坦承他并无这样的野心。在这本"自传体的游记回忆录"里，他只想写下一些自己比较熟悉的普通人物，写他们在香港成长，出游，回来，或再次出游。写他们与其他文化的接触，反省自身成长的背景，面对现实的剧变。写他们如何承受挫折、化解烦恼，在倾侧的时代探索标准，在混乱里凝聚素质。

"文艺青年"的人生故事

这些人，作者和他的朋友们，大约都属于六七十年代成长起来的香港"文艺青年"。所以在回忆中人生故事纠结着许多艺术话题：办杂志，排戏和演出，绘画和展览，翻译和采访。在这样的年代和这样的文化空间里，也斯用沉思和反省的笔触，叙写他们的悲哀与欢乐，相聚和分离。伴随着"艺术爱好"的人生故事，有可能是美好而生气勃勃的，也可能是偏激、专断而可怖的。在这里，沉思与反省的态度极大地帮助作者避开了那些叙述陷阱，但也可能模糊了某些本应清晰的情景和层次。

读这本书恍如走一段文字的旅程，经由一种"来回寻索意义、层层剖开感情"的文字，回向一个"失忆的城市"。"我的脑子好像被灼伤了……"，小说中的一位人物如是说。每次我们想讲一个"香港故事"，似乎讲的总是一个别的城市的故事，伦敦的、上海的，或台北的故事？有那么多的声音，用强辩的象征、粗暴的修辞、简化的逻辑，编织话语的网络，代表我们虚构出历史、现实和担保不变的将来。夹缝中的声音，如果不是因退缩而沉默，也会因深明事情的复杂、表述的困难、言语的分离，而犹豫，而延宕，而迂回。也斯经由三藩市、纽约、巴黎、华盛顿，去回忆香港的人和事。每个城市都伴随着有关无关的艺术话题，戏剧、电影、绘画、雕塑、建筑、博物馆，当然，还有诗歌。他把艺术评论精心写进小说里，似乎相信文学艺术及其谈论是一个城市的活的记忆，是这些被世界灼伤的人们悲哀而真挚的吟唱。然而，在这些藏满记忆和虚构的所在，我们会不会迷失呢？怎样在层层叠叠的形象、光影、颜色中，寻找属于我们的空间呢？

极具包容性的叙述结构

小说发展了一种极具包容性的叙述结构，能够灵活地将不同性质的资讯、议论和感想，从容不迫地、多层次地编织起来。平易，不炫耀技巧和渊博，对感情有有效的控制。甚至讨论古希腊悲、喜剧或陆机《文赋》的部分，也因渗透了个人的经历和体验，而饶有兴味。

也斯的这部长篇前后写了十年之久，仿佛也是一段有意延宕、迟迟不愿到达目的地的旅程。他把作品的修改过程真真假假地写进小说，俨然开放了一个允许读者随意闯入的"装置艺术"，对写作本身，写与被写，写与读，有更多的反省：写作也许能保留我们的记忆，但也应能促请我们不停留在记忆之中。

坐下来看风景的旅行者

《旅行到一个陌生的地方》，沈花末著，皇冠文学出版公司1993年4月出版。

现代人，坐着的时候居多。坐着办公，坐着接电话，坐着敲电脑键盘，坐着开会（偶有起而挥拳者，似非常例）。下班了，坐着吃各式宴席，坐着看电视或看报纸。唯有旅行，是走着跑着去"观光"，喀嚓喀嚓照几张相，又从一个景点扑向另一个景点。我们坐下来的时候从不看风景，看风景的时候再不肯坐下来。"行到水穷处，坐看云起时。"我们的坐姿与风景之间的关系，真的离古人如此遥远了吗？读沈花末的散文集《旅行到一个陌生的地方》，你惊讶地发现，当今世上，毕竟仍顽强生存着不少能够坐下来看风景的旅人。

抵达，然后坐下来看

沈花末总是删略旅途的过程，着重点在"到"，文章开首总是说："来到这座海滨教堂时已经近午了"；或："到这家小旅馆时，已是黄昏八点多了。"到了一个陌生或不陌生的地方,就坐下来看风景。坐在沙滩上看海,看晚霞,看海上的雾,看渡轮,看风帆。坐在窗前看雷雨,看雪,看月光,看伸向高天的树枝。坐在壁炉前看火。坐在小咖啡馆里看冬日的街道,看行人,看店前的老藤枯树。坐是为了能够"凝视",也是为了能够"聆听"。坐在台阶上听教堂的管风琴。隔着窗户听月光走动的声音。坐在湖边听叶子落在水里。风掠过芦苇的声音。小团的雪从树枝跌到雪地上。小松鼠在林间蹿过。一只蓝鹣鸟久立枝头,飞去时一长声尖锐。只有坐下来看风景的人,对颜色、音波、光和影的细微变化,有如此敏锐的感觉。《天光逗留》一篇,写坐在阳台上看夏日黄昏的树林,金黄与浅绿在渐暗的天光中,无声地更换成暗紫、橙黄、金红和靛蓝,文字缜密而又清新灵动,最是令人击节。

旅行,空间的多重转换里实内蕴着时间的流逝。而坐下来看风景的人,当更能聆听时光脚步的悄悄移动。季节的嬗递,晨昏的更迭,生命的悲喜,实在是这每一篇文字中律动着的"血脉"所系。因此,记录小女儿生命成长的那些篇章,也在在伴以阳光、海湾、春树、细雨和萤火虫的抒写。生命诚然意味着奔跑、跳跃,意味着创造和搏击,但唯有坐下来我们才能领会、欣赏和赞美生命。坐姿介乎躺卧与站立之间。躺卧草地纯为休息,虽最为贴近大自然,却少了一种面对和观照。站立最不能持久,不是稍做走动,便需有所依靠,或凭栏,或拄杖,向着坐姿过渡了。坐是凝视,聆听,沉思,感动和领受。读文章常令人想象作者的身姿,手势,面部表情。"独坐幽篁里,弹琴复长啸",沈花末独坐大自然,弹抹文字之琴,并不"长啸"。"长啸"是古人的专利,发展到现代,已改为"卡拉 OK"了。

聆听风景中时光的移动

要领略作者轻抹慢捻文字之琴的高超技巧,当读集子中的欧游纪事诸篇,虽则恰是书中不那么"纯净、无染"的篇章,你仍不得不佩服其删繁就简的沉静和果决功夫。想想巴黎、海德堡、威尼斯这几个地名,淤积着过剩而密集的历史、文化、政治的符号象征,哪一位游人能避开重述它们的诱惑?沈花末却轻轻拨过,径自坐下来看雨中的和不雨的塞纳河,看那如画的潮湿迷蒙。但同时你也会想到,在一幅幅静谧的风景里坐久了,读者会不会有站起来,到别处走走的愿望呢?

关于树和人的现代寓言

《森林》，蓬草著，联合文学出版社1993年8月出版。

如何讲一个关于亚马孙河的森林的故事？一个动人的故事可以发生在咖啡园里，白种主人的儿子爱上了印第安女仆，爱情使他认识了正义，站在农奴这边，与父亲对抗。结局可以是喜剧，庄园主在林中碰到意外（如受毒蛇或鳄鱼袭击），老奴仆（少女的父亲）不念旧恶，冒死相救，主人感动之余，痛改前非，答应了儿子与少女的婚事。倘若读者觉得这皆大欢喜的结局太廉价，也可以处理成悲剧收场。少主和农奴一起反抗，动乱中庄园主误杀亲子，印第安少女痛不欲生，殉情自杀，庄园主悔恨已迟……

如何讲述亚马孙河森林

蓬草的小说却正是对这种老套的故事的嘲讽。说是嘲讽，写来却分外严肃。既非对老套情节的戏仿，亦无嬉笑怒骂式的"后设"。她只是缀集一个个残缺不全的画面，跳接不完整的令人发窘的情节，试图使"森林"本身成为小说的主角，让一棵棵树的生死存亡经由人物的奔走而发言。

蓬草的小说是一个个抒情性的现代寓言，其对人类（似也包括了物类）生存困境的关怀忧虑是深蕴于寓言式的理性叙事之中的。《马德里的熊猫》在异域动物园里出生，它怎样想象遥远的中国深山，云雾中竹林的窸窣？小鸟在"镜中的鸟笼"里无休止地飞扑歌唱，一如困坐房中的写作者的一次次写作尝试（《镜子》）。蓬草寓言式的哲理沉思，惯将报章新闻记事取来，抹去其具体的国名人名，使事件抽象化，获得某种标本作用，如《椰树下的民主》和《狡黠的人民》等篇。

题材的充分寓言化

现代寓言的写作建基于"已言"与"未言"、"明言"与"隐言"之间的多重参照和置换，以及由此产生的解释的丰富性和复杂性。蓬草的小说却过于依赖一对一的意义参照表去界划形象的含义。她的梦不是"可作多重解释的梦"，而是过于明晰而温馨地与某种单一的解释可能相对照。一旦她放弃在不连贯的情节、不完整的画面间穿行、跳接和沉思的长处，而回归相对凝练集中的"传统小说"，其"理胜于情"的倾向便与其横断面式的小说语言结构格格不入。《一籽太阳》《白毛车站》的无力处不在其涉及政治，亦不在其不够"形象"，而在其不够"抽象"，即未能将题材充分"寓言化"。

《卡德雷与中国读者》一篇，将文学批评"小说化"，确为一种有益的尝试。在中阿交恶、世事纷纭的年代，承受着共同困境的无名"中国读者"与流亡巴黎的阿尔巴尼亚著名作家之间，他们的误解和了解，交锋与交流，确系饶有兴味的小说题材。小说与政治，作家与读者，欧洲与中国，小说与小说，种种情境碰撞对诘的复杂性，本可经由小说——寓言形式的多重置换而呈现，却也由于放在一个单一的戏剧对白结构中而简单地处理了。

结构的明晰与温馨的"梦"

结构的明晰似应归因于蓬草的"梦"的过于温馨，一如经冬的柠檬树仍不忍不让它挣扎着结出小小的果实，蓬草的小说与绝望、荒谬无缘。或许，这正是小说集《森林》不拘一格的写作中，一以贯之且令人动容的因素了。

夜行者的灵魂之音

《圣战与游戏》，韩少功著，牛津大学出版社1994年出版。

文集收文二十篇，不足八万言，写作时间却由一九八四年六月到一九九三年十月，跨十年有余。韩少功似乎是那类特别珍视自家笔墨而慎于言的作家，写作以质胜而非以量胜。这里蕴含了一种对"言说"的深刻怀疑与警惕。在本书的代跋里，他引古人语，曰"君子讷于言"，曰"说出口的不是禅"，显然生怕误入语障，而惕惕然以佛家之妄语为戒。但他认为现代人比古人高明的地方，在于意识到非语言无以破语障，唯有以毒攻毒，以药解药，以"多嘴多舌"的方式保持"沉默"。

对言说者的一种关怀

一个小说家对语言和言说的思考来到这个层面，远非对自己赖于谋生的"家什"的磨砺以须，而是对经由语言而呈现的"世界"或"现实"的一种探询，对言说者——"语言的动物"——人类处境的一种关怀。集子中的最后一篇《词的对义》，讨论的问题似乎颇为专门，却最能见出韩少功的这种探询与关怀。语言学中有所谓"复词偏义"现象,指两个相反意义的字联成一词,但在句子中只用其中一义。如"万一有个好歹""恐有旦夕之祸福"中的"好歹""祸福",单指歹和祸。《红楼梦》中亦有类似句式:"不要落了人家的褒贬",在这里当然是有贬无褒。顾炎武的《日知录》曾从《史记》《后汉书》等典籍中搜列了不少这样的例证,亦常为后人引用。

"复词偏义"现象

一些语言学警察碰到这类现象从来都是大皱其眉头,必欲清除之而后快。较通融的学者,如梁实秋先生,在遗憾其不合逻辑之余,则以约定俗成为理由,宽大为怀。而钱钟书先生,则拈出"从一省文"的修辞术为之辩,如《系辞》中"润之以风雨",其中省了该与"风"搭配的"散"字。韩少功对梁、钱二位的通融与辩护,都感到不太满意。他觉得日常语言中超出形式逻辑的人生经验,才是理解这类语言现象的关键。自谓——

> 笔者在乡下时,常得农民一些奇特之语。某家孩子聪明伶俐,见者可能惊惧:"这以后不会坐牢吗?"某家新添洗衣机或电热毯之类的享受,见者可能忧虑:"哎呀呀人只能死了。"笔者对此大惑不解,稍后才慢慢悟出这些话其实还是赞语,只是喜中有忧,担心太聪明会失其忠厚,导致犯罪;担心太安逸会失其勤劳,导致心身的退化乃至腐灭。

祸者福所倚，福者祸所伏，福祸同门，小民百姓的生活智慧与古代哲人息息相通。《系辞》称"吉凶与民同患"，而《正义》解曰："吉亦民之所患也，既得其吉，又患其失，故老子云宠辱若惊也。"解得不算太离谱。而钱先生却认为这是不懂"从一省文"的强词夺理，似乎古人是只患凶而不患吉的。同理，鲁迅说过人可以被棒杀，也可以被捧杀，对褒与贬都高度警惕：此时之"惧人褒贬"就不能勉强"从一"。

对语言的这种理解正来自对言说者的生存处境的深刻理解，这一点似乎贯穿了文集中的每一篇文章。具体到韩少功所身处的吉凶莫辨的历史时空，这忧，这惧，就都深而且广了。从"忠字舞"的海洋里刚刚泅游出来不久，全民又在大弄其商品经济之潮。斯文扫地，痞子横行，尚不足为奇；可惊可怪者在起了一个名字叫"后现代"，来把它理论化并合理化。韩少功模仿米兰·昆德拉而自制的微型词典《词语新解》，"后现代主义"一条的解释是："眼下一切不好解释的文化现象都可由其统称"。他对语言和语境的关注，在此处以戏仿经典权威的方式来揭出命名的悖论，揭出种种像煞有介事的理论言说，只不过是些含糊其词的耍弄和蒙混。"后现代"其实是很不"主义"的——

> 它挑剔和逃避了任何主义的缺陷，也就有了最大的缺陷——自己成不了什么主义，不能激发人们对真理的热情和坚定，一开始就隐伏了世俗化的前景，玩过了就扔的前景。它充其量只是前主义的躁动和后主义的沮丧，是夜行者短时的梦影。

夜行者梦语

夜天茫茫，韩少功却不愿意在"上帝死后"的黑夜里（"西方的上帝还不及在中国死得这么彻底"），做一个"后现代"梦游人："何况，光明还是有的，上帝说，要有光。"（《夜行者梦语》）文集中多次出现的"上帝"这个字眼，似乎解释了书名中的"圣战"一词，却显然与宗教典籍中的"耶和华""基督"无涉，只是眼下许多中国知识分子心中的"终极意义""终极关怀"的含混代词。所以韩少功能够在文中自由地并置《坛经》和《旧约》的金句，并将伊斯兰斗士张承志、泛神论者史铁生一同引为精神圣战的同道。不过，看来他对佛教尤其是禅宗的典籍的涉猎，较具深度。视言说为游戏，对语言深度怀疑，抑或皆源于此？

太初有道（话），神的话语是生命、道路与真理，不容置疑。但佛教原本是一无神论，不似信奉独一真神的宗教高扬过圣战的旗帜。无论是"呵佛骂祖"的轻戒慢教，还是"吃了饭就去洗碗"的平常心，都与义无反顾的圣战态度相去甚远。韩少功说：

> 真实与美好并没有死亡，作为对人类的终极关怀，它们是语言这位流浪者在永无锚地的航途中吟唱的童谣，温暖而灿烂。

把这样的流浪和吟唱命名为"圣战"，会不会太血脉怒张了一点？也许，只能理解为一个中国小说家在这世纪末的精神暗夜中，发出了如此迫切而真挚的灵魂之音罢……

迷宫内外的小型流浪

《墙上的阳光》，俞风著，素叶出版社1994年出版。

如果我们的感觉和想象力，尚未被种种兴高采烈的旅游广告定型化，就依然会隐隐体会到：每一次的出门远行，都仍然是一次小型的流浪。小小的一次逃遁，一次寻找，一次历险，一次回归。所以，读写旅行的散文，你总会像每次看到形形色色的，在异地走异路的远行人时一样，从心底里发出一个小小的疑问：为什么流浪？

旅行、阅读与日常生活

俞风的这本散文集，并不全然是游记。五辑文章里有三辑是写旅行，一辑踏香港山水（《登狮子山记》等），一辑访内地河山（如《曲阜五题》），一辑探欧洲名胜（《在佩特雷没有看见古迹》之类）。由近及远，"流浪"的范围渐次扩大。其余两辑，一辑写在香港的日常生活，一辑是欧洲和南美小说的读书笔记；——其实也不妨读作某种形式的游记。谁不曾在自己生长、求学和工作的某时某处，或迷失而彷徨，或流连而驻足？谁又不曾在书海中试航、历险和寻宝？当然，这两辑也可读作游记的前奏和尾声：旅行是我们对日常生活的逃离，书本将我们的这种逃离转换为语言和文字。

二十世纪七八十年代成长起来的那一代香港青年，尚时兴假期和工余背起行囊去见识大千世界。坐硬座火车，住青年旅社，风餐露宿啃干粮，青春结伴去远游。而他们生于斯长于斯的城市，却快速变化，几乎难于细加辨认。"现在我走在北角的街上，对昔日的北角只有模糊的印象了。"（《那时候的电车》）俞风视拆楼地盘犹如一场战争的废墟。

> ……断续的机枪似的声音，时而有隆然巨响，然后是瓦砾下泻的沙沙声，你知道又有几堵砖墙崩塌了……几根扭曲的钢条，正使劲地向上戳向粉末背后的太阳。（《战场》）

都市仿佛变成一座迷宫。"星期六下午原要加班工作，吃过了午饭，走在街上，阳光遍地，走走便忘了回公司的路。"（《迷宫之谜》）在一个急速变化的环境中，迎向一个被允诺为某长时段不变的将来，是怎样的一种感觉呢？唯有狮子山兀自躺卧不动，默默注视人间交替着的荒凉与繁华。

背起行囊去认识黄河长江，这些中国历史文化的象征，书本上得来终归有点隔。天山风雨庐山雪，孔林断碑浔阳水，松花江上的冰，大雁塔上的霞，印象最深的却是山川风物之外的人和事。郑州寻宿。南京问路。火车上对号却无法入座。法院告示。牧民的饮食。在兰州，登山看黄河：

下山时，在一群唱游的幼童间穿过，他们看见我们便立刻停住，几十双眼睛好奇地望着我们，然后几把稚嫩的声音轻唤着外国人，外国人。(《远上白云间》)

面对风景里的众生百姓，年轻的踏访者有如下的自我反省：

我们关心山水文物更甚于活生生的现实，这未尝不是一种逃避的心态。山川风物无疑是可堪依恃的，且带来文化上的认同。古人吟咏过的高山流水、帝宫寺院，千年后的今日尚可流连其中，就算颓垣败瓦、景物全非，犹可凭吊追思一番；然而面对如大江东去迅即流逝纵横交错的生命、纷纭的人面、琐碎的衣食住行，又该如何入手观察，如何超越表面现象，去思考他人的生活、自己的生活？

远游欧洲自然是另一番心境。在希腊的小城市没有看到古迹，却处处与历史碰头，因为历史就是生活，历史就是仍未逝去的、普通人的生活。但希腊的星空是陌生的，我们只能、也应该以东方人的目光去看。在英国，"世界上最大的书店"福艾尔斯书店像一座迷宫。在大英博物馆，却与一卷中文印刷的《金刚经》不期而遇，顿时忆起千万里外空留黄土洞壁的敦煌千佛洞。欧游也难忘中土，在剑桥，也不免与偶遇的国内学人聊起开放的种种。这个远游人从一个迷宫旅行到另一个迷宫，还是原本就一直在同一个迷宫中打转呢？

迷宫中的生存之道

"迷宫"显然是身为建筑测量师的作者所爱好的一个意象。他所心仪的南美作家博尔赫斯却把迷宫制造的荣耀归于神秘的中国人。《红楼梦》里的怡红院,便煞似一个小型迷宫。整个大观园是个大迷宫("警幻之境"存在于梦中还是梦外?)。梦与迷宫如此相似,庄周先生早就玩过这种对称性游戏了。俞风的几篇读者笔记,带我们浏览了这古老游戏的几种(后)现代变奏。如果我们生而住在迷宫当中,如果我们就是迷宫的组成部分,那么走出迷宫就是不可能的了。但俞风译写的一则笔记里,有一段精彩的回答,亦不妨移用于此:

> 如果真有生活之地狱的话,这地狱并非存在于将来,而是已经存在的了。我们每天都活在地狱中,我们一起组成了它。只有两个解决受苦的途径。其一轻而易举:接受地狱,成为它的一部分以至你再看不见它。其二是冒险的,要持久的警觉与领悟:在地狱里寻找和认识谁不是地狱,什么不是地狱,然后设法使他们持续,给他们空间。

为什么流浪?——这本书在多大程度上回答了我的询问呢?

你的行为使我们恐惧

《梦境与杂种》，莫言著，洪范书店1994年2月出版。

这本书收了莫言写于一九八四至一九九二年间的六篇小说，其中《你的行为使我们恐惧》无疑是他最好的作品之一。

"我们"是著名民歌演唱家吕乐之（诨名"驴骡子"）的小学同学，听到他不知何故将自己"那玩意儿"切掉的消息，聚集在他紧闭的门前恐惧地拍门。莫言一以贯之的披头散发文体在这一篇里歌吟般地流转自如，将童年记忆（语文教师"狼"对孩子们实施的白色恐怖）、乡民苦难（刘书记的"人头菊花"、姐姐的失纵和"小蟹子"的发疯）和经济闹剧（"大金牙"的"特效避孕药"乡办工厂）、京城浮华（歌唱家和他的"红嘴唇""四眼皮"女人们），似幻如真地编织起来，铺叙出莫言式的奇诡而悲怆的"喧嚣与骚动"。相对于他猥琐平庸的同学，"骡子"（马与驴配出来的"杂种"）是唯一的"好种"，却把自己传宗接代的"种"去了，怎不令人万分恐惧？

"人种退化"主题

密集地以动物给人物起外号（"羊""熊""狐狸"），蕴含了莫言从《红高粱》起就对"人种退化"主题的严重关切。《幽默与趣味》写某大学中文系教师王三，被一群戴红袖标的小脚老太太追捕，在逃入家门的一瞬间变成了猴子。虽然是对卡夫卡《变形记》的一次失败的"致敬"，却把这一关切呈示得分外显豁。《养猫专业户》的好处并不如莫言自己所说，意在对"专业户"暗寓讥刺，而是在《聊斋》式的神秘气氛里，渲染了人猫猫人的迷离恍惚。另一篇写猫的《猫事荟萃》，显示了莫言用杂文笔法写小说的能力，古今中外的"猫事"，一一从容道来，最后汇入乡土童年的人猫共患难，其笔墨在他的作品中别具一格。《球状闪电》属于莫言"拳脚交加"的早期作品，意识流，视角转换，时空交错，魔幻象征，既有对乡村改革的初期乐观心态，亦有莫言自身婚姻状况的投射，样样俱全，应有尽有，是了解作家写作历程的绝好材料。但其中使人印象最深的，仍是那"小刺猬"的动物叙述角度，和身上贴满羽毛想学鸟飞的疯老头。

平静得令人恐惧

到《梦境与杂种》，莫言处理他的主题已渐入佳境，信笔写来，无处不得心应手。传教士莫洛亚和回族女人生下的女儿，是长大在汉族农家与叙述者"我"青梅竹马的"小杂种"。"我"长了个大脑袋，自小就能在梦境里奇异地测知过去未来，梦里虽尽是不祥和灾祸，却屡屡应验。小说近结尾时"我"做了一个详尽而奇妙的梦，下决心赶回家乡与美丽的杂种妹妹结婚,看到的是对梦境的致命打击:从河里捞起的是已经远去的妹妹的躯体。乡土传奇的叙写、异域宗教的调侃以及饥饿年代的描摹,每每在童稚视点中不时搀入某种世故沧桑的口吻。在莫言汪洋恣肆、激情喷涌的众多作品中,这一篇出奇的平静和悲哀,平静得令人恐惧。莫言说,"梦境和杂种就是好文学"。然而杂种却往往无法传种,从世纪末的中国小说里,我们越来越多地读到梦境破灭的悲哀。而且,"哀莫大于心不死",当代哲人如是说。

阿城读威尼斯

《威尼斯日记》，阿城著，麦田出版有限公司1994年8月出版。

威尼斯市政府每年请一些外国作家去他们那里住两个月，写作。写或不写威尼斯，悉听尊便。一个城市的自豪与聪明，有如是者。自称从未写过日记的阿城，就这样在威尼斯写了两月的日记。是一九九二年的五月和六月。大约是意大利译本出版在先，中文版反而问世于后了。

华丽中的世俗与质朴

阿城也一样自豪而且聪明，临去前抓了本唐人崔令钦的《教坊记》在身边，说是"闲时解闷"之用。读古城威尼斯的当代日常生活，同时也读唐朝的洛阳与长安。（后来又加了一本，清人李斗的《扬州画舫录》，是拿古扬州来与威尼斯作比了。）唐人的笔记、游记，世俗而质朴，时有闲笔，读来舒服。威尼斯呢？阿城说："威尼斯像'赋'，铺陈雕琢，满满当当的一篇文章。"华丽得简直是一种压迫。意大利的文化遗产如"轰炸"般令中国读书人处处"惊艳",幸好阿城亦以平常心读之,在华丽里读出了世俗和质朴。白天的威尼斯无处不是潮水般的游客,轰轰烈烈地在街上走过。

> 夜晚,人潮退出,独自走在小巷里,你才能感到一种窃窃私语,角落里的叹息。猫像影子般地滑过去,或者静止不动。运河边的船互相撞击,好像古人在吵架。

这便是住上两个月的好处了。只住三五日的游客,怕是听不到清晨威尼斯人远远近近的开门声皮鞋声,并且判断说:"是个女人,只有女人的鞋跟才能在威尼斯的小巷里踩出勃朗宁手枪似的射击声。"阿城每每写作到深夜,遂知道威尼斯的鸟是在半夜里开始叫的了,"它们在窄巷里叫,声音沿着水面可以传得很远"。

是"日常生活"而不单是"风景"

当然也写到游客们也"读"到的威尼斯:运河,冈朵拉(Gondola)——运河里的一种小船,和在小船上引吭高歌的水手、桥、钟楼、博物馆、玻璃作坊等。但都作为"日常生活"(与自己的深夜写作"同质"的生活)而不单是"风景"来写。所以,一视同仁地,写到小书店的老板,漫画家,制作小提琴的名匠,杂志社的编辑,拍电影的导演和剪接(阿城帮他们撕纸做假的雪花),去中国学过古琴的意大利女生(毕业考试时弹古琴,威尼斯大学考场的窗忽然都自动打开了)。写"吃"是阿城的拿手,到意大利的乡下去,"饭做好了,土豆非常新鲜，新鲜得好像自己的嘴不干净"。最有意思的是阿城给意大利朋友做中国饭，汤面，麻婆豆腐，包饺子，满城跑买不到葱和猪肉馅。有时插进来一段回忆却分外有分量。譬如有几天的日记是写威尼斯的歌剧院，从威尔第，讲到罗西尼，突然说到一九八六年帕瓦洛蒂到北京演出，他和朋友在剧场外转来转去，终于买到八十元一张的黑市票，飞奔进去：

> 八十块钱，三个多月的工资，工资月月发，活生生的帕瓦洛蒂却不是月月可以听到的。

文体随意

阿城善讲故事，亦写"新笔记小说"，有时在"好句子"上用力太过，过犹不及。倒是这"笔记"而不是"小说"的日记体，放松了，意到笔到。爱抄古书时就抄一大篇。写自家头痛，将中医开的药方，不厌其烦地一味一味地作注。该发议论时就大放厥词，比如说中国没有"知识分子"，只有读书人之类。最值得注意的是对他的大陆小说家同行的击节赞赏之词，说苏童走出了"暴力语言的阴影"，说王安忆写了"迷人的宿命主题"，还罗列了刘震云、余华、莫言等一大串名字，说他们也许改变了他过去的看法："当代中国大陆只有好作品，没有好作家。"讲起诗人朋友芒克、美术家朋友王克平和毛栗子，也是褒赞有加。提到当代中国大陆的电影，措辞就极谨慎了。

封面和插图是阿城稚拙风格的线描，威尼斯地图和散点透视的"古威尼斯图"，与全书的文字风格甚相配，看了喜欢。

看不见的城市

　　小书店老板送给阿城一本书，是意大利作家卡尔维诺的小说《看不见的城市》。书中虚构的马可·波罗向忽必烈讲了许多城市，忽必烈说你讲了你从威尼斯一路来的各种城市，为什么不讲威尼斯？马可回答，我一说出口，威尼斯就不在我心中了，还是不讲的好。但是，我所讲的这么多城市，其实都是威尼斯。所以，我已经记不清威尼斯了。俨然大有禅意。但卡尔维诺似还"禅"得不到家。阿城呢，便只是"见山是山见水是水"地写他的《威尼斯日记》。但我们真的能看见阿城看见的威尼斯么？

被诗歌烧伤的人

《十一击》，苏童著，麦田出版有限公司1995年出版。

苏童因中篇小说《妻妾成群》曾被改编为得奖电影《大红灯笼高高挂》而闻名于世。新著《十一击》，收短篇小说凡十一篇，故名。

庸众眼中的"狐狸精"

书中有六篇的故事发生在同一虚构的背景——二十年前的"香椿树街"，江南小镇沉闷无聊的一条小街。一些带有"时代特征"的机构和名称，如"红旗小学"、废品收购站、化工厂等等，勉强提醒读者这里已非鲁迅笔下的"鲁镇"或"未庄"。光阴似箭，庸众依旧：他们仍然是世俗戏剧的看客和被"看"的材料。《美人失踪》说的是街上三个著名的美人儿之一"狐狸精"珠儿的失踪，邻舍们很是兴奋扰攘了一阵。若干天后珠儿穿着一双新皮鞋回了家，说是到上海、合肥、黄山玩了一圈，令香椿树街的众人颇觉茫然。《狐狸》是另一篇关于"狐狸精"的故事，美丽的倪老师初到红旗小学就引起同宿舍女同事的怀疑，她天天洗头发，半夜会在睡梦中发出尖叫。教师们无不在背后议论纷纷。终于有一天夜里倪老师跟着三个男人离开了学校，校长证实她是从丈夫身边逃走的、从良的妓女："这样的一个女人，怎么能让她做人民教师？"《小莫》写莫医生的荒唐儿子冒充医生与病人之妻通奸和殉情，废品收购站的女店员在出事后回忆初见少妇诗凤时的印象，说看见她一进来身后拖曳了一条红光。在这些故事中，置于舞台前景的似乎不是故事本身，而是那香椿树街上的"舆论"，那些将别人的闲事当作无聊乏味生活中的"盐"的众人。苏童在一种群众心理的氛围中展开他的故事，日常生活中平淡无奇的生老病死婚丧嫁娶，在一种窥视欲的支配下转化为残酷的戏剧。与当年鲁迅"哀其不幸、怒其不争"的启蒙心态有明显的不同，苏童似已不再关注"医治病态社会"的可能性，而是在叙述小镇小街故事时追求一种庸俗而凄美的诗意。

庸俗而凄美的诗意

"狐狸精"的故事之外，"女鬼"的故事更能令读者领会苏童抒写现代《聊斋》的创作意图。《樱桃》写给医院送信的邮差每日清晨都遇见一穿白色睡袍的女孩等信，结局当然不出所料发生在太平间，邮差脸色苍白看见自己的信物握在一栩栩如生的女尸手中。《纸》这篇写得比较成功，苏童把一项行将失传的手艺（扎纸人纸马）、英俊少年的青春期性幻想、特殊时期的心理气氛，巧妙地编织成一个疑幻疑真的凄艳故事。三十年前死于日军流弹的扎纸女孩青青，骑着一匹白色的纸马，向着正演出"革命样板戏"《红灯记》的舞台飞驰而来——这是小说中最令人动容的一个意象了。

写作和世俗生活的复杂关系

在庸俗的市井故事中写出一种诗意，使苏童在描写血和暴力时也能避开"暴力语言"的阴影。在他的长篇小说中他也尽量让暴力场面在回忆或幻觉中呈现，在本书中则始终置于故事的背后。邻近香椿树街的护城河微微发着臭气，每隔一月漂下来的浮尸不知来自何方，居民们却能凭经验快速判断死者的性别，并对女尸有某种正常的观察兴趣。《板墟》中的商贩、公安、村人个个扑朔迷离，杀人事件到小说结束时仍然是个谜。叙述者避免出席暴力的现场，反而暗示了暴力的无所不在，暗示了暴力的日常生活性。

我认为《烧伤》是集子中写得最好的一篇小说。酒醉中被烧伤的人想象自己是被诗人朋友朗诵的一首关于火的诗歌灼伤的，忧郁的他后来也成了这个城市中残剩的最后一群诗人之一，起了个笔名唤作"火鸟"："诗歌烧伤了我也缓释了我的痛苦。"两年后远游的诗人朋友变成富有的商人归来，烧伤的缘由真相大白，是当年对诗歌的恶意贬低使诗人发疯，盛怒中把友人的脸按在了煤气灶上。神秘的谜底揭破后火鸟唯有深深叹息，疑问却仍然拂之不去：烧伤和诗歌真的毫无联系么？苏童以一种略带嘲讽的吟唱语调叙述这个仿佛造化弄人的故事，质询的却是写作和世俗生活的复杂关系。诗歌能使我们飞翔于喧嚣而孤寂的尘世生活之上么？读着这本《十一击》我总是禁不住会想，或许苏童正是一个被诗歌灼伤的人了。

语言之肺

《如果落向牛顿脑袋的不是苹果》，何福仁著，素叶出版社1995年1月出版。

因了职业的缘故，我每年要读大量的当代小说，主要是当年发表的中篇和短篇。我的一位写小说的朋友对此深表同情：都知道这可不是什么每日心旷神怡的差事。尤其是去年以来生产的那专信马由缰拖泥带水砂石俱下之所谓"新状态"小说，读之令人昏昏欲眠。朋友怀疑，如今还有什么小说能让你激动乃至惊讶惊喜的吗？面对这样的发问，常常也只有默然而已。我知道，这也是他自己越写越少越写越不满意的原因罢。

但朋友不知道的是，当我读小说读到昏昏欲眠的时分，就会随便抓一本新诗来翻翻。新诗往往朦胧难懂，不过我向来学了陶渊明不求甚解之法去读，不期而遇的反而会碰到一个两个惊讶或惊喜。譬如读这本书名长得古怪的诗集，就有猛然从乌烟瘴气里伸出头来大吸了几口新鲜空气之感。现代人称树林草地公园为"城市之肺"，那么，好的诗歌，比喻为现今媒体大污染中的"语言之肺"，应也可行。

诗的"想法"与"意念"

这本诗集收了何福仁从一九七九到一九九四年的诗作五十九首。十五年,平均每年不到四首。恐怕不是写得很少,而是选得很精。写得多不太难,选得精却大不易。现今诗人多寂寞,甘于寂寞的却不多。到了有出诗集的机会还能选得精,这心情这态度就让你感动。诗人自谓他的诗一改再改:

> 年岁日长,久已不信自己是早慧的天才,我是在反反复复的研习里获得一点点的进步;有时,写诗竟如试错,我尽量少错些,准确些,让某些想法再发展,某些意念表达得更通透。

新诗其实比旧体诗难写,没有格律韵脚帮忙遮掩,写罢更须自长吟也。但何福仁似乎并不在炼句炼字上用力,所以我的所谓惊讶和惊喜,常常不是读到一些不期而遇的句子,而是他说的"想法"和"意念"。

例如这首采作书名的《如果落向牛顿的不是苹果》,这稚儿般的疑问,就颇带童趣。有一连串的"如果"接踵而至:如果落下的角度不对,如果苹果的落下似雪花般轻柔而寒冷,如果像石块般沉重,如果树上根本没有苹果……一个有关科学发现的"神话"被这一连串的"童(问)话"问得跟跟跄跄。何福仁显然对"科学主义"颇有微词,"诗可以怨"里不少是怨向它的。《三〇〇〇年太空旅程》把科幻小说的题材写成一首不到五十行的诗,构想也妙。

荧光幕上

一所动物园

一头恐龙

一头鳄鱼

一群猿猴

一个男人对一个女人说：我爱……

你别过脸，看见

另一个自己

在空寂的太空船

在漆黑的太空绕圈

我不知道一九七九年写这诗时"太空人"的引申义是否已经发明，诗人设想将来与恐龙一样属于灭绝的事物里，是包括了爱、喜悦、笑话等等的。同样的意念出现在《复制人》《城市颠覆》之中。你愿意带着一个袖珍的机械心脏走路么？假如其他器官（包括脑子）都可以复制了又将如何？城市中有万千双千里眼和顺风耳，听同一种音乐看同一份画报人人受到窥探和监视又将如何？这些意念并不容易以诗的形式来表达。《城市颠覆》采用了"跨句分行"的手法使诗句扭结着前行，给人一种密集的透不过气来的感觉。

人文山水

写到未曾异化的大自然，诗句就舒展了。《流动的房子》《吃草》《约好了在庐山看雪》等篇便是。如《在青海湖上》：

我们拥挤在船舱的门口

闹着感冒，想起

原本居住的地方

我们傍水生，傍水长

在日照里上船，忽然

云块聚挽，雨点开始洒落湖上

泛起一抹朦胧的薄雾

湖是好湖……

但我们都是些先在书中熟读了纸上山水才出门去见识真山真水的人，对"人文地理"的兴趣远胜于荒山野岭、崇山峻岭。（张爱玲甚至说，要不是我们读过一些爱情小说，就根本不明白那原来是恋爱。）何福仁写得好的，也是经过转化为纸上艺术的"山水"。《南山牧场》似乎就不及《咏蔡浩泉画南山牧场》。到访吐鲁番盆地，少不了引用师徒四人西游的故事（《火焰山》）。到白帝城自然《梦李白》，经洞庭湖无法不想起杜甫，陆游说得对："此老至今原未死"呵（《你的选择》）。域外山水亦复如此。经过德国的黑森林，先想起白雪公主的童话（《我在黑森林里独行》）。我们用莫奈的眼睛看法国的教堂，看干草堆，看一池的睡莲。如《在巴黎某画廊看画》：

而火车站／就是我们乘车瞥见的模样？／是你把心灵的历程／转化成风景／它们愉快地颤动／仿佛也思想起来？／还是，你的画／必需从更远的距离／让我们进出画里画外／观看？

艺术化过了的自然有人的生命在其中跃动,往来于文化的积淀与自然的风景之间,我们感觉到了时间与空间的分量。

内敛筋棱的力

所以也就无怪乎何福仁最好的诗是与中外艺术家对话的那些诗。除了前面提到的几位,域外的还有列奥纳多·达·芬奇、凡·高,中国的有柳宗元、白居易、八大山人。我最喜欢的是这首《碑林读颜真卿〈争座位帖〉》,恬静祥和里有内敛的骨力,正可读作诗人风格的夫子自道——

> 你呢提按顿挫,只说是老屋漏雨
> 留下斑驳的壁痕
> 你内敛筋棱的力
> 撑起寥廓的大厦
> 在时人丰腴优雅的品味里
> (你岂能自绝于褚、欧、虞?)
> 你养气凝神,从隶碑胎息
> 向狂草借来奔放
> 用中锋淋漓开一个刚健严正的风尚
> ……
> 临离开,忽觉时日西斜
> 淡墨转浓就散坐在你的碑帖上
> 你静恬祥和,争什么呢?

多年来,我记得你随时事变化的感兴
不同的神貌,这里面果然有时代
有人在绳墨之外

闻多素心人，乐与数晨夕

《南村集》，许迪锵著，素叶出版社1995年1月出版。

这本散文集的书名典出于陶渊明的诗《移居》："昔欲居南村，非为卜其宅，闻多素心人，乐与数晨夕。"文章乃是在朋友的鼓励和支持下所写，亦是为朋友而写——我以为，陶典的用意当在此。已故南美洲作家博尔赫斯恰好说过意思相类似的话：

> 我并非是为了少数精选的读者而写作的，这种人对我毫无意义。我也并非为了那个谄媚的柏拉图式的整体，它被称为"群众"。我并不相信这两种抽象的东西，它们只被煽动家们所喜欢。我写作，是为了我自己和我的朋友们；我写作，是为了让光阴的流逝使我安心。

朋友总是具体的，正如这本书里反复提到的何福仁、西西，一个一个实实在在地，让你感觉到，从提笔成文到编辑成书，都在伴随着作者"数晨夕"——数算着"光阴的流逝"。难怪许迪锵在书的后记里会说：

> 这些年来常有人抱怨香港的文学环境如何令人沮丧，我却完全没有这种感觉。我一直满怀欣喜，我们要做的，都能做到了。小国寡民，岂不是前贤的理想？小众多元复合，亦是当代理论所钟。寒夜孤灯拥被读一部印数不足一千的书，那种 solitude 真是恰到好处。

须知这绝不是小圈子里的孤芳自赏，这话出自一个《大拇指》《素叶文学》等刊物的资深编辑的笔下，意味深长。香港这几十年里此起彼伏的仝人刊物，岂不正是商海政潮中孤灯明灭的一个个"南村"吗！

为朋友而写

散文也无非写些常见的话题：读书和教书的生活，亲人的往事和去世，到大陆和东瀛的游记，对社会与历史的观察与评论。文字平实朴素，透出一种谦逊和诚恳。在我们生活的这个年月，散文容易写得雕琢花巧而媚俗煽情，也容易写得晦奥高深而炫耀才学，容易写得尖酸刻薄而充满戾气。要写得简单而不贫乏，沉稳老实而又并不犬儒自卑，真的很难、很难。许迪锵的散文得力于一种含蓄的自嘲，故每每取材于自身经历中或大或小的挫败时刻。譬如叙述他的教书生涯，从点名到备课到讲书，篇篇都涉及喧嚣吵闹中的狼狈经验。《困兽》讲上课时有人在门外探头探脑，并与课室内的学生高声交谈，他盛怒之下将课室门砰然关上,不料到下课时因门锁撞坏而打不开门了。

我使劲握着它左右扭动,愈扭愈急,索性用拳头打它,其他学生也随着用脚踢它,外面的人别往里面拼命的撞,我竟和他们团结一体,对付同一敌人,直至将门打开为止。许多年来每忆及此,我总觉得滑稽可笑,现在我才想到,在那学校里,我和所有学生一样,也成了一头困兽。

这幅"师生撞门图"颇具喜剧电影效果,在无奈之中却蕴含了深深的反省。许迪锵甚至将当年的一封"校方警告信"也作为插图加入这本书中:原因是在开课一周间本应给学生布置十九次家课,他却一次也没布置。苦着脸问同事,课还没讲完,叫学生做什么功课?同事说,叫他们写生字、抄书,也算是一样功课嘛。于是,"我看着信,思前想后,差点儿没昏过去。"挫败常出于人之不能顺应环境、制度、习俗,自嘲的态度恍如撞墙之后对墙很诚恳地说对不起,但隐隐然也有一点点这墙是否砌错了地方的意思。

挫败中的自嘲

写自己的人生如此,写祖母、父亲、母亲的人生亦如是。《祖母》:"我没有忘记那长长的一段斜路,学校在路的尽头,祖母每天送我上学,我有时要骑在她的背上,当祖母的髻是缰绳,一推一勒,要她跑快跑慢。如今路仍在,自己走来依然费力。"《父亲》:当了餐厅总管,却总而不管,"捧餐如故",拆换光管,照料鱼缸——

餐厅每天的营业额他也要用笔记簿记下来，为此老板曾误以为他要出卖情报……他曾为抗贼而吃了一刀，腹上留下血痕，为追一个吃霸王餐的顾客跑了几条街，那次，还劳动母亲和他的几位同事才把他寻回。

长辈的人生之途在日常的劳苦艰辛中蜿蜒而来又蜿蜒而去，留给我们的记忆恰恰不是如官样文章中的辉煌显赫，而是平常不过的也许有几分可笑的付出与执着。

游记的写法也就有点与众不同，显然不回避旅途中的种种不愉快，却不是为了写成社会批判或制度控诉，仿佛只是说，出门嘛，这些事原是会发生的，这绝对也是旅行的一部分。譬如说，碰巧与一位癖好赌输赢的团友同行，且无论下棋打乒乓都必定败在其手下（《求胜》）。摊到一位带惯了日本游客因而只会对同胞阴阴笑的松花江导游（《导游》）。在岳阳楼边的桥东饭店，遇见行乞的老人、壮年人、妇女和小孩（《岳阳楼》）。最难得的是这篇《意外》：正在由台北飞香港的民航班机上读张系国的《不朽者》，忽听得机外一声巨响，心也随着飞机往下沉。老套乏味的浪漫故事与现实中紧张的空中意外相映照，固然使这篇散文摇曳生意味，我欣赏的倒是，他没扬着眉毛大写惊慌失措或临危不惧，也没因大难不死而趁机畅谈生死哲学，结尾的写法才真正是非许迪锵而莫为：

步出关闸的时候我举目四顾，并不是因为我们当某晚报采访主任的副团长说香港记者势必蜂拥机场来采访我们的缘故，我只是以为母亲必定因班机误点而在机场心急如焚地守候。结果我的想法完全错误,她一直在家里看电视。

活着,不要害怕

关于香港散文、香港文艺刊物的几篇文章颇显资深老编的笔力,言简意赅而且准确。《大拇指》的十年回顾将来必定也是修"香港文学史"者的珍贵史料罢。但我读到的仍然是一系列朋友们在挫折中学习生存的故事。倘若文学也自有其生命,则她的生命也正如一切生命一样:在不断的试错中学会生存。而"自嘲"的态度显然来自对生命的这种体认——人是有缺陷的,人生是不完美的,但人最英勇之处即在于他能承受这种缺陷和不完美,去生存、去行动。在《跋》里许迪锵引教宗若望保罗二世的话说,神一再对人说:"不要害怕。"我们不要害怕什么?我们不要害怕关乎自己的事实,不要害怕作为一个人。在《跋》里他又再次引西西的话说:"因为爱,所以并不害怕。"但我想,学会自嘲,应是学会不害怕的一大功课罢。

这是为自己为朋友而写、写给自己写给朋友读的散文,谦逊而诚恳,平实而柔韧。因为我们只会向朋友分享生命中的大大小小的狼狈和尴尬,邀请他们一同拿生命中这个似乎不称职的主角开玩笑。因为我们深信,朋友在和我一起笑个痛快之后,仍然会说,别看这小子老摔跟斗,爬起来还走得满精神呵!

我和许迪锵只有一面之缘,不敢忝居为他的南村中相与数晨夕的素心人。当我在灯下读这本书时,却也每每在会心微笑之后,听到一个简单的声音说:"活着,不要害怕。"

红楼精神

《负暄琐话》，张中行著，黑龙江人民出版社1995年2月出版。

余生也晚而又晚，读北京大学时其校园早已迁至原燕京大学旧址，修现代文学史读到"沙滩""红楼"字样，每每心向往之。偶然也曾寻访过一两次，却是改作某大机构，莫得其门而入。在门外悬想旧时风物，多半已成历史陈迹，也只有怅然久之而返。若干年前在《读书》杂志上见到一篇书评，介绍这本《负暄琐话》，说是写三十年代前期以北京大学为中心的旧人旧事，"记可传之人、可感之事和可念之情"，得章太炎、黄晦闻等凡六十余篇。想是印数太少，曾于书肆搜求而不遇。今年暮春无意中于广州一图书中心见到，已是第五次印刷，总印数达二万册，可喜《负暄续话》和《负暄三话》也已出版再印，一并购得。

北大种种怪

"琐话"由《章太炎》开篇，理所固然，他是文学院的"老"老师们的老师。"老"老师者，当时五十开外的马幼渔、钱玄同、吴检斋等先生是也，相对的"小"老师如俞平伯、魏建功、朱光潜等先生则不过三十来岁。辈分虽高，谈章太炎先生也从他的"怪"说起，这便是"琐话"的好处了，可以不拘一格，放松写来。然而"怪"在张中行的字典中大约绝无贬义，因为怪的一部分或大部分，来自性情的真或痴，这痴这真必是造物的情之所钟，令我们常人刮目相看。章太炎先生，学问精深而好奇，有些地方难免有意钻牛角尖，为人正直而脾气，有时近于迂。中行先生听过他在北大操场的一次讲演，时在"九一八"后不久，诙谐而兼怒骂，心情却是沉痛。

北大的怪人不少，《熊十力》一篇讲到熊先生日常外表的极不在意和学问上的过于认真以至于顽固。传说曾与另一位治佛学的冯文炳（废名）先生因争论而动手。中行先生听到的一次只有动口：熊先生说自己的意见最对，凡是不同的都是错误的；冯先生则说自己的意见正确，是代表佛，你不同意就是谤佛。对弟子辈，熊先生就更不客气了，要求严，很少称许，稍有不合意就训斥，对特别器重的弟子甚至动手打几下。这种种怪，据"琐话"的看法是："与其说是不随和，毋宁说是不可及"——

> 就拿一件小事说吧，夏天，他总是穿一条中式白布裤，上身光着，无论来什么客人，年轻的女弟子，学界名人，政界要人，他都是这样，毫无局促之态。这我们就未必成。他不改常态，显然是由于信道笃，或说是真正能躬行。

课堂的随随便便

或许是由于书中不少此类记载,有的书评称誉"琐话"以自然冲澹之笔写今世之《世说新语》。在我,却特别感兴趣于,何以北大能容纳容许容忍如此多的怪。而答案,大抵可以归结到,中行先生所再三致意的"红楼精神"吧。民国年间的北京大学有三个院,其中一院是文学院,即有名的红楼,坐落在紫禁城神武门以东的汉花园(沙滩的东部)。红楼是名副其实的红色,四层的砖木结构,坐北向南一个横长条,是北大的文科教室。楼之出名,只因许多知名人士如蔡元培、陈独秀、辜鸿铭、胡适之等在此进进出出。蔡校长开创的风气——兼容并包和学术自由,于红楼是无孔不入,最鲜明的就体现在"课堂的随随便便"。具体说来是:"不应该来上课的却可以每课必到,应该来上课的却可以经常不到。"前者说的当然是慕名旁听者,北大课堂向来是来者不拒,去者不追。这情形显然延续到八十年代末,我在北大的课堂上就常见到一些陌生面孔或来或去。后者的情形则可能未完全延续下来:彼时那些常常不上课的人,很少是逛大街或看电影的,多半都在图书馆用功,通常是成绩较好甚至有大学问的——

在教授一面,也就会有反常的反应,对于常上课的是亲近,对于不常上课的敬畏。

吾爱吾师,吾更爱真理

如此说来,北大竟是难进易出,混混就可以毕业了?其实又不然——

> 因为有无形又不成文的大法管辖着,这就是学术空气。说是空气,无声无臭,却很厉害。比如说,许多学问有大成就的人都是蓝布长衫,学生,即使很有钱,也不敢西服革履,因为一对照,更惭愧。

因此红楼除了散漫的一面,还有严正的一面,即"吾爱吾师,吾更爱真理"的精神和空气是也。"琐话"说了不少这类故事。比如书的《老子》和人的"老子",究竟是什么时代的,有钱宾四(穆)与胡适之之争,一次在教员休息室,钱说:"胡先生,《老子》年代晚,证据确凿,你不要再坚持了。"胡答:"钱先生,你举的证据还不能使我心服,如果能使我心服,我连我的老子也不要了。"激烈的争执遂以一笑而结束。教师之间如此,教师学生之间也是如此。比如一次胡适之讲课,提到某一种小说,说可惜向来没有人讲过作者是谁。一位同学张君,后来成为史学家的,站起来说,有人说过,见什么丛书里的什么书。胡很惊讶,也很高兴,以后上课,逢人便说:"北大真不愧为大。"

坚持己见,也容许别人坚持己见,这是红楼的传统。除了散漫和严正,便也有容忍。倘在中学任教,无相当学识不成,有,口才差,讲不好也不成,而且还要有相当的仪表,因为学生不只听,还要看。在红楼,却"只要学有专长,其他一切可以凑合"。举了几件琐事为例,其中一件是顾颉刚先生。顾先生专攻历史,写文章下笔万言,翻过《古史辨》的人都有印象。偏偏天道吝啬,与其角者缺其齿,口才欠佳。讲课,总是意多而言语跟不上,吃吃一会,就急得拿起粉笔在

红楼精神 | 189

黑板上疾书，速度快而字清楚，但效果总是大不如口若悬河者。要是在中学，或有请走路之虞，可是在红楼，大家就处之泰然。

"造境"与"选境"

讲"红楼精神"而举琐事轶事为例，此即野史杂史之远胜官修正史处。譬如我们对魏晋风骨的领略，自是从《世说新语》中得来的多。但也绝非所有家长里短鸡毛蒜皮都可以记而传之。"琐话"的《尾声》中，讲到文化中常创造艺术的"境"，以人力补天然，来满足人类幽渺而执着的愿望。除了"造境"，还有"选境"——

> 我有时想，现实中的某些点，甚至某些段，也可以近于艺术中的境，如果是这样，它就同样可以有大力，有大用。与造境相比，这类现实的境是"选境"。古人写历史，写笔记，我的体会，有的就有意无意地在传选境。我一直相信，选境有选境的独特的用途……

所以中行先生记琐事轶事，则不仅其中有"史"，而且其中有"诗"，有无限感慨，无限沉痛寄寓于此。即以"红楼精神"而论，半个多世纪过去了，校址也早已迁至未名湖畔，其中，又经了如此的风摧雨逼，然而，以我这来得晚而又晚的后生学子，在北大生活十来年的体验，也能见证那无声无臭的突气，永难阻隔的"传"。

悲天而且悯人

《负暄续话》，张中行著，黑龙江人民出版社1995年2月出版。

中行先生写《负暄琐话》，意在借半个多世纪沧桑中的片段点滴，"记可传之人、可感之事和可念之情"。但也并非真如篱下晒着太阳闲聊般，完全放松，随便谈来。哪些谈哪些不谈，如何谈，隐隐约约，似是有若干规条的。譬如记人的篇章，一般都以人名为题，《章太炎》《熊十力》等是，到写胡适之、周作人，却用了变格，题作《胡博士》和《苦雨斋一二》了。自然于这二位，如此命题更能传神，但亦可能仍别有隐衷。果然，在读《续话》时就发现有段文字讲了点因由：

……写了几十篇，总称为《负暄琐话》，由一友人主持在哈尔滨排印。排印前友人读了原稿，来信说，书中多写三十年代初北京大学旧人旧事，为什么没有周作人和胡适？其实原因很明显，是难于下笔，其时我还是不能改执笔时先四外看看的习惯，借《论语》的话反说，是惟恐"远之则（己）不逊，近之则（人）怨"。友人希望勉为其难。盛情难却，发稿前补了《胡博士》和《苦雨斋一二》两篇。

下笔之难

下笔之难，原因有来自"人"和"四外"的，亦有来自"己"的。到了写《续话》时，前者似略显宽松，而"己"的一面，似也顾虑渐少，颇能"无妨放笔言己之所信"了。所以与《琐话》相比，就不限于"怨而不怒，哀而不伤"，借人和事的"选境"以纾情绪发议论，常有意绪直接出面的情形。但一仍旧贯的，便是忆昔伤今中的"悲天悯人"之怀了。

事实是，《续话》谈人记事，于可传可感可念之余，更多了可悲可悯可怜之情。即以《再谈苦雨斋》为例，文是人写的，人和文能否一刀两断？能，就假设文可以完全与人无涉，放胆安全谈文而不及其人；否，就会行了历来古人认为不当走的路，以人废言。问题在于人和文的复杂性，都远非一般国族道德义愤者的简化归类便能处理。中行先生却化难为易，先谈人，后谈文，从容道来。谈人，由浅入深，从相面到问心，概括说了四点：一团和气的温厚；学而思，思而学，有所思就写；被人讥为小摆设的闲适；忽而释了褐（指出任伪职）。归结到天性的温厚，学识的大雄厚，读写的勤而有恒，对世事冷眼观故退回寒斋，吃苦茶终至变为吃苦果。谈文，论其思想内容曰"人文主义"，曰"贵生"或"乐生"，曰"物理人情"；题材则注意底层，注意多样，兴趣伸向村野、民俗、儿童以及草木虫鱼等等。谈其不多的诗，说是"语浅易而意朴野"，朴拙、率直、恳挚、平和，也注意诗情诗意，但总躲开"士大夫的清狂惆怅和征夫怨女的热泪柔情"，是陶渊明加一些释家。谈其大量的文，则归结为"用平实自然的话把合于物理人情的意思原样写出来"，并且认为这境界很高，达到很不容易；寓繁于简，寓浓于淡，寓严整于松散，寓有法于无法，于坚持中有谦逊，于严肃中有幽默；形成一种风格，曰"冲澹"，与乃兄周树人的"刚劲"平分了现代散文的天下。如此一层层写来，却又不纯为高头讲章般作文学史中之所谓作家论，而是杂写了中行先生与苦雨斋的种种交往，其中包括一九三八年秋冬，听到盛传周将出山之际，虽不相信，却为防万一，怀着小忧虑与大希望，以学生之礼给他写过一封信，力阻之曰"别人可，他却不可"，周没有回信。

想要见识何谓"举重若轻"，何谓"百炼钢化为绕指柔"，见识怎样把最困难的题目用平实自然的话清楚明白写出来，这篇《再谈苦雨斋》是上好一例。这里有功力、学识，有对所论者透彻的认识，而最主要的，仍是那悲天悯人之怀。如论及苦雨斋的悲剧，说是士人身上的神鬼冲突，智与知的"神"，在历史的某一时刻，不敌欲与势的"鬼"，是人类"天命之谓性"的悲哀。士有幸者，是得天时、地利，神鬼即使不协而不明显，可以隐隐约约地度过去。而周不得天时、地利，是不幸者，神终旧曾败于鬼的手下，令人感慨系之。

"悲天"与"悯人"

但这"悲天悯人"，又还可以细析为"悲天"与"悯人"两方面，而中行先生更看重的是后者。《梁漱溟》一篇，论到梁先生受大而众之力压而不只不检讨，甚而声言要讲理，迂阔中含有硬和正，因此可敬；但在学业兼品格表现方面，因为萦回于心中的为"理"，在概念世界里可以头头是道，明察秋毫，放到现实世界，则不免于坐而言，起而难行。与北大的另一位也曾受大力之压的马寅初先生比较，就可以看出大的差别。马先生虽也悲天，但着重的是悯人，不停留在论，而是以论为根据，想办法。梁先生由释而儒，相信人性本善，是地道的理想主义者，结果是，人格方面，"三军可夺帅也，匹夫不可夺志"，可敬；事业方面，"道之不行，已知之矣"，可怜；效果上看，"不可与言而与之言，失言"，不免近于可笑。但梁先生为其所信而如此行，执着迂阔，至少为士林保存一点元气，便又须舍其小疵而取其大醇，尊崇其可敬之处。然而，中行先生在举世推举新儒家大师而使梁复变为热门人物之际，挂角一将，谈迂阔之可怜可悲，无疑也是因了悲天悯人之怀而来的另具只眼。

同样的例子，可举亦是记师辈的两篇，《俞平伯》和《孙楷第》。讲俞先生，说是"放在古今的人群中，其学可及，其才难及"。接着就说，才如骏马，要有驰骋的场地；但天时地利不作美，俞先生虽然著作等身，成就很大，还是未尽其才。讲孙先生，说是"乾嘉学派的殿军"，博而精，考证有大成就。接着就说，失的一面，是容易成为书呆子，只见学问，不见世态。引孙先生的《钝翁诗稿》，"诗书真误我，岁暮转凄凉"，"他年与我俱灰烬，偶一思之尚悯然"，总之是不够达观，却令人愿洒一掬同情之泪。才人书生，或其才本应尽而难书，或书与人皆遇浩劫，"帝力之大，而人力为之微"，便也只能是感慨系之。

悲天悯人之怀

悲天悯人之怀，其根柢在儒家之所谓"贵生"，于中行先生的另一本专论人生哲学的《顺生论》中可得其详。其大要无非是说，既肯定自己的生，也不否定他人的生；接受人之性，以道德调节之，以期自己和他人都能"养生丧死无憾"。这基于常识，也基于理性，但实行起来也有许多困难。毕竟这构成了一种基本的人生之"道"，一种标准，决定了对人、事、情、物的好恶和取舍。对有利有助于自我与他人之生者，好之取之；妨害自我与他人之生者，恶之舍之。回顾百年来路，显然这最卑之无甚高论的一种理想，所谓"仁"（忠恕之道），所遭逢的摧逼残灭最为重。由是，记人、记事、记情，无论从哪里说起，都不能不深系于悲天悯人之怀了。

哲人兼痴人

《负暄三话》，张中行著，黑龙江人民出版社1995年2月出版。

张中行先生在篱下晒太阳闲聊，爱听者众，遂一而再、再而三，《续话》之后，还有《三话》。"道一变，至于鲁，鲁一变，至于齐"，依《三话》的跋语所说，似乎有点每况愈下，这当然是先生自谦之词。其中自然也有一些变化，仍是依跋语里的自供，曰由完整变为琐碎，由有文气变为泄了气，由仍有一半"心在天上"，变为完全"随所遇而安"了。这跋语写于九四年一月，距写《续话》后记时之八九年夏日，已有若干时日，其间的世事心境变迁，不难想象。

怜悯哲人、羡慕痴人

启功先生为《续话》写序，曾引书中《祖父张伦》一篇中的话头，称张中行先生为哲人兼痴人。这两种人同在世间，孜孜兀兀奔走，哲人思、且知，可敬；痴人则不思、不知，可爱。哲人如孔子，明知其道之不行，仍"三日无君，则皇皇如也"地，周游列国欲行其道。痴人如项羽，四面楚歌，唱完"别姬"以后，还浑然不觉，说："此天之亡我，非战之罪也。"依《祖父张伦》中的非常之论，对哲人，应怜悯而同情之；对痴人，则因大不易为，而羡慕之。哲人之值得同情，在其洞察世情之后，仍然"反抗绝望"，做一种悲剧性的努力，可怜，有时亦未免可笑。痴人坚信其所为而不疑，终其身而无悔，不因任何破灭而恍悟其道之可行与否。此自然大不易为，求之不得，便令人生羡慕之心。启功先生以"哲人兼痴人"的"徽号"赠张，取义却与此非常之论有异，接近于常。谓其哲，在博学多识，达观超脱，处世"为而弗有"，等等。谓其痴，则是一位躬行实践的教育家，是"教育教"的虔诚信徒。

"不屑一谈"和"不傻装糊涂"

哲而痴，升华到一种最高境界，启功先生说，常见于张的文章中，有"不屑一谈"或"不傻装糊涂"的地方。何谓"不屑一谈"或"不傻装糊涂"？却又回过头去举孔子为例。孺悲要见孔子，孔子托词有病不见他。传话的人刚出房门，孔子就取瑟而歌，让孺悲知道，不愿跟讨厌的人废话。此即"不屑一谈"也。子贡谤人，孔子说："赐也贤乎哉，夫我则不暇。"孔子不说谤人不道德，只说自己没空干这种事，这是幽了学生一默，也是"不傻装糊涂"。

倘要举中行先生本人的例，我想到《三话》中有一篇《刚直与明哲》。孺悲大概未操生杀之权，孔子才敢取瑟而歌，公然得罪之；子贡当年，大约也未听说过，学生原是可以造反有理，将老师打翻在地，再踏上一只脚的。当代哲人的遭逢，比孔子要复杂得多。对待之道，有刚直与明哲两途，傅雷等人走了前一途，乃至杀身成仁；大多数人，包括中行先生，遇到闭门家中坐、祸从天上来的情形，在只用暴力而不讲理的环境中，大都取了明哲保身之策。其办法是：行动表示服从；少说话，非说不可就说假的。

"保身"而谓之"明哲"，是一种处世之"道"，"哲"在哪里？在《刚直与明哲》一篇里，居然由近而远，分梳出三层道理。其一是从"政学系"那里学来的，曰"对人说人话，对鬼说鬼话"。比如，红卫英雄监督着扫地、早晚请罪，倘对他们说"这样做并不好"，是人话；说"我有罪，我有罪"，是鬼话。说人话，有可能被批斗至死，说鬼话，就能苟延残喘至今日，得见改革开放的好日子。由此再推远一层，便是，与不讲理之人或势力讲理，是迂。中行先生举一小故事说明之：甲乙二人争论，甲说四七是二十八，乙说是二十七，相持不下，至于扭打，到县太爷那里打官司。县太爷判打甲三十大板，都逐出。甲不服，回来问责打的理由，县太爷说："他已经荒谬到说四七是二十七，你还同他争论，不该打吗？"甲叹服。由此再远推一步，就到了《庄子·秋水》篇，刚直，争论，不可以言而与之言，是想"藏之庙堂之上"，"留骨而贵"，明哲之人则"宁其生而曳尾于涂中"。

在刚直与明哲之间

如今，现代人有更具哲理的话，曰"一个需要英雄的时代是可悲的"。痴人以为"一个没有英雄的时代是可悲的"，于是挺身而出去当烈士；哲人却对此拱手相让，敬谢不敏，于是，居然活过来，守得云开见日出。然而，哲人就比痴人更胜一筹，成为历史上的胜利者了么？深夜扪心自问，就仍以说假话、鬼话得于混过来而沾沾自喜么？中行先生说，心情是很复杂的，无法丁便是丁，卯便是卯。于人，对刚直不阿者，总是怀着深深的敬意；但因这刚直而不能活下来，对于我们这些仍想见到他们的人来说，就不能不深深叹惋，以为当时还是取明哲之策为妥。于己，显然本来也是愿意刚直，不得已才转向明哲，这不得已，就会哑巴吃黄连，苦在心里。明哲里有世故乃至圆滑的成分，并不易为，这要学，要磨炼，通常很难堪，尤其是明知听者也不信的时候。清夜自思，想到许多刚直不阿者的言行举动，就不能不感到惭愧。

然则就没有可跳出这两难的途径了吗？回答其实也很简单，不过是有个不说假话也能活的天地而已。因此，倘若你读到篱下闲谈的随笔集，其中也还有如此多拐弯抹角、"不傻装糊涂"的文章，便不禁仰天喟然而长叹，道："一个需要哲人兼痴人的时代，也同样是可悲的。"

古籍的新读法
——读金克木的随笔集《蜗角古今谈》

《蜗角古今谈》，金克木著，辽宁教育出版社1995年3月出版。

书名典出《庄子·则阳》，谓蜗牛之二角各有一国曰蛮曰触，又谓"合异以为同，散同以为异"。八旬老人因忆及五十多年前避难乡间草屋，自学拉丁文《高卢战纪》的读书日子，有当时诗句为证："蜗角书空徒咄咄，蟹行在手尚津津。宵迎怪客疑无鬼，昼读奇书觉有神。由罗马堪证蛮触，过江鲫敢剧秦新。年来豪气凋残尽，剩欲题诗拂壁尘。"金先生教过五种"蟹行"外国语（英、法、梵、印地、乌尔都）及世界语，出入印度的古籍今典，晚年引符号学方法入比较文化论，旧学新知融冶一炉，新见迭出，眼光恢宏，却每以短文片语出之。先生自言少年时因失学而求学，遂发一宏愿，欲做学术的通俗工作，"通"亦包括了学科分工基础上的"打通"。于蜗角谈古今，引蟹行证蛮触，便也正正是一"比较文化"的思路。

钻探读书法

先生曾设想过一种"钻探读书法"："找几个点深钻一下，由点及面，由表及里，又由内而外，仿佛想绘出潜在的地质图"（《世纪末读〈书〉》）。从文献的表层语言文字或"文体"，深入到潜在的"意义结构"，再借由功能或效用，联系作者、读者、传播者和解释者，窥知其共识异识，测出意义的传承衍变。这种读法，便与接受成说再去求证或推演者迥异，而是叩问文献、探求解说的读法。

但要确定那"几个点"，便大费思量。

大抵依心目中那"潜在的地质图"的范围而定。金先生在别处曾提及归化日本的爱尔兰人小泉八云，向意欲了解英国人的日本人推荐两本必读书：钦定本英译《圣经》，《莎士比亚全集》。不读这两本"民族基本文化读物"，如何了解英国人？那么，欲了解中国人，又该读哪几本书？金先生并未提供现成答案。他在写于一九八六年的《古籍整理小议》一文中，曾提议重编一部新的《书目答问》，供后学知晓在中国单是汉语便有多少重要的典籍及其读的途径。于却仍未见有人着手，可以想见其难度。但金先生在本书中，也不时依不同语境，开列不同书目，并且举例示以新读法，正可一窥他心目中的"文化地质图"及其勘探之法也。

三本书与七篇文

譬如要了解中国的政治文化，金先生认为有三本"政治教科书"是贯穿古今的。第一部是汉朝人编订的先秦政治文献集，《尚书》，即《书经》，列于《五经》，总结秦朝以前的政治。第二部是司马光主编的《资治通鉴》，总结宋朝以前的政治。第三部是《三国演义》，总结明朝以前的政治，规模宏大，内容丰富，文体通俗，影响极大。三部书都既"资治"，

古籍的新读法 | 201

又"资乱",是已当帝王将相的统治者和想当帝王将相的造反者双方通用的读本。"我敢说,不读这三部书,尤其是后出的《三国》,就不懂中国历史,不懂中国人。"

在《"古文新选"随想》一文中,金先生设想一本体现古代文化的思维逻辑和文体特色的选本,列出七篇古文,可显现中国文化思想之要目。计开:李斯上秦始皇《谏逐客书》,刘歆的《移让太常博士书》,昭明太子的《文选序》,唐太宗李世民为玄奘译佛经而作的《圣教序》,朱熹《四书集注》中《孟子注》中的最后一段,曾国藩的《求阙斋记》。还有一篇是《汉书》中徐乐的《上皇帝书》,所论乃谓"今天下大患在于土崩,不在瓦解,古今一也",说穷百姓造反比富诸侯坐大更危险。七篇古文,秦、汉、六朝、唐、宋、清都有了。

世纪末读《尚书》

如此定点之后,如何钻探?前述《世纪末读〈书〉》一文,恰好拿《尚书》来做了个示范。先试看文体。无论典、谟、诰、誓,都是对话体。有的表面不是,如《禹贡》,作者心目中也有预定的听话者范围。由是便可再看发话的人,尧、舜等可读作实指,亦可读作某种身份的符号。不难看出,书中从尧到秦穆公都是帝王,从舜、禹、皋陶到周公姬旦都是大臣(舜、禹是先为臣,后为君)。帝王有决定权而不办事,办事的常是身兼文武的宰相。《尚书》中大部分是《周书》,其中主要人物是周公。周公正是宰相兼摄政王。周公"制礼"定天下。从文献的内容和功能看,《尚书》正是一部"宰相读本"。

再探《尚书》中的对话方式、所提问题及应答内容,仅举《尧典》

为例。前半定天时，后半定传位。定天时事关老百姓吃饱饭，如今所谓有中国特色的人权观念是也。定传位，即如今所谓接班人问题。定天下，要定这两项，仿佛二千多年历史已未卜先知。《尚书》中的权位传递方式实际有三种：第一是武力打仗夺取，如商汤的《汤誓》，周武王的《牧誓》；第二是尧舜禅让，见于《尧典》；第三是周公，不居其位，无虚名而掌实权，也还要像《洛诰》中那样让来让去对许多话。为什么要单单突出"禅让"？仿佛只是树立一种理想，作为对现实的反差对照。如是，又不能不由内及外，论及写定《尚书》时东周的形势，对这形势的认识及其心态了。

战国时，即《孟子》和《尚书》等著者由认识当代而总结古史之际，分崩的列国已趋向统一。齐、楚、秦三强鼎立，类乎后来的魏、蜀、吴，或南北朝时的齐、周、南朝。识字人（士、文士、辩士）已觉察到统一局面必然到来，他们（包括老、庄、墨、苏秦、张仪）以各种方式纷纷为君主设计一统江山的方案。《禹贡》《洪范》《吕刑》以及《周书》中大部分由周公出面的总结都指向了这一点。"一则以喜，一则以惧"，对统一的到来既有乐观的心态也有悲观的心态。《无逸》中周公把"代沟"问题点明了："厥（他们的）父母勤劳稼穑。厥子乃不知稼穑之艰难，乃逸，乃谚，既诞，否则（不仅如此，而且）侮厥父母，曰：昔之人无闻知（老家伙知道什么）。"语气中有对青年造反派的愤慨与忧虑。古卜筮书《周易》的《系辞》中说："易之兴也其中古乎？作易者其有忧患乎？"这句话移用于《尚书》也是合适的。

古籍的新读法 | 203

读书者其有忧患乎？

"由浅追深，由点扩面，查索上下文，破译符号，排列符号网络，层层剥取意义。"金先生以通俗随笔传达重大学术问题，隐隐然也暗蕴了忧患意识乎？以学贯印、欧、中的博识多闻，却有许多课题无法也无力着手，只能尽余温于衰年，急匆匆点到即止，开列必读书目，示范研究方法，将许多大题目留与后学去做。本书中有《遗憾》一文，说到"这一生东打一拳，西踢一脚，打一枪换一个地方，什么也说不上会，都比我读马列、学俄文、学锯木、抹泥、涂油漆、种稻子等等好不了多少"，读了令人慨然良久。

"革命·爱情·死亡"的神话

《行道天涯》，平路著，联合文学出版社1995年5月出版。

这部长篇小说的副题是："孙中山宋庆龄的革命与爱情故事"。

有关孙和宋（连带他们的家族与"王朝"），官方非官方、虚构非虚构、史学非史学，各样的书都已经出了不少。电影电视，现代媒体，自然也来掺和，声光化电，如幻如真，更是加了倍的热闹。那么平路何以还要，像她在本书的"代序"里说的，"过去三、四年间，像是中了蛊"，孜孜兀兀，殚精竭虑，将一个"极其吃力的题材"，再写一部长篇？

情怀、情愫与情欲

小说主要由两条不同视角的第三人称（"先生"和"她"）叙述线，交织而成。一九二四年十一月末，五十九岁的先生乘坐"北岭丸"北上，开始了他生命中最后的一段旅程。这一年，三十二岁的她成了"国父遗孀"，总共才过了不到十年的婚姻生活。此后长达五十多年的革命生涯里,"孙夫人"是她必得担当的一个"职衔",它比后来的"共和国副主席"及追认的"名誉主席"都来得重要。由相隔半个多世纪的"死亡"交替着去回溯各自的生命,平路试图穿越幽冥阻隔,深入史料与人物的内心,写尽二十世纪政治纷争血海风云中,剪不断理还乱的情怀、情愫与情欲!

单数章节的"先生"叙述,笔墨绵密平实,句子长,段落长,适当引入当年新闻记事并加以考辨评述,将步向生命终点时环绕孙逸仙身心内外的种种,有条不紊地交错叙来。"先生"的内心反省不但聚焦于尚未成功的革命,而且时时涉及行道天涯过程中邂逅的众女性。这些造神版本中避而不宣的浪漫故事,由特定时刻的特定叙事观点来讲述,最能凸显非"小说"此一文类莫属之能事。"先生"看看身旁熟睡的温软的妻子,内疚于为革命而舍弃的平凡日子,更无法想象永诀之后"她"将来的命运。

双数章节中,"她"的叙述就片断而跳跃了,频繁的换段带出一种飘忽的回忆节奏,却也显现了因史料的不足,而不得不时时切换转接的无奈。

世纪的岁月中寂寂老去的身体

平路着力于一般传记匆匆略过,对女性观点却重要非常的那些细节。譬如陈炯明广州叛变那次,从大元帅府逃难,随后"她"的胎儿的流产。火光、狂奔的人群、腹痛和身下的鲜血。又譬如"她"眼中的男性身体("新婚之夜,她发现孙文比白天矮小"),她自己的身体,逐渐老去的身体("浴缸里的一根根白发")。视觉、嗅觉和触觉。革命、爱情与死亡的三重主题，正由这在世纪的岁月中寂寂老去的身体，来见证，来"体"现。

但双数章节中，书的一头一尾共有若干章，是一个女性的第一人称（"我"）的叙述。这位名叫"珍珍"的女孩，宋把她和其姐姐"郁郁"一起接到北京来陪住。宋逝世后，"我"来到美国，在准备与美国男友辛逊结婚的前夜，忆起"妈太太"生前的点点滴滴。这个后来人的叙述框架，仿佛给宋的终点前内心回顾提供了一个客观旁证，却因其语调的异常激愤而失了功效。连累了宋的叙述，似乎也为这语调所感染，未能如"先生"的反省、自责及自嘲的语调，带出理性反讽的层面。

幸好，还有麦皮粥和"仁丹"

我觉得书中的最精彩处，倒不在代入一位世纪女性的"内在生命"去怨艾自怜，而是在引述伟人逝矣之后的种种记载：

> 先生断气同一日报纸上，除了照例有小儿路迷、小偷被偷、车夫纳妾、少妇忤逆、妓馆减价、犬竟产猪……的各种轶闻，倒详细刊登了班禅抵京第一天的大菜单，早茶就有麦皮粥、火腿蛋、炸鱼、牛肉扒等。……直到先生逝世第三日，报上总算出现了段执政以中山首创共和，有功民国，决定颁给治丧费六万元的报道。……同一版的报纸有关先生的篇幅中，最大的广告是"仁丹"总行刊登的悼词，"仁丹"企业负责人森下博特别提到与先生之间的私谊。……盒子的商标上是先生亲书的"博爱"二字，细字则

印着"仁丹"是淋病梅毒的断根新药。

这乱糟糟的日常生活,这荒诞到真实极了的当代现实,一下子把我们从"革命·爱情·死亡"的浪漫神话里同时解救了出来。平路的小说创作一向致力于拆解传统迷思,探讨虚构与现实之间的复杂关系。可是在这部长篇小说里,她或许是过于"情深必坠"了,在破解"革命神话"的同时,却无意中构筑了某种"爱情神话"或"死亡神话"。

幸好,还有麦皮粥和"仁丹"。

聆听话题的声音

《时间的话题：对话集》，西西、何福仁著，素叶出版社1995年10月出版。

学会对话的关键并不在如何开口言说，而在学会安静地"聆听"。西西和何福仁都是自认为不善言辞的人，却在十来年断续的对话中"说出一本书来"，这便是善聆听者的果实了。在这个因喧嚣而失聪的时代，读到一本这样的对话集，是颇令人喜出望外（"大抚右耳"）的事。

首先当然是对话者之间的相互聆听。世间的许多所谓"对话"其实是"训话"或"采访"，就因为其中不但缺乏相互的聆听，甚至连单向的聆听也付阙如，有的只是与某方"沟通"或向名人"探秘"的心态。而这本书中你常常会读到这样的句子，譬如谈到卢卡契来自马克思的"整体性"概念时，何："再多说几句是否太闷了？"西："不闷。"（119页）又譬如谈到阿根廷作家博尔赫斯与拉美政治的关系，西："说完了没有？"何："还没有。"西："请继续。"（74页）这些未必是对话时的实录，或许是整理时为了划分过长的段落而加添的"调节记号"，我却觉得颇能传达相互聆听的那种氛围。

对话的关键是学会聆听

更重要的是聆听"话题"的声音。对话者绝不自以为是某某话题乃至任何话题的主宰，可以对之颐指气使，招之即来，挥之即去。恰恰相反，他们总是恭恭如也，问："从头说起好吗？"或："怎么开始一个'时间'的话题？"很多时，不是我们选择了话题，而是话题选择了我们，令我们有莫大的福分在其中成长。有许多静候话题来临的时辰。有许多跟随话题的方向去思索的契机。有时我们迷失在话题的迷宫之中，细心寻找那条"阿里阿德涅（Ariadne）线"。有时话题干脆离我们而去，我们只有再读书、思想、生活，也许哪一刻又会与它劈头相遇。

追踪这本书中的"话题"的来龙去脉是满有意思的。话题始于书末"附录"里的三篇：《童话小说》《脸儿怎么说》和《胡说怎么说》，以讨论西西自己的作品为主。谈到《碗》《煎锅》《图特碑记》《胡子有脸》和《我城》，不是自我评价和阐析，而是谈到创作时的背景、过程，"为什么写"和"怎么写"，一些可供比较的作品，等等。其中最令我感兴趣的有两个"小话题"：一，是报纸上连载的长篇小说到出单行本时的修改，如《我城》原有十六万字，出书时自己删成六万——媒体之间的这种转换对比极有意思；二，西西从六十年代的"存在主义"的沉重转向一个"比较快乐、活泼"来看"存在"的创作路向，而"童话写实主义"显然赋予这种转变一个极有利的形式。

也许，西西觉得，这种"拿着镜子去飞行"的"水仙花"式对话本身，不太对劲儿？其实这三篇的副标题里都有"及其他"的字眼，而正题里则有"怎么说"的疑问，在在显示了一种自觉，一种对话题性质的警醒。于是这三篇屈居"附录"，而"其他"反而顺理成章，成了正文的话题了。

话题里带进的众声喧哗

话题，其实，也常受对话者身处的历史时空的渗入。正在看世界杯足球赛，遂联想到巴赫金（M. M. Bakhtin）的狂欢节理论，再谈到"复调小说"和"戏谑传统"。海湾战争，想起《天方夜谭》的故乡，谈起"电子时代的战争叙事"与欧洲的"中近东神话"。话题绝非来自仙山缥缈之处，话题里嘈杂着时代与现实的声音。本书对话者的关心首先在社会文化脉络中的种种"发声位置"，然后是它们的种种"发声方式"。

倘要将对话集中提到的人名和书名全都罗列出来，将是一张长达数页的书单，足可作为涉猎当代小说叙事理论或文化批判理论的，一份有价值的参考书目。这么说也许会吓得某些读者望而却步，其实本书一点也不高深古奥。谈足球、电影、战争、童话、旅游、摄影、作家、文学，当然，也有理论。却谈得深入浅出，书扉上说本书"普及与精致并举，寓严谨于从容"，所言非妄。最大的挑战当然是《卢卡契、布莱希特、形式主义之类》这一篇了，单看题目难免会为他们捏一把汗的，居然也"不闷"地谈了下来——倘能多聊点当年香港排演布莱希特戏剧的情形就好了。

谈得最多的似乎还是这三位：阿根廷的博尔赫斯，意大利的卡尔维诺，和法兰西的巴特，俨然组成了一个"话题丛"。确实话题丛生，由巴特的《明室》谈到了三位大师的母亲，谈到了"爱"和"死亡"，谈到摄影里的"刺点"（punctum）；再谈到博尔赫斯的早期作品，似乎是要摆开阵势，把他的一百来篇小说，一一细说了。西西说：博尔赫斯和卡尔维诺"这两位幻想力十分丰富的小说大师应是当代年轻人最好的一种文学教育，他们的作品能刺激想象，令人也参加创作，而且创作不是一件苦事"。（78页）这颇能解释这两位巨匠与八十年代以来本港小说创作之间的关系。但西西立即引卡尔维诺的另一段话警告说：

> 幻想，就像面包上的果酱，要不是涂在面包上，果酱就没有形状，落空了。果酱的滋味是由于有了面包，光其是很好的面包。（78页）

聆听，分辨，并且发声

对话者聆听着话题里的声音。实际上，到了二十世纪末的今天，我们的任一话题里都无法不让世界地域的多元声音众声喧哗。以"东方神话"论作闭目塞听的借口，将会陷入另一种"监牢思维"之中而不自知。对话者的应对之道是细心地聆听，分辨，同时，加入自己的声音。因了这缘故，当我读到书中，西西随时提到李汝珍的《镜花缘》、鲁迅的《阿Q正传》，何福仁不断提及陶潜李白杜甫王维苏轼乃至段成式，提到张爱玲、沈从文，提到香港街头用南音讲故事的瞽师杜焕，你发觉尽管它们在书中所占篇幅不大，却正构成了我们聆听当代话题的基本音声背景。

莫言的《丰乳肥臀》

《丰乳肥臀》，莫言著，作家出版社1995年12月出版。

莫言的长篇新著，蓄意用如此饱满的书名来惊世骇俗或媚俗，来挑战或挑逗读者的阅读想象。这一招也许是一把双刃剑，既误导了读者的阅读期待，也可能损害到作品的内在价值。其实，这部长篇小说，可以说是莫言对自己十年来小说创作的一次精心总结，意义重大。关心当代大陆小说写作的人，万不可将此书轻轻放过。

十年来小说创作的精心总结

小说共分七章，其结构仍是莫言最喜欢使用的"家族史"架构。叙述者"我"上官金童是母亲上官鲁氏与瑞士老牧师马洛亚的私生子，小说用了开头整整一章的篇幅来写"我"出生那天发生的事情。墨水河桥头乌合之众的血肉横飞抗日阻击战，是大家已很熟悉的《红高粱》情节。马洛亚牧师则曾经出现在中篇《梦境与杂种》中。这些片段的重现或再改写大大扩张了小说的容量，给你的感觉，仿佛不是只在读莫言的这一部小说，而是不断回顾你以前读过的全部莫言小说。

生育、繁殖、性与政治的奇异交织

这部题献给母亲在天之灵的小说，据莫言自叙，也是敬献给中国农村所有母亲们的。小说的主角无疑是生养了八个姊姊和金童的上官鲁氏。"乳房"主题贯穿了"我"对母亲与姊姊们浓墨重彩的描述。姊姊们充满传奇色彩的婚配（大姊来弟嫁给汉奸沙月亮，二姐招弟嫁给国军司马库，五姐盼弟嫁给鲁立人，六姐念弟嫁给美国飞行员巴比特，等等），将二十世纪四五十年代的战争、杀戮、斗争，恩怨仇雠，有机地编织进丰乳飞舞、肥臀摇摆的热辣猩红场景之中。母亲骂骂咧咧，却又任劳任怨，一个又一个地养育大了来自各敌对阵营的女婿们的儿女。显然，生育、繁殖、性与政治的奇异交织，是这部小说中最令人目眩且叹为观止的部分。

母亲说：

> 这十几年里，上官家的人，像韭菜一样，一茬茬的死，一茬茬的发，有生就有死，死容易，活难，越难越要活。越不怕死越要挣扎着活。我看到我的后代儿孙浮上水来的那一天，你们都要给我争气！

或许可以将这段平平无奇的话读作这部小说的一个"纲"。因此，我觉得，小说中最好的章节，当数写母亲带着小孩子们和一头奶山羊，在国共内战的辽阔战场上逃难：络绎不绝的担架队、伤兵、融雪的道路、火光与鲜血。莫言不失时机地将民间的神鬼传说，疑幻疑真地写入这逃难的漫漫长夜，令这嘈杂纷乱的场景，平添了几分凄艳。世事纷繁剧变，唯有这块土地上的恐惧与希冀，一如既往。

意象、色彩、气味、声音

莫言"披头散发"的文体也一如既往，丰富的意象、色彩、气味、声音蜂拥而至，令人应接不暇。他最拿手的是将飞禽走兽家畜牲口的生死争夺，浑然一体地写进人世间的纷扰喧嚣之中。正如我们在第一章就看到的，上官鲁氏临盆难产之际，上官家的母驴也正在生骡驹子。人是杂种，牲口也是杂种。两段生育的交叉剪接，咄咄如画。另一好例是村民们掩埋尸体时与乌鸦群的搏斗，读来真是惊心动魄。

书名所点明的意象当然在小说中随处可见，作为到十三岁了仍不愿断奶的叙述者上官金童，莫言给他任何机会来表达对丰乳的遐想。但出现得过于频密之后，可能反而削弱了作者赋予它们的重要象征作用。

世纪末寒夜中不灭的烛光

《再思录》，巴金著，香港三联书店1996年2月出版。

巴金无疑是二十世纪中国文学中最重要的作家之一。无论是他早期的《灭亡》《新生》《激流三部曲》，还是四十年代的《寒夜》《憩园》《第四病室》，以至五卷《随想录》，无不见证了中国大地上的血泪与苦难。而他本人屹立不倒的写作身姿，比他笔下的数百万言更具有一种照耀整个世纪的、知识者良知的象征光芒。可惜巴金老人，一九八七年完成他的"五卷书"《随想录》之后，因年逾八旬，身体又不太好，曾宣布就此"搁笔"。然而，八年后我们又读到了他在此期间用颤抖的手、炽热的心，为读者写下的四十八篇文字，题为《再思录》，由香港三联书店出版。这一次，他在序里说：

我再说一次，这并不是最后的话。我相信，我还有机会拿起笔。

"这并不是最后的话"

是什么令一个九旬老人坚持不肯放下他的笔？这八年里老人的日子并不是太好过，病痛的折磨尚不算什么，文坛的明枪暗箭、文集的开天窗之类，才是最令人扼腕长叹感慨系之的事。但你读到书中那些襟怀坦白、一以贯之地激情洋溢的文字，就会像见到书前那帧黑白照中年轻人般灿烂的笑容时一样，暗喝一声彩，精神为之一振。

老人说他自己唠叨，书中他唠叨得最多的仍然是"讲真话"三个大字。他在书中一而再、再而三地重复这句话。这句话果然也令不少人头疼，终于祭起个法宝来招架，曰："讲真话不等于讲真理。"这一招反而露了原形，原来他们讲尽假话的目的就在于垄断"真理"。老人说：

> 我提倡讲真话，并非自我吹嘘我在传播真理。正相反，我想说明过去我也讲过假话欺骗读者，欠下还不清的债。……我不坚持错误，骗人骗己。
>
> 安徒生童话里的小孩分明看见皇帝陛下"什么衣服也没有穿"，就老老实实地讲了出来。我说的"讲真话"就是这样简单，这里并没有高深的学问。

当然问题绝不会那么简单，因为安徒生没有告诉我们小孩子后来是不是被打翻在地，踏上了千万只脚。

篝火灰堆中的火星

但《再思录》中最珍贵的文字仍然是老人清晰如昨的回忆。相当一部分是关于自己的创作：给《巴金全集》各卷写的"代跋"再现了当年写作的情境，以及晚年回顾时对作品更清醒自觉的评判。老人用了一个颇生动而准确的比喻：这些作品就像寒夜中用幼稚而真诚的热情点燃的篝火，爱国主义、人道主义、无政府主义一直在燃烧，六十年了，留下一堆一堆的灰烬，但是或多或少的灰堆中仍有爆亮的火星。由于《全集》中收入了不少佚文、绝版的文集、书信和日记，是以前的各种选集所未见的，有关的说明与回忆都极具价值。其中，又以五十至六十年代"遵命文学"时期，表态文章、检讨信的写作情况，披露"头悬达摩克利斯之剑"时的心境与身境，最为令人关注。

刺痛人心的回忆

而书中感人至深的篇章，当属回忆亲友的那些文字。二叔李华封是一个开明的律师，曾在成都老家教他和三哥读《左传》和《聊斋》，拍着桌子说："必讼！"从小教他写文章要有骨气。后来巴金却把他采入《激流》写成了守旧派高克明。（《怀念二叔》）写到旅法时的朋友吴克刚和卫惠林，老人说："倘若当初我的生活里没有他们，那么我今天必然一无所有。"（《关于克刚》《怀念卫惠林》）还有一同创办《收获》的章靳以、日本友人井上靖等等。怀念最深切的莫过于沈从文了：从三十年代的交往，写到五十至六十年代有限的几次见面，一直到从文逝世后中国报刊的缄默。其中最令人动容的是讲到自己也在难中的沈从文，千方百计托人打听到巴金的近况和地址，并且写了五页纸的长信问候他们。这封信给了已经病倒的萧珊极大的安慰："还有人记得我们啊！"巴金接着写道，由于缺乏勇气，"我没有寄去片纸只字的回答"，"我还是审查对象，没有通信自由，甚至不敢去信通知萧珊病逝"。

历史是什么？历史即至今仍然刺痛人心的记忆。在这个意义上，巴金老人的《再思录》是继他的《随想录》之后的又一篇祭奠苦难时代的碑铭，是世纪末寒夜中又一星不灭的烛光。

此恨绵绵无尽期

《长恨歌》,王安忆著,作家出版社1996年2月出版。

一九四六年,十七岁的王琦瑶参加上海小姐选美,夺第三名。天生丽质难自弃,自然而然被国民政府某单位李主任"包起",住进爱丽丝公寓。时局巨变,李主任空难丧生,王琦瑶避难邬桥乡下,遥想上海:

> 上海真是不能想,想起就是心痛。那里的日日夜夜,却是情义无限。……上海真是不可思议,它的辉煌叫人一生难忘,什么都过去了,化泥化灰,化成爬墙虎,那辉煌的光却在照耀。这照耀辐射广大,穿透一切。从来没有它,倒也无所谓,曾经有过,便再也放不下了。

王琦瑶本是上海弄堂千家万户寻常女儿,却赶上了战后沪上锦绣繁华的末班车。王安忆以绵密饱满冗长拖沓的二十九万字,借此铺排出一个女子与一个都市四十年的痴嗔歌哭、爱恨纠缠。究其实,小说的第一部尚只是延续了张爱玲式的"情妇"主题；第二第三两部，才令读者大开眼界，得以一探葛薇龙、白流苏一流角色，在"共和国"黄浦滩头的数十年舞台上，如何演出她们的痴情畸恋、幻影人生。

一个女性与一个都市

四十年代末的恩怨情仇，对张爱玲来说是个文学想象由盛而衰的"终结"，对王安忆来说却仅仅是她的"长恨歌"的开始。住回靠近淮海中路的"平安里"，王琦瑶以替人打针和织毛衣为生。无产阶级专政的上海屋檐下，饮食与男女仍继续着亘古难移的日常逻辑。落魄的富家小开、"毛毛娘舅"康明逊、"共产国际的产物"、中俄混血儿萨沙，以及四十年代至今守身如玉的追求者程先生——在王琦瑶和他们这一女三男的情欲追逐之中，王安忆写尽了爱其所不能爱、不当爱，由情生爱，由爱生怨的种种曲折。在"困难时期"的一九六二年，王琦瑶毅然生下腹中孽胎。乱世男女的自私偷欢，在在衬显了大上海昔日繁华的缓慢倾圮。张爱玲所谓人世"惘惘中的"大破坏大威胁，竟在此中得到详尽的新诠。

"老克腊"午夜梦醒

二十世纪八十年代的上海重拾繁华，"把损失的时间夺回来"，急切中有缅怀，贪婪中有诚实，浮夸里有一往无前的勇敢——小说的第三部写来真是令人感动，也最是令人惊心动魄。四十年前的"上海小姐"此时重出江湖，反倒成了时尚中的"底蕴"，周街假时髦中的真时髦，满世界虚荣心里坚定的支撑，流逝的"老日子"和"旧时光"的常青不凋活标记。王琦瑶们才是当今上海繁华之中的"真谛"。然而岁月的残酷，无论如何悉心包藏，也还是留下了痕迹。一旦王琦瑶的最后一个恋人"老克腊"出现，这残酷便宿命地包含了哀伤和惨痛。"克腊"这字来自英语 colour，表示着那个殖民地文化的时代特征。所谓"老克腊"是指某一类风流人物，在全新的社会风貌中，保持上海的旧时尚，以固守为激进的。他们听老唱片，摆弄"罗莱克斯"120旧照相机，戴机械表，喝小壶咖啡，玩老式幻灯机，穿船形牛皮鞋。王琦瑶遇上的这位只有二十六岁，年纪足足比她小了一半以上。四十年的锦绣繁华故事，讲到快收尾的时候，变成令人发寒发热的梦魇。"老克腊"午夜梦魇，瞥见王琦瑶枕头上染发水的污迹，手脚冰凉。

无声的镜像

王安忆在张爱玲去世后曾写道：

> 玲笔下的上海，是最易打动人心的图画，但真懂的人其实不多。没有多少人能从她所描写的细节里体会到这城市的虚无。正是因为她是临着虚无之深渊，她才必须要紧紧地用手用身子去贴住这些具有美感的细节，但人们只看见这些细节。

对《长恨歌》中的无数细节亦当作如是观。王安忆层层叠叠地堆垛最写实的日常细节，却成就了一幕幕最虚无的场景，在花团锦簇的"好"里写那最无奈无望的"了"。试读以下两段情境，一在虹桥新开发区的大酒店，一在旧区的红房子餐厅——

走廊里静静的，一按电钮，电梯无声地迅速上来，走进去，门便合上。三面都是镜子，镜子里的脸是不忍看的，一句话皆无，只看那指示灯，一一亮下去，终于到了底。

窗外的天全黑了，路灯像星星一样亮起来，有车和人无声地过去。树在晚风中摆着，把一些影一阵阵地投来，梦牵魂萦的样子。这街角可说是这城市的罗曼蒂克之最，把那罗曼蒂克打碎了，残片也积在这里。王琦瑶有一时不说话，看着窗外，像要去找一些熟识的人和事，却在窗玻璃上看见他们三人的映像，默片电影似的在活动。

无声的镜像疑幻疑真，这"无声"却是这城市心底的歌哭，是堆积起来的万声之声。"镜像"则不单是细节，而且是这长篇小说的结构。王琦瑶的故事，始于照相店玻璃窗里摆放的一帧被命名为"沪上淑媛"的肖像；亦始于与女同学一道游览电影制片厂，见一女角僵卧床上，头上一盏电灯摇曳不止。到小说的结尾，王琦瑶被窃金贼勒死在自己的床上——

在那最后的一秒钟里，思绪迅速穿越时光隧道，眼前出现了四十年前的片厂。对了，就是片厂，一间三面墙的房间里，有一张大床，一个女人横陈床上，屋顶上也是一盏电灯，摇曳不停，在三面墙壁上投下水波般的光影。她这才明白，这床上的女人就是她自己，死于他杀。然后灯灭了，堕入黑暗。

这是回忆与想象、文字与映像、结局与开始的叠合,海上百年春梦,恰如黑白胶片般转入死寂的暗夜之中。王安忆以她的精心杰构《长恨歌》,无声地向老上海的残骸致哀,地老天荒,碧落黄泉,此恨绵绵无尽期!

"百科"香港 "童话"香港
——读西西的长篇小说《飞毡》

《飞毡》，西西著，素叶出版社1996年5月出版。

如何讲述一个（现代）都市的百年沧桑生长史？依了长篇小说的传统，可以采用"家族史"的方式。通常是一个野心勃勃的乡下穷小子出来打天下，居然就与体面人家联了姻。叙述的线索由此蔓延交错，穿梭于华厦高楼穷街狭巷社会各行各业各阶层，借着金钱、权势与情欲的主题结构，叠加家国、种族、性别与世代的文化价值冲突，由是编织出芸芸众生的恩怨情雠、盛衰荣辱、升降浮沉。一个都市"人间喜剧"的发育迁变，于焉而"立体地"呈现。乍一看西西的《飞毡》，卷一开始不久，家具行叶老板的独女叶重生，便嫁给卖荷兰水的花顺记的独子花初三，你以为下来这卷一卷二卷三，必是肥土镇上"花叶重生"，花家叶家"家族史"的展开。细读才知道，花家三代的赓续绵延在书中根本无法视为传统意义上的"家族史"。"家族史"太沉重太浓烈太斑斓也太立体了，西西编织的是另一类平面织物。花初三某次被叶重生手中的斧头吓得飞跑，一直跑到德国去学完了考古学才回来，回来答应不再跑了也就相安无事，继续其为人夫为人父的角色。除了这一大为弱化了的事件勉强可算作"恩怨情雠",书中的各色人等之间,甚至没有多少明显的利害冲突。

关于"肥土镇"的"百科全书"

平淡若此,如何支撑一部长篇小说的结构?其实人物并非此书的"主角",他们之间无冲突的松散关系,反而织就了另一"主角"的基本背景。这主角无以名之,大约可唤作"知识"。书中"人物"大致可以分为两类。一为各行各业的平民,士农工商,无不敬业守恒,孜孜兀兀,终为肥土镇的繁荣打下基础;一为不太为谋生计着急的"痴人",如人称"花家二傻"的花一花二,或养蜂,或种草,翻书查资料。前者提供了广泛的都市人类学和地域民俗学的"知识",从茶楼的"一盅两件",到大排档的炒粉炒饭,从南音《客途秋恨》到早年的"番文课本",从红木家具的样式到当铺内部的坚固格局。后者在书中的功能便是普及必要的科学新知:昆虫的种类与习性,地毯的编织与保管,货币的性质与银行的职能,乃至小行星的发现与命名。碳十四的测定及其作用。简言之,西西把《飞毡》写成了一部与"肥土镇"有关的"百科全书"。

"百科全书"是西西所喜爱的拉丁美洲作家博赫斯的重要喻象,但在博赫斯那里,"知识"是"象征符号"与"专家系统"相互作用的结果,是虚构和想象的产物,其权威性是值得质疑的。《飞毡》里的"知识"却过于结结实实了,似乎非如此便不能支撑一幅"清明上河图"式的精细画面,非如此不足以为肥土镇居民的琐碎平凡的感性生活提供一知性的理解基础,非如此不足以为"地图上针眼大小"的地域民俗史联结起辽远的后现代视野。肥土镇的生长史，无疑伴随了这一套源自欧罗巴的"百科全书"式知识系统的全球化过程。反讽的正是在于，这套知识系统将肥土镇居民卷入现代都市化的进程，一方面为他们的日常生计提供了无数新的挑战与机会，另一方面却日渐摧毁着他们的风俗民情。前者体现于花顺记荷兰水作坊的绝处逢生，后者不但体现为叙述者详尽记录保存民俗资料的苦心孤诣，更体现为叙述中难以掩映的丝丝怀旧情愫。然而两者在叙述中的不平衡仍是很明显的，知识系统的优势地位借了肥土镇的繁荣起飞而炎炎煌煌，譬如写到彩姑的鞋底打"小人"或心镇的"正宗野味"时，"百科新知"压倒"民俗旧情"的权威性便经由讽刺的笔墨而俨然呈现。如果对"知识"这位主角在长篇小说中的尴尬地位做以上方式的解读是可行的话，你就会对"百科全书"中的某一明显的不"全"而感到遗憾。譬如经由益格鲁王御准并获巨龙国担保还将持续半百年的"跑马"，对肥土镇的经济民生文化心态的影响至巨，正是探讨多元"知识"冲突交融的大好所在。却被叙述者轻轻放过，几乎未置一词，殊可惜也。

成年人的童话与寓言

抗衡冷冰冰的现代后现代"百科新知"的，不单靠感性亲情和民俗怀旧，更靠与科学飞行并列的另类飞行——"神话的魔力"。百科全书被置于神话的整体框架中来编织，更重要的是，被置于一种返璞归真的童话语调中来叙述。西西回到《我城》年代以快乐天真无邪的口吻与眼光，来讲述肥土镇小民百姓的百年日常生活史。一种顺其自然的语调，一种相信凡事否极泰来的语调，一种几乎是信天由命却又不乏好奇的语调。在这种语调中自是无法安置传统"家族史"的主题结构诸如国恨家仇之类,甚至讲到灾难时(洪水、木屋大火、银行挤兑等),也是九分天灾一分人祸,每每淡淡带过。被三把火烧光了身家的花顺记老板说,只要人还安在就好。西西曾一再探讨童话与小说的关系,更以这种所谓"次文类"的叙述方式来消解长篇小说的"史诗"幻觉。但是,甚至小孩子读的童话温馨美丽如《白雪公主》《小红帽》者也难免丑陋的情感乃至凶残暴戾的事情,反而像《飞毡》这种成年人的读物可以大胆略去"现实"中的种种"太沉重"。残忍的事情却正好是,快乐的肥土镇童话在在反证了:"快乐是一种今天最缺乏的情绪。"

  童话叙述令西西有效地处理肥土镇百年史中一些棘手的时段。卷三的开头数节,空间突然跳到子虚乌有的飞毡岛,花里耶回到肥土镇已见物换星移。花艳颜参加"货不对版"的"乌托邦之旅"旅行团,回来才发现真正的乌托邦可能就是生于斯长于斯的肥土镇。肥土镇不在地震带上,却受了巨龙国广泛地震区的影响,满城纷纷讨论防震事宜。这些若即若离的寓言式叙事,令卷三最具知性思考的深度。但"即"与"离"的分寸一向难于把握,飞毡的翱翔有利于我们俯瞰肥土地形地貌,甚至到冰山雪谷一赏北国风景,却也可能令我们失去关心肥土镇百年命运的那个"焦点"。其实,童话也可以仍然直面现实与人生的。西西的"肥土镇的故事"系列,初时或许产生于"子夜时分马车变回南瓜"的童话意念。十余年后,你却发现,譬如在《肥土镇灰阑记》里的忧患与张力,莫非也服食了花一花二用"自障叶"配制的药糖,在读者面前愈褪愈淡,愈退愈远,飘然逸去了吗?

语言中的生存秘密
——读韩少功的长篇小说《马桥词典》

《马桥词典》，韩少功著，作家出版社1996年9月出版。

《马桥词典》不是一部通常意义上的"词典"，而是一本"挪用"词典形式的长篇小说。它不以章节或章回来划分情节阶段，简直就摒弃了主导情节，只是收录马桥人日常词汇凡一百五十条，将词的释义、语源追溯、用法比较、传说轶事及作者的议论抒情分置于这些词条之下。所谓"词典形式"，颇为庄而重之，"像煞有介事"：有编撰凡例，有"条目首字笔画索引"，亦有"词条互见"；有时更注出某字的特殊读音，可惜未用国际音标，挪用不够彻底。一般词典中的词条释义具有语言学上的普适性，即使是方言词典也以能覆盖某一方言区为准的。韩少功的这本却纯以"马桥"这小小村寨的用法作准。

语词与人的命运

"马桥"乃当年楚大夫屈原流放地，亦是词典编者"我"在上山下乡时的所在。悠悠沧桑岁月，尤其是近百年来的政经风云，与这个特殊文化空间的生活方式相作用,一一渗入马桥人的语言行为之中。这一百五十个词汇,正与其他日常用语一道构成一语言网络,承托了深刻的历史文化内容。马桥人与外来者的生存欲望和悲欢挣扎,遂于焉隐隐然呈现。

"词是有生命的东西。……它们在特定的事实情境里度过或长或短的生命。"语调和事实情境的复杂关系,语词和人的命运生命的复杂关系,是本书所再三致意之处。于是词的释义无不具体化,与具体的历史记忆密切相连无法剥离。不单"马疤子""马同意""九袋"这样的本地人物志,带出可歌可泣可惊可怖可悲可笑的故事,一些较为通行的词汇,也同样充盈着历史的具体性。随即便见到一位从江西回马桥探亲的汉子马本仁,敬着纸烟称"我"老表,平平淡淡说起当年因一罐苞谷浆而远走他乡的悲苦故事。至于"汉奸""天安门"这些大词,在马桥都各有其独特的含义,亦都深蕴了茂公一家数十年颠颠倒倒啼笑皆非的命运行程。

对词义的文化探析

韩少功最感兴趣的是词义的衍生、迁延、歧变。"嬲"字的四种音调代表了四种微妙的不同含义。"他"与"渠"同为单数第三人称,却有远指(那个他)近指(这个他)之分。"醒"字在马桥人的用法里是蠢的意思,"醒子"指蠢货;在自以为"众人皆醉我独醒"的屈原的流放地,村人们提供了对愚昧与明智的另一种界定。正是这些对词义的文化探析,伴随马桥日常生活及历史记忆的半抒情半嘲讽的叙写,揭示了蕴含在语言中的生存秘密,构成了小说中最引人入胜的篇章。

"张腔""胡说"忆前身
——读朱天文的小说集《花忆前身》

《花忆前身》，朱天文著，麦田出版公司1996年10月出版。

王德威主编的"当代小说家"系列，意在为小说的"当代史"提供见证，为世纪之交的中文小说风景，错综浮动的画面追踪显影。其编法，不同于一般"大系""文集"之"讲究回顾总结，成其大统"，而是首尾开放，与时俱变，灵活多样。精选作品之外，亦收入小说家创作年表，以及评论文字与王德威为每集所写的序论。这当亦为小说读者，见识评家如何立足文学历史与作家作品对话往返，平添一阅读景观。首批推出四种，不约而同，均为当红的女作家。朱天文的《花忆前身》，是我读到的第一种。

本集收入短篇小说七篇：《小毕的故事》(一九八二)、《伊甸不再》(一九八二)、《炎夏之都》(一九八六)、《柴师父》(一九八八)、《尼罗河女儿》(一九八九)、《红玫瑰呼叫你》(一九九〇)和《世纪末的华丽》(一九九〇)。以及未写完而停笔之长篇《日神的后裔》(一九九二)已发表的第一二两章，和获大奖长篇《荒人手记》(一九九四)的第五六两章。熟悉朱天文作品的读者当能看出，所选者确为得见其创作来路的"里程碑"意义之作。从眷村男孩女孩的成长故事，到大都会混哥混姐的青春不再，再到"无祖国"荒人同志的忏情感官文字之旅。从缘情似水的闺秀文字，写到世纪末的繁复苍凉，再写到似偈非偈资讯堆积的耽美绮靡。短篇选缀与长篇片段，正堪一探朱天文个人创作史与思想史的脉络。

从狂人到荒人

但小说部分只占全书篇幅的一半还弱，集子中更令人注目的反而是非小说的那些篇章。王德威的序论题为《从〈狂人日记〉到〈荒人手记〉——论朱天文，兼及胡兰成与张爱玲》，显见得是从"文学史"流变角度立论的文章。《狂人日记》的引入，展示中国现代文学两端不可思议的参照对应：同是身陷孤绝无望的写作情境，狂人见证古中国的颓废与恐怖，荒人却传达禁色之爱的浮华无依；同是铺写社会的伪善与不义，狂人排出礼教吃人的血腥意象，荒人却注定独自吞噬同志们逐色而死的苦果。狂人尚能发出"救救孩子"的微弱呼声，荒人却眼睁睁看着"新新新人类"弃老鳄鱼们不顾，长驱直入"圣域传说"的电玩虚拟空间。结论是，"从革命同志的情写到爱人同志的情，中国现代文学走了一大圈，志气变小了，但也更好看了"。

至于论朱天文而兼及胡兰成与张爱玲，更涉及现代文学一段"温新"而"知故"的渊源、因缘。胡与张爱玲曾有一段沦陷情缘。战争末期，胡因汪伪幕僚，四处逃亡亦四处留情，张胡婚姻终以离异告终。一九七四年，六十八岁的胡兰成应文化大学之聘赴台任教，其《山河岁月》与《今生今世》二书，亦分别在台重新出版。读大一的朱天文及其姐妹，以及后来雅集"三三"交社的一班文学少年，遂于此时与"胡爷"结缘。而胡的多数作品，日后亦由朱天文总其成，分别刊印流布。话说张胡姻缘虽昙花一现，张却成为胡创作的重要缪思。由于家学渊源，朱天文早已熟读张爱玲，受了人文导师胡兰成的点拨，更平添一番"诗礼江山"的"剑气"。王德威由此分梳朱天文创作中的"张腔"与"胡说"，如何推衍张爱玲的"苍凉"美学，如何活用胡兰成的"华学科学与哲学"，结论是，亏得朱天文"小儿女的天真与认真"，才得以与祖师爷爷祖师奶奶相揖别，走出自己的创作之路来。

神姬之舞

但用这种谱系学方法来更细致剔抉爬梳朱作（尤其《荒人手记》）中的"胡说"的，是集子中黄锦树的长篇论文，《神姬之舞——后四十回？（后）现代启示录？》。论文界定"胡说"来源驳杂，有《周易》生克之道，禅宗之感悟说，《诗经》温柔敦厚的美学，以及日本之阴性美学等等，其构成方法乃是非逻辑的直观感通，唯"此心"是证，"结论先于论证"的。正因为如此，知识在"胡说"中是作为感性材料而完全文学化美学化了，遂亦能如此方便无痕迹地体现于女弟子的小说创作之中。由是，在朱天文诸作中，处处可以看到以华丽的色相为中介，达至色欲、修行与美学的综合为一。肉欲被转换为情欲，情欲被转换为美的文字，最后超越文字指向"礼仪之美"的价值执守。经由朱文与胡文的繁复比对，黄锦树论证了《荒人手记》乃是朱天文对"早年信仰"（"兰师"的人文教养）的致敬致祭之作，是在末世以"文字炼金术"所作的告解/救赎/修行，是召唤以"感兴"为特征的"太阳女神"时代的一支"神姬之舞"。

来日大难口燥唇干

明显地，为了回应本书序论和论文谱系学研究的阐释，朱天文为本书写了《自序：花忆前身——记胡兰成八书》，打破了她自张爱玲逝世以来关于张、胡、"三三"回忆追思的沉默。道是："趁我这一代人至少还知道有胡兰成，而我亦还有挂念有所辩之时，写下点什么来。我恐怕现在不写，再老些了，更淡泊了，欲辩，已忘言。"这篇"有所辩"而作的自序颇长，约占全书篇幅的四分之一。朱天文夹叙夹议，大量引述胡兰成给"三三"青年的书信，显然是一次为了忘却的纪念了。序的一开头所节引张爱玲一九七一年六月给朱西宁的连续两封信，乃专为辩证有关张的先生赖雅的误传而写的，对"张迷"们来说，自具史料价值；但朱天文更欲借此传达这种"尽管诧笑，也随它去"却仍"有所辩"的张派作风。那么，所辩者何？除了对"忠/奸""忏情/兼爱"等世人念兹在兹的关节有超乎常识的解释，对小说写作的"溯史"而言，重点当在与列维-斯特劳斯"暗合"的胡氏"神话解谜之书"了。野性的思维，神话的思维，从具象之物来，亦还原到具象之物止。格物，致知，诉诸直观与感兴。由是又引入女神传统与男神传统，美感动人，理论压人，遂起纷争，却又不离不弃，互相受教。准此，可知为何《荒人手记》的叙述者，一旦选定为"装在男性躯体里的一朵阴性灵魂"，便可炼嗅觉、颜色学、旅游人类学、佛禅偈语于一炉，繁缛缠绵，滔滔而出。然而这"有所辩"，反复申说，一书而至八书，虽说"不是招魂，是博君一粲"，仍隐隐然有胡式的"杀气"在。莫非又如张爱玲意识到末世之"惘惘的威胁"，典出乐府，曰，"来日大难"，说了又说，"口燥唇干"无人听？

沙之书

一本奇怪的书。

博尔赫斯买到一本稀罕的书,是一位上门兜售《圣经》的苏格兰人卖给他的。这是一本奇怪的书,一本"无限的书"。它既没有第一页,也没有末一页。它的页数是无限的。

> 我把左手放在封面上,试着用拇指按住衬页,翻开来。毫无用处。我每试一次,总有好几页夹在封面和我的拇指之间。好像它们能不断地从书中生长出来。

用同样的办法,博尔赫斯试图找到末一页,也失败了。

这是一本来自东方的书,书脊上有这样的字:"圣书";下面是"孟买"。陌生的苏格兰人说,他是在印度的一个市镇拿一把卢比和一本《圣经》换到的。卖这本"书中之书"的印度贱民称它为"沙之书",因为不论是书还是沙子,都没有开始或结束。

恒河沙数

以沙喻多、喻无限，确系东方传统。《金刚经·一体同观分》云："是诸恒河所有沙数，佛世界如是，宁为多不？"南朝沈约的《千佛赞》曰："前佛后佛，迹同转车，……能达斯者，可类恒沙。"恒河在印度意指"天堂流下来的河"，故恒沙不仅喻多，而且喻"佛世界"的繁复无限。无限，不仅仅是多，而且是全，是完美，是永恒，是绝对，是生生不息。是"一切的一切"。

追求无限，把握无限，似乎就成了对人类神秘而不可抗拒的诱惑了。

博尔赫斯的另一个短篇《巴别图书馆》里，宇宙的形象是一个"由数目不明确的、也许是无限数的六面体回廊构成"的图书馆。人们在其中四处漫游，为的是寻找他们心目中的那本唯一的书，也许是一本"目录的目录"。他们徒然地向各种不同的方向走了一个世纪。"有人提出一种退一步的方法：为了找到甲书，先查阅指明甲书所在地的乙书。为了找到乙书，先查阅丙书。就这样查阅下去，一直到无限……我就是在这样的冒险中浪费和消磨了我的岁月的。"

我也每天在读、在写。有时会问自己，是不是每一个人都在不倦地寻找一本心目中的"唯一的书"呢？

以"全部"代替"无限"

有时人们试图用有限来证明无限。

巴别图书馆里终于有一位天才的图书馆员注意到，所有的书籍，尽管形形色色，各不相同，却包含同样的要素：空格，句点，逗点，二十二个字母。因此，这个图书馆是完全的，它的书架上收藏着二十多个书写符号的全部可能实现的组合，或者全部可能表现的一切，包括所有的语言文字。

由有限构成"全部"尽管不是无限，却因其数量庞大而使人眩惑。然而一旦引入时间维度（"将来的详细历史""你的死亡的真实记叙"），这"全部"是否可以穷尽就变得可疑了。因为时间是否有始终，尚未得到证明。

但是，"全部"毕竟是令人兴奋的。

巴别图书馆里的人们就是这样。"一旦宣布说，这个图书馆收藏着全部的书籍，起初的印象是出奇的幸福。每一个人都觉得自己是一份未触动的秘密财宝的主人。"

这当然是一种错觉。

两种忧虑

身处"全部"之内的人尚且感到出奇的幸福，从外部掌握了"全部"的人就更不用说了。买到"沙之书"的博尔赫斯如获至宝，把宝贝藏在他喜爱的那套残缺的《一千零一夜》的后面。

试想，一本"无限的书"包罗万象，应有尽有！

然而，幸福感并不持久。首先，"在占有它的那种幸福之外，又加上了怕它被窃的恐惧，然后又担心它并非真正是无限的。这两种忧虑，增强了我原来的厌世感。"

这两种忧虑乃是人情之常。得了宝贝无非一怕它失去，二怕所得为赝品。更深刻的忧患却是：你并不能占有无限，而是无限占有了你。

博尔赫斯在失眠的夏夜断断续续地读"沙之书"，逐渐发现这本书是可怕的。

失却意义

可怕。为什么？

"无限的书"是无法检索的。那位卖书的苏格兰人仿佛自言自语地说："如果空间是无限的，我们或许是在空间的任一点上。如果时间是无限的，我们或许在时间的任一点上。"以无限为尺度时，我们无法在具体时空中定位。在"无限的书"中，页码失去了意义。某一页上有幅小小的插图，是用钢笔和墨水画的一只铁锚。合上书，立即翻开来，你再也找不到这幅插图了。仿佛有一条船起走了这只锚，航进茫茫海洋，无影无踪。在"无限"中，一切有限之物都是瞬息生灭，不再重复。

书页之间的区别在"沙之书"中也可能失去了意义。每一粒沙子诚然都是各不相同的，但当它们的数量是无限的时候，谁愿意去区分它们，谁愿意去尊重它们的个性？书页互不重复，然而你无法判断哪一页更值得读、更好、更重要、更有用、更美妙或者相反。你耗费生命在读，却一无所获。

生长与繁殖

书页或书本身的生长和繁殖也是可怕的。

在另一篇小说《神写下的文字》中，博尔赫斯写了一个被囚禁的神庙祭司，他做着奇怪的梦。"有一天或者有一夜——我的白天和我的黑夜之间，还有什么区别？——我梦见监狱地上有一粒沙子。我没有在意，又睡着了。我梦见我醒来，地上有了两粒沙子。我又睡着了，梦见有三粒沙子。就这样，沙子不断地增加，直至充满了监狱，我就在这个沙子的空间里死去。"这是个"沙之梦"，又是个"梦中之梦"。不仅有沙子的生长和繁殖，而且有梦的生长和繁殖，一个梦套着一个梦直至无穷。

囚徒明白自己是在做梦，以极大的努力醒了过来；但醒了过来仍有无数的沙子使他窒息。有一个人对他说："你并没有醒过来，你只是回到前一个梦中罢了。这个梦又在另一个梦中，就这样直到无尽无休，其数目就是沙子的数目。你要退回去的路是没有尽头的，在你真正醒来之前，你就要死去。"

书的生长和繁殖，或者说"叙述"的生长和繁殖，不也正是这样吗？《巴别图书馆》里就讲到了"准确的目录""上千上千的假目录""对假目录的虚假证明""对真目录的虚假证明"，目录的目录、福音、对福音注释、注释的注释、每一本书的各种语文的版本，每一本书在所有书里的窜改等等。信息爆炸。印刷垃圾。精神环境污染。

无数的沙子令我感到窒息。

为学日益为道日损

我们的古人庄周先生令人钦佩地很早就谈到"言"即"叙述"的生长繁殖将造成的"乱"。

> 天地与我并生，而万物与我为一。既已为一矣，且得有言

沙之书 | 239

乎？既已谓之一矣，且得无言乎？一与言为二，二与一为三。自此以往，巧历不能得，而况其凡乎！故自无适有，以至于三，而况自有适有乎！无适焉，因是已！

本来是物我同一的，一旦有所言，就分出了"言"（能指）与"所言"（所指），再加上产生此二者的那个本源的"一"，就成了三。再发展下去，连善于推算的人都无法统计了，不得了。

怎么办？庄子提出的对策是区别对待，"六合之外，圣人存而不论；六合之内，圣人论而不议；春秋经世先王之志，圣人议而不辩。"存、论、议、辩，计划生育。

可是连庄子本人也做不到。老子是计划生育模范，五千精妙，仅此而已。庄子却汪洋恣肆，内篇七，外篇十五，杂篇十一，不管能否都算在他的名下，反正是从他那里繁殖出来的。

"言"是出了瓶口的魔鬼。以言灭言，反增加了言的数量，前言不去，后言又出，言中有言，言外有言，言间更有言，生生而不息。恰如药物中毒，唯药可解，而解药亦药也，凡药亦皆有毒性也。

在"能指"的包围中我们丧失了"所指"。老子曰："为学日益，为道日损。"我们离那个本源的"道"，是越来越远了。

敬畏"无限"

同类事物的不断繁殖生长，是博尔赫斯的小说中反复出现的主题：小石片、镜子中的映像、梦、迷宫中的小径、向上和向下旋转的楼梯、书页等等。从这些意象中读解出"有限与无限""全部""宇宙论""生死起灭"一类思想，是不难理解的。

你可以不同意他的神秘主义和不可知论，然而，对宇宙、对无限、对神圣的那种"敬畏"之心，还是深深地打动了你。

为何仍写？

一九八六年，博尔赫斯去世。那年我正好去了一趟布宜诺斯艾利斯。电视台重新播放了这位八十七岁老人生前参加的一次晚会，这是专门为他举行的一个专题节目。演员们朗诵他的诗歌，跳探戈舞，演唱高原民谣。这位失明的高龄作家安详坐在一张桌子旁，冷静地回答节目主持人妙趣横生的提问。

我想起阿根廷政府曾经任命这位盲人为国立图书馆馆长。他苦笑说："上帝同时给予我八十万册书，与黑暗。"

我每想起小说《沙之书》的结尾。博尔赫斯在失眠之夜意识到这本书的可怕之处："我已经只剩下很少几个朋友了，现在连他们的面也不见了。我成了这本书的囚犯，几乎不再出门。"他便想到火，但是又怕一本无限的书在燃烧时也许同样是无限的，因而会使这个星球被烟所窒息。他想起在什么地方读到过：隐藏一片树叶的最好的地方是森林。他便走到国立图书馆去，人不知鬼不觉，将那本沙之书扔在地下书库的一个尘封的书架里了。

叶落归根。来自尘土，归于尘土。中外格言中有关人的生死的，其意思相通者不少。博尔赫斯为了几个朋友，弃沙之书而不读。那么他的写作，是否又不过给人间世增添几粒沙子而已呢？在小说集《沙之书》的小序里他说："我不为少数精选的读者而写，那对我毫无意义;我也不为谄媚柏拉图式的唯心的整体,所谓'大众'而写。我并不相信这两种抽象的东西,它们只被煽动家们所喜欢。我写作,是为了我自己和我的朋友;我为减轻时间消逝之苦而写作。"

此时此地

不会有兜售《圣经》的苏格兰人来敲我的门。几十年前或许曾有过夹着蓝布包袱的书铺伙计,敲过住在燕园的教授的门,小心在意地说:"有一部明版的……老板让带来给先生瞧瞧。"如今敲门成交的是另一类货色:拿粮票换新鲜的鸡蛋、花生米、丝棉胎、竹席。对于把握了"无限"的神祇而言,我们可以是在时空的任一点;对于只占了"有限"的凡人而言,我们只生活在"此时此地"。

而斗室里的书,却也在悄然生长,包围了你,挤占你的空间,消耗你的生命。浩浩乎平沙无垠。

星期天早晨,总有一个中气充沛的声音扰人清梦:"收废品咪——有酒瓶玻璃瓶的吗——有旧书本旧报纸的吗——"你提了一捆读过的书走下楼去。精神变物质。换了钱,买得新鲜鸡蛋和花生米。

1988年9月于北大蔚秀园

演戏或者无所为

莎士比亚如是说：

> 世界是一座舞台，
> 男人和女人只是舞台上的演员。
> 他们有命定的上台时间和下台时间；
> 每个人在台上演出各各不同的角色。

世界大舞台，舞台小世界。这不算什么独特新颖的比喻。世界上各民族历史上曾经如是说的名人与无名之人不胜枚举。对莎士比亚这位剧作家来说，将人们视同演员、世界视同舞台、人生视同演戏，肯定是极自然的事。莎翁"随心所欲"地将许多古罗马人和古英国人赶上了舞台，让他们走来走去，恋爱、厮杀、玩阴谋诡计和一个接一个地死去。这种消解历史真实和戏剧的虚构做法，曾使三百年后的另一位大文豪托尔斯泰颇感恼火。

真中有假，假中有真

表演、演戏、扮演，是"真中有假，假中有真"的一种人类行为，其真假互渗互补乃至互相颠覆的性质，是戏剧葆有永久的魅力的根本原因之一。但也决定了演员的职业、社会地位等等在文化系统中一直处于尴尬的、沉浮不定的境况。真/假的二项对立是文化—权力结构中极为重要的秩序编码，通过对前者的肯定和对后者的排斥维持了结构的运作。台上/台下，戏里/戏外，角色/演员，脚本/现实，诸如此类的划分无不由真/假的二项对立衍生而来。电影《舞台姐妹》中的一句台词曾脍炙人口："台上认认真真做戏，台下清清白白做人。"混淆了台上和台下，做戏和做人，就会被看作反常。鲁迅曾在他的杂文里设想过关云长端着青龙偃月刀从戏台上一直唱回家里去的滑稽情景。"你表演得很成功！"这句话倘是评价一位演员的劳动，那是对他的努力的嘉许；倘在日常生活中运用，则成了一句刻毒的挖苦了。由此可知，上述诸种二项对立实际上无时不在自我消解之中。假戏真做，真戏假演，真真假假，假假真真，一方面颠覆着"文化—权力结构"中的刚性秩序，另一方面也润滑着、丰富着、弥补着这一秩序。

自娱/娱人

表演的另一尴尬的、沉浮不定的性质植根于"自娱/娱人"这一二项对立之中。作为一种游戏、一种想象的置换、一种技艺的追求、一种真诚严肃的创造，都属于"自娱"（"自我满足""自我欣赏"一直到"自我实现"诸层次）的方面。然而"观众"的存在或介入破坏了这种理想化了的假定。日常生活中经常使用的一句问话揭示了这二者必然的互依互渗互斥:"你做戏给谁看?"显然,"娱人"(从"卖座""票房价值"一直到"知音"诸层次)的一面给表演带来了奉献、屈从、魅惑、鼓动、号召、迎合等等暧昧不明的因素。当歌星们拿着话筒甜甜地说一声"希望你能喜欢",在观众中激起的是复杂交织的情绪和感觉。明星崇拜的心理情结中交融着自卑和自傲。如前所说,这也决定了演员的职业、社会地位等等在文化—权力结构中的尴尬的、沉浮不定的境况。

因此,文章开头所引莎翁如是说,换一个角度看就会引出截然相反的观点。司马迁的《报任安书》里谈道:"仆之先人非有剖符丹书之功,文史星历近乎卜祝之间,固主上所戏弄,倡优畜之,流俗之所轻也。"太史公的愤怒在于"主上"和"流俗"都把像他和他的先人这样的文史专家视同"倡优",加以戏弄加以轻视。德国社会学家达伦道夫把历史上宫廷中的"俳优"(Fools)看成现代知识分子的前身。太史公的愤怒亦可作为这一论断的一个微弱的佐证。(参看余英时《中国知识分子的古代传统——兼论"俳优"与"修身"》)。与司马迁愤怒相反相成相回应的是一千三百多年后,元代太医院里的一个医生关汉卿的嬉笑怒骂。那支著名的曲子《南吕一支花·不伏老》,自嘲而又自负地标榜了他在"烟花路儿上"的多才多艺和死不改悔。明代臧晋叔《元曲选·序》说关大夫"躬践排场,面敷粉墨,以为我生活偶倡优而不辞"。有人将此看作元代"士"(知识分子)社会地位低下的一个表征。从我现在的角度,我想指出司马迁和关汉卿对"俳优"身份的两面的不同强调。太史公耿耿于怀的是"娱人"一面里的消极因素,被戏弄、被轻视、被狎侮。关太医却渲染了那溢出了正统规范的自由自在的

"自娱"一面——但又何尝不是无法进入那规范的一种牢骚呢?

倘把知识分子定义为"既在社会秩序之内,又复能置身其外,自由地批判现实的阶层",则"俳优"们假借"娱人"的方式肆无忌惮地实现这种批判的自由的事实就值得重视。司马迁的《滑稽列传》不但写了优孟、优旃之流,也写了俳优型的知识分子如淳于髡(此人名列齐国的稷下先生,是当时的"国际知名学者",声望很高的知识界领袖),汉武帝时的东方朔亦属此型。他们的共同点便是"言谈微中,亦可以解纷",寓严肃的批评于嬉笑怒骂的"娱人"之中。由于用这种方式进行批判,常常能得到帝王权贵的赦免、接受并且传为佳话。史书上此类佳话可以说从未中断过。前面讲过,真真假假,假假真真、自娱娱人的表演润滑了批判的摩擦力却无损其锋芒。西欧文化中的"弄臣"、俄罗斯文化中的"颠僧"、中国文化中的"狂夫"("狂夫之言,圣人择焉"),似乎都在某种程度上享有讲出真实看法的特权——他们可以在表演即假扮的情况下说真话而不受惩罚。如晋国的优施所说:"我优也,言无邮。"(《国语·晋语》二)"邮"是"尤"的假借字,意即俳优说什么都无罪。人们甚至可以从这个角度来理解近年来中国文坛上的"报告文学热"或"纪实小说热"。

但是,以"装傻"(西方的 Fools 另有"愚人"的含义,亦即说真话的傻子)、"佯狂"或"扮演"的方式来进行批判,到底在何种意义上是"自由"呢?淳于髡、东方朔是否内心深埋着与司马迁同样的痛苦?反过来说,司马迁写《滑稽列传》时是否亦正与之同具身世之感?问题的悲剧性可以分作两层:一是在权力结构中"真话"被迫以"表演"的方式说出,严肃之举被迫变成了装疯装傻;更深一层的悲哀在于,一切"话"(无论"真话""假话")进入权力结构中之后都被迫变成真假莫明的"表演"！当司马迁在他的《史记》里使用种种"曲笔""微言""春秋笔法"时，一方面完成着支撑他屈辱地活下去的先人事业，一方面是否同样屈辱地意识到，这一切在权势者和"流俗"眼中无非是"表演"而已呢？

话语屈从于权力而被扭曲为表演，表演便也"污染"了所有话语，在"权力场"中，你无所逃遁。这样一种宿命般的痛苦，一种内心拂之不去的"表演感"，不仅困扰古人，而且在现代知识分子的心路历程中，呈现更为深刻的、令人震撼的景观。

拒绝表演以报复看客

我在这里仅以鲁迅为例。周树人，这位仙台医科学校的中国留学生后来弃医从文，原因当是多重的。但先生本人将之简化为一个极富戏剧性的视象刺激——"幻灯事件"。据说鲁迅看过的有关日俄战争的幻灯片有二十张，日本的学者近年多方寻查，目前只找到十五张，但鲁迅在《呐喊·自序》里提到的那张却不在其中——可能是在未找到的五张之内。鲁迅曾用"认真"二字嘉许日本民族，确为透彻了解彼邦文化之论，从幻灯片这件事上也可见一斑。但认真过了头可能有"过于执"之弊，譬如在未找到那些幻灯片之前宁愿把"幻灯事件"看成文学家的虚构便是。退一步说，即使"事件"出于虚构，那么虚构这"事件"本身亦构成了一个"事件"，其史料价值大大超过了那张可能实存过的幻灯片。因为，在鲁迅的小说杂文、散文诗和书信中，"示众"这一现象已获得极为丰富多样的阐释和重构，成为二十世纪中国文学史、文化史和思想史中极重要的一个话语事件。

极大地刺激和震撼了周树人心灵的这一视象，成为鲁迅艺术创造中的"中心图景"。"示众"——这一场景中蕴含的戏剧性和文化、思想、心理信息被他反复挖掘、组合、阐发。"看/被看"的二项对立旋转出二十世纪中国文学中最深刻而悲哀的主题网络。主题中"看客"的这一面已在许多研究者的论著中得到分析，其实表达得最透彻的还是鲁迅本人的一段话，这段话恰好出自有关易卜生的那部名剧的讲演之中：

> 群众，——尤其是中国的，永远是戏剧的看客。牺牲上场，如果是显得慷慨，他们就看了悲壮剧；如果显得觳觫，他们就看了滑稽剧。北京的羊肉铺前常有几个人张着嘴看剥羊，仿佛颇愉快，人们的牺牲能给他们的益处，也不过如此。而事后走不几步，他们并这一点愉快也就忘却了。对这样的群众没有法，只好使他们无戏可看倒是疗救。（《娜拉走后怎样》）

由此可以引述一系列人熟知的命题和片段，"哀其不幸，怒其不争"呀，"国民性批判"呀，等等。那么，从"被看"的这一面看呢？由于"看客"的存在，使一切牺牲都化为"演戏"，化为残忍的娱乐的材料，这恐怕是"示众"场景中同样令人震悚的主题要素。作为知识者和先驱者的鲁迅，不能不时时意识到自己的"被看"，意识到身处"庸众"快意的目光包围之中。这种包围销蚀着知识者或先觉者一切真诚的努力，使之变得毫无意义、空洞、无聊和可笑——这种想法对于曾写下"我以我血荐轩辕"这样热烈真诚的诗句的周树人来说，不能不是一个可怕的、纠缠一生的致命折磨。在最能体现鲁迅意识中矛盾、冲突、绝望和恐惧的散文诗集《野草》里，"拒绝表演"的意念强烈地表露出来。《复仇》中那对裸体男女在意欲鉴赏其拥抱或杀戮的无聊的路人的围观中停止了动作，于是这些无聊的路人便觉得更加无聊，以至于"干枯到失了生趣"，也在无聊中老死了。那依然干枯地立于旷野上的裸体男女，便反过来"以死人似的眼光，赏鉴这路人们的干枯"。鲁迅在这里颠覆了"看／被看"的既定结构，把这种颠覆作为一种"复仇"——如前所引的，"使他们无戏可看倒是疗救"。拒绝表演，停止动作，并且反过来看"看客"们的看——实际上，鲁迅小说散文诗里时常有一个暗含的叙述者或"视点"，勾勒出麻木而无聊的庸众时，这些"看客"本身也就正在被这暗含的作者所"看"，犹如那张幻灯片里的围观者正被一双医科学生的眼睛所看那样。然而，叙述这"看"便已不同于那单纯的"看"，叙述便已是一种话语实践，故而也可能化作一种可被看的"表演"。因为任何叙述都已包含了被阅读的可能性，阅者，看也。同样，拒绝表演也是表演，停止动作也是一种静止动作。具有如此顽强而可怕的同化能力的黑洞般的深渊，绝不只是庸众或看客们的存在，而是如前所述的"权力场"——说到底，"看客"们，无聊、麻木、残忍、冷漠的看客们，也是几千年专制权力的伟大治绩。

因此，使鲁迅这样的知识者始终被内心深处的"表演感"所纠缠的，除了被庸众无聊而娱乐性的目光所"看"，更主要的是被那阴沉的、自恃强大而默不作声的、无所不在却又无法找到的敌对的目光所"看"。鲁迅把它叫作"无物之阵"，它有点像卡夫卡的"城堡"，但较积极的是其中的有一个"举起了投枪"的战士。"无物之阵"却使投掷化为一个无意义的姿态，并使这战士在阵中老衰、寿终。"叫喊于生人中，而生人并无反应，既非赞同，也无反对，如置身无边际的荒原，无可措手的了，这是怎样的悲哀呵，我于是以我所感到者为寂寞。""我感到未尝经验的无聊。"(《呐喊·自序》)无聊感来源于行为和实践的"意义"突然崩坍,有如在看电视时突然将音量控制钮调到零点,画面上的口唇翻动立即显得滑稽。对鲁迅来说,当那种强权的控制和权力的争夺甚至来自以反抗强权为宗旨的解放力量内部时,这种无聊感或"表演感"就更具悲剧性了。这一点可以解释许多有关鲁迅与革命组织之间的那些令人悲观的看法。譬如鲁迅刚参加左联并在成立会上讲了话不到一个月,在一九三〇年三月二十七日给章延谦的信中,便称左联的作家为"茄花色",并写道,自己作为梯子被他们利用倒无关紧要,但他们好像连把自己当梯子利用的能力也没有。

捷克作家米兰·昆德拉在更靠近哲学层次上把类似的"无物之阵"归结为一个抽象而简捷的词:"媚俗"。"无论何时一旦某个政治运动垄断了权力,我们便发现自己置身于媚俗作态的极权统治王国。"在这个王国之中,正如在"无物之阵"中所见的是一式的点头和绣着好花样和好名目的旗帜和外套一样,这里所见的全是"幸福的热泪""令人迷惑不解的微笑",群体性的热情或激动、纯洁和崇高等等。而人们为了逃避"生命中不能承受的轻",总是被这动人的媚俗所制约。"我们中间没有一个超人,强大得足以完全逃避媚俗。无论我们如何鄙视它,媚俗都是人类境况的一个组成部分。"媚俗的极权统治使抗议也变成了表演,变成了媚俗之一种,然而人们却被判决了只能在演戏或者无所为中做出选择。现代传播媒介使表演更为容易和现成,电视摄像的选择和剪辑将使一切"现实"都呈现媚俗所需要的戏剧性。想起二十世纪初仙台的幻灯,真是今非昔比。米兰·昆德拉笔下的"看客"们也远非麻木而冷漠的,而是会被诸如"一个美国女演员抱着一个亚洲儿童"之类的画面感动得什么似的。

求乞与被求乞

回到鲁迅的例子。我们知道鲁迅一向对"抗议"或"请愿"抱怀疑态度。早在留学日本的时代，徐锡麟被杀的消息传到日本，有人提议打电报抗议清朝政府时，他表示不赞成。（周遐寿《鲁迅的故家》）一九三三年五月丁玲被国民党特务绑架的事件发生时，他也说："丁事的抗议，是不中用的，当局哪里会分心于抗议。"（330626致王志之信）通常把这些都理解成鲁迅对权势者不抱丝毫幻想，当然是有道理的。但正有更具鲁迅气质和态度的心理原因在。《野草》中一首曾被歧义纷出地加以诠解的散文诗，可能提供理解这一点的"钥匙"，那就是《求乞者》。这首诗的结构有点像"太极图"，先是"我"被求乞——

一个孩子向我求乞，也穿着夹衣，也不见得悲戚，而拦着磕头，追着哀呼。我厌恶他的声调，态度。我憎恶他并不悲哀，近于儿戏；我烦厌他这追着哀呼。

……

一个孩子向我求乞，也穿着夹衣，也不见得悲戚，但是哑的，摊开手，装着手势。

我就憎恶他这种手势。而且，他或者并不哑，这不过是一种求乞的法子。

我不布施，我无法布施，我但居布施之上，给与烦腻，疑心，憎恶。

接着"太极图"的另一半旋转了出来，"我"设想自己也成了这

"四面是灰土"的"剥落的高墙"下的求乞者。用怎样的声调和手势求乞？将得到怎样的布施？结果恐怕也是一样的："我将得不到布施，得不到布施之心；我将得到自居于布施之上者的烦腻、恶心、憎恶。"结论只能是——

> 我将用无所为和沉默求乞！……
> 我至少将得到虚无。

大约鲁迅深深意识到在权力结构中，穷者的"抗议"或"请愿"只能等同于"求乞"，得到的将只会是烦腻、疑心和憎恶，因为无论何种声调和手势都会被视作"装扮""儿戏"即表演。如此，遂选择了"无所为"和"沉默"，得到的"虚无"便也是仅存的"实有"了。

知其不可而为之

但是鲁迅毕竟没有选择"无所为"，这有数百万言的译著以及众多曾参与"伟大进军"的事迹为证，尽管给朋友的信中，他屡在诉苦之后，说是也要"玩玩"了。因为，"无所为"的实际结果，就是从舞台上跌下来，沦为无聊的看客中的一位，甚至权势者的不自觉的帮闲或同谋，这也许更令人悲哀。鲁迅在一九三四年的一封信里谈到前面引的《复仇》，说：

> 我在《野草》中，曾记一男一女，持刀对立旷野中，无聊人竟随而往，以为必有事件，慰其无聊，而二人此后毫无动作，以

至无聊人仍然无聊,至于走死,题曰《复仇》,亦是此意。但此亦不过愤激之谈,该二个或相爱,或相杀,还是照所欲而行的为是。(致郑振铎,见《鲁迅书信集》)

天地大戏场,戏场小天地。这也是鲁迅数次引过的联语。人既无所逃乎天地之间,亦无所逃乎戏场之间。表演成了一种宿命,则唯"有照所欲而行","与黑暗捣乱",尽量演得成功一点。当然,仍免不了内心时时被"表演感"袭来,疑幻疑真,感觉到自身的可笑的吧!也许,在现代媒介中,台上与台下,现实与虚构,角色与演员等等的对立正在趋于消失。总有一天,这些对立会被视为历史的神话?到那时,日常生活中说某人"表演得很成功"将不再是刻毒的挖苦而是由衷的嘉许?但是至少直到今天,"表演感"仍然深刻地困扰着以自由地批判为己任的知识者们,使他们在无聊、沮丧、绝望中挣扎,在无边无尽的寂静中竭力拯救自身行为的"意义"。问题在于要对沦为"赏鉴的材料"的危险有一种警觉。法国人罗兰·巴尔特引述过一位导演的遗著中的一段话:

> 我想,在行动之前,人们在任何情况下,永远不应该骇怕权力和文化的吞并,应当像这种有害的情况并未存在一样我行我素;但在行动之后,应当清楚在多大程度上自己不可避免地被权力利用了。这样,如果我们的真诚和必然性判断被操纵和奴役,我们应当有勇气断然地抛弃它。(《罗兰·巴尔特讲演录》)

这当然不失为反抗宿命的一个有益的劝告,以表演拒绝表演,以成功的表演反抗"无物之阵"的扭曲，或许是被抛入"天地大戏场"的人们唯一的摆脱困难的方式。然而，激荡我们的仍然是亘古以来屈辱着折磨着嘲弄着知识者的大恐惧——"你做戏给谁看？"

1989年2月于北大蔚秀园

书目和提要

无论古今中外,编写书目和提要都是件吃力难讨好的事情。证据之一,就是,肯屈尊去做这种事情的人很少。

英国人培根在他那篇谈论书的著名随笔中,曾谈到对书要区别对待,或浅尝辄止,或囫囵吞下,或细嚼慢咽等等。他还说:"有些书也可以请求代表去读,并且由别人替我做出节要来;但是这种办法只适于次要的议论和次要的书籍;否则录要的书就和蒸馏的水一样,都是无味的东西。"今人读到这段话,会感到有某种东西,某种根深蒂固的等级制观念,让人不太舒服。人的生命只有一次,读这一本书的时间就无法读另一本书。达官贵人培根先生的时间和生命是值钱的,宜于享受精神精品。而"别人"的本分便是替他从次品中提炼超浓缩果汁一类有味的东西。其实,阅读,是别人无法代替的事,读一本书的提要绝不能代替读原书,因为严格地说,任何一本书的提要都已经是另一本书。何况,鉴别、挑选、节录、概括、介绍,也绝非毫无创造性的工作,恰恰相反,对学识、眼光、想象力都提出了很高的要求。

令人感兴趣的是,何以培根先生明知是些"次要"的书籍,却仍然想"略知一二"呢?

阅读、时间与生命

另一位英国人斯威夫特曾经提到读书有两种"最有成效的方法"：

> 第一种，对待书就像有些人对贵族老爷的态度一样，将它们的名号弄得很清楚，一点不含糊，然后向亲朋好友吹牛皮。第二种，当然更可取，是一种更深奥、更文雅的方法——将书籍的索引搞得烂熟，借助索引驾驭全书，掌握脉搏，就如同捉鱼时捉住鱼尾巴。因为，从宏伟的大门进入学问的殿堂，要求付出大量时间，要求遵守一定的形式，所以有大量繁忙事要做，很少讲礼仪的人，对从学问的大殿后门进去，就满足了。

斯威夫特语带讥讽，颇有点尖酸刻薄。这也难怪，此公本来就是位写讽刺小说的行家。问题出在，倘若把上述两段引文一块儿读的话，会以为我在玩"以夷制夷"的古老把戏，有意挑动英国佬斗英国佬。其实，两位经典作家不无共识，都道出了"书目和提要"的伟大功用：节省时间。

关键在于，省了干什么的时间？还有，省下时间干什么？

书海无涯，人生有限。庄子说："以有涯随无涯，殆已！"说是这么说，"殆已"之后，人还在，心不死，能读多少算多少；能以"目不识丁"的"大老粗"骄人的时代，毕竟是古怪至极的年代。书目和提要对书海泛舟者的帮助类乎航标与海图：了解概况，掌握动向，选取专题，避免撞车，等等。省下了胡乱摸索的时间，用于开掘纵深，或用于旁开蹊径。如今学问的殿堂已远非斯威夫特那年代，只分"大门"、

"后门"而已。"迷宫之径",离了导引是摸不进去的。何况,好些学问不必从"1 + 1 = 2"做起,站在巨人肩膀上去摘桃子完全合法,当年视作"左道旁门"的行径,转眼变成堂堂正正的学术大道。书目、提要、索引,善莫大焉!

但斯威夫特的讥讽依然有效。书目和提要亦能节省苦读原著的时间,用来"向亲朋吹牛皮"。浏览了群书之"要",便可冒充博览群书,将超浓缩果汁对上十倍二十倍蒸馏水出售。大人先生的生命和时间依然值钱。

困境与化解困境

手头正好有一本书目和提要,其实是两位英国人(不是前一节提出的那两位)分别写的两本书,译成中文后合印了一本。一是西利尔·康诺利的《现代主义运动》,介绍了一八八〇年至一九五〇年七十年间法、英、美的现代主义代表作一百种;一是安东尼·伯吉斯的《现代小说佳作九十九种》,介绍了自一九三九年至一九八三年四十五年间他认为值得列入佳作之林的近百种小说。我们不妨借此讨论一下编写书目和提要时面对的困难和苦衷,以及化解的策略。

所谓"吃力难讨好",症结何在?最要命的是取舍之间,标准不好掌握,更不用说平众意了。七十年间,"玩"现代主义的行家里手不知有多少,只选其一百种(有的作家选其两至三种,有的作家干脆落选),不好平衡。但是,康诺利毕竟是在为二个"文学运动"编文选,运动之外的书籍大刀阔斧地加以排除了。伯吉斯的任务就比较麻烦,他得首先说清楚什么是"小说佳作"。

这两部书的序言都成了"顶着石臼舞狮子"的精彩表演。说实话，还都舞得真不错。

康诺利是著名的文学批评家和文学编辑，他在依据与"现代主义文学运动"的距离远近来决定取舍之后，仍然碰到一点麻烦。他的坦白是令我们感兴趣的，他说："最令人头痛的是这样的一些作家，我认为他们应该列入，可是我个人又不太喜欢，如果有一天我得进单人牢房我是不会把他们的作品带在身边的。伪善迟早会被发现，因此我不如干脆把我的'盲点'公布如下……"接着一连数出了包括福克纳在内的七八位作家。俗话说"坦白从宽"，自首者可以减等发落。与其将自己不喜欢的作品勉强列入，不如干脆把它们置那一百种之外，哪怕是得过世界大奖的名家之作也罢。干脆利落，坦诚相见，这样的选家，信得过吧？

康氏还谈到另一重困难，那就是距今越近的作品越不易挑选。序言用了不少谦卑的字眼："我的书目的最后部分看来比开头部分更加不可靠。""当我犹豫不决时，我就选择有才气的作品，可是我又怎么敢肯定我的选择是正确的呢？""也许，为了炫耀自己博学多识，也许，为了报答所欠的人情，我会变得不客观？"这些疑问句的修辞效果是极好的，读者不免就将同情心投向面对困难的编写者了。

安东尼·伯吉斯本人就是一个小说家，文学评论和文学教授，他详细谈了他所理解的"什么是小说"以及"什么是好小说"，亲切随和心平气静，不像一般"文学概论"中的定义，往往专断霸道，不容置疑。精彩之处在于，当伯吉斯陈述了他所理解的"好小说"之后，立即指出他开列的书单与他所谈的"特征"相对照时，"看上去没有几条适用"。他承认，"给小说设计普遍适用的参数是困难的。"人们不得不在"语言的运用"和"对人的关心"两者间做出平衡。"有时,语言的运用那么卓越不凡,我们只得下决心原谅作者缺乏对人的兴趣。有的时候,对人物的兴趣将会抵消语言的不熟练或结构上的欠缺。"伯吉斯力图使自己的取舍标准能为大家接受:"不管怎么说,这里列入的所有小说家都给我们增添关于人类状况(不论睡着的还是醒着的)的某些知识,语言运用得很好,阐明了行为的动机,有时还扩大了想象力的范围。"

伯吉斯将自己的书单限于英语小说,这个范围就小多了。康诺利选的作品为法语和英语,就不得不把德语中的现代主义作品(比如卡夫卡、里尔克、托马斯·曼)或俄语中的杰作排除在外。康诺利的理由是他不懂这两种语言,无法通过一个译本来准确地判断一本书,而且译本的出版年月也会搅混他的时间次序。这很令人遗憾,却也没有法子,除非找懂德语和俄语的人来合作。但"以不知为不知"的态度还是可取的。伯吉斯只选英语小说,却也无法做不遗憾之事,讲英语的国度太多了。在他的书单上,"新西兰根本没有提到,加拿大只出现两次,澳大利亚一次;名单上作品主要要由不列颠群岛和美国平分了。"他承认,"这是没有办法的事。"

所以,最后一道防线是必须设置的:"如果读者强烈反对我的某些选择,我也感到高兴。因为只有通过争论,我们才能鉴别真正有价值的东西。"(伯吉斯)

两位作者展示了编写书目和提要时面临的困难和可能承受的压力,展示了解决这种困难和化解这类压力的基本策略。不亢不卑的态度是要紧的。他们决不以为自己在做着如其先辈培根先生所说的提炼次品的次要工作,也决不隐瞒自己的好恶,个人经验和执着的标准,决不假装出一副掌握了美学法则的文学审判官面孔。他们乐于承认工作的难度，却又确信这是自己能够胜任的，因而也能承受读者、同行的批评和挑剔。或许，正因为这样，这两本提要才能写得如此精当，亦庄亦谐。角度犀利，毫不枯燥，充满了智慧和同情心。至少序言加深了你阅读时的这类印象。

开启思路之匙

读一种书不可能代替读它所介绍的那九十九或一百种书。抛弃不切实际或投机取巧的幻想，老老实实地把书目和提要作为它本身所是的一本书来读，倒会有很多收获。鸟瞰和浏览损失了细部细节，却能显示轮廓、趋势、走向，亦能提醒我们注意别一种读法时往往忽略的一些方面。

译者李文俊在漓江出的那本书的末了，附上一篇《从〈现代小说佳作九十九种〉想到的》，其中说道：

> 最使我深思不已的是伯吉斯提到的第七十二本小说，亦即英国作家基思·罗伯茨的《西班牙宫廷舞》。这是一本"假设小说"，也可以说是一本"写另一种可能的历史小说"。在小说里，伊莉沙白一世是被人暗杀致死的，西班牙的无敌舰队没有沉入海底，而是靠了岸使西班牙征服了英国，英国重新归顺罗马教廷。这样的结果是，在一九六八年，英国的国教是天主教，蒸汽机仍是主要的动力机械，一系列故事由此发生与发展下去。

李先生问道："中国历史又能做出多少这样的假设？拿它们做框

架,又能写出多少匪夷所思的绝妙文章?天底下的事无奇不有,有谁能说得准呢?"

许多流行的说法其实都未经论证和验证的,比如说近几年来中国文学界就已经将西方一个世纪以来的种种流派手法思潮技巧"玩了个遍"之类。这也太轻看人家的探索积累和苦心经营,太夸大了自家的吸收消化模仿能力了。文学的想象力和创造力似还远未到山穷水尽的时候,何况总有个柳暗花明在前头等着。就拿这"假设的、可能的历史小说",不就是有待哥们儿尝试一番么?搞历史也搞文学的大才子郭沫若老前辈,曾经"假设"过,战国时代,楚国之国力与秦国不相上下,论物产可能更丰足些,要是由楚国而不是秦国统一了中国,历史将会怎样?南方的、浪漫主义的、巫的文化、老庄的哲学将取代北方的、理性主义的、士的文化、法家的哲学?将会有更多的文学家和艺术家,少一些清官循吏?假设得好,但从未想到过将之"小说化"。可惜,不是吗?

书目和提要,不见得便是无味的蒸馏水。触类旁通,开启思路之处当不在少数。

"提要"的英文字是 key,钥匙也。开启思路,摸门径,以及斯威夫特所说的学术之宫的大门后门等等意思,原就蕴在"提要"的字面之中。然而,书目和提要在开启一种可能性的同时,往往也关闭、排除、遮掩了另一种或多种可能性。这不奇怪。书目和提要固置了一种标准,规范了对作品的一种解释,它敞开了一种语义,同时遮蔽了其余。这或许是我们为了节省时间应付出的代价?

"告诉我你读些什么书,我就能说出你是什么人。"这话太绝对。但选择了一批书,确乎就选择了一种自我形象,并且得为这一选择负责。不难想象，书目和提要的编写者承受着来自各方面的压力：文学传统、学术权威、出版惯例、读者市场……漓江版的那本书的译者在介绍编写者康诺利和伯吉斯时，就充分强调了这两人的实践经验、批评眼光、学术成果和学术地位，实际上都起到帮助读者消除"不放心"的作用。最直截了当的问题是："你凭什么在这里对书说三道四、挑三拣四？"这也是书目和提要多由权威机构有组织地进行的根本原因。权威能保证其敞开或遮蔽、取或舍的合法性。何况，书与别种物品多少有点不同，我们总觉得后边藏有一个发声的"主体"。不管多少年之后，当我们不得不对书做出取舍时，总是会在字里行间与那"主体"的目光相遇。如果它得到传统、权威、市场的支持，其目光难免有点咄咄逼人。除非具有足够的骄傲和谦逊，很难面对那目光而不怯阵。康诺利和伯吉斯，在他们各自的序言中"不亢不卑"地又做解释又表遗憾，正是在众多目光中不得不采取的对策，正如咱们中国的选家，动辄搬用"挂一漏万""见仁见智""遗珠之憾"等成语一般。倘从道义上考虑，则不是培根大法官一类严厉的目光，而是渴望到书海里试帆学宫内寻路的莘莘学子殷切的目光，才构成对编写者最大的压力。

权威与代价

六十多年前，《京报副刊》以"青年必读书"为题向名家学者征文，鲁迅却"不按牌理出牌"，在表格里只填了两句顺口溜："从来没有留心过，所以现在说不出"，等于交了白卷。可是又在附注中，写了颇长的一段话："我要趁这机会，略说自己的经验，以供若干读者参考；我看中国书时，总觉得沉静下去，与实人生离开。看外国书（但除了印度）时，往往就与人生接触，想做点事。中国书虽有劝人入世的话，也多是僵尸的乐观；外国书即使是颓唐和厌世的，但却是活人的颓唐和厌世。我以为要少——或者竟不——看中国书，多看外国书。"（《华盖集》）这番话曾引起剧烈的辩论。如今离开"上下文""语境"来讨论它是否全面是否深刻，毫无意义。援引鲁迅曾给好友许寿裳之子开过两个读中国古书的单子，来证明上述话不过是他针对倡言"整理国故"者的愤激之辞，恐怕也未说到点子上。鲁迅自己说过："去年我主张青年少读，或者简直不读中国书，乃是用许多苦痛换来的真话，绝不是聊且快意，或什么玩笑，愤激之辞。"（《写在〈坟〉后面》）鲁迅一向坚决拒绝"青年导师""思想界权威"一类庸俗的"纸冠"，"必读书"的"必"字，其独断色彩不消说也会令他不愉快。即便开列两部与《庄子》和《文选》截然对立的外国书，也是一种"固置""关闭"和"规范"。因此，交白卷替鲁迅保留了自由地发表有关读书策略的意见的权利，他只是依据自己的"经验"、体会，提供给"若干"（不是全体）读者做"参考"。其间深蕴的沉痛、苦痛、苦心，远远超出其字面意义，至今给人以启迪。倘若把"经验"和"策略"当成权威和导师的"指令"，岂不是南辕北辙了吗？

权威性是编书目和提要的必要条件，但那权威性绝不是不容置疑的。编写者的谦虚有时会遮掩（有时正好敞露）这权威性，并且遮掩这遮掩。当我们面对任何（独断的或不那么独断的）"必读书目"，最明智的一点就是，清醒地意识到为了节省时间和生命所可能付出的代价。

1990年1月于北大蔚秀园

第三辑　害怕写作

害怕写作

一不小心，也写了不少年头了。从1978年在北京大学鼓捣文学社、办油印杂志开始"做"文学批评算起，那就是二十八年，吓唬人可以说成"四分之一个世纪"还多。往前推，二十世纪七十年代我在海南岛务农的时候，写过一些激情澎湃的革命抒情诗，勉强又添了五年"写龄"。再往前推就有点脸皮厚：据我母亲生前多次断言，我之所以吃上"文学饭"，跟小学二年级时语文老师对我的作文大为嘉奖必然相关。母亲并没有为我珍藏这些"获奖作品"，却硬说我从小就有写作才能，完全缺乏证据。幸亏那些"作品"没有被保留，要不就像重温穿开裆裤的婴孩老照片，羞煞。

我想说的只是：不管上推到哪一年吧，总之我"写龄"蛮长，写出来的文字却很少。

我在北大的友人钱君（钱理群）和平原君（陈平原），每年外出开学术会议经过香港，总会送我两到三本新书，有学术专著，有随笔集、论文集、演讲集、序跋集，乃至自选集。而且越出越漂亮：精装的硬皮烫金，上、中、下三卷插在书架里甚是壮观；平装的插有大量照片，图文并茂。平原君最近送给我的一本是毛边未裁本，古雅得很。问我近来有没有出新书，我便摇头微笑，说还是几年前那两本。无书回赠，何以报之？唯有请他们吃香港馆子。在香港，出书不易，吃馆子倒还方便。

如今在学院里教书，"不出版就完蛋"（"不发表就被炒"）。每年暑期将尽的时候，就有一份很重要的表格要填。我这人一不晕车二不晕船三不晕飞机，就是晕表格。没法不晕，那些表格光统计这一年的"出版"倒也罢了，还要分门别类，考察你写的东西是否发表于有"匿名评审制度"的学报（内地叫作"核心期刊"），是用中文写的还是用英文写的，是论文、专著、教材还是创作，如果是联名发表的请标明排名的先后次序……分门别类是让行政部门计分方便，可苦了像我这样的"晕表症患者"。平时写的东西写完就忘，经常是收到稿费才想起来写过这样一篇东西。填表的时候每每手忙脚乱到处翻箱倒柜，统计完了一看，今年确实又没写什么。写的还都是些计不了什么分的，无关乎香港经济复苏跻身国际大都会的东西——积分可怜，饭碗危矣。

于是发愤要多写，不过须先检讨写得少的原因。

写作源于阅读，阅读先于写作。在写第一篇文字之前，你已经读了很多。在成为作者之前，你早已是一位读者。所有人的"读龄"都长于"写龄"。正是阅读鼓舞了你的写作勇气。少年时气盛心浮，走进阅览室翻翻报纸副刊、文学杂志，一看，这种东西也能发表，还有稿费，那我也能写。写了，投寄了，发表了，手写体变成了铅字，大为振奋。周围的朋友开始称你为"诗人"或"作家"，在你那个年代这两个称呼还没有跟"写手"或"稿匠"混为一谈。你听出来称呼里半是嘲讽半是嫉妒，心里头半是得意半是谦卑。稿费只好全数拿出来请吃馆子。如今年纪大了，还没走进图书馆就想起庄子那句话："吾生也有涯，而知也无涯。"走进去一看，一排排满架的书列阵而来，千军万马衔枚无声、气势逼人。你会想，世界上所有深刻的话、聪明的话、漂亮的话、又深刻又聪明又漂亮的话，都早已被人说过了、说完了、说烂了。你又何必在千万本平庸的书中再添一本，如古人说的"祸延梨枣"，今人说的浪费纸张、又多砍了几棵树影响生态环境。阅读与写作的关系，就这样因年岁而变迁，从前怦怦咚咚催你"一鼓作气"奋力向前的声音，稍一侧耳，听来却好似"鸣金收兵"。

这种暮气横秋的说法，表面看来像是历尽沧桑很深沉，却多半是为自己的疲懒强作托词。内心深处，到底是什么在作祟，让你一直害怕写作？稿子为什么总是到了"死线"（deadline）截稿日才匆匆赶出，以前用快递、后来用传真机、如今用电子邮件附件送出去？抽屉里、硬盘中为什么总是积满了写了一半或只写了个开头的未完稿？更别提那些大纲，那些片段，那些随风而逝的所谓腹稿了……

不久前去世的巴勒斯坦裔美国学者赛义德，在他的回忆录《乡关何处》里写道："我每一出门，都随身太多负荷，就是只去市区，包包里塞满的物项之多之大，也和实际路程不成比例。分析之后，我的结论是，我心底暗藏着一股挥之不去的，我可能不会再回原处的恐惧。写下那段话以来，我发现，尽管有此恐惧，我还是制造离去的场合，变成自愿给这恐惧提供滋生的机会。这两者似乎成为我生命节奏的绝对必要条件，而且从我生病以来已急遽加强。"离去、抵达、流亡、怀旧、思乡、归属及旅行本身之中出现的地理是赛义德这本回忆录的核心。害怕，害怕空间的位移，同时又视此为成就自我生命的绝对必要条件——"流亡与错置未尝没有裨益，其中很重要的一点便是这种疏离造成批判的距离，提供观看事物的另类视点：同时具备过去与现在、他方与此地的双重视角（double perspective）"。正是这段话令我怦然心动。我想到，人必须面对他自己的害怕，甚至自愿滋养这种害怕，并从中获取生存的希望。

那年的暑假我只有八岁，记忆中一个炎热的夏日，我带着六岁的弟弟回我引以为豪的小学去玩。他很快也要上这家小学了，我要带他见识见识教室、操场、礼堂，最好能碰上教语文课的陈老师，她说一口纯正的普通话，还帮我改过作文呢。可一进学校，我就发现气氛很不寻常，满墙的大字报，黑字红叉墨汁淋漓。小学二年级学生识字不多，陈老师的名字被倒着写打上叉也还是认得的。何况还有一幅"百丑图"，全校一多半老师被变了形画在了上面。晚饭时分我问父亲什么是"右派分子"。我完全忘了他是怎样向一个八岁小孩详细解释这样复杂的名词术语的。多年以后我才知道，他当时正被打成这种"分子"。这年秋天我们全家到了乡下，那所小学我再也没有回去过。从此我的数学、物理、化学等科的成绩就一直优异，远超过语文、历史、地理。"学好数理化，走遍天下也不怕"，这句流行全国的俗语从母亲口中道出，是那样语重心长，传达给我的正是那无以名状的"怕"。

在海南岛劳作八年，"数理化"没帮我多少忙。在那个奇异的年代，一方面文化不彰，另一方面，"巩固政权要靠枪杆子和笔杆子"。二十世纪七十年代中，很多有门路的知青都倒流回城，于是"笔杆子"告缺。农场领导对我说，像我这种身份的人，"可以使用，不可重用"。于是，我开始从生产队被借调到上头写材料，写报道、总结报告、工地宣传稿，乃至文工团演出用的快板书、相声、歌曲、小歌剧的文字稿。如此写作，战战兢兢，绝对是苦事。每一篇文章都要经过领导层层审阅通过。有时副书记通过了，正书记又说某段某行的"提法"有问题。场部老"笔杆子"教给我一个窍门,直接交给正书记审阅,他要通过了没人敢说还要改改。写作与权力的关系,不必等到多年后阅读福柯,在我被借用为"写作工具"的岁月里,早已深晓其中滋味。

给我当头棒喝的是文工团里一位跳舞的知青。他看了我写的那些"文艺节目",直截了当地问我:"你真的是这么想的吗?你真的愿意扎根五指山下种一辈子橡胶么?你真的愿意召唤别人,比如你的弟弟妹妹,也来扎根吗?"我只好苦笑:"八年了,也算种了半辈子吧。我弟弟倒是一直跟我一起在这里还扎着根哩。再说,不这样写,该怎么写?"潜台词是,你跳跳"常青指路"什么的,舞姿刚健有力就行,不担风险。书面语言不比肢体语言,我这可是如履薄冰啊。可是我心里明白,完全存在着"不这样写"的许多种写作。

1978年某日,几位同学下了课走在去北大学生食堂的路上,见食堂的外墙旁边围满了人。油印的《今天》创刊号糊满了一面墙壁,在上面我读到了北岛的《回答》,还有芒克的"天空/血淋淋的盾牌/黑色的太阳/升起来"。我想,这就是我渴望多年的另一种写作啊!那几年我参加了《早晨》《未名湖》《这一代》等学生杂志的编辑工作,亲历了写作洪流从地下奔涌而出的年代。那年八一湖畔的"今天诗歌朗诵会",让你体会到了诗歌的力量、沉默的力量和发言的力量,体会到了直面自己的害怕时产生的兴奋与激动。

在我的学术写作中,最重要的当属与钱君、平原君合作的《论"二十世纪中国文学"》。这样一个讲述中国现代文学的新框架得到很多朋友的认同,究其实,也不过是想让中国现代文学史上的许多写作重新发声罢了。但是那个年代给了我一个错觉,令我以为能够预设一种"纯文学"或"零度的写作"。深刻的反思使我看到写作与权力的纠缠远为复杂（当然，阅读福柯也是重要的思想历程）。就以每年经受的晕表格折磨为例，我体会到学术写作多么深地嵌入了一整套权力体制之中。可怕的是，你自己就是这体制的一部分。作为一个教育工作者，你在教年轻人阅读与写作，用考试和分数来规范他们，限制他们，训练他们，把他们引向前途未必光明、道路绝对曲折的学术方向。作为一个写文学评论的人，你对他人的写作说三道四，调动所有的理论资源，义正词严，去驯服文学原野上狂奔四散的作品。看清楚你的位置，是谁给了你写作的权力、写作的资格，就凭那几张体制认可的学位证书么——我感到害怕。

传说仓颉造字的那天，"天雨粟，鬼夜哭"。古人对写作将会带来的灾祥有如此深刻的恐惧，我是在"写龄"渐长的今天才慢慢地体会到的。你可以说这是中国古代的"声音中心主义"，也可以说是古人对"文字文化"所包含的权力关系的深刻敬畏。然而，不要害怕你的害怕。害怕，让你体会写作时的软弱与坚强，孤独与武断，空虚与充实，同时带来清醒和谦逊。写作，就是克服害怕。我害怕写作，同时写了《害怕写作》。

以"体裁"为重点的文学教学

在文学教学中,"体裁"("文类")通常仅仅作为文学史的"基础知识"来传授。老师讲授各种体裁(诗、词、曲、赋、骈文、散文、小说、戏剧等)的起源、沿革、题材、体制、写作技巧及艺术特色等,目的是有助于学生理解、分析、欣赏和评论文学作品,并提升学生的创作能力。

很容易看出达成这一教学目标的艰难,这艰难直接体现为上段文字使用的顿号之多。只需反省一下:我们这些也算是经历过多年文学教育的人,考完试把多少"文学基础知识"交还给了老师。悠长的中国文学史累积了繁复的体裁系统,体裁系统的迷宫与作品的汪洋大海一样令人望而生畏。列几首诗出来让学生辨别是五绝七绝还是五律七律,似乎是懂得数算字数行数就能做到的事情。一旦引入古风和乐府,问题就复杂了许多。试读钟嵘《诗品》,整本书讲的都是"五言诗"复杂多样的源流沿革,所谓"体裁",绝非记住其"外在形式"便可应付。说到底,如果"体裁"只是辅助我们阅读与创作的"基础知识",就只能外在于我们的阅读与创作而被接受(或遗忘)。外在于我们的文学(阅读或创作)能力的"知识",难免其"即用即弃"的命运。"文辞以体制为先"(明·吴讷《文章辨体序说》),古人学习各种体裁,是与他们的写作实践密不可分的,"体裁"已成为他们生命的一部分。而我们面对的尴尬局面,却是我们并不教学生"吟诗作对",却要求学生对"诗"与"对"的体制烂熟于心。反过来,在我们的创作课上,无论是诗歌、散文、小说还是戏剧,教学的重点都在审题、构思、选材、组织和用字遣词等方面,而不是将之统摄于"体裁"的创造性把握之中。似乎这些只有不到一百年历史的"现代体裁",灵活多变难以捉摸,不像悠长的"文学史基础知识"那样有扎实的学问可以传授。所讲的不写,所写的不讲,在我们的文学教育中,"体裁"就这样"坐到了两把椅子的中间"。这一鸿沟正是当代文学教育的困境所在。

关键在于如何突破"形式/内容"二分法的思维方法,来理解何谓"体裁":在"体裁"中,内容就是形式,而形式就是内容。把视野放大到文学以外,你会意识到所有的"表述"都是在"体裁"中进行的。口头语言中简短的对白("问候""告别""祝贺""夸奖"直至"调情"等),日常生活中的叙事及书信(谚语、笑话、便条等),军事行动中从最简单的口令到最详尽的战略报告,公司行政运作的各式公文报表,报刊新闻的政论文章与短讯,多种多样的科学著作,一直到古往今来的文学作品(从打油诗到最复杂的多卷本长篇小说)。在历史实践中锤炼并累积的这些不胜枚举的"体裁",是为了因应人类多种活动领域的特殊条件和目的。具体的表述是语言与生活的中介:语言经由表述进入生活,生活经由表述进入语言。而"体裁"乃是令表述得以进行的根本条件。具体表述的体裁就这样成为问题的症结。不掌握体裁,你甚至不知道如何跟人"打招呼"(譬如,"寒暄"这种体裁,意味着谈论天气是最妥当的问候方式,绝不能以某某条立法的敏感话题做闲聊的开头)。在我们形形色色的表述中,因应言语交际的具体情景、话题、参与者，我们会首先选择一定的言语体裁。而我们的主观个性和个人风格，会应用于所选的体裁中，适应这一体裁，在一定的体裁中形成与发展。因此，把握"体裁"，就并非只是把握某种阅读与表述的辅助工具，而是把握特殊活动领域中"交流"的特定方式。[1]当然，我们在实践中娴熟自如地应用各种体裁，但在理论上可能对它们的存在一无所知。很多体裁对我们来说，几乎就像母语，我们无须在理论上研究语法就能自由驾驭母语。母语的词汇和语法系统，不是由辞典和语法书中学到的，而是从周围人们实际的言语交际中经由模仿而习得。我们学会把具体的表述纳入各种体裁中去。当我们聆听别人的表述，从开头就猜得出它的体裁，估计一定的容量（首长的"简单说几句"一定不止"几句"），一定的布局组织，同时预见到结尾，并调整我们聆听的态度。如果不存在相对稳定的言语体裁，如果我们不掌握它们，如果每一次都要从头创造它们，那么言语交际和思想交流就几乎是不可能的了。

你会说文学体裁不同于日常言语的体裁，不可能像母语一样习得。其实在某一时代的某些群体中，文学体裁的习得绝不如我们想象的困难。"自古山歌从口出，哪有车载船运来"——吾乡松口（客家话与"从口"同音）一带的客家男女据此认定"山歌"这一文学体裁是他们的天然特产。在《红楼梦》的大观园中，连凤姐也会起句曰"一夜北风紧"，连薛蟠也会行酒令，"吟诗作对"正是红楼姊妹的日常生活。钱锺书在《宋诗选注》中曾讲到，"从六朝到清代这个长时期里，诗歌愈来愈变成社交的必需品，贺喜吊丧，迎来送往，都用得着，所谓'牵

---

1 巴赫金：《文本对话与人文》，晓河译，石家庄：河北教育出版社，1998年，第140—144页。

率应酬'"。从皇帝一直应酬到家里的妻子("赠内""悼亡"),从时人一直应酬到古人("怀古""吊古"),从旁人一直应酬到自己("生日感怀""自题小像"),从人一直应酬到物(中秋赏月,重阳赏菊,登泰山,游西湖,皆"不可无诗")。[1]这话说得尖刻,却道出"诗词歌赋"等文学体裁曾经拥有的日常生活性。

当代文学教育的困境正在于,文学体裁的日常生活性消失以后,试图用"辞典和语法书"去重建"母语"的文学表述。譬如选取欧阳修的《泷冈阡表》作为文学课程的指定作品,当然是看中了其中的"亲情表述",同时引导学生领略唐宋八大家之一的古文风采。学生细读此文,会发现其大致可分为两大部分,一是太夫人追叙作者父亲的一大段话,一是作者的仕途最后带来了对其祖先的一系列"册封"。前者为后者之因:"其心厚于仁者邪,此吾知汝父之必将有后也。"读前者,学生不会觉得有什么特别,欧阳修四岁丧父,对他的父亲应该没什么印象,由母亲来追叙似乎是很自然的事情。读后者,一连串陌生的官名和封号接踵而至(其父先后被封为金紫光禄大夫、太师、中书令兼尚书令,赐爵为崇国公等),结尾的具名又把作者的所有政治经济头衔(十个之多)一一罗列上去,有如看到今人之"风琴折叠式名片"一般。如果不了解"表"这一体裁的"光宗耀祖"功能,就难免把欧阳文忠公读成一个炫耀"吃得苦中苦,终为人上人"的庸俗势利之徒了。"表"这种古代的日常体裁可细分为多种,与《出师表》《陈情表》等"奏表"不同,"阡表"为"墓表"中之一种。阡,墓道也,堪舆家(风水先生)认为坟墓

---

[1] 钱锺书:《宋诗选注》,北京:人民文学出版社,1989年,第42页。

的东南为"神道"，立碑于神道上，故"阡表"与"神道碑铭"同义。"表"者，叙其学行德履，以表彰于外也。欧阳修作为文坛大师，常常被已故者之家眷儿孙委托写作墓碑文，深知其中的甘苦。曾经专门讨论过如何写，才能做到既对得起那笔酬金，又不会被当世后代斥为"谀墓"的若干准则。轮到为自己的双亲立碑了，欧阳文忠公完全打破了平叙死者生平、直接褒扬先人德行的旧套，而用母亲的口，转述父亲的盛德遗训，真实亲切（"吾耳熟焉，故能详也"），同时也把母亲的贤达及其家风传达出来了。清人沈德潜评论此文时说："不特不铺陈己之显扬，并不实陈崇公行事，只从太夫人语中转一二，而崇之为孝子仁人，足以庇赖其子孙者，千古如见，此至文也！若出近代巨公必扬其先人为周孔矣。"显然，唯有紧紧抓住"墓表"这一体裁的全部特征（包括它的"陈套"与"变体"），才能理解作者在父亡六十年后终于可以"表于其阡"既谦卑又荣耀的心情，才能理解古人把亲昵隐秘的父母子女之情，纳入"表"这样的官方体裁中去公诸世的行为，才能理解古人如何把"封官赐爵"这样的行政活动，融入"心厚于仁，庇赖子孙"的道德实践。

  作为相对稳定的表述类型，"体裁"中积淀了人类在该活动领域的历史内容。以"体裁"为重点来组织文学教学，就不仅在于让学生掌握这些历史内容，而且在于掌握这些历史内容的当代发展与呈现。试问《泷冈阡表》中如叙家常的"太夫人语"令沈德潜大为激动，为何我们读来却习以为常？原因当然是我们久已经历了闲话家常、表述亲子之情的现代散文体裁的"洗礼"了。且以大家熟悉的朱自清散文名篇《背影》为例。"五四"新散文这种体裁当然已经与北宋古文家的"表"相距甚远了。有趣的是，古代体裁都有严格的体制区分（奏、议、表、章、记、传、铭、谏等），而现代散文却一直找不到确切的命名。有时称为"美文",有时直译 essay 为"随笔",有时又加修饰词于前曰"抒情散文",总之是在一个新的四分法(诗歌、小说、散文、戏剧)体裁系统中为之含混定位。在此无法细述现代散文的源流沿革,我们只需将之界定为"五四"前后发展起来的一种表现"现代自我"的平易体裁。在所有的体裁中我们都会问到下列问题:是谁在说话,是在对谁说话,是在用何种语调说话,这些话把何种情境卷了进来,这些话关心哪些特定的话题,这些话题及语调如何将特定的说者与听者联系起来,这种联系如何被特定的表述结构动态地建立起来……回答这些问题,"现代散文"体裁的"含混性"就得以明晰化,而我们对类似《背影》这样的名篇的解读也就能够深入了。

事实上,《背影》"之所以能历久传诵而有感人至深的力量者,只是凭了他的老实,凭了其中所表达的真情"(李广田《最完美的人格》),类似的说法,我们真是耳熟能详。当年,叶圣陶先生将《背影》选入教科书,就有提示:"篇中的对话,看来很平常,可是都带着情感。"如今,各式各样的教材、参考书、教辅读物讲起《背影》总是强调,此文写出了、写尽了父子情深。但在对《背影》的讲解中,历来有一种简单化的趋向:将"父子情深"平面化地理解为父子关系一贯其乐融融,将朱自清父子之间的感情一厢情愿地"提纯""净化"。且不说有关传记材料里的朱自清与父亲的那些龃龉与不欢,就是在文章的最末一段也能读出其中端倪:"他少年出外谋生,独立支持,做了许多大事。哪知老境却如此颓唐!他触目伤怀,自然情不能自已。情郁于中,自然要发之于外;家庭琐屑便往往触他之怒。他待我渐渐不同往日……"而"我"对父亲又怎样呢?单看父子"不相见已二年余了",却还是父亲主动地"终于忘却我的不好,只是惦记着我,惦记着我的儿子","写了一信给我",就不难想见:"我"待父亲更是不好的。朱自清是在一种夹杂着羞愧、伤悲、感恩的复杂心情下写《背影》的。[1]离开了"现代散文"这一新型体裁,如何能够容纳现代自我所体验到的父子情深中这样复杂的甜酸苦辣?又如何能够写下那著名的"背影"镜头:"我看见他戴着黑布小帽,穿着黑布大马褂,深青布棉袍,蹒跚地走到铁道边,慢慢探身下去,尚不大难。可是他穿过铁道,要爬上那边月台,就不容易了。他用两手攀着上面,两脚再向上缩;他肥胖的身子向左微倾,显出努力的样子……"

体裁不是"文学概论"对表述方式的静态分类,而是活生生的动态变迁的历时结构。体裁在历史中产生、发展、变化,甚至消亡。体裁与体裁之间,亦不断发生交叉、挪用、移位,乃至反讽式的颠覆。所以,你才会看到"词"如何从民间的"曲子词",经唐代宫廷音乐"教坊"的吸纳,逐渐变成文人的"诗之余",篇幅如何由小令而中调而长调(慢词),又如何逐渐与"诗"分庭抗礼,要求具有"词"本身的"当行本色",又如何被苏东坡、辛弃疾这样的大手笔"以文入诗,以文入词",把婉约变成了豪放。你才会看到像"散文诗"这样非驴非马的体裁的出现,乃至有鲁迅《野草》这样空前绝后的杰作问世。你才会看到在当代生活中,连"财政司年度预算报告"这样的官样文章,都会以狄更斯小说《双城记》的著名开头为开头("这是最美好的时代,这是最糟糕的时代……"),以流行曲《狮子山下》结尾,中间再配以儿童风格的漫画插图。

体裁是人们在社会交际中所采用的特定方式,为达到特定的交流

---

[1] 倪文尖:《〈背影〉何以成为经典?》,载《语文学习》,2002(2)。

目的（说服、愉悦、感动、威吓、协商等）。以"体裁"为重点来组织文学教学，目标正在于培养学生的"体裁敏感性"。学生要学会透过体裁来观察现实。学生不但学会在不同的交流情境中灵活运用不同的体裁（"到什么山头唱什么歌"），而且能够在日常生活中洞察体裁运用的修辞效果（"体裁的政治"）。譬如列入指定课程的《荆轲传》，其实是后人从《史记》的《刺客列传》中节选出来的，写的是众刺客的"集体群像"，而不是孤胆英雄独行侠（司马迁另有《游侠列传》，可见在太史公眼中，"刺客"与"游侠"是有区别的）。在"荆轲"一节中，司马迁写了一系列相干或不甚相干的人：游榆次与盖聂论剑，游邯郸与鲁句践搏，到了燕国，跟杀狗的人及善击筑者高渐离一起喝酒高歌。鞠武、田光、樊於期、燕太子丹，乃至秦舞阳，都是文中重彩落墨的人物。"列传"的体裁特征显然不容忽略——将阅读的目光只聚焦于荆轲一人，将其余都视为"闲笔"或"铺垫""陪衬"，很可能不得要领。为鸡鸣狗盗之徒立传，后来的官修正史是不屑为的，像班固就因此而批评司马迁"是非颇谬于圣人"。于是，"传"成为一种格外严肃的体裁。这"严肃"不但体现为入传者的"资格"，而且体现为"传"本身的文字风格。反而在笔记野史中，太史公为平民立传的传统得到继承。如韩愈的《圬者王承福传》写泥瓦工，柳宗元的《种树郭橐驼传》写种树为业的驼背老人，《童区寄传》写手刃人口贩子的十一岁牧童，皆为名篇。韩愈也是在文字风格题材方面对"传"做反讽运用的大师。他的《毛颖传》煞有介事地将毛笔拟人化，引起另一位更严肃的诗人张籍的强烈不满，连续写了两封信去批评他的不严肃。柳宗元则以孔子的"不亦有博弈者乎"来为自己的朋友的"不严肃"辩护。其实，"戏仿"只是体裁与体裁之间的诸般"对话关系"中的一种。你甚至可以说，任何"圣明的"（"权威的"）体裁旁边，都有一种戏仿的体裁与之平行。这些"不严肃"的体裁破坏了"圣明的"体裁的独断专行，动摇其不容争辩的权威性，用笑声和讽刺来打破沉默。陶渊明的《五柳先生传》用第三人称写"自传"，由"不知何许人也"开始，从头到尾用了十多个"不"字，用一连串的否定句表现了自己遗世独立的人格精神。到了鲁迅写《阿Q正传》的年代，叙述者显示出他对各种"传"的规格体制的深入了解：

> 传的名目很繁多：列传，自传，内传，外传，别传，家传，小传……，而可惜都不合。"列传"么，这一篇并非和许多阔人排在"正史"里；"自传"么，我又并非就是阿Q。说是"外传"，"内传"在那里呢？倘用"内传"，阿Q又绝不是神仙。"别传"呢，阿Q实在未曾有大总统上谕宣付国史馆立"本传"——虽说英国正史上并无"博徒列传"，而文豪迭更司也做过《博徒别传》这一部书，但文豪则可，在我辈却不可。其次是"家传"，则我既不知与阿Q是否同宗，也未曾受他子孙的拜托；或"小传"，则阿Q又更无别的"大传"了。总而言之，这一篇也便是"本传"，但从我的文章着想，因为文体卑下，是"引车卖浆者流"所用的话，所以不敢僭称，便从不入三教九流的小说家所谓"闲话休提言归正传"这一句套话里，取出"正传"两个字来，作为名目，即使与古人所撰《书法正传》的"正传"字面上很相混，也顾不得了。

阿Q的"行状"无法纳入任何"圣明的"体裁中去表述，这等于宣告了中国现代小说的诞生。而这一名目一旦在现代文学中成为"经典"，戏仿也就如影随形，或用来命名王家卫的港产片曰《阿飞正传》，或用于意译美国电影名曰《阿甘正传》。"传"的体裁史，正是一部体裁社会史，一部文化价值的流变史：何者值得铭记，值得流传，值得表彰……

就让我们言归正传，把本文的论点简要归纳如下。

文学作品是社会交流的产物，交流总是在一定的体裁中进行。文学创作遵循（或"违反"）一定的体裁，欣赏分析亦然。体裁不仅仅是"形式"，体裁中规定了作者与读者的关系，积淀了他们可以共享的历史情境。因此，体裁是文学教学的关键，以体裁为重点来组织文学教学，就是抓住了问题的症结。

以体裁为重点来组织文学教学，就是要把学生"卷入"文学交流的具体情境之中，去追问谁在说话，对谁说话，用何种语调说话，为了达到何种目的……使文学交流与学生的日常交流发生联系，乃至成为他们的日常交流的一部分。

体裁不是对文学作品的静态分类，体裁在历史中形成，在历史中发展，也会在历史中消亡。体裁与体裁之间的区分、交叉、挪用、戏仿、对抗，生动地呈现了人类社会交流的复杂历史。让学生在动态中把握"体裁史"，使他们懂得，每一个"说话的人"（包括他们自己）都参与了这些体裁的变迁，体裁不再是与他们漠不相关的"文学史基础知识"。

以体裁为重点来组织文学教学，目标是要把学生培养成"用体裁来观察现实"的人，敏感于生活中以各种体裁呈现的文化价值，在生活的"散文"中发现"诗"，洞察日常世界中的"悲剧"与"喜剧"，学会在这变幻莫测的二十一世纪，更真诚地与"他人"对话。

学诗以言志

遥远的参照

文学教育的传统在中国源远流长。文学历来被作为"诗教",用于人格培育和道德修养。子曰:"不学诗,无以言。"文学教育的功能是多方面的:"小子!何莫学夫《诗》,可以兴,可以观,可以群,可以怨;迩之事父,远之事君;多识于鸟兽草木之名。"[1]

学诗以言,所言者何?"诗言志。"这里"志"的解释有很多种,其中一种正可解作"人生理念"。孔子的学生四人伺坐,应老师的要求"各言其志",子路、冉求、公西华各说了一番建功立业治国平天下

---

[1] 日本学者今道友信将孔子的这段话释为:"诗可以垂直地面向超越者,可以直观事物,因为是直观超越者可以把家族团结起来营运社会生活,还可以倾诉悲怨的情绪。往近处说它指出了侍奉一家之长父亲的方法,往远处说它指出了侍奉君主的道理。诗可以用来作为象征,所以有助于了解自然界中存在者的名字,有助于了解它们的本质。"他接着评论道:"这些话,说明孔子已经预感到诗的形象和象征性的语言的升腾力量,预感到这种语言的飞翔的能力,已经感到只有使用这种语言才能使人的精神超越现象事物的限界,才能超越概念上的思考方法的平庸水准,知道了只有这种语言才能使人的精神立足于概念的世界的彼岸相接触。"(《孔子的艺术哲学》)这是对孔子诗论的现代哲学解说,强调了与概念思维相对立的诗歌语言的超越性,正有助于我们理解"学诗以言志"这一命题。

的理想，孔子却只是微笑；最后轮到曾点（即曾晳），他说："莫春者，春服既成。冠者五六人，童子六七人，浴乎沂，风乎舞雩，咏而归。"夫子喟然叹曰："吾与点也！"后人认为曾点充满诗意的描述颇有"尧舜气象"：它道出了孔子认同的人生理念——我们要做什么样的人？就是做一个追求和谐、正当、合理的生活的人。

将以上经典文本略做归纳，可以列出以下几条——

一、文学教育应该是所有人的必修课。（"兴于诗，立于礼，成于乐。"）

二、文学教育不单是文本知识的传授，也不单是鉴赏能力的培养，而且是个人与群体之间道德实践的履行。

三、人生理念不单是"施政纲领"或"职业成就"的表述，更应该是对理想社会的诗意憧憬与争取。

……

当然，这都是遥远的历史记忆了，非常非常的遥远。如今重提它们，不是为了高悬"原始儒家"的教育理想，来推行不合时宜的先验标准，而是为了重构一种参照，来看清楚"文学教育"在当下的历史命运。如果这种重构是可行的，那么当我们以此来观照当今香港地区的文学教育与人生理念，就不能不感慨系之，不能不深深感到（后）现代人的悲哀与无奈。

"夕阳科目"

"不学诗，无以言"吗？你听说过 C++、HTML 和 JAVA 吧，如今不学这些才是"无以言"呢。文学教育，不但不是所有人的必修科，你甚至可以说，在此时的香港，"文学教育在现在的中学教育中基本上是被彻底赶出来的，也被彻底赶出了所有的教学"[1]。如今仍在中学里教"文学"的同人，尽管在教学中享受到与学生"兴观群怨"的乐趣，却也很悲壮地意识到自己所教的是一门"夕阳科目"。无须统计数字的支持，你也可以想象到如今在中学修读文学科的人只占人口比例中极微的部分。如果不是还有两家大学的中文系，仍然坚持入学新生的高考成绩中，"文学"一门的分数要占很大比重，我想全港中学六七年级的"文学"科课程未必还能生存。一个可以参照的现象是，不知何时起，香港地区各大学的英文系翻译专业招生时不再强调"英国文学"的成绩比重，如今还有哪所中学在教"莎士比亚"？当然在英国那里，文学教育也在衰亡之中。倘若"莎士比亚"反而在"东方之珠"大放异彩，那倒成了"礼失求诸野"的奇迹。我想指出的只是，当今学科存在的合法性，完全由高考制度所支配，更深一层的逻辑最终是那"看不见的手"——市场需求。所以你就很容易明白，日本近几十年来的国语教育重点在培训"撰写家用电器使用说明"的能力，而香港地区近年来甚嚣尘上的"创意思维"，重点一直在广告与产品设计（官方修辞称为"投资推广"和"提升生产力"）。雇主们连年抱怨在座诸位的中英文水平下降，主要是"应用文"写作和"公关语言"的不敷应用，绝对跟李白杜甫莎士比亚狄更斯没什么关系。香港地区政府拨（纳税人）款资助"职业英语培训计划"，帮各位"自我增值"，最终当然是增了雇主们的值。"文学"当然也能经由转型，纳入这一增值体系之中。

---

[1] 葛兆光语，见南帆、王晓明等：《寻求为生活的文学》，载《读书》，2003年10月号，总第295期，第29页。

为了鼓励学生修读文学，我们会采访众多成功人士，譬如文学素养如何启发了建筑师的设计，朱自清《背影》与维他奶广告的创意，等等。然而这一切会不会正是文学及其教育已经消亡的明证？

没有文学的"文学教育"

你会问，无论文科理科生都必修的中国语文课和中国文化课，不也收录了大量的文学作品，不也涵括了文学教育的成分么？实际情形是，在这些课程中，"文学"正是老师和学生都避之唯恐不及，或千方百计要"驱逐出去"的幽灵。因为，如果"文学"是"情动于中而形于言"，嗟叹之咏歌之手之舞之足之蹈之的东西，那么，它的超越语言的意义就永远是"活"的，即永远是协商切磋的过程。文学的多义性，丰富的联想空间，每一个读者自己的体验，诸如此类，都是永远没有"标准答案"的东西，即无法"考试"因而无法"教学"的东西。一个文本，它包含了很难分割的三个方面：逻辑（语法）、修辞和静默（言外之意，味外之味）。我们当老师的，最喜欢教的是语法。主谓宾定状补，因果句条件句陈述句疑问句省略句。文本里最符合理性原则、最科学的部分。教这些，我们才有资格判断谁对谁错，才不会被学生突然问个措手不及，或在学生的争拗中无所适从。至于修辞，我们把人际交流中复杂的情境与效果，化约为"修辞格"的辨认和点算，隐喻、明喻、借代、顶真和连珠，以为这样就教了修辞。

至于文本中的静默，我们当然对之保持静默。万不得已，我们也有一套对付文本中最难对付的这方面的办法。"本文通过什么什么，叙述了什么什么，表达了什么什么，反映了什么什么，揭示了什么什么，赞美了什么什么，抨击了什么什么"，万应灵丹啊！古代作品无非就是"反封建"和"关心民生疾苦"。现代作品就比较麻烦，能不教尽可能避之则吉。譬如鲁迅的《药》你怎么教？对了，据说这是一篇"象征小说"，那我们就来点算"象征"，从标题里的"药"一直数到结尾的"乌鸦"。主旨，内地叫"主题思想"，有现成的在这里：反省辛亥革命，辛亥革命这帖"药"失效了，因为它脱离群众，所以革命应该另求新药。薛毅问得好："我们还能感受那些细节所包含的震撼力吗？那黑夜中观看杀头的场面，那滴着血的人血馒头，那阴冷的坟场……"[1]这一套解释系统（香港所谓"天书"）破坏了几代人的感知能力，变成麻木不仁的鲁迅笔下的"看客"。[2] 所以"国文""语文"或"文学"科目中的作品是作为冷冰冰的"知识"来讲授的，或作为培养写作能力的"范文"来分析的，是没有文学的"文学教育"。

分工、分化与分科

马克斯·韦伯认为，现代化的过程是一个不断分化的历史进步。"分化"也者，即"去魅化"与"合理化"：一指宗教与世俗的分离（在

---

[1] 薛毅：《文学教育的悲哀》，载《北京文学》，1997（11）。
[2] 香港地区"中国语文及文化"高级程度科目的设计者，曾经向香港中学老师问卷调查。对阅读书目的意见，在收回的问卷中，有百分之八的老师认为鲁迅的《呐喊》（《狂人日记》《阿Q正传》《祝福》）"欠缺时代气息"。吊诡的是，对于被夏志清评论为"憎恨女性"及"吃人野蛮"的《水浒传》却无人有此反应。现代文学是现代的"文学"教育中最难安置的部分，这是现代内部悖论的一种表征。现代文学的双重批判：对社会与现实的批判，对自身的批判，给现代学科——规训（discipline）带来极大的麻烦。一种行之有效的方法是把它们排除到课程之外，或者用"新批评"把它们局限于文本之内。

学诗以言志 | 287

中国可称为"去圣人化");一指人的行为、手段和目标都应符合理性的原则。以前高度统一的价值体系(真、善、美),可以涵括在"文学"(诗)或"文化"(说某人"有文化"或"没文化"意义上的"文化")中,到了现代也彻底分化了。理性首先在科学领域确立了自己的原则地位(如"解剖学"的真理实践是以将"善"与"美"括除而达至的),然后在审美领域也实现了从古典形式美向现代崇高美的转换(康德的"超功利""无目的的目的性""美是距离"等,是以对"真"与"善"的括除而达至的)。

"文学"这一现代学科的设立,与理工农医等学科的设立一样,因应了中国现代"民族—国家"形成的需求。[1]在中学教育中,"文学"则涵括在"国文"或"语文"的学科之中,最终也被分化出来,变成香港所谓"非核心课程"。(近二十年来,内地约定俗成的共识是:"不要把语文课上成政治课"和"不要把语文课上成文学课"。但这几年又有人开始呼吁语文课中"工具性"与"人文性"的统一,而这种呼吁正是二者已彻底分化的征兆。)分化一旦开始,就会一直进行下去。体现在文本分析中是上述"逻辑、修辞和静默"的分化,体现在大学制度化的文学教育,则是对应于学术或知识分化的,细密的专门化与职业化。文学教育作为一个总体范畴,实际上并不存在。实际存在的是

---

[1] 1896 年,清廷管学大臣孙家鼐在《议复开办京师大学堂折》中提出"学问宜分科"的建议"文学科(各国语言文字附焉)"与天学、地学、道学、政学、武学、农学、工学、商学、医学并列统称十科。正如陈平原所指出的,在那"废虚文兴实学"的年代,文学仍占一席之地,并不是"道德文章"的苟延残喘,反而是"文学"转化为"实学"才能与其他九科平起平坐。"中国文学"从西人学堂章程中的"文学"中平移过来,于是"研究法"也渐渐与传统的"辞章之学"拉开距离,系统的知识传授取代了创作涵咏。参见陈平原《中国大学十讲》,上海:复旦大学出版社,2002 年。

文学史、语言学、文艺理论等专门领域。文学史其实又分为古代文学、近代文学、现当代文学等断代的专门领域。更加专门的可以专注于某一时期某一流派某一作家或某一文类。博士不博，其知识面其实是颇为专深狭窄的。中学里的文学教师或语文文化课的教师，才是博雅多识的通才（即使他可能考不过普通话的基准试）。大学里的文学教授，只能被称为某某领域的专家。

但反讽的正是，文学教育的学术规范、教育规范、运作程序，是由这些专家权威来设计、制订并评估的。合理化原则已渗透到了文学教育的每一个环节之中。例如，大学里边论文的写作，就有很严格的规范，从材料的取舍、文献的运用、方法的选择、表述的形式、观点的提炼、结构的设置、篇章的统筹，一直到打印格式的规格，都有详尽的指引。可是，想象力、思想的锋芒、创造性的灵见在哪里呢？这些都因为无法控制而被排除在规范之外了。理性原则是有它自己的运作宿命的，于是，规矩条文只会越来越烦琐，考核评估只会越来越频密和形式化，唯有如此它才越能体现制度的控制和效能。技术性的因素理所当然地在制度运作中得到强调。[1] 所以，文学的活生生的魅力，在我们的文学教育中变成"死翘翘"的东西，是现代性困境的一个表征。现代人的生活与生命都变成了碎片。孔门弟子曾点先生的诗意憧憬，离我们是多么遥远又多么切近啊！

---

1 参见周宪《大学体制与文学教育》，《评论》第 1 辑，南京：江苏文艺出版社，2000 年。

人生理念"职业化"

现在的问题是，现代的教育询唤何种主体，孕育什么样的人生理念？

对应于劳动分工的细密化，我们的人生理念也无可避免地"职业化"了。我小时候老师出"我的理想"一类的作文题，同学们不约而同地总是以"我长大了要当什么什么"为中心句式展开主题。科学家、宇航员等是最热门的选择。尽管你心里想的是另外一些职业成就（譬如香港地区有很热门的"三师"：律师、医师、会计师），但是，为了讨好语文老师你也可以将"人类灵魂工程师"作为理想职业赞美一番（连"灵魂"也能纳入"工程"，可见理性原则之无往不利，无远弗届）。孔夫子看了这些作文是"哂"（微笑）之还是苦笑之，就不得而知了。[1]如果你在作文里写道："我的理想就是在一个月黑风高的晚上，与一班朋友到海滩上去，通宵达旦仰头看狮子座流星雨。"你想老师会不会给你及格？

"应用文"写作也能询唤出一批标准化的现代主体。最典型的当然是"求职信"的写作。求职者百分之百地认同当今社会的唯学历主义，首当其冲的是罗列自己挣得的那几张证书（香港俗称为"砂纸"者是也）。历任雇主的良好评价维持了一种社会标准和档案记录。对自

---

[1] 香港环境运输及工务局局长廖秀冬做此类作文时曾经要当"家庭主妇"，被中学老师指为胸无大志。廖秀冬后来在采访中说："其实家庭主妇承担了最大量的社会劳动而不被社会承认，做一个好的家庭主妇并不容易，因此很伟大。"家庭主妇不在"职业"范围之内，理所当然被排除于"志"的范畴之外。尤其值得重视的是在"志"的表述中或隐或显的性别差异与歧视。

己的工作作风的描述通常采用八面玲珑的"既……又……"句式：既有团队精神，又不过分依赖他人；既有独立工作能力，又不是"一匹孤独的狼"。总之，塑造了一个典型的中产阶级白领文员的形象。他将生活在卡夫卡式的"城堡"般的日常场景中无聊而又厌倦地度日。

近几年和今后的几年，香港地区的教育制度正在动荡中改革和转型。它将不仅仅影响大学和中学同人的职业前途，而且将影响一代人乃至几代人的生活道路和人生前景。以"资源调配"和"功能定位"为中心的一系列措施正在陆续出台与运作之中。我想起香港中文大学的学生很有创意的概括："大学之道，在明明唔得都变咗得，在亲雇主，在止于世界第一。"如今我们终于可以定睛凝视那个徘徊于所有现代学科——规训周围的那个幽灵，那个理性原则中的理性原则，那"看不见的手"的显形，那货币经济幽灵的显形。此时此地的人生理念不由文学教育来提供，而是由铺天盖地的广告来狂轰滥炸，浓缩为一句深刻的陈词滥调：青春幸福友谊爱情美丽快乐，有钱你都可以买到。正如西美尔所指出的，货币古已有之，但现代经济生活使它发生了意义深远的变化：金钱成了"个人生命中不受条件限制的目标"。前现代的人生目标（比如美好的爱情、神圣的事业），并不是任何时候都能够期望或者追求的，金钱这样的人生目标却是人随时可以期望或者追求的。也就是说，前现代的人生目标是一个恒定的潜在的生活目的，而不是一种"持续不断的刺激"。如今，金钱成了现代人生活最直接的目标，成了"持续不断的刺激"。从前，宗教虔诚、对神的渴望（在中国，对尧舜气象的憧憬）才是人的生活中持续的精神状态，如今，对金钱的渴望就成了这种持续的精神状态。对西美尔来说，"金钱是我们时代的上帝",绝非比喻修辞。[1]

不学诗,无以言? Forget it！下次老师出作文题让同学们"各言其志",你不妨直截了当,学电影里的老美,极为美国式地写道：Show me the money！

---

[1] 西美尔：《现代文化中的金钱》,载西美尔著《金钱、性别、现代生活风格》,刘小枫编,顾仁明译,上海：学林出版社,2000年。

更衣对照亦惘然
——张爱玲作品中的衣饰

"张爱玲作品中的衣饰"可以说是一个很小的题目，属于所谓"文学技巧"方面的"细节"问题。我们到坊间卖的各种大部头"文学描写词典"去查一查，就会发现"人物描写"类别下属"外貌描写"，"外貌描写"再下属的才是"服饰描写"。所以这是一个小而又小的小题目，根本不能和"全球化市场与中国知识分子"或者"二十一世纪的中国文化向何处去"这样宏伟的题目相提并论。

这不光是一个很小的题目，而且是一个相当古老的题目。人物的服装描写，从《诗经》就开始了。如《墉风·君子偕老》分三章写卫夫人的衣饰，三种不同场合的穿戴，一面揭出夫人身份，一面写出无时不美、无处不美的品格和气质。用"如山如河"来赞美女子的美貌，《诗经》之后再没有人敢这么写过。我最近读扬之水的《诗经名物新证》，她提道："服饰是诗中特别活跃的语汇之一。……诗写人，写人的威仪德行，或美或风，或规或刺，几乎都从人的衣着、佩饰写来。"她分析《诗经》里写到的"羔裘""狐裘"和"佩玉"等，非常精细地揭示其中所包含的礼乐和人文制度，又如何交织了春秋时期的历史风云，真是精彩纷呈。这样看来，研究文学作品中的衣饰，又不单是封闭在古旧文本中的细节考证,雕虫小技那么简单了。

衣服的基本功能是御寒和遮羞,前者还属于生理与自然的层面,后者已经进入了社会与文化的层面。进一步的功能,衣饰就变成威仪、德行、财富、美貌的"能指",变成了文化的表征。穿衣服就不光是穿衣服了,我们还穿着一身"社会符号"走来走去。文化是什么?据说"文化"有一百三十几种"定义"而没有一种是已经"定"下来的"义"。为了方便让我们挑一个简单的定义:文化就是"意义"的生产和再生产。所谓生产,也包括了流通、消费等环节。语言当然是其中最重要的媒介,但是除了"语言",还有很多重要的符号系统,其中就包括了"衣饰"。这样,我们对衣饰服装史的研究,就可以深入到文化、心态的历史层面。举一个最鲜明的例子,就很容易理解这一点。大家都很了解"军装"的历史变化吧?古代的军装都是用最鲜艳的颜色,火红,雪白,鹅黄,金线银丝,夺目耀眼的图腾标记族徽,高高的裘皮帽子,长长的黑亮靴子,肩膀上叮叮当当地挂了许多金属的装饰品。一方面当然是为了近身搏斗的时候易于分辨敌我,另一方面却是战争文化心理的表现。我是战士、我是勇士、我是高贵的将领,这一身戎装代表了光明正大的战斗,一往无前的豪迈气概。军阶越高,穿得越夸张。尤其是海军,舰长穿成那样站在最高的位置上指挥作战,是敌人射击瞄准的最好目标。海战开始通常第一个光荣阵亡的就是他。现代军装完全变了,所谓迷彩服,基本上是很难看的颜色,属于爬虫类的冷血动物,鳄鱼呀,蜥蜴呀,反正怎么难看就怎么穿!一方面当然战争的技术层面有很大的改变,远程射击热兵器基本取代了近身肉搏的冷兵器。另一方面战争文化心态也完全改变了,不再以雄赳赳气昂昂英勇赴死的"贵族"气概为荣了,而是要保护每一个独立的个体生命。所以很可惜,以前那种很漂亮的军装,我们现在只能在三军仪仗队队员的身上看到了。从这个例子我们可以了解到,服装史同时也是文化史、文化心态史、文化"意义"的生产史。

其实张爱玲的早年作品《更衣记》,就是一部博学多闻、如数家珍的"民国服装史"。她的一个好朋友曾经说过,从这篇文章里学到的中国近代史,比哪里都多。不少研究张爱玲的学者("张学"专家),还有许多钟情张爱玲作品的读者("张迷"),都清楚:学界研究张爱玲"本人"穿什么的论著,比讨论她作品中的人物"穿什么"的,要多得多了。这当然是很有意思的现象,而且首先要怪张爱玲本人,因为她自己实在提供了太多的相关资料了。尤其是她晚年那本《对照记》,几乎每一张照片的文字说明之重点都是"衣饰"。《对照记》可以说整个是一册作家的"服装传记"。除此之外,散文集《流言》的很多篇,都涉及衣饰的"自叙",尤其是谈到她的印籍女友炎樱的那些篇章。二十世纪四十年代的上海小报,会用"奇装炫人的女作家"这样的题目来报道她。在多本的《张爱玲传》中,有一条比较少人注意的材料,我觉得很有意思。那就是二十世纪四十年代登在上海某杂志的广告(见上图)。

> 炎樱姊妹与张爱玲合办
>
> **炎樱时装设计**
>
> 大衣 旗袍 背心 袄裤 西氏衣裙
>
> 电话三八一三五 下午三时至八时

没有写地址,看来并没有开店面,属于电话预约,然后上门量身定做一类的服务。至于有无开市,多少人慕名问津订制,于今已不可考。张爱玲设计的服装,连她自己都有"这可穿得出去吗"的诧异,别人想是更无"挺身而出"的勇气。她和炎樱,曾经为好朋友苏青的黑呢大衣设计做参谋,用的是奥康纳剃刀式删减法,彻底的简约主义。把大衣上的翻领首先去掉,装饰性的褶皱也去掉,方形的大口袋也去掉,肩头过度的垫高也减掉。最后,前面的一排大纽扣也要去掉,改装暗纽。苏青渐渐不以为然了,用商量的口吻,说道:"我想……纽扣总要的罢?人家都有的!没有,好像有点滑稽。"[1]直率泼辣如苏青者尚且不能欣赏她们的设计,由此或可推知,这"炎樱时装设计"曾经开市的机会不大。半个世纪之后,张爱玲在她去世前两年写下的《对照记》中,感叹她母亲自制皮革手袋计划的无疾而终,说:"当时不像现在欧美各大都市都有青年男女沿街贩卖自制的首饰等等,也有打进高价商店与大百货公司的。后工业社会才能够欣赏独特的新巧的手工业。她不幸早了二三十年。"[2]"后工业社会"这种很"话语"的词出现在张爱玲笔下是颇令人惊诧的,但是这段话也可读成自我的写照,正与当年的炎樱姊妹有千古同悲之慨。如果以上的推测成立,我们可以说,张爱玲是她自己所设计的服装的唯一的模特儿,唯一的展示者。

我提到这条材料的意思,是说虽然没有成功,仍然可以说张爱玲是二十世纪中国文学中,当过"时装设计师"的不多的作家之一。我用"不多"而不敢用"唯一",是因为我知道残雪当过"裁缝个体户"。十几年前我第一次到香港开一个讨论"寻根文学"的学术会议,主办单位也请了韩少功、残雪、扎西达娃等几位作家参加。我记得中午饮

---

[1] 张爱玲:《我和苏青》,见《张爱玲文集》,第四卷,合肥:安徽文艺出版社,1992年,第238页。
[2] 张爱玲:《对照记》,台北:皇冠出版社,1994年,第22页。

茶的时候，残雪用很专业的语气把我们这些内地来的男士的穿着批评了一番。不过残雪作品中的衣饰描写，远不如写"吃"的诡异意象更令人印象深刻。我想说的是，在二十世纪中国文学中，作家兼有或曾经兼有的某种"职业"和她的创作之间，往往有很深刻的联系。最深刻的例子当然是"弃医从文"的鲁迅，"解剖刀""药""疗救""国民性的病根"，我们只要提提这些关键词，就知道学医的经历如何深刻影响了鲁迅写作的"总主题"。那么回到张爱玲这个题目，衣饰描写在她的创作中到底占了什么样的分量？

这个题目对我来讲也还是太大，还需要再缩小一点。我想讨论的仅仅是作品里"张看"衣饰的"眼光"。晾晒在黄色太阳下这些衣装，在民国女子身上纷纭更替的这些衣装，掠过了什么样的"眼光"，有哪些"眼光"在凝视：谁与更衣，为何对镜，女为谁容？谁都明白衣服不光是穿给自己看的，甚至主要不是穿给自己看的。"他者"的眼光规定了衣饰符号的"意义"或"无意义"，或者说，它们的意义因了"他者"的观看才存在，才产生出来。

我们知道，《更衣记》等篇原是用英文写给《二十世纪》(*The XXth Century*) 杂志发表的。这份1941年10月创刊的英文月刊，读者对象是"二战"时羁留亚洲的西方人，尤以上海外国租界为重点。1943年1月的四卷一期首次刊登了 *Chinese Life and Fashions* 一文，并配有作者亲绘的十二幅发型服饰插图，月刊主编 Klaus Mehnert 特别推崇这位署名 Eileen Chang 的"极有前途的青年天才"。6月号登了 *Still Alive* 一文，"编者按语"中说，"她不同于她的中国同胞，她从不对中国的事物安之若素：她对她的同胞怀有的深邃好奇心使她有能力向外国人阐释中国人。"这篇文章的中文版本，题目改为"洋人看京戏及其他"。

12月号上的 Demons and Fairies 是张爱玲为该刊写的最后一篇文章，"编者按"说："作者神游三界，妙想联翩，她无意解开宗教或伦理的疑窦，却以她独有的妙悟的方式，成功地向我们解说了中国人的种种心态。"这一篇的中文版本题目是"中国人的宗教"。

洋编者所说的"好奇心""妙悟"以及某种"旁观"角度，当时上海滩上有一位颇活跃的散文家叫周班公，他对此也大有同感。他说张爱玲的笔法虽然源出《红楼梦》和《金瓶梅》，他还是模糊觉得"这是一位从西方来的旅客，观察并且描写着她喜爱的中国"，并因此想起了赛珍珠云云。[1] 赛珍珠是美国女作家，凭她写中国农民生活的长篇小说《大地》拿过诺贝尔文学奖。通常以她为例来说明诺贝尔奖如何大失水准，其实你们仔细读读她的作品会觉得文学水平还蛮不错的，她的问题在另外的方面。话说回来，张爱玲这个时期走的仍然是林语堂的套路，用轻松幽默英国小品的文字向老外介绍吾国吾民。入乎其内，出乎其外，其凝视的目光，叙述的口吻，颇有点暧昧难言。因此在改写为中文的时候，类似的说明就很有必要："这篇东西本是写给外国人看的，所以非常粗浅，但是我想，有时候也应当像初级教科书一样地头脑简单一下，把事情弄明白些。"[2] 但更重要的是下面这一段话：

> 用洋人看京戏的眼光来看看中国的一切，也不失为一桩有意味的事。头上搭了竹竿，晾着小孩的开裆裤；柜台上的玻璃缸中

---

[1] 周班公：《〈传奇〉集评茶话会记》，载《杂志》1944年9月号。
[2] 张爱玲：《中国人的宗教》，载《天地》第11期，1944年8月。

盛着"参须露酒";这一家的扩音机里唱着梅兰芳;那一家的无线电里卖着癞疥疮药;走到"太白遗风"的招牌底下打点料酒——这都是中国,纷纭,刺眼,神秘,滑稽。多数的年轻人爱中国而不知道他们所爱的究竟是一些什么东西。无条件的爱是可钦佩的——唯一的危险就是:迟早理想要撞着了现实,每每使他们倒抽一口凉气,把心渐渐冷了。我们不幸生活于中国人之间,比不得华侨,可以一辈子安全地隔着适当的距离崇拜着神圣的祖国。那么,索性看个仔细罢!用洋人看京戏的眼光来观光一番罢。有了惊讶与眩异,才有明了,才有靠得住的爱。[1]

首先请注意张爱玲用来构成"中国"的那一组意象:不是长城故宫天坛,不是女人的三寸金莲男人的焦黄辫子,也不是怒吼的醒狮高举的大刀长矛。这些都太鲜明,太意识形态化了。张爱玲用的是上海市井的日常生活场景:除了小孩的开裆裤和补身体的"参须露酒",更重要的是"这一家的扩音机里唱着梅兰芳,那一家的无线电里卖着癞疥疮药"。现代媒体传播着古旧的却又贴身的信息。这就是"中国"——"纷纭,刺眼,神秘,滑稽"。但是生活在其中的大多数中国人并没有这种感觉。对"中国"无条件的爱或恨,是危险的,原因就在于他们没有借助"他者"的眼光,来好好地端详祖国一番,经由陌生化的"惊讶与眩异"的震撼,去达至了解和"靠得住的爱"。

问题是我们是否真能代入"洋人看京戏的眼光"?倘若把这段话里

---

[1] 张爱玲:《洋人看京戏及其他》,载《古今》半月刊第33期,1943年11月。

的"中国"替换成"中国女人",倘若把这"眼光"具体化到张爱玲写于同一年(1943年)的小说里的人物,你发现最接近的,并非小说中不多的一两个"洋人",而是一再重复出现的那几位中国男人:失却了"适当的距离",或仍然"安全地隔着适当的距离",却都"不幸生活于中国人之间"的"华侨"或"归国学人"!他们是《倾城之恋》里的范柳原、《金锁记》里的童世舫、《花凋》里的章云藩、《留情》里的米晶尧、《鸿鸾禧》里的娄嚣伯、《红玫瑰与白玫瑰》里的佟振保……数一数还真不少。我想指出,在张爱玲的作品中,这些人物对"中国/中国女人"无条件或有条件的爱(或恨),靠得住或靠不住的爱(或恨),无不借由对衣装的"观感"而充分地呈现出来了。

现在就让我们来仔细"端详"一下这些华侨或归国学人,是怎样"看"中国女人的衣装打扮。我们知道张爱玲特别注重写"相亲"这一关键时刻的衣着,这关乎一个中国女人的"终身大事",第一印象马虎不得,特别郑重其事。至少有三篇作品里写到这种"相亲"或"准相亲"的场景,分别是如下这几种。一、《倾城之恋》,白流苏去见南洋华侨范柳原,其实去相亲的是七妹白宝络,流苏喧宾夺主,单凭"会跳舞"搅了宝络的局(请注意她们的名字都是一种"衣饰")。这一夜白流苏穿什么我们一会儿再讲。二、《金锁记》,姜长安瞒着她母亲曹七巧,去见刚从德国留学回来的童世舫,小说用了相当篇幅写她的治装与梳妆,相亲的效果如何,也是一会儿再说。三、《花雕》,郑川嫦见刚从维也纳回来的章云藩,这一篇张爱玲别出心裁,写郑小姐穿的居然是一件旧旗袍!而这一件旧旗袍比上面的两件新旗袍都来得意味深长。

好了,相亲之夜白流苏穿的是一件月白蝉翼纱旗袍。去之前读者对此一无所知，我们知道这一点已经是她"胜利"搅局回来了——"床架上挂着她脱下来的月白蝉翼纱旗袍。她一歪身坐在地上，搂住了长袍的膝部，郑重地把脸偎在上面。蚊香的缘烟一蓬一蓬浮上来，直熏到她脑子里去。她的眼睛里，眼泪闪着光"[1]。小说的前边曾写到流苏孤苦无依于模糊中搂住想象中的母亲求她"做主"，这里的替换物品颇有张爱玲晚年在《对照记》里提到的"恋衣狂"的意味。但是我们现在关心的重点是穿着这件旗袍跳舞的效果如何——结论非同小可！范柳原说："难得碰见像你这样的一个真正的中国女人。"

不过也可能不关旗袍的事。其实范柳原对"旗袍"有一大套相当复杂的"理论"。在香港浅水湾饭店，一次范柳原偶然从他"顶文雅的""上等的调情"里失态，说了些推心置腹的话，正是关乎"旗袍"与"京戏"。让我们略去流苏的答话，化对话为独白，以突显范柳原的衣饰观：

> 我陪你到马来亚去。……只是有一件，我不能想象你穿着旗袍在森林里跑。……不过我也不能想象你不穿着旗袍。……我这是正经话。我第一次看见你，就觉得你不应当光着膀子穿这种时髦的长背心，不过你也不应当穿西装。满洲的旗装，也许倒合适一点，可是线条又太硬。……我的意思是：你看上去不像这世界上的人。你有许多小动作，有一种罗曼蒂克的气氛，很像唱京戏。[2]

---

1 张爱玲：《传奇》，北京：人民文学出版社，1986年，第71页。
2 同上，第84页。

请注意这里严格区分了"旗袍"与"满洲的旗装",正充分显示了张爱玲的专业知识。旗袍虽从旗装演化而来,却是国民革命推翻满清帝制的结果,真正是中国近代化现代化进程的产物。旧时王谢堂前燕,飞入寻常百姓家。以前清朝贵族妇女的衣装,如今平民百姓也穿得了,甚至颇有点反讽地成为民国女子的"国服"("高贵"这一传统价值的"近代民族—国家化")。旗袍史当然是中国现代史的重要组成部分,绝不可轻看。我们最近看侯孝贤的电影《海上花》,看王家卫的电影《花样年华》,"旗袍"都是其中的重要角色,时间正好从晚清的上海跨越到二十世纪六十年代的香港,而《海上花》更是对张爱玲的一种纪念。不知道为什么,范柳原的"旗袍观"一直让我感到困惑。离开了宫廷语境和高底靴等的配套,我觉得"旗袍"一直是一个"不谐调"的符号。不知道为什么,你到饭店去吃饭,不管是在香港、台北,或者上海、北京,或者纽约、伦敦的唐人街,一个穿着旗袍的女子站在门口"欢迎光临",站在桌子边摆筷子布菜,你总是觉得别扭,不舒服。香港理工大学设计系有一位从英国来的女教授,毕生研究旗袍,去年还是前年出了一本很厚的英文专著。最有意思的是记者采访她,问她有没有自己做过旗袍,这位洋人说不光没有为自己做过一件旗袍,而且从来没有穿过一次旗袍。"旗袍"只是她的"客观研究对象",只是人种志民俗学的材料。插进这个例子可以加深我们对范柳原"旗袍论"的理解。

回到刚才范柳原的那段话,"一个真正的中国女人"无论穿什么,都是"逼上梁山",被置放于一个哪里"有点不对"的戏台上。在一个内外皆失序的世界里,这对精刮的男女都有点"找不对感觉"。花花公子南洋华侨范柳原征引《诗经》,"执子之手,与子偕老",大谈"天长地久",真是不对到了恐怖的地步。只有在一个"断堵颓垣"的荒凉背景之下,这点"安全的适当距离"带来的"不对"才会消失。这时的白流苏我们不知道她穿些什么,只知道她"拥被而坐",听那墙头上三个音阶的悲凉的风如虚无的气,通入虚空的虚空。这时靠得住的只有"腔子里的一口气"和身边的这个人。只有在"死亡"的凝视下,符号能指的文化差异才消失了。这是后话,不提。

接着让我们转到《金锁记》中的姜长安和童世舫。姜长安的一生像一个"美丽而苍凉的手势"。小说的衣饰描写是"渐渐缩减"式的。瞒着母亲曹七巧而秘密进行的相亲之夜,出发前的准备甚是详尽。"长馨先陪她到理发店去用钳子烫了头发,从天庭到鬓角一路密密的贴着细小的发圈。耳朵上戴了两寸来长的玻璃翠宝塔坠子,又换上了苹果绿乔琪纱旗袍,高领圈,荷叶边袖子,腰以下是半西式的百褶裙。"[1]然后到了菜馆子里,"怯怯的褪去了苹果绿鸵鸟毛斗篷"——都是张爱玲所喜欢的蓝绿色系。童世舫显然并不觉得旗袍这种"时髦的长背心"有什么不对,他"多年没见过故国的姑娘,觉得长安很有点楚楚可怜"。海外留学的遭遇使他"深信妻子还是旧式的好",也有点范柳原所谓"真正的中国女子"的意思。此后的交往,衣饰开始局部化,"两人并排在公园里走着,很少说话,眼角里带着一点对方的衣服与移动着的脚"。到决绝的那天,曹七巧定来对童先生"轻描淡写"地透露几句女儿抽鸦片的事,令他如五雷轰顶。这时的童世舫就只看见黑鞋与白袜:"长安悄悄地走下楼来,玄色花绣鞋与白丝袜停留

---

[1] 张爱玲:《传奇》,北京:人民文学出版社,1986年,第44页。

在日色昏黄的楼梯上。停了一会,又上去了。一级一级,走进没有光的所在。"

这当然意味着"理想"的破灭,令人倒抽一口凉气。"这就是他所怀念着的古中国……他的幽娴贞静的中国闺秀是抽鸦片的!"[1]——黑鞋与白袜走进没有光的所在,让我们记住这个意象,它在张爱玲的作品里还会一再出现。

《花凋》的故事则似乎没有那么"东方主义"。郑川嫦是家里最小的女儿,天生被姐姐们欺负,底下又被弟弟占去了爹娘的爱。"欺负"主要体现在衣服方面,姐姐们不要了的旧衣令她永远"天真可爱"。她终年穿着蓝布长衫,唯一的区别是"夏天浅蓝,冬天深蓝"。终于熬到了"女结婚员"的资格了,大姐夫习医的同学章云藩刚从维也纳回来。"乍回国的留学生,据说是嘴馋眼花,最易捕捉。"中秋节的郑家节宴乱哄哄的闹剧里,章医生的脚背感觉到川嫦长袍的下摆拂过,方才注意到她的衣着。这件旗袍制得特别的长,只因章云藩自己与大姐夫闲聊时曾经说过:"他喜欢女人的旗袍长过脚踝,出国的时候正时行着,今年回国来,却看不见了。"

可怜的川嫦身上这件葱白素绸旗袍,想必是旧的,既长,又不合身。张爱玲紧接着写了几句,视角悄悄地转移到章云藩这边,"可是太大的衣服另有一种诱惑性,走起路来,一波未平,一波又起,有人的地方是人在颤抖,无人的地方是衣服在颤抖,虚虚实实,实实虚虚,

---

[1] 张爱玲:《传奇》,北京:人民文学出版社,1986年,第54—55页。

极其神秘"。[1]如果你们还记得,开头提到张爱玲那篇《洋人看京戏及其他》,"这都是中国"后面跟着有四个形容词,其中有一个正是"神秘"。这"神秘"对归国学人"另有一种诱惑性"。这件长而旧的旗袍,对章云藩而言,出国前时尚的执念包含了他的欲望与想象,对川嫦而言,却是不幸宿命的预示——情节急转直下:川嫦从"女人"变成了"病人"。

"病人"穿什么——病人也有几等几样的,如果是"现代林黛玉",那会是在奢丽的卧室里,下着帘子,蓬着鬓发,轻绡睡衣上加着白兔皮沿边,床上披的锦缎睡袄。川嫦却连一件像样的睡衣都没有,穿上她母亲的白布褂子,许久没有洗澡,褥单也没换过。章云藩来访的时候,"她觉得他仿佛是乘她没打扮的时候冷不防来看她似的"。丢盔弃甲,攻防完全失了依托。张爱玲惯用的残酷对照于此时出现:章云藩的新欢,护士余美增,容貌虽是"次等角色",却健康,胖也胖得"曲折紧张",隆冬季节,在黑呢大衣下穿了件光胳膊的绸夹袍,红黄紫绿,周身是烂醉的颜色,入时的调子。

章医生替川嫦看病,"冰凉的科学的手指",完全不是原来梦想的触摸。"人们的眼睛里没有悲悯。"小说写医生的目光和口吻,出自张爱玲式的尖峭的讽刺:"当然他脸上毫无表情,只有耶教徒式的愉悦——一般医生的典型临床态度——笑嘻嘻说:耐心保养着,要紧是不要紧的……今天我们觉得怎么样?过两天可以吃橘子水了。"[2]好了,

---

1 张爱玲:《传奇》,北京:人民文学出版社,1986年,第321页。
2 同上,第323页。

熟悉现代批评理论的学者，立刻可以发现，有关现代性和反现代性、欧洲与中国、科学与传统、性别政治的复杂辩证，正可以在这个地方整套引入，详尽地展开论述。谁说这个故事不那么"东方主义"？

可是我不想在这里谈太多理论，反而想提醒各位注意《花凋》的结尾是一双没有人穿的鞋。郑夫人在便宜鞋店替川嫦买了两双绣花鞋，一双皮鞋。川嫦把一只脚踏到皮鞋里试了一试，说："这种皮看上去倒很牢，总可以穿两三年。"——她死在说这话的三个星期之后。"三星期"与"两三年"，时间的长度对照在这里是震撼性的。葱白旧旗袍（女人）——白布褂子（病人）——皮鞋（鬼）。从衣饰的变化我们见出身体—主体的无情变化。女人——病人——鬼，是后来"张派"传人发挥得淋漓尽致的悲剧三部曲。在这里我们只需注意到这双没有人穿的鞋，注意到肉身的"不在之在"，注意到"樟脑味"的历史记忆，注意到对"古中国"的招魂或除魅也就够了。

没有人穿的鞋，原是张爱玲很喜欢状写的意象。她是看见两片树叶子飘下地，也要比做两只鞋子在地上自走一程。《红玫瑰与白玫瑰》的结尾，佟振保夜半被蚊子咬醒，起来开灯，"地板正中躺着烟鹂的一双绣花鞋，微带八字式，一只前些，一只后些，像一个不敢现形的鬼怯怯向他走过来，央求着"[1]。这鬼气森森的两只绣花鞋，是留学爱丁堡归来的佟振保，为了慈母、地位、责任牺牲了"红玫瑰"的爱的见证，也是对他娶一个贞静贤淑中规中矩的"白玫瑰"理想的讽刺。什么是"红玫瑰"？什么是"白玫瑰"？小说一开头是这

---

[1] 张爱玲：《传奇》，北京：人民文学出版社，1986年，第447页。

样说的：

> 振保的生命里有两个女人，他说一个是他的白玫瑰，一个是他的红玫瑰。一个是圣洁的妻，一个是热烈的情妇——普通人向来是这样把节烈两个字分开来讲的。

那么"红玫瑰"穿什么，"白玫瑰"又穿什么？这在小说里有详细的描写，形成极具深意的对照。我在这里还是只讨论佟振保的"眼光"。这位摇摆于、辗转于"红白玫瑰"之间的"标准好人"，按照小说里的说法，是"最合理想的中国现代人物"。戴着黑边眼镜，他的模样是"屹然"，说话是"断然"，晦暗的酱黄脸上的五官详情却是"看不出所以然"。我们虽不知道他的眼睛是否"诚恳"，仍然可以以他的黑边眼镜为"信物"。这些模棱两可的挖苦话颇有老舍式的京派风格，正可以用来概括我们所讨论的"眼光"。很多学者讨论过小说集《传奇》的封面，是炎樱设计的，室内是中国家居的日常生活，窗外却有一个面目模糊的人影在向里边窥探。这个带来不安气氛的窗外人如果是一个男性，那目光准是闪烁在佟振保的黑边眼镜后面的吧。

然而最惊心动魄的画面，还是振保望见家中淡黄白的浴间像一幅"立轴"，灯下的"白玫瑰"孟烟鹂也是本色的淡黄白：

> 当然历代的美女画从来没有采取过这样尴尬的题材——她提着裤子，弯着腰，正要站起身，头发从脸上直披下来，已经换了白地小花的睡衣，短衫搂得高高的，一半压在颔下，睡裤臃肿地堆在脚面上，中间露出长长一截白蚕似的身躯。若是在美国，也

更衣对照亦惘然

许可以作很好的草纸广告,可是振保匆匆一瞥,只觉得家常中有一种污秽……[1]

紧接"美女画"的句子不知道为何突然尖刻地提到"美国"和"草纸广告",无端将洋人与排泄并置。其实振保是留学英国爱丁堡的,通篇小说与美国毫无干系。然而这幅图景是发生在孟烟鹂与裁缝有苟且之事以后,振保所谓贤淑贞静的"白玫瑰"理想彻底破灭之际。《金锁记》中"长安抽鸦片"所导致的理想破灭,还是太直截,太意识形态化,此时此刻西方影像与国画形式(立轴)的叠印,所产生的斑驳纷纭滑稽悲哀,才是深而且重的了。

真正的西方广告出现在《桂花蒸·阿小悲秋》里,那是在洋人哥儿达的房里,"房间里充塞着小趣味,有点像个上等白俄妓女的妆阁,把中国一些枝枝叶叶衔下来筑成她的一个安乐窝"。墙上一幅窄银框子镶着的洋酒广告,暗影里横着个红头发白身子,长大得可惊的裸体美女。"一双棕色大眼睛愣愣地望着画外的人,不乐也不淫,好像小孩子穿了新衣拍照,甚至于也没有自傲的意思:她把精致的乳房大腿蓬头发全副披挂齐整,如同时装模特儿把店里的衣服穿给顾客看。"[2]洋人挂洋画,大约也没有多大深意,精彩处在于"身体"彻底变成了"衣服"。回想佟振保的"空白扇面",在巴黎和爱丁堡打下的淡淡的水印底子,莫非正是这类影像?

---

[1] 张爱玲:《传奇》,北京:人民文学出版社,1986年,第443页。
[2] 同上,第471页。

其实张爱玲那"一瞥"的设计里，正有着来自西方的"惘惘的威胁"的罢。在《沉香屑·第一炉香》里的开头，葛薇龙去半山豪宅找她的姑姑，在玻璃门里瞥见她自己的影子——"她穿着南英中学的别致的制服，翠蓝竹布衫，长齐膝盖，下面是窄窄的裤脚管，还是满清末年的款式；把女学生打扮得像赛金花模样，那也是香港当局取悦于欧美游客的种种设施之一"。

不过张爱玲过于外露的讽刺笔墨显然带有老舍《二马》的痕迹，连语气都颇为"京派"："英国人老远的来看看中国，不能不给点中国给他们瞧瞧。但是这里的中国，是西方人心目中的中国，荒诞，精巧，滑稽。"[1]类似的评语后来还出现了几次，如说到梁太太的园会，草地上遍植五尺高福字大灯笼，"正像好莱坞拍摄《清宫秘史》时不可少的道具"。你在《鸿鸾禧》娄家儿子的婚礼礼堂，再次读到这种句子：朱红大柱，盘着青绿的龙，黑玻璃的墙，黑玻璃龛里坐着小金佛，"外国老太太的东方，全部在这里了"[2]。

范柳原章云藩佟振保们的"东方"构成，与"外国老太太"并不完全相类，更多了许多暧昧迎拒的可疑成分，里头"东方主义"和"西方主义"搅成了疑幻疑真的一团。当他们最后与"现实东方"相遇并妥协，就变成《鸿鸾禧》里娄嚣伯这种"出名的好丈夫"。在美国得过学位的嚣伯颇新派，看《老爷》杂志，甚至能跟未过门的媳妇讲论时事，滔滔不绝十二小时，无奈却凭媒娶了娄太太这样各方面都"不够"

---

[1] 张爱玲：《传奇》，北京：人民文学出版社，1986年，第135页。
[2] 同上，第392页。

的女人，还跟她生了四个孩子，三十年如一日。娄太太的"不够"当然也体现在衣饰方面。这位娄嚣伯爱用眼镜腿指着他太太说："头发不要剪成鸭屁股式好不好？图省事不如把头发剃了！不要穿雪青的袜子好不好？不要把袜子卷到膝盖底下好不好？旗袍衩里不要露出一截黑华丝葛裤子好不好？"[1]焦躁，可是用了商量的口吻——张爱玲用一个绝妙的词组来概括这种口吻——"焦躁的商量"。

能不能说，百年来中国人不绝于耳，听到的正是这全方位的"焦躁的商量"？"焦躁的商量"或许出自"第三世界"知识分子的暧昧阳性位置，出自他们书写与发言的知识特权，出自他们意识到了这种特权而无法自救的内疚和罪恶感。他们目光犹疑而脾气暴戾，心乱如麻仍侃侃而谈……等一下！我讨论的本来是小而又小的题目，是作家作品中的细节描写，文学技巧问题，不小心变成对民国女子衣饰的"寓言化阅读"。在这种"寓言化阅读"中，又不单延续和强化了将"东方""中国"阴性化的他者思路，而且将"琐碎政治"危险地引申到了"经国之大业"和"宏大叙事"。政治上的不正确，有目共睹也。虽然在张爱玲的语汇里，阴性中国才能在"大而破"的乱世"夷然"存活，但还是及时刹住的好。有道是：

华丽苍凉参差看，
更衣对照亦惘然。

---

[1] 张爱玲：《传奇》，北京：人民文学出版社，1986年，第386页。

故乡的食物
——现代文人散文中的味觉记忆

文化脉络

  二十世纪中国文人的怀乡散文中,"故乡的食物"是其中抒写不竭的主题之一。从周作人、梁实秋到汪曾祺、贾平凹,写"故乡的吃食"的文字,真可谓连篇累牍,蔚为大观。现代文人离乡背井,漂泊异地异域,因而寄乡愁于食物,不厌其烦地叙写自己的味觉记忆,这构成了一种颇具独特意味的文化现象。依林语堂的说法,对故乡的眷恋与忠诚,多半体现为对儿时身体感官欢乐的留恋——中外皆然。"美国人对山姆大叔的忠诚,实际是对美国炸面包圈的忠诚;德国人对祖国的忠诚实际上是对德国油炸发面饼和果子蛋糕的忠诚。"但这里最大的区别在于:美国人和德国人都不承认这一点。"许多身居异国他乡的美国人时常渴望故乡的熏腿和香甜的红薯,但他们不承认是这些东西勾起了他们对故乡的思念,更不愿意把它们写进诗里。"而中国的文人则坦率地歌咏本乡的"鲈烩莼羹",毫无愧色地视这种记述为风雅之事，具有诗情画意，乃至将此作为辞官归故里的最有力理由。[1]这里涉及两个层面，一是乡愁与食物的"天然"联系，二是视此种记叙为当然的"艺术"。前者是情感与感官记忆的特殊关联，后者则是对这种关联的"表述"，其表述在文化传承的脉络中具有深厚的合法依据。

文化脉络的显在表征常见于散文中对前人风物志的引用。周作人谈《故乡的野菜》，即每引《西湖游览志》《清嘉录》乃至《本草纲目》；而《菱角》一篇，更大段抄录汪曰桢的《湖雅》、李日华的《味水轩日记》及范寅的《越谚》。梁实秋的《雅舍谈吃》，所引古籍与近人著作不下二十种：从《诗经》《周礼》《尔雅》《梦溪笔谈》到《两般秋雨盦随笔》《都门琐记》《北平风俗杂咏》和《旧都百话》。汪曾祺最推崇高邮同乡、明代的散曲家王盘（字鸿渐，号西楼）的《野菜谱》，荠菜、枸杞头、蒌蒿、马齿苋，将"故乡的野菜"一一叙来。《韭菜花》一篇，更直接从五代杨凝式的一幅法帖《韭花帖》说起。除了苏东坡的几首打油诗，袁枚的《随园食单》，亦为各家必引的著作，"有味者使之出，无味者使之入"，"荤菜素油炒，素菜荤油炒"，几成颠扑不破的至理名言。

引前人著述入文，其功用之最著者，当为凸显某种食物之源远流长。倘若如此久远的食物都"广陵散于今绝矣"，则作者的乡愁真是无从纾解、难以复加。且以汪曾祺的《切脍》为例。自然是一下子就引到《论语》中的"食不厌精，脍不厌细"，孔夫子将"食"与"脍"对

---

[1] 林语堂：《饮食》，见林恒、袁元编《讲吃》，海口：海南出版社，2000年，第27页。

举，可见其时普遍的程度。然后便顺流而下："北魏贾思勰《齐民要术》提到切脍。唐人极重切脍，杜甫诗累见。宋代切脍之风亦盛。《东京梦华录·三月一日开金鱼池琼林苑》：'多垂钓之士，必于池苑所买牌子，方许捕鱼。游人得鱼，倍其价买之。临水斫脍，以荐芳樽，乃一时佳味也。'元代，关汉卿曾写过'望江楼中秋切脍'。明代切脍，也还是有的，但《金瓶梅》中未提及。《红楼梦》也没有提到。到了近代，很多人对切脍是怎么回事，都茫然了。"[1]"脍"即"鱼生，肉生"，多为鱼生，故每写成"鲙"。汪曾祺引杜甫《阌乡姜七少府设鲙戏赠长歌》及其注疏，考证切脍的做法，一是切得极细，或片或丝，"无声细下飞碎雪"，"縠薄丝缕，轻可吹起"。二是不可水洗，隔纸用灰吸去鱼的血水，"落砧何曾白纸湿"。三是用葱花做调料，"春用葱，夏用芥"。如此吃法，当与日本人之"刺身"相近。而汪曾祺则于1947年春的杭州楼外楼吃过"醋鱼带靶"，庶几近之。如今这个"极鲜美"的名菜当然已经没有了。[2]

思乡兼且思古，文人的个体生命记忆就纳入一种先在的"社会记忆"之中，并由此得到文化积淀的支撑。但在现代散文的引用中，更有一种现象值得特别注意，即作家尤其注重传统中"民胞物与"的一贯精神。郑板桥与弟书中的一段话为林语堂、汪曾祺等人一再引用：

> 天寒地冻时，穷亲戚朋友到门，先泡一大碗炒米送手中，佐

---

[1] 汪曾祺：《四方食事》，见《汪曾祺全集》，第四卷，北京：北京师范大学出版社，1998年，第379页。
[2] 同上，第279—380页。

以酱姜一小碟，最是暖老温贫之具。暇日咽碎米饼，煮糊涂粥，双手捧碗，缩颈而啜之，霜晨雪早，得此周身俱暖。[1]

"故乡的食物"多非什么名馔大菜，反而都是些日常吃食。"炒米"不是什么好吃的东西，还有"焦屑"，乃是把煳锅巴磨成碎末，都是取其易于储存，取食方便，更有一层用途是"应急"：逃难或备荒。这些食物联系着中国乡土长年的贫穷与动乱。

最能体现这种"平民精神"的食物，我以为当数周作人的"苋菜梗"和梁实秋的"豆汁儿"。两种食物的味道都颇为独特，都与发酵有关。周作人说："苋菜梗的制法须俟其'抽茎如人长'，肌肉充实的时候，去叶取梗，切作寸许长短，用盐腌藏瓦坛中，候发酵即成，生熟皆可食。平民几乎家家皆制，每食必备，与干菜腌菜及螺蛳霉豆腐千张等为日用的副食物。苋菜梗卤中又可浸豆腐干，卤可蒸豆腐，味与熘豆腐相似，稍带枯涩，别有一种山野之趣。"外乡人少见多怪，"大抵众口一词地讥笑土人之臭食"，周作人认为这是因为不了解越地的"自然之势"。"绍兴中等以下的人家，大都能安贫贱，敝衣恶食，终岁勤劳，其所食者除米以外为菜与盐，盖亦自然之势耳。干腌者有干菜，湿腌者以腌菜及苋菜梗为大宗，一年间的下饭差不多都在这里，诗云，我有旨蓄，可以御冬，是之谓也。"他把湿腌之日久，由酸而臭，称

---

[1] 郑板桥：《范县署中寄舍弟墨第四书》，见《板桥家书》。引用此文的有林语堂：《饮食》，见林恒、袁元编《讲吃》，海口：海南出版社，2000年，第27页；汪曾祺：《故乡的食物》，见《汪曾祺全集》，第四卷，北京：北京师范大学出版社，1998年，第17页；李庆西：《说粥》，见林恒、袁元编《讲吃》，海口：海南出版社，2000年，第221页。

为"难免"的"气味变化",经此变化,"亦别具风味"。[1]论者多以这种"大俗为雅"的散文,见出"五四"新文化中的"人文精神",但与传统文化中的民本一脉,又何尝断了联系!

此种味觉记忆中具有极强的地域群体性,梁实秋、老舍及汪曾祺等人笔下的北平"豆汁儿"当为又一好例。胡金铨在谈老舍的一本书上一开头就说:不能喝豆汁儿的人算不得是真正的北平人。梁实秋赞成道:"这话一点儿也不错。就是在北平,喝豆汁儿的也是以北平城里的人为限,城外乡间没有人喝豆汁儿的。""南方人到了北平,不可能喝豆汁儿的,就是河北各县也没有人能容忍这个异味而不龇牙咧嘴。"这种地域群体性甚至超出"苋菜梗"之只限于"中等以下人家",而是北平城内"口有同嗜,不分贫富老少男女"。[2]汪曾祺举的例子也证明了"北京的穷人喝豆汁儿,有的阔人家也爱喝":"梅兰芳家有一个时候,每天下午到外面端一锅豆汁儿,全家大小,一人喝一碗。"这豆汁儿本是做绿豆粉丝的下脚料,经发酵而成,有股子酸馊之味。汪曾祺说:"不爱喝的说是像泔水,酸臭。爱喝的说,别的东西不能有这个味儿——酸香!"[3]汪曾祺毕竟只是久居京城敢尝百味的南人,所以对豆

---

[1] 周作人:《苋菜梗——草木虫鱼之四》,原载《看云集》,开明书店,1932年初版,见《知堂美文》,北京:文化艺术出版社,2000年,第144页。汪曾祺在《五味》中亦写道苋菜梗:"臭物中最特殊的是臭苋菜秆。苋菜长老了,主茎可粗如拇指,高三四尺,截成二寸许小段,入臭坛。臭熟后,外皮是硬的,里面的芯成果冻状。嚼住一头,一吸,芯肉即入口中。这是佐粥的无上妙品。我们那里叫作'苋菜楷子',湖南人谓之'苋菜咕',因为吸起来'咕'的一声。"(《汪曾祺全集》,第五卷,北京:北京师范大学出版社,1998年,第18—19页)

[2] 梁实秋:《豆汁儿》,原载《雅舍谈吃》,见《梁实秋散文》,第四集,北京:中国广播电视出版社,1989年,第54—55页。

[3] 汪曾祺:《豆汁儿》,见《汪曾祺全集》,第六卷,北京:北京师范大学出版社,1998年,第462页。

汁儿做此"客观持平"之论。还是地道北平人梁实秋("自从离开北平，想念豆汁儿不能自已")，更能道出喝"豆汁儿之妙"："一在酸，酸中带馊腐的怪味。二在烫，只能吸溜吸溜地喝，不能大口猛灌。三在咸菜的辣，辣得舌尖发麻。越辣越喝，越喝越烫，最后是满头大汗。我小时候在夏天喝豆汁儿，是先脱光脊梁，然后才喝，等到汗落再穿上衣服。"[1]

"豆汁儿"用来鉴别"北平人"的地域自我认同，但"苋菜梗"则更被上升为一种道德精神的象征。周作人说：

> 《邵氏闻见录》云："汪信民常言，人常咬得菜根则百事可做，胡康侯闻之击节叹赏。"俗语亦云："布衣暖，菜根香，读书滋味长。"明洪应遂作《菜根谭》以骈语述格言，《醉古堂剑扫》与《婆罗馆清言》亦均如此，可见此体之流行一时了。咬得菜根，吾乡的平民足以当之，所谓菜根者当然包括白菜齐菜头，萝卜芋艿之类，而苋菜梗亦附其下……[2]

"咬得菜根，百事可做"，曾为当时南京高等师范学校的校训。浓缩于格言谚语之中的味觉经验，不仅仅是对一种日常食物的肯定，而且是将一种生活方式建构为"社会心理空间"，个人的生命记忆只有纳

---

1 梁实秋：《豆汁儿》，原载《雅舍谈吃》，见《梁实秋散文》，第四集，北京：中国广播电视出版社，1989年，第55页。
2 周作人：《苋菜梗——草木虫鱼之四》，原载《看云集》，开明书店，1932年初版，见《知堂美文》，北京：文化艺术出版社，2000年，第144—145页。

入这一空间中才能获得意义,得到解释。在或一意义上,尤其是对异常之味的癖好,当然最能凸显对某种文化价值的坚持了。

物理人情

"故乡的食物"是不是真的那么好吃?鲁迅在他的《朝花夕拾·小引》中说:"我有一时,曾经屡次忆起儿时在故乡所吃的蔬果:菱角、罗汉豆、茭白、香瓜。凡这些,都是极其鲜美可口的;都曾是使我思乡的蛊惑,后来,我在久别之后尝到了,也不过如此;惟独在记忆上,还有旧来的意味留存。他们也许要哄骗我一生,使我时时反顾。"[1]梁实秋也表述过类似的经验,他忆起童年"留下不可磨灭印象"的糯米藕,后来已取吃甚易;或抗战复员还乡再尝"痴想了七八年"的羊头肉,"老实讲,滋味虽好,总不及在痴想时所想象的香"。[2]这种经验可以在心理学上得到解释。某种心理学理论认为,凡"记忆"都是一种"追忆",即记忆不是一种过去经验的"复制",而是一种"重构"。记忆不是孤立地回顾事件,而是将细节意象构成"有意义的"叙述系列。在这种重构过程中,一系列童年经验,主体对现在的"自我"、过去的"自我"的体验都被卷了进来。重尝"故乡的食物",意味着面对"昔我"与"今我"之间的心理差异。

张爱玲论及周作人谈吃的有关文字时,以她惯有的尖峭语调指出:来来去去都是冬笋之类,不见得怎么好吃,只是由于怀乡症与童年的

---

1 鲁迅:《朝花夕拾·小引》,见《鲁迅作品精华》,第二卷,香港:三联书店,1998年,第132页。
2 梁实秋:《馋》,见《雅舍小品》,北京:文化艺术出版社,1999年,第298页。

回忆，便自称馋涎欲滴。[1]其实几乎所有的怀乡散文都涉及童年经验，由"童年视角"出发，日常的吃食自有一番亲切，罕有的珍稀物品则平添了"此情难再"的怀恋。即以张爱玲这个都市人来说，也会忆起小时候"田上人带来的""黏黏转"（"未成熟的青色麦粒，下在滚水里，满锅的小绿点子团团急转，吃起来有一股清香"）和"大麦面子"（"暗黄色的面粉，大概干焙过的，用滚水加糖调成稠糊，有一种焦香，远胜桂格麦片。藕粉不能比，只宜病中吃。"）。[2]这"黏黏转"大约是佃户用来"孝敬"主人家"尝鲜"的产品，农人自己未必吃得起。"大麦面子"却是北方（安徽无为州）的日常吃食，其功用正与江浙郑板桥的"炒米"、汪曾祺的"焦屑"同。但对都市孩童来说，便都成了稀罕之物，印象深刻历久难忘。

因是童年经验，与故乡的食物相关联的便常常是亲情的忆念。一种情况是食物为亲人亲手所制。梁实秋津津乐道者为他母亲手制的"核桃酪"：全家一起动手为核桃仁剥皮，刮红枣泥，捣白米浆，用黑黝黝的小薄铫煮，守在一旁看着防溢出，很快一铫核桃酪就煮得了。"放进一点糖，不要太多。分盛在三四个小碗（莲子碗）里，每人所得不多，但是看那颜色，微呈紫色，枣香、核桃香扑鼻，喝到嘴里黏糊糊的、甜滋滋的，真舍不得一下子咽到喉咙里去。"[3]通篇只讲"核桃酪"的制法与过程，然而阖家欢的氛围尽出，如在眼前。

1　张爱玲：《谈吃与画饼充饥》，见林恒、袁元编《讲吃》，海口：海南出版社，2000年，第256页。
2　同上。
3　梁实秋：《核桃酪》，原载《雅舍谈吃》，见《梁实秋散文》，第四集，北京：中国广播电视出版社，1989年，第34—35页。

另一种情形是与亲人一同进食。汪曾祺多次写到"干丝",一种特制的豆腐干,较大而方,用薄刃快刀片成薄片,再切为细丝。烫干丝。在开水锅中烫后,滗去水,在碗里堆成宝塔状,浇以麻油、好酱油、醋,即可下箸。汪曾祺回忆道:"我父亲常带了一包五香花生米,搓去外皮,携青蒜一把,嘱堂倌切寸段,与干丝同拌,别有滋味。这大概是他的发明。干丝喷香,茶泡两开正好,吃一箸干丝,喝半杯茶,很美!"[1]其中对父亲的追忆之情,尽在不言中。另一段讲"鳜鱼"的文字,更为简洁朴实:"1938年,我在淮安吃过干炸鲑花鱼。活鳜鱼,重三斤,加花刀,在大油锅中炸熟,外皮酥脆,鱼肉白嫩,蘸花椒盐吃,极妙。和我一同吃的有小叔父汪兰生、表弟董受申。汪兰生、董受申都去世多年了。"[2]几乎是平铺直叙,亲人名字的重复节奏,深蕴沧桑感慨。"故乡的食物"固然只是个人生命史上某些可以纪念的亮点标记,但"进食"从来就不是纯粹的"个人行为"。不夸张地说,人之初从哺乳开始就已经被卷入社会的群体活动之中。因此,散文家的味觉记忆中牵连如此多的人情伦理,就是"题中应有之义"了。

时空差异

怀乡症里包含了时空差异,所谓"故乡的食物",涉及了今昔之比,异地他乡与故里老家之比。

---

1 汪曾祺:《干丝》,见《独坐小品》,银川:宁夏人民出版社,1996年,第241—242页。
2 汪曾祺:《鱼我所欲也》,见《独坐小品》,银川:宁夏人民出版社,1996年,第245页。

故乡的食物 | 319

或曰现代交通发达，物流畅顺，再加上防腐与急冻技术的进步，如今安居一处，已可尝到"环球化"的佳肴，足以安抚乡愁之思了。这种说法里暗含了"科技至上"的现代迷思，漫说技术层面远未尽善尽美，其实并不能真的做到物畅其流，人遂其愿。何况还有许多"非技术因素"必须考虑在内。散文家每每写到异日他乡吃到久已怀念的某食物，却往往不是名不副实，便是聊胜于无。梁实秋在中国台湾地区，听一朋友说有一家馆子卖"豆汁儿"，兴冲冲偕往一试："乌糟糟的两碗端上来，倒是有一股酸馊之味触鼻，可是稠糊糊的像麦片粥，到嘴里很难下咽。"结论是："到什么地方吃什么东西，勉强不得。"[1]汪曾祺抗战时在昆明住过七年，视昆明为第二故乡，说起昆明菜如数家珍。前几年回昆明重尝"汽锅鸡"，感觉是——"索然无味"！吃"过桥米线"，也是如此。究其原因有三。

一曰"原料"。以前的汽锅鸡用的是"武定壮鸡"（云南武定特产，阉了的母鸡），现在已经买不到了。连在武定吃汽锅鸡，用的也不是"壮鸡"。过桥米线本来也应该是用武定壮鸡做的汤。

二曰功夫。有些菜需要"慢工出细活"，如今已没有这等耐烦功夫。譬如淮扬一带的"狮子头"，以前讲究"细切粗斩"，先把肥瘦各半的硬肋肉切成石榴米大，再略剁几刀。现在是一塌括子放进绞肉机里一绞，求其鲜嫩，实不可能。

三曰人和。从前的饭馆老板、厨师与老主顾是相熟识的，客人甚

---

[1] 梁实秋：《豆汁儿》，原载《雅舍谈吃》，见《梁实秋散文》，第四集，北京：中国广播电视出版社，1989年，第55页。

至连常坐的座位都是固定的。如今流动人口多,吃了就走,"人一走,茶就凉",馆子里不指望做回头生意。厨师手下无"情",客人口中无"义",如何能及以前那种因融洽的人际关系带来的味觉享受?[1]

"原料"确有其不能离开某地域的特殊性。周作人说他在北京一直连续住了四十多年,中间没有回过南方,异乡的生活已经习惯了,但时常还记忆起故乡的吃食来,"主要的是食品里的笋,其次是煮熟的四角大菱,果子里的杨梅"。他又引清宗室遐龄著《醉梦录》里,记浙江山阴人莫元英诗中一联曰:"五月杨梅三月笋,为人何不住山阴?"不说杨梅单说笋:"新鲜的笋——毛笋,而这鲜笋与新杨梅一样,却是经不起转手的东西。冬笋和鞭笋还好一点,可以走点远路,若是毛笋、淡笋之类请它坐飞机也不行,它们就是从头不宜出行的。你若是要请教它,只有移樽就教的一个法子。"[2]

所谓"新"与"鲜","时令"在这里起了莫大的作用。梁实秋谈到北平人的"馋"而不至于"真个馋死"或因"馋"而至倾家荡产,是因为"大抵好吃的东西都有个季节,逢时按节的享受一番,会因自然调节而不逾矩"。这一段,活画一幅北平四季饮食风物图,文字虽长,值得全引:

> 开春吃春饼,随后黄花鱼上市,紧接着大头鱼也来了,恰巧这时候后院花椒树发芽,正好掐下来烹鱼。渔季过后,青蛤当令。

---

[1] 参见汪曾祺:《〈知味集〉后记》,《独坐小品》,银川:宁夏人民出版社,1996年,第219—221页。
[2] 周作人:《闲话毛笋》,原载《新晚报》,香港,1964年7月14日,见《知堂美文》,北京:文化艺术出版社,2000年,第161—162页。

紫藤花开，吃藤萝饼，玫瑰花开，吃玫瑰饼；还有枣泥大花糕。到了夏季，"老鸡头才上河哟"，紧接着是菱角、莲蓬、藕、豌豆糕、驴打滚、艾窝窝，一起出现。席上常见水晶肘，坊间唱卖烧羊肉，这时候嫩黄瓜、新蒜头应时而至。秋风一起，先闻到糖炒栗子的气味，然后就是炰烤涮羊肉，还有七尖八团的大螃蟹。"老婆老婆你别馋，过了腊八就是年。"过年前后，食物的丰盛就更不必细说。一年四季的馋，周而复始的吃。[1]

味觉记忆的时间形式可分为两种：其一是"一次性"的、无法重复的，发生在某年某月某日，可以在个人生命史的直线编年上定点标记，叙述者是单数第一人称的"我"，通常以"此情难再"或"毕生难忘"为其基本主题；其二是非线性的、循环往复的，以日、月、季、年为单位周而复始，进食行为与周围的物质环境有相对稳定的意象联系，叙述者通常是复数第一人称的"我们"（"越人""北平人"），经由叙述将个体生命记忆纳入社群记忆（风俗）之中。"时令"正是中国文化中周而复始的单位。这种圆形循环的记忆具有某种"永恒"的意味，为现代历史宏观叙述模式所不容，只能见于口述史或散文小品之中也。

味觉表述

汪曾祺曾替出版社编过一本"作家谈饮食文化"的书，书名叫"知

---

[1] 梁实秋：《馋》，见《雅舍小品》，北京：文化艺术出版社，1999年，第299页。

味集",并为此书亲撰了"征稿小启"和"后记"。其"征稿小启"是一篇短小精悍的散文,文曰:

> 浙中清馋,无过张岱,白下老饕,端让随园。中国是一个很讲究吃的国家,文人很多都爱吃,会吃,吃得很精;不但会吃,而且善于谈吃……凡不厌精细的作家,盍乎兴来。八大菜系、四方小吃,生猛海鲜、新摘园蔬,暨酸豆汁、臭千张,皆可一谈。或小市烹鲜,欣逢多年之故友;佛院烧笋,偶得半日之清闲。婉转亲切,意不在吃,而与吃有关者,何妨一记?作家中不乏烹调高手,卷袖入厨,嗟咄立办;颜色饶有画意,滋味别出酸咸;黄州猪肉、宋嫂鱼羹,不能望其项背。凡有独得之秘者,倘能公之于世,传之久远,是所望也……[1]

这"小启"把文人写吃的"境界"立得蛮高,待到写"后记"的时候,便发现实际情形远没有那么"理想"。"八大菜系"里只有一篇谈到"苏帮菜"的,其余各系均付阙如。谈小吃的多,谈大菜的少(只有一篇王世襄谈糟熘鱼片的)。谈豆腐的倒有好几篇,豆腐是中国最好的东西,但在文集中显得过于突出,不成比例,等等。其中最重要的一点,是证明了"味觉表述"之难。汪曾祺说:"书名起得有点冒失

---

[1] 汪曾祺:《〈知味集〉征稿小启(代序)》,见《汪曾祺全集》,第四卷,北京:北京师范大学出版社,1998年,第464页。

了。'人莫不饮食也,鲜能知味也。'知味实不容易,说味就更难。"[1]人类感觉中以味觉的内容最丰富,最善于变化,也最难形容描摹。据古籍所载,商初大臣伊尹就说过:"鼎中之变,精妙微纤,口弗能言,志不能喻。"(《吕氏春秋·本味》)汪曾祺还说:"从前有人没吃过葡萄,问人葡萄是什么味道,答曰'似软枣',我看不像。'千里莼羹,末下盐豉',和北方的酪可谓毫不相干。山里人不识海味,有人从海边归来盛称海错之美,乡间人争舐其眼。此人大概很能说味。我在福建吃过泥蚶,觉得好吃得不得了,但是回来之后,告诉别人,只能说非常鲜、嫩,不用任何佐料,剥了壳即可入口,而五味俱足,而且不会使人饱餍,越吃越想吃,而已。"[2]这"而已"两字,就透着语言对味觉表述的无能为力。

其实周作人对于张爱玲所厌烦的他翻来覆去谈故乡的冬笋毛笋之类的文字,他自己就深知此中滋味不足为外乡未尝过之人道也,乃举禅宗说法为例,说:"直接的办法既然不可能,只好仍用间接的比喻的方法。"禅宗和尚因人问涧水深浅,觉得最好的办法是将那人推下水去就会明白,但对方可能疑心你是要害命,所以只好用问答的方法对付。说到毛笋如何好吃,也只好以"肥甘"一词相对,甚至不惜掉书袋,说就是孟子说"为肥甘不足于口欤"的那个肥甘。[3]以"肥甘"来形容

---

[1] 汪曾祺:《作家谈吃第一集——〈知味集〉后记》,见《汪曾祺全集》,第四卷,北京:北京师范大学出版社,1998年,第456页。
[2] 同上,第464页。
[3] 周作人:《闲话毛笋》,原载《新晚报》,香港,1964年7月14日,见《知堂美文》,北京:文化艺术出版社,2000年,第163页。

毛笋或萝卜的滋味确实妙不可言,但终究难以令人想象到底如何鲜美,鲜美到离乡四十年仍梦绕魂牵。

因此这"故乡的食物"就不能单写"味觉",而必须是"色香味俱全"地写,写产地风景,写制法技艺,写器皿,写食肆环境,写进食的"仪式",将味觉记忆转化为视觉形象。有时更加入声音:烹调时的声音,上菜时的声音,乃至叫卖的声音。像汪曾祺写"枸杞头":"春天的早晨,尤其是下了一场小雨之后,就可以听到叫卖枸杞头的声音。卖枸杞头的多是附郭近村的女孩子,声音很脆,极能传远:'卖枸杞头来!'枸杞头放在一个竹篮子里,一种长圆形的竹篮,叫作元宝篮子。枸杞头带着雨水,女孩子的声音也带着雨水。……枸杞头也都是凉拌,清香似尤甚于荠菜。"[1] "清香"何所谓?就是"坐在河岸边闻到春水涨上来时的味道"!

张爱玲的妙喻一语惊人,竟把嗅觉经验比作"警报":"在上海我们家隔壁就是战时天津新搬来的吉士林咖啡馆,每天黎明制面包,拉起嗅觉的警报,一股喷香的浩然之气破空而来,有长风万里之势,而又是最软性的闹钟,无如闹得不是时候,白吵醒了人,像恼人春色一样使人没奈何。有了这位'芳'邻,实在是一种骚扰。"[2] 嗅觉通着味觉,故恼人如此。

味觉与语言的关系,在中国文化中最是可堪玩味。一方面借助语言"说味""品味",反过来又以"味"说文品诗,说某君"语言无味,

---

[1] 汪曾祺:《故乡的野菜》,见《汪曾祺全集》,第五卷,北京:北京师范大学出版社,1998年,第333—334页。
[2] 张爱玲:《谈吃与画饼充饥》,见林恒、袁元编《讲吃》,海口:海南出版社,2000年,第263页。

面目可憎",说某一首诗得"味中味"或"味外味"。或曰"滋味说"为中国诗论的核心之一,论者乃可信手拈出诗例无数。如欧阳修《六一诗话》评梅圣俞诗:"近诗尤古硬,咀嚼苦难啜,又如食橄榄,真味久愈在。"二十世纪中国怀乡散文中的"故乡的食物"主题,既是"说味之文",又是"得味之文"。在这动乱流离漂泊的年代,因其对故里风物的一往情深,将个体生命记忆汇入群体叙说之中,遂为中国语言文化平添了几许"真味""至味",令人回味久之。

宵夜、消夜与夜宵

夜里吃的点心,叫"消夜",近人常写成"宵夜",两者通用。不过这是中国香港人与中国台湾人的叫法。上海人直截了当,就叫"夜点心"。北京人却将"宵夜"两字颠倒,叫作"夜宵儿"。把这后头的儿化韵抹去,就变成了规范化普通话里的"夜宵"。北京方言因了种种优势,与"民族—国家"语言关系密切,总是占尽先机。连广州人,也跟首善之区保持一致,夜里上街觅食,不说"去食宵夜"而说"去食夜宵"。你查《现代汉语词典》(北京:商务印书馆,1978年),会发现"夜宵,夜消(~儿)"条下,释文为:"夜里吃的酒食、点心等",而"消夜"条下,则注明为"方言",一词有两义:"1.夜宵儿。2.吃夜宵儿。"可见"宵夜"或"消夜"的说法,相对于现代国家语言中心肯定的"夜宵",已沦为边缘。

这"现代"始于何时,殊难查考。至少在二十世纪的上半叶,"消夜"仍占主导地位。如"五四"新文学的小说名篇,许地山的《缀网劳蛛》里,"消夜"的一词两义,就同时出现。仆人问夫人:"消夜已预备好了,端上来不?"夫人答道:"方才我也忘了留史夫人在这里消夜,我不觉得十分饥饿,不必端上来,你们可以自己方便去。"前句

"消夜"是名词指的是点心,后句动宾词组说的却是吃点心了。

这两义,从语源学角度看,应是后一义为先起。"消夜"为一种活动,内容丰富,吃点心只是其中之一。这点心的名字,宋代已称作"消夜果"或"消夜果儿"。除夕守岁熬夜,乃必备之物。周密《武林旧事·岁除》:"后苑修内司冬进消夜果儿,以大盒簇钉凡百余种,如蜜煎珍果,下至花饧萁豆。"古人称点心为"果子",这在现代日本语中仍保留着。南宋朝廷偏安杭州,除夕消夜也不怠慢,点心从高档御品到一般平民食品共一百多种。平民百姓大约也不会空腹熬夜,自有粗淡果子应景。后来商品流通,各式消夜果也可能由南方销售到北方,清代金农《己酉除夕》即有诗云:"桦中消夜果,风物忆南天。"

至于"消夜果"何时脱去"果"字,简称为"消夜",待考。

"消"的本义为"减",故有"消减""消损""消耗"等词。而吾人对生命中光阴时间的体验也真是矛盾,有时希望"加":"昼短苦夜长,何不秉烛游"(《古诗十九首》);有时却希望"减":"登高墉以永望,冀消日以忘忧。"(曹植《感节赋》。)消磨,消遣,排遣,打发,今人所谓"杀时间"者是也。"消"的法子,是"酒",是"棋":"青山不厌三杯酒,长日唯消一局棋"(李远);或是"书":"长日惟消满架书。"(刘基)说是"消日",真正要对付的却是"愁"与"忧":"愁里难消日,归期尚来年"(岑参)。生命中不能承受之无聊与"烦",古人叫作"闲":"三杯两盏,遣兴消闲。"(洪昇《长生殿》。)这些说的都是平常日子,若是遇着酷暑严寒长夜,就更难消磨排遣,故有"消夏""消寒""消暑"等词。如今解作"避暑""避寒",是"走为上"的简捷法子,不及原先的纠缠厮磨难分难解来得深刻。寒暑犹可避,漫漫长夜,独自怎生得黑?"酒"当然是少不得的,连酒都没有怎么办？——"无酒能消夜，随僧早闭门。"（方干《冬夜泊僧舍》。）在我等俗人，寒夜无酒，一碗滚烫的馄饨面捧得在手，也是好的。

这"消磨"，也就极容易转化为"消受"。中国文人强说愁的居多，平民百姓更是乐观实用。多样化的"消夜"方式，缩减为"夜点心"一项，良有以也。但近年上海人也开始不说"夜点心"，改说"去消夜"了。原因并非复古，也不单是南风北进的影响，而是由于夜生活的内容已远远超出吃点心一项，酒食乃至酒席，还有卡拉OK，笙歌夜夜，不知今夕何夕。这当然是"消受"，也是快乐意义上的"消遣"。这年头，"消费"一词早已失却原先"消损""耗费"的意思，而成为身份增值的象征。"高消费人口"指的是有本事挥金如土的主儿。我听来自北京的朋友说，这些年北京人也有很多不说"吃夜宵儿"而说"去消夜"的。或许若干年后，《现代汉语词典》的相关条目，会因此而重作修订？

批评的位置与方法

社会批评，文化批评，或鲁迅所说的"文明批评"，或直截了当地简称为"批评"，乃是知识分子的一项重大使命。"批评必须把自己设想成为了提升生命，本质上就反对一切形式的暴政、宰制、虐待；批评的社会目标是为了促进人类自由而产生的非强制性的知识。"[1]

本文将以鲁迅与赛义德的批评实践为例，"双焦点"地讨论知识分子在实行此一使命时所处的"位置"问题，以及与此相关的"方法"问题。

彷徨于无地

赛义德在《东方主义》的导言里谈论他面对大量的殖民主义资料时进行学术写作的困境：太教条的一般概括或太实证的具体描述所产生的曲解与不准确。前者一言以蔽之地论证形形色色的文本都贯穿了

---

[1] 赛义德：《世界·文本·批评家》，1983年，第29页。

"欧洲优越论"和"种族主义"的主导思想，如此就会"在令人不可接受的一般描写的层面上写出粗糙的论战"。后者将写出"原子论式的细密分析"，却迷失了这个领域中"一般线索的全部轨迹"。

要走出这种方法困境或视觉困境，赛义德认为，必须涉及他所说的"我自己的当代现实"的三个主要方面：一、纯知识与政治知识之间的区别；二、方法论问题（策略定位与策略构形）；三、个人的维度。前两个方面都与第三个方面密切关联，让我们先来看看何谓"个人的维度"。

赛义德引用了葛兰西《狱中札记》中的一段话："批评阐述的起点是意识到一个人的真实所是，是作为迄今为止的历史进程之产物的'认识你自己'，它已经在你内心积累了无限的踪迹，却未留下一个清单。"他强调指出紧接着的一句话（唯一的一部英文译本却"莫名其妙地"漏译了）："因此，有必要在一开始就编纂出这样一个清单来。"[1]

有意识地生产这样一个清单，赛义德认为非常重要。这个清单说来话长，大致可以用"生活在美国的巴勒斯坦人/巴勒斯坦裔美国人"来概括。在我看来，批评的位置即由如下两方面划定：一是现实经验的历史积累，二是个人身份的复杂构成。而这位置当然是游动的，越界的，或者用赛义德回忆录的书名来说，是"无家可归"或"格格不入"（Out of Place）的。这就是知识分子真正的位置，不管你是不是具有离乡背井的现实经验。

1　赛义德：《东方主义·导言》，见《赛义德自选集》，北京：中国社会科学出版社，1999年，第8—9、25页。

批评的位置与方法 | 331

地理"中间物"

"无地彷徨",应也是鲁迅贯穿一生的切身体验。早年"走异路,逃异地,去寻求别样的人们",中年以后由绍兴"逃到"北平,然后厦门、广州、上海。上海十年,其实也经常要"逃"。经典的一次经历,便是出门去参加一个集会,不带门钥匙,以显示不准备回来的决心。一方面,被国民党浙江省党部通缉令斥为"堕落文人"终生未能踏入故乡地界;另一方面,却被左翼战友攻击为"封建余孽""双重的反革命"和"法西斯谛"。这种被迫"横站"的身姿,最重要的,仍然是社会位置的"格格不入"。

鲁迅在1927年年底离开广州到上海,在几所大学做了一些演讲,其中的两篇演讲词的题目是"文艺与政治的歧途"和"关于知识阶级"。正如钱理群所说,这里包含了鲁迅晚年(二十世纪三十年代)思考与实践的核心问题。"真的知识阶级"不但不听指挥刀的将令,而且勇于发表倾向民众的意见,"不顾利害","想到什么就说什么"。此即赛义德之所谓"向权势说真话"。然而这"真的知识阶级""所感受的永远是痛苦",因为"在皇帝时代他们吃苦,在革命时代他们也吃苦"。"然而知识阶级将怎么样呢?还是在指挥刀下听令行动,还是发表倾向民众的思想呢?要是发表意见,就要想到什么就说什么。真的知识阶级是不顾利害的,如想到种种利害,就是假的,冒充的知识阶级;只是假知识阶级的寿命倒比较长一点。像今天发表这个主张,明天发表那个意见的人,思想似乎天天在进步;只是真的知识阶级的进步,决不能如此快的。不过他们对于社会永不会满意的,所感受的永远是痛苦,所看到的永远是缺点,他们预备着将来的牺牲,社会也因为有了他们而热闹，不过他的本身——心身方面总是苦痛的；因为这也是旧式社会传下来的遗物。"（鲁迅：《关于知识阶级》，见《集外集拾遗补编》）即如赛义德在美国被人称为"恐怖教授"，犹太极端分子烧毁他在哥伦比亚大学的办公室；但在巴勒斯坦，秘密警察也一样禁了他的书。

鲁迅的"历史中间物"的思想如今已广为人知，这是时间的进化链上的环节相替。对他自己一再强调的空间的"地理中间物"状态则显然注意得不够。"两间余一卒，荷戟独彷徨。""肩着黑暗的闸门"这姿态既英勇又尴尬。而"影的告别"彷徨于明暗之间，彷徨于无地。单是集子的书名，也能突显鲁迅言说位置的"中间物"状态。"南腔北调"标示了国（族）语时代流离者方言乡音的驳杂不纯，"二心集"涉及的是赛义德所谓"多重忠诚"的问题，"且介亭"（半租界）不但是居住的空间位置，更凸显了被殖民带来的暧昧发言位置。

由这样一个位置，"代表"或"再现"的问题就显得非常审慎。赛义德揭露欧洲如何发明"东方"，却不愿意指证"真正的东方"是什么样子。因为这样做他就变成他笔下的"东方主义者"，将一种想象强加给自己的族人。鲁迅一直怀疑自己的笔是否真的画出了国人的灵魂，逃"导师"的纸冠唯恐不及，最不相信的是翻着筋斗，摇身一变（用赛义德的术语是"改宗"），指着自己的鼻子说"唯我代表了无产阶级"的革命文学家。

对位阅读法

这样一个流动的位置，除了彷徨、苦痛、格格不入，正面的有利之处也应该强调。"大多数人主要知道一个文化、一个环境、一个家。流亡者至少知道两个；这个多重视野产生一种觉知：觉知同时并存的面向，而这种觉知——借用音乐的术语来说——是对位的（contrapuntal）……流亡是过着习以为常的秩序之外的生活。它是游牧的、去中心的、对位的；但当一习惯了这种生活，它撼动的力量就再度爆发出来。"（赛义德：《寒冬心灵》，1984年，第55页）所谓对位批评，赛义德曾经在他的《文化和帝国主义》里做过详细的阐述："在西方古典音乐的旋律配合里，各种主题相互掣肘，任何特定的主题只能暂时不受节制；然而在作为结果而产生的复调音乐里，却有着协奏和秩序，一种有组织的相互作用。"在旋律配合（counterpoint）里，配合是个对抗的术语，而在旋律配合的音乐技巧里，会出现"音调对音调"的短句。赛义德论证说，"按照同样的方式"，反帝国的主题可以针对迄今许多西方文化杰作的主流解释来阅读。（赛义德：《文化和帝国主义》，第55页）例如吉卜林，可以是一个帝国主义者，一个东方主义者，也可以是一个伟大的作家。令赛义德真正感兴趣的，正是"这两种情形共存"。

对赛义德来说，多重参照的视觉带来"惊奇"。鲁迅则着眼于"从旧垒中来，情形看得较为分明，反戈一击，易制强敌的死命"。从方法上讲，赛义德的"对位阅读法"取喻音乐，关键在于"通过现在解读过去"，"回溯性地和多调演奏性地"来阅读，这无疑得自于他深味了地缘政治的不同主题的变异和连接。而鲁迅对音乐不感兴趣，爱好的反而是赛义德感到"视觉惶恐"的绘画，但显然也分享了他的"年代错位法"，最拿手的"文明批评"，是证明"过去并没有过去"。

赛义德曾经引过一位记者的话说："作为一个记者，必须在一种假设下工作，即所有政府的官方报道都是弄虚作假。"这里涉及的是权力与叙事的关系。赛义德说,知识分子的社会角色就是提供另类的叙事版本,从知识上、道德上、政治上引发讨论。"知识分子是具有能力'向'(to)公众以及'为'(for)公众来表征、具现、表明讯息、观点、态度、哲学或意见的个人。而且这个角色也有尖锐的一面,在扮演这个角色时必须意识到其处境就是公开提出令人尴尬的问题,对抗(而不是产生)正统与教条,不能轻易被政府或集团收编,其存在的理由就是表征那些惯常被遗忘或弃置不顾的人们和议题。知识分子这么做时根据的是普遍的原则:在涉及自由和正义时,全人类都有权期望从世间权势或国家中获得正当的行为标准;必须勇敢地指证、对抗任何有意或无意违反这些标准的行为。"[1]

我由此想到的是鲁迅关于援引"野史"来质疑"正史",关于扫除"瞒与骗",关于"读字里行间",关于"推背图"等一系列用于阅读权势者叙事的方法。

"推背图"法

所谓"推背图"法,鲁迅说是"从反面来推测未来的情形":"上月的《自由谈》里,就有一篇《正面文章反看法》,这是令人毛骨悚然的文字。因为得到这一个结论的时候,先前一定经过许多苦楚的经验,见过许多可怜的牺牲。本草家提起笔来,写道:砒霜,大毒。字不过四个,但他却确切知道了这东西曾经毒死过若干性命的了。"这方法来

---

[1] 赛义德:《知识分子论》,台北:麦田出版公司,1997年,第48—49页。

源于痛苦与牺牲，来源于读者的"当代现实"，但是"推背图"法要比"正面文章反看法"复杂得多。为什么呢？因为"我们日日所见的文章，却不能这么简单。有明说要做，其实不做的；有明说不做，其实要做的；有明说做这样，其实做那样的；有其实自己要这么做，倒说别人要这么做的；有一声不响，而其实倒做了的。然而也有说这样，竟这样的。难就在这地方"（鲁迅：《伪自由书·推背图》）。

"说"与"做"，"明"与"暗"，"自己"与"别人"，"这样"与"那样"，排列组合，变幻莫测。这是做文章之难，也是读文章之难。

官方叙事的文本总是存在着不可为外人道的解读密码。鲁迅在他晚年的一篇类乎"童话"的杂文中揭示了这一点：

> 有一个时候，有一个这样的国度。权力者压服了人民，但觉得他们倒都是强敌了，拼音字好像机关枪，木刻好像坦克车；取得了土地，但规定的车站上不能下车。地面上也不能走了，总得在空中飞来飞去：而且皮肤的抵抗力也衰弱起来，一有紧要的事情，就伤风，同时还传染给大臣们，一齐生病。
>
> 出版有大部的字典，还不止一部，然而是都不合于实用的，倘要明白真情，必须查考向来没有印过的字典。这里面很有新奇的解释，例如："解放"就是"枪毙"；"托尔斯泰主义"就是"逃走"；"官"字下注云："大官的亲戚朋友和奴才"；"城"字下注云："为防学生出入而造的高而坚固的砖墙"；"道德"条下注云："不准女人露出臂膊"；"革命"条下注云："放大水入田地里，用飞机载炸弹向'匪贼'头上掷之也。"
>
> 出版有大部的法律，是派遣学者，往各国采访了现行律，摘

取精华，编纂而成的，所以没有一国，能有这部法律的完全和精密。但卷头有一页白纸，只有见过没有印出的字典的人，才能够看出字来，首先计三条：一，或从宽办理；二，或从严办理；三，或有时全不适用之。[1]

"可箝而纵，可箝而横……可引而反，可引而覆。虽覆能复，不失其度。"鲁迅曾说《鬼谷子》里的这一段最是可怕。鲁迅指出官方文本中的编码秘密，指出能指与所指的"不同一性"，而隐瞒这种"不同一性"正是权力运作的奥妙之所在。与当代新儒家天真无邪地相信历史上的官方记载大为不同，鲁迅认为必须参考行政施法时的"老手段"一起阅读："中国老例，凡要排斥异己的时候，常给对手起一个诨名——或谓之'绰号'。这也是明清以来讼师的老手段；假如要控告张三李四，倘只说姓名，本很平常，现在却道'六臂太岁张三'，'白额虎李四'，则先不问事迹，县官只见绰号，就觉得他们是恶棍了。月球只一面对着太阳，那一面我们永远不得见。歌颂中国文明的也唯以光明的示人，隐匿了黑的一面。譬如说到家族亲旧，书上就有许多好看的形容词：慈呀，爱呀，悌呀……又有许多好看的古典：五世同堂呀，礼门呀，义宗呀……至于诨名，却藏在活人的心中，隐僻的书上。"[2]因此历史不是别的什么史，而是效果的历史，鲁迅简单地概括为"儒效"二字。

---

[1] 鲁迅：《且介亭杂文末编·写于深夜里》，见《鲁迅全集》第六卷，北京：人民文学出版社，1981年。
[2] 鲁迅：《华盖集·补白》，见《鲁迅全集》第三卷，北京：人民文学出版社，1981年。

当"正人君子"们占据了"公理""正义"等"好看的名目",鲁迅却认为必须揭示"麒麟皮下的马脚"。这令人联想到鲁迅早年心仪的尼采,以及赛义德引用尼采的这段总结性话语:"什么是真理?真理是一支游动的军队,是一大群隐喻、转喻和拟人化方式;是经过诗化、修辞加工后被换位、被修饰得十分凝练的人类关系总和;这些关系在经过长时间的使用后对于某一个民族而言意味着不变、经典,且具有约束力。真理就是幻象,只不过我们忘了这一事实而已。真理是隐喻,但它们已经陈旧不堪,毫无感官力量,它们如同钱币失去了喻义而仅仅是金属。"真理是历史的产物,它借助社会、政治和语言机构而继续生存。知识分子的使命是对权势说真话,其中的一种方法是重新激活那些隐喻和转喻,使真理历史化,也就是说,使被污辱被损害的人的声音浮出地表。

白话经典·八股眼光·才子文心
——金圣叹的"六才子书"及其评点在现代

"五四"与金圣叹

"五四"新文化运动的先驱倡"白话"黜"文言",推动"文学革命",成效之速,陈独秀视经济变革为"最后之因",胡适则喻为"逼上梁山"。[1]两者都说到了"势"。这"势",大而言之当然是救亡图存、西学东渐、共和革命,"被迫的和迟到的现代化";小而言之则有晚清以来的白话报刊,考试改八股为策论直至废科举,黄遵宪的"诗界革命",梁启超倡"小说为文学之最上乘",等等。决定性胜利的标志,是1920年国民政府教育部颁令改用国语、各主要大报通盘改用白话。而新"经典"的巩固,端赖胡适的《白话文学史》、鲁迅的《中国小说史略》等陆续发表并成为高校教材,奠定二十世纪讲述"中国文学"的基本范式。

在这新经典的建构过程中,金圣叹(1608—1661)三百年前手定

---

[1] 参见《中国新文学大系·建设理论集》,上海:良友图书印刷公司,1935年,第9—21页。

的"六才子书"系列及其评点,所起的作用极为微妙。一方面,把水浒西厢与庄骚马杜相提并论,当然与"白话文学正统论"大有"先得我心"之感。另一方面,金圣叹的制艺评点法,却令痛恨"桐城谬种、选学妖孽"的"五四"新文化人深感尴尬。

尊崇"白话经典",扬弃"八股眼光",这还只是"新文化运动中的'金圣叹'"的一个较浅显的层面。更深层的联系,当在由金圣叹上溯到晚明文人的"才子"传统,与"五四"现代浪漫思潮的内在连通。

"六才子书"

首次将"六才子书"说公之于世的是金批《水浒传》(崇祯十四年,1642年)。此书以"贯华堂"名义刊刻发行,题署"第五才子书施耐庵水浒传"。在这本书的《序一》里,金圣叹认为有资格的作家只有两类人,一类是圣人,一类是才子;有价值的著作也只有相应的两类,一类是经典,一类是"才子书"。以此衡量,绝大多数作家应该搁笔,绝大多数书籍应该毁弃。而"六经皆圣人之糟粕",虽显贵却不必细加研究。如此只剩下六部"才子书"值得鉴赏玩味——够资格被称为"才子"者,有这六位:

> 夫古人之才也者,事不相延,人不相及。庄周有庄周之才,屈平有屈平之才,马迁有马迁之才,杜甫有杜甫之才,降而至于施耐庵,有施耐庵之才,董解元有董解元之才。……必文成于难者,才子也。……依文成于难之说,则必心绝气尽,面犹死人者,才子也。故若庄周、屈平、马迁、杜甫以及施耐庵、董解元之书,是皆

所谓心绝气尽，面犹死人，然后其才前后缭绕，得成一书者也。

这六本书如上所述，但在史料记载中次序或有不同，且董西厢最终变成王西厢。论者多认为金圣叹的这一选单当受李卓吾之"五大部文章"说的影响。据周晖《金陵琐事》：

李卓吾，闽人，在刑部时，已好为奇论，尚未甚怪僻。尝云："宇宙内，有五大部文章，汉有司马子长史记，唐有杜子美集，宋有苏子瞻集，元有施耐庵水浒传，明有李献吉集。"

五部中有三部与"六才子书"重叠，但不足以证明其间的影响关系。但此前以李卓吾名义批评的多本说部戏曲（其中包括《水浒传》《西厢记》《琵琶记》）已经广为流行，其文笔热情犀利，见解深刻。李的思想影响了汤显祖、袁宏道、徐渭和稍后的冯梦龙等。李与金的历史联系应可在更开阔的视野里得到解释。

金批《水浒》的特点是：一、"腰斩"百二十回本为七十回本，称此为施耐庵的"真本"，并伪造一署名"东都施耐庵"的序；二、自创一套评点体例，除原有的回评、夹批、旁注之外，更增加了序一、序二、"读法"等，将整个文本"包装"在"批评"之中；三、在正文中，为了贯彻自家读书的"一副手眼"，多处润饰增删原文然后拍案叫绝，自赞自夸。评点家的策略是"内外夹攻"：外者极度排他，于文山书海中删繁就简，令"经典"屈指可数；内者伪造"真本"原文，争取一种"原初"的合法性，使文本更加符合解释者的先定原则尺度。

十四年后（顺治十三年，1656年），经历了鼎革易代的金圣叹完成了《第六才子书西厢记》的评点，又以"贯华堂"名义刊行。这部书将金批的特点发挥到炉火纯青的境界，同样是用序言读法回评夹批内外夹攻包围本文，批评风格却更加自由奔放，无拘无束，文本分析更为圆通细致，更富阅读魅力。

再过五年，金圣叹在他的绝命诗中写道："鼠肝虫臂久萧疏，只惜胸前几本书；虽喜唐诗略分解，庄骚马杜竟何如？"他的"六才子书"中，尚有四部未竣。"庄"，曾于顺治初"解衣露顶快说"一番，终未成篇，仅存《南华释名》《南华字制》两篇零札。"骚"，今存《序离骚经》一篇，可能是为晚年作"第二才子书"的总纲。"马"，虽未单独成书，《才子必读书》中却收有史记文七十九篇，几占全书四分之一，可视为"第三才子书"的雏形。"杜"，则有《唱经堂杜诗解》行世，为族兄金昌于他身后多方搜集编成，得一百六十余首，可作为"第四才子书"的半成品。

白话经典

"六才子书"最有影响的当然还是《水浒传》《西厢记》，不仅因为它们是完整"成品"，而且因为它们奠定了新兴文体的经典地位及其解读方式。这可以从反方向得到证明。这两部书"四库全书总目"自然不收，一方面固然因作者是"哭庙案"罪人，另一方面也因其书"倡乱""诲淫"。最有意思的是归庄，此人亦一狂士，与顾炎武齐名，人称"归奇顾怪"，亦曾因故亡命江湖以避清廷追缉，却著《诛邪鬼》一文，庆幸金圣叹之死，且为肃清流毒，要"诛"他"诛"到地府而后已：

> 以小说传奇迹之于经史子集，固已失伦；乃其惑人心，坏风俗，乱学术，其最不可胜诛矣！……余以其人虽死而罪不彰，其书尚存，流毒于天下将未有已，未可以其为鬼而贷之也。

清代屡将禁绝《水浒传》列入律令，且多注明"即第五才子书"，可见归庄的远虑良有以也。屡禁不绝，足证其生命力之顽强。更可怪者，金批此二书完全取代了以前各种版本，三百年间，他本尽废。郑振铎曾叹道："金氏的威力真可谓伟大无匹了。"

而"他书尽废"，却正是金氏的抱负之所在。他的怪论之一即在《水浒传·序一》中赞始皇之焚书，至于他自己的方法更妙——

> 夫身为庶人，无力以禁天下人作书，而忽取牧猪奴手中之一编，条分而节解之，而反能令未作之书不敢复作，已作之书一旦尽废，是则圣叹廓清天下之功，为更奇于秦人之火。

金批《西厢记》的功用也类乎此，请看《读法·第十三条》：

> 子弟读得此本西厢记后，必能自放异样手眼，另去读出别部奇书，遥计一二百年之后，天地间书无有一本不似十日并出。此时则彼一切不必读、不足读、不耐读等书，亦计废尽矣，真一大快事也。然实是此本西厢记始。

经典的排他、霸权，唯金圣叹在其身处边缘时表达得最痛快淋漓。三百年后，胡适以"白话文学"为"活文学"，"文言文学"为"死文

学",你死我活二元对立,引金氏为先驱自是顺理成章。以下文字可以说几乎是"欢呼般"的:

> 金圣叹是17世纪的一个大怪杰,它在那个时代,大胆宣言:说《水浒传》与《史记》《战国策》,有同等的文学价值;说施耐庵、董解元,与庄周、屈原、杜甫,在文学史上,占同样的位置。说"天下之文章,无有出水浒右者,天下之格物君子,无有出施耐庵先生右者"。这是何等眼光?何等胆气?又如他序里的一段,"夫古人之才也者,世不相延,人不相及。庄周有庄周之才,屈平有屈平之才……降而至于施耐庵,有施耐庵之才,董解元有董解元之才"。这种文学眼光,在古人中,很不可多得……这种见解,在今日还要吓倒许多老先生与少先生,何况三百年前呢?

胡适同时做了《水浒传》的考证,考出金圣叹许多"作伪"的地方,表面看来是金氏之"罪人",其实正巩固了"才子书"的新经典地位:它们都堂皇进入了现代学术研究的殿堂。依胡适晚年口述自传的说法,将章回小说作为"一项学术研究的主题,与传统的经学、史学平起平坐,乃是他本人主要的学术贡献"。[1]

但经典地位的最后巩固,当在"武松打虎"等章节选入中学语文课本之后。尽管二十世纪三十年代的"文言·白话·大众语"讨论中,有"少先生"责难说,梁山好汉口没遮拦,那个"鸟"字叫任课老师

---

[1] 《胡适口述自传》,胡适口述,唐德刚注译,合肥:安徽教育出版社,2005年。

如何向少男少女们解释，教育体制的认可始终是经典获得最后胜利的标志。

八股眼光

小说戏曲的评点，原从"古文评点"一脉相延。"古文评点"的眼光，不脱制义规矩。如张云章的《古文关键·序》说：

> 观其标抹评释，亦偶以是教学者，乃举一反三之意，且后卷论策为多，又取便于科举。

晚明徐渭、汤显祖及陈继儒等人既创作戏曲，亦评点诗文戏曲小说，其人又都是制义大家，八股文都作得极好。郭绍虞认为八股文才是有明一代的中心文体：

> 我们假使于一时代取其代表的文学，于汉取赋，于六朝取骈，于唐取诗，于宋取词，于元取曲，那么于明代毋宁取时文。时文，似乎是昌黎所谓"俗下文字，下笔令人惭"者，然而，时文在明代文坛的关系，则我们不能忽略之。正统派的文人本之以论"法"，叛统派的文人本之以知"变"。明代的文人，殆无不与时文生关系；明代的文学或文学批评，殆也无不直接间接受着时文的影响。[1]

---

[1] 郭绍虞：《中国文学批评史》，上海：上海古籍出版社，1979年，第368页。

金氏与时文的关系甚是密切，曾评选八股文，有制义才子书刊行，惜乎此书不传，无法考察他批"六才子书"是否同一副手眼。但大体言之，有两点明显出自八股眼光：一曰极重视题目，二曰要求起承转合。[1]

在《西厢记·前侯》一折的总批里，教人用"那辗"法，从题目的"其前、其后、其中间，其前之前，其后之后，中间之前，中间之后"，熟睹而看出文来：

> 而后信题固蹙而吾文乃甚舒长也，题固急而吾文乃甚纡迟也，题固直而吾文乃甚委折也，题固竭而吾文乃甚悠扬也。

"六才子书"中破题解题之处甚多，为金氏得意之处。如"水浒""西厢"四字，便详说其中深意，颇有"过度诠释"之嫌。至于"起承转合"，更是随处可见：

> 诗与文，虽是两样体，却是一样法。一样法者，起承转合也。除起承转合，更无文法；除起承转合，亦更无诗法也。学作文必从破题起，学作诗，亦必从第一二句起，方谓之诗，为其有起承转合也。不见人作文，却先作中二比也。（金圣叹：《顾祖颂等人书》，见《鱼庭闻言》，第313页）

---

[1] 陈万益：《金圣叹的文学批评考述》，台北：中国台湾大学文学院，1976年，第47—55页。

此所谓"字有字法，句有句法，章有章法"，才子书的好处，便是有一个"精严"的结构。他发明的许多术语，如"草蛇灰线""鸾胶续弦"，等等，无非此"起承转合"的发挥。他解释孔子的"辞达而已矣"，也是这个意思：

> 孔子曰："辞达而已矣。"此句为作诗文总诀。夫"达"者，非明白晓畅之谓：如衢之诸陆悉通者曰达，水道之彼此引注者亦曰达。故古人用笔，一笔必作数十笔用，如一篇之势，前引后牵；一句之力，下推上挽。后者之发龙处，即是前首之结穴处；上文之统流处，即是下文之兴波处。东穿西透，左顾右盼，究竟支分派别，而不离乎宗。非但逐首分拆不开，亦且逐语移置不得，惟达故极神变，亦惟达故极严整也。夫古人锦绣如海，不独韵言为然。[1]

此乃八股眼光的荦荦大者，至于细数潘金莲色诱武松一共叫了三十九次"叔叔"，最后欲心似火，才改称"你"之类，则犹其余事。胡适于此等地方最是不耐，直斥为机械式的批评，忘了同一篇序中刚才的欢呼了：

> 金圣叹究竟是明末的人。那时代是选家最风行的时代；我们读吕用晦的文集，还可以想见当时的时文大选家在文人界占的地位。金圣叹用了当时"选家"评文的眼光来逐句批评《水浒》，

---

[1] 金圣叹：《唱经堂才子书》，启明书局，第186页，古诗解批语。

白话经典·八股眼光·才子文心 | 347

遂把一部《水浒》凌迟碎砍，成了一部"17世纪眉批夹注的白话文范"！[1]

"五四"新文化人都是得了"新式教育"的好处，且从异邦寻得了科学的实验的方法，金氏的诸般发明，看在他们眼里，也正正如金氏口中动不动就拿来消遣的"三家村冬烘先生"一般，酸腐可笑的吧。

但二十世纪三十年代"五四"退潮之际，也有当年闯将平心静气，重估八股文的利弊的。周作人的文章（《论八股文》，刊于《骆驼草》，1932年）颇令许多新进青年不满，正见出此公不为潮流所裹挟的一面。周作人此时（1932年2—4月）刚完成在辅仁大学的八次演讲，把"中国新文学运动的源流"一直推到明代的公安竟陵；周氏的"五十自寿诗"及众人的唱和亦正发生于此后不久。由是，或可进一步探讨"五四"与"金圣叹"的深层关联："才子文心"的相通。

才子文心

明中叶之后，苏州似乎就以"才子"为"特产"，如"吴中四才子"，徐祯卿、祝允明、文徵明和唐寅"才情轻艳，倾动流辈，放诞不羁，每出名教外"[2]。其中最出名的当然要数自称"江南第一风流才子"的唐寅了。这些人虽为道学先生所憎，却得到不少大人物的赏识，如

---

[1] 胡适：《中国章回小说考证》，云水书局，1976年，第3页。
[2] 赵翼：《廿二史札记》，卷三十四，"明中叶才士傲诞之习"条。

大学士王鏊对唐伯虎"最知之深重",时与之诗酒唱和。[1]才子们"声光所及,到处逢迎,不特达官贵人倾接恐后,即诸王亦以得交为幸,若唯恐失之"[2]。唐、祝辈身后,苏州才子代不乏人,如敢对文坛盟主王世贞"抗不为礼"的梁辰鱼等,到了金圣叹的同时代,更有钱谦益、袁于令、李玉、尤侗等一批才子涌现。金圣叹自谓批评"才子书",是批给天下及后世"才子"读的,评家本人,当然更是大才子无疑。唯才子能读解才子书。金氏的傲诞诡行及身后的许多传说,更加深了其才子形象的魅力。

周作人为林语堂主编的《人间世》(1938年,1—2期)连撰二文,一曰《谈冯梦龙与金圣叹》,一曰《谈金圣叹》,很可注意。一仍知堂散文的作风,只是仿佛随意钞撮明清僻书里的史料,稍加辨正,却透露出由注重"白话经典"向"才子风范"转变的消息。譬如说他谈到,全谢山对清初大儒刘继庄"生平极许可金圣叹"为"大不可解者",是"有学问而少见识",不晓得唱歌看戏读小说听说书信占卜祀鬼神,皆人天性中之"诗、乐、书、春秋、易与礼"也。"在圣叹眼中六经与戏文原无差别",而以"文章秘妙"为主。又譬如大量掇拾各家有关金氏临刑的记载,认为廖燕的《金圣叹先生传》距金氏死时较近,当较为可信:"临刑叹曰,斫头最是苦事,不意于无意中得之。"又称金氏的散文,以伪施耐庵水浒传序为最好,《唐才子诗》卷一的论诗小札亦比洋洋大文佳,等等。这"好"的标准,便是近乎晚明小品。正如前述

---

[1] 百余年后,王鏊的后人王斫山亦与才子金圣叹相莫逆。
[2] 赵翼:《廿二史札记》,卷三十四,"明中叶才士傲诞之习"条。

周作人的《中国新文学的源流》,"晚明小品"是被视为"五四"缘情浪漫派先声的。

林语堂之创办《论语》《人间世》,提倡小品文,提倡"性灵"与"闲适",启发来自周作人,且由周氏所鼓吹的公安三袁,上溯苏东坡、陶渊明、庄周,下及金圣叹、李笠翁、袁子才,理出一条可与英美"幽默"传统相媲美的文学传承线索。此时的鲁迅却因与周、林二人交恶,作《小品文的危机》等文,不以所谓"幽默"为然,并说金圣叹临刑的表演是"将屠夫的凶残化作滑稽一笑",等等。与此同时,鲁迅又把浪漫派的另一支,转向激进革命途中的创造社的新老论敌,冠以"才子加流氓"的雅号。这一切,都正从反面坐实了"五四"现代浪漫思潮与"才子"传统的联系。这种联系,正需待"五四"退潮的二十世纪三十年代,才看得比较清楚。

金圣叹于此刻,才不单是因了"六才子书"重新界划经典的独具只眼,而且因了其"乱世文人"生存的一种"方式"进入现代文学史。

书评五则

在语言中漂流

书名：《零度以上的风景》
作者：北岛
出版：九歌出版社，1996年11月

继《午夜歌手》之后，这是北岛在中国台湾地区出版的第二本诗集，收入自1993年以来的诗共五十首。北岛的诗作多为短诗，写于1986年的长诗《白日梦》似乎是个例外。但陆续发表的多首短诗，辑为诗集出版时，正不妨将这些短诗的集合，策略地重读为一首"长诗"。于是你发现，一些反复出现的词和句子，意念和想法，使不相干的片段产生对应和参照。譬如说，那个分裂的不断地互相质询的抒情自我："我从明镜饮水／看见心目中的敌人"（《这一天》）、"你在你的窗外看你／一生的光线变幻"（《失眠》）、"一个来自过去的陌生人／从镜子里指责你"（《不对称》）、"你这不肖之子／用白云擦洗玻璃／擦洗玻璃中的自己"（《工作》）。第二人称"你"在这本诗集中频繁使用，正是一个"我"的"镜像"。这两个互相质询反诘的"自我",给诗歌带来复杂暧昧的主体声音,与北岛早年那个高亢激昂的抒情自我已大不相同。早在作于1990年的《乡音》里,第一行诗便是"我对着镜子说中文"。诚然,"祖国"的意义最终残剩为,或者凝结为"一种乡音",打长途电话回去吧,"我在电话线的另一端/听见了我的恐惧"。于是便只能在异乡对镜说中文了。如今,我们在《明镜》一诗中读到的是:"早晨倦于你/明镜倦于词语。"大约镜子也厌倦了这练习了。在北岛的诗歌词汇中,"天空"常常是大地的镜子("飘满了死者弯曲的倒影"等),但在《蓝墙》一诗中,它们之间的质询必须经由两只分离的"轮子"的作证:

道路追问天空
一只轮子
寻找另一只轮子作证

依照诗集序言作者欧阳江河的解读,这两只在道路上失散的"轮子","它们又各自为两个相互追问的自我作证:一个是在大地上漂流的自我,另一个是经历内心天路历程的自我。两者加在一起就是作者本人的自画像"。但细读《蓝墙》,似乎正可见到一辆电车,沿大道向天边疾驰。这"是汽油的欢乐",轮子驱赶轮子,道路追逐道路。天空既是道路的目标又是道路的终点,是无法逾越的障碍,是一道蓝色的墙。这是诗之路,也是诗人之路。

不少诗正以"旅行"为题。"带着书去旅行/书因旅行获得年龄/因旅行而匿名"(《旅行》)。"我们游遍四方/总是从下一棵树出发/返回,为了命名/那路上的忧伤"(《下一棵树》)。阅读在路上,写作在路上,路上不仅有忧伤,也有——"疲倦"。早在那火红的年代,我们就"疲倦得像一只瓶子/等待愤怒升起/哦岁月的愤怒"(《抵达》)。但那毕竟还是年轻人的疲倦,疲倦于太长久的等待,有如那瓶中的精灵,以愤怒来做补偿。如今,沿着生死起伏的岁月,疲倦是中年的疲倦,"你倦于死/道路倦于生"(《明镜》);"中年的书信传播着/浩大的哀怨/从不惑之鞋倒出/沙子,或计谋"(《在歧路》)。哀怨和计谋能否补偿中年的疲倦?或者,如何摆脱这些哀怨与计谋?《在歧路》的最后一段写道——

> 没有任何准备
> 在某次会议的陈述中
> 我走得更远
> 沿着一个虚词拐弯
> 和鬼魂们一起
> 在歧路迎接日落

"虚词"常常是语意语气转折之处,陈述借此从纷扰的世事中遁离,甘与亡灵为伍,在"歧路"(不是直通天边的阳关道),迎接"日落"(不是"弹孔中流出"的"血红的黎明")。

语词与道路的精警组合,构成北岛近年诗作中,历史情境与个人情境最密切交织的关键意念。在《无题(他睁开第三只眼睛……)》中,北岛写道:"在巨石后面排队的人们/等待着进入帝王的/记忆。"这当然是指参观地下陵墓,已逝权力者的言说仍笼罩活人。于是,"词的流亡开始了"。《早晨的故事》一诗进一步表明了,何以词不能不流亡,因为——

> 一个词消灭了另一个词
> 一本书下令
> 烧掉了另一本书
> 用语言的暴力建立的早晨
> 改变了早晨
> 人们的咳嗽声

早晨的"咳嗽声"这日常的生理反应，本非关词语，却也被置入语言暴力的管制之下。焚书坑儒，火光明亮如朝霞。在这种历史情境下，对于诗人来说，写作便是流亡，写诗便意味着遁离语言的暴力。对历史状况的关注，同时也意味着对语词状况的关注。"形式的大雨使石头／变得破烂不堪"（《进程》）。北岛的诗句坚执地拒绝流畅和旋律，总是删略必要的连接，充分使用截断的句式与词的多义复合，处处是语义的移位和偏离，处处对应了诗人与诗在语言中的生存状况。因此，用《二月》这首诗来"提要"整本诗集的意念，或许是可行的吧——

> 夜正趋于完美
> 我在语言中漂流
> 死亡的乐器
> 充满了冰
> 谁在日子的裂缝上
> 歌唱，水变苦

火焰失血

山猫般奔向星星

必有一种形式

才能做梦

在早晨的寒冷中

一只觉醒的鸟

更接近真理

而我和我的诗

一起下沉

书中的二月：

某些动作与阴影。

精读苏童

书名：《2000年文库——当代中国文库精读》

作者：苏童等

出版：明报出版社，2000年11月

明报出版社和《明报月刊》筹备两年，编一套《2000年文库——当代中国文库精读》，为中国内地二十世纪八十年代以来的文学精品建立"典律"，第一二两辑收王蒙、王安忆、史铁生和北岛等二十位作家的作品，从2000年夏天陆续推出。我手头拿到的是最早的四卷，作者分别是余华、莫言、贾平凹和苏童。

选本最能体现选家的文化意识、品鉴眼光和批评标准。"文库"的建立更意味着对一个世纪以来的文学作品做拣选、汰洗、总结的工作，其责任和难度皆可想而知。"文库"的构想是将"精品"聚焦于二十世纪晚期的内地文学创作，以小说为主，兼及诗歌散文，有所不（入）"围"然后有所"围"，正表明了编选者对二十世纪文学的一种理解。倘将百年文学强分"初、盛、中、晚"，则初期（二十世纪二十年代）开拓者呐喊尝试，筚路蓝缕，功不可没，但除鲁迅小说及众家散文之外，"精品"殊少；盛期（二十世纪三四十年代）奠定文类典范；中期（二十世纪五六十年代）陷入魔障，其中"精品"的汰选，最难斟酌。而这"晚期"，依潘耀明在"文库"总序里的说法，乃"灿烂期"也。如何"灿烂"？总序及书前各位顾问的"推荐语"都说得甚是分明，但对读者来说，都还是要精读了文库精品之后，才能了然于心。

  精读本的基本要求，我想无非两条，一曰选目精粹精到，二曰导读精细精辟。要求虽是"基本"，做到却不容易。即以余华、莫言、贾平凹、苏童这四位为例，大都是"高产作家"，且均以长篇、中篇小说闻名于世，欲以十万字篇幅的选本现其精粹，真是"戛戛乎难哉"。选家的策略一般是在导读里历数其长篇名著之后，就表过不提，单叙集子中所收的那一两个中篇和五六个短篇。四本之中以"苏童"卷作得最好。苏童的中长篇《妻妾成群》和《红粉》，因得了名导演张艺谋和李少红改编的电影之助，由先锋文学融入大众传播媒介，名声大噪。但他自己对短篇小说实在"情有独钟"，在这一艺术形式上所做的探讨实验却一向被评家忽视。选本独具只眼，以苏童精彩的短篇为主。刘剑梅在她的导读里指出，多样变幻的短篇形式为苏童营构出一个叙事故乡，一个王德威所说的堕落腐败而充满魅力的忧伤的"南方"。在这个空间里苏童锲而不舍地关注青少年的成长故事，九篇中《肉联厂的春天》《犯罪现场》等五篇，都着眼于其中的心理探寻。青少年是"现代性的象征符号之一"，"因为青少年不稳定的内心世界最易表现出现代性的动荡、无形和难以捉摸"。《刺青时代》中的青少年对死亡及暴力的迷恋与其成长的大革命的暴戾背景互为指涉。"少年与死亡、少年对身体的自殇和冷漠、少年躁动不安的心理及其与生俱来的嗜血症，编织成了街头的一景，一个萧条的心灵和文化世界。"刘剑梅在概述这些小说的复杂心理内涵之后，特别强调了苏童对叙述语言、语调、结构和节奏的控制能力，如何"把革命的悖论——颓废写进了革命的死亡美学之中"。

《一个礼拜天的早晨》和《灰呢绒鸭舌帽》写中年哀乐，与苏童惯有的华丽传奇色彩相比，这两篇风格迥异，如同其篇名一般，"显得非常朴素和简洁，是苏童开拓的另一小说境界"。导读对这两篇的诠释不及"青少年主题"深入细微，但也指出了其中的死亡不再是"暴力的延伸"，反而由日常琐碎细节偶然推动的死亡宿命论，正暗蕴了人生的拂之不去的绝望与感伤。"帽子"和"肉价"这些微不足道的"道具"被郑而重之地反复书写咏唱，最终成为人物致死的直接原因，无形中被提升为"形上"象征，荒谬与无奈尽在不言之中。

苏童非常擅长写女性，"他对女性心理独到的把握，渗透着南方既纤美柔弱又含蓄世故的性格"。相对于《妻妾成群》等名篇，选本中的《西窗》和《表姊来到马桥镇》笔力稍弱，不足以显现苏童这方面的成就。但导读把苏童的主要地理标记"香椿树街"的美学特征，与这些女性的抑郁早熟的性格命运并置诠释，确实加深了读者对"南方"这一人文地缘视景的理解。

从这四册文库本我无从判断选家和导读作者是否为同一人，如果不是，则应标明。因为读者特别需要了解"精"之所以为精的缘由，有所"围"有所不"围"的根据，而且选家也有引导读者去读未能入集的，作者其他精品的责任。选家必须亮相。譬如"余华"卷的导读是莫言写的，作为一种不同于"学者批评"的"作家批评"，此文写得非常精彩，以"清醒的说梦者"来概括余华，确为不刊之论。但莫言在文中说他没有精力读完余华的第一本小说集《十八岁出门远行》，更无读完同行的"全部"作品的必要，无论这位同行是多么优秀。由此可否推断这本书的选目绝非莫言所定？如果我觉得集中的若干篇其实不如未入选的另外几篇精彩，却不能找莫言商榷，心里难免惶惑终日也。

多读多写难矣哉

书名：《作文杂谈》

作者：张中行

出版：香港三联书店，1998年7月

学生的语文读写水平普遍下降，是全球化的现象，不独香港为然。欧美各国从二十世纪七十年代起，就投入大量人力物力，从事多方面的研究，以期扭转这种局面。其间累积的经验成果，若能引为本土借鉴的他山之石，自是顺理成章的事。然则中国施行"现代语文教育"，亦将近百年之久。从大纲的构想、教材的编订到教学的实践，无论成功的经验或走弯路的教训，都亟待总结梳理。在这世纪之交，有识之士群起而对语文教育做反思与改革之际，切合本土的"辩证施治"，对症下药，更应多加重视。

从这个角度看，香港三联书店的"中国语文教学经典"丛书，应是一套适时之作了。夏丏尊、叶圣陶和吕叔湘等前辈先贤，其著作之被尊为"经典"，正在于它们早在二十世纪的初年就奠定了现代语文教育的基础与方向。然而我想推荐的这本却写于、出版于二十世纪八十年代中期，"经典"云乎哉？张中行乃人民教育出版社的资深编辑，自云从早年入私塾学语文，到在中学教语文，再到在大学和出版社研究语文编语文，一辈子与语文教育打交道。晚年则以散文著称于世，作品被人誉为当代的"世说新语"。文章千古事，得失寸心知。张老先生的这本"杂谈"，贡献的正是这一己"甘苦"，自谦说是开店卖不掺洋货的"土特产"，读来却比"广取所长"的堂皇大著更受启发。

坊间谈作文教作文的书多矣。从入门常识讲到具体操作，从如何揣摩题意讲到如何写景抒情，更有供人"照猫画虎"的、附有名师批语点评的"优秀作文选"之类的，林林总总，可谓汗牛充栋。张中行的这本，乍看目录似乎也无甚与众不同之处："多读多写"啦、"题与文"啦、"条理与提纲"啦，乃至"开头结尾及其间"啦，真是卑之无甚高论。细读才知"甘苦"二字不是随随便便开口说得的，在"常识"中讲出真体会真见解，比在玄妙原理中放言高论更为不易。

仅以"多读多写"为例。

学作文，可有速战速决的"秘诀"？答曰有，却不能速战速决，"多读多写"是也。拳不离手，曲不离口——写作亦正如练武术学唱戏，"熟"方能生"巧"。试想众家长重金聘名师教子弟学钢琴，每日里苦练多少时辰？如今的中小学生每两星期敷衍三百字短文一篇，三五年内断难成就一个能够表情达意且文从字顺的写家。语言自然也有规律，如语法知识之类，把握了规律能不能举一反三，事半功倍？能不能纲举目张，以规律统率熟练？张中行认为这些划分句子结构、分析词性修辞手法的作业，令学生负担太重，占了"多读多写"的时间，更重要的是令学生以读写为枯燥无味的苦事，从此失了对读写的兴趣。语言主要是"习惯"而非"道理"，习惯有时简直就是"不讲理"，所谓"约定俗成"者是也。譬如"很高兴"与"很不高兴"相反，为何"好容易"却与"好不容易"同义？学"约定俗成"的东西就不能像学数理化般只讲道理，除了"熟"，别无他途。

可是如今最难的便是这"多读多写"。难，一是时间，二是环境。前者很容易理解，后者却相当复杂，包括了教作文者的心理因素乃至校长家长的心理预期，等等。张中行对此条分缕析，深入浅出，亦提出了一些应对之策。不需多举。本书的精彩之处，更在于从"学作文"讲到了"教作文"，提出了不少与时下习见不同的精辟见解。譬如说要让学生主动去多写多读，教师只是"辅助"；又说作文的批改不是那么重要，而且多半没有成效，等等。对我这也以批改作业为业的人，真是于我心有戚戚焉。然而他又提出了"辅助"并不等于"放任"，反而要在课内课外因材施教，以及如何对作文"重点"批改的具体建议。

我常想，在现代社会，小孩子学会了读，学会了写，就像初民学会了狩猎，部落族人当载歌载舞，为他施"成人礼"。而我们的子弟，如今却大多赤手空拳，就被放到后现代丛林中去，怎不令人担心呢。读这本《作文杂谈》，想到的不单是"作文"而已。

散文的"出位"之思

> 书名：《香港后青年散文集合》

作者：凌钝、杜家祁等六人

出版：香江出版有限公司，1996年12月

"后青年"者何所谓也？依本书凌钝写的序里提供的模糊线索，应是28岁到46岁之间，"而立"却彷徨，"不惑"而更惑，大都事业有成，渐渐纳入社会建制，却又仍心有不甘，常怀出位之思，遂将叛逆与伤逝相夹杂的难言之痛，转换成这自我揶揄的命名了。

收入本书六位作者的二十八篇散文，肯定与我们从中学语文课本里"学"到的"荷塘月色"型大相径庭，与坊间常见的"伤春悲秋"散文集也不太相同。他们都在尝试一些非常规的散文写法，用林幸谦的话说，写一点"反散文"："偏离散，转向浓，并采取性别装扮、身份置换、种族移位、重组自我，甚至文体转换的模式建构文本，试图借此打破散文的界限的。"林幸谦的自述未必能涵括其他作者，六个人来自五湖四海，各有关怀，风格也不一样，但确能呈现他们的这"共通之处"——"文章形式、内容或感性所展现的探索和开放的性质"。

最具实验风格的当数游静的《裙拉裤甩》，于版面印刷的游戏之中，寓文化反思的认真严肃。樊善标的《C10A5》则话分三头，顺叙倒叙交织出同步讲述的困难。林幸谦代中文系女性博士候选人（《中文系情结》）与唐氏综合征患者（《水仙子的神话》）立言，如泣如诉，文辞华美，当代批判理论的术语意象无孔不入。黄灿然刻意学另一香港散文作家淮远的路数，追求机智的"高度"和幽默的"极端黑色"，俨然有成；只因前头已有人行过，便难"入无人之境"也。杜家祁出入于"书、人、事、情"之间，细心体察，复又出以快人快语，令人联想到"龙卷风"。凌钝于典籍间旅游观光，又于山川名城间阅读符号，

名与实之间的流动挪移，颇堪击节。

然则散文的"位"也就只是一种阅读教化的结果罢了，"出"与"不出"都反而显示了散文的无所不包，慈悲心肠，宽大为怀。不出位是散文，出了位何尝不是散文？出位散文也颠覆不了"常规"散文，一如"常规"散文也未必一见有人出位就大惊失色。正如凌钝序中援引巴赫金的散文学，现代社会早已散文化了，我们根本就生活在散文的平庸人间，遭逢浮生不断的琐事细节，正不必独尊"诗"与"崇高"。或许到了"后青年"之"后"，"位"之出与不出已非"爱写"（essay）作者的心中迷思，见山是山，见水是水，真能如入无人之境了。

危机时刻的思想与言说

书名：《明清之际士大夫研究》

作者：赵园

出版：北京大学出版社，1999年1月

赵园把她这本大书中所做的研究定为"思想史研究的边缘"，这里一半是自谦，一半是执着。"思想史"被简化为"理学史"，或抽象为"概念史"，或教科书化为名家名著的历时排列，赵园认为这些"既定格局"，多少限制了对"思想"的整理，使大量生动的思想材料无从纳入其狭窄框架，不能获得"思想史意义"。执着于"文学研究者"那份对"人"的兴趣，赵园坚持在生动的"人的世界"中具体的历史时空中寻绎"思想的流程"。正是在这一点上，"明清之际"的时代气氛及士人心态、士人的生存方式、士人的自我想象，成为她在二十世纪九十年代不倦探研的主要课题。

"明清之际"在近代思想史上的重要，似乎已无须赘言。你首先想到的是"启蒙"这个惯用词，或"君主观""封建论"等与政治思想或制度创新有关的"传统"课题；赵园却有意无意避开了这些套路，直探"戾气""节义""用独"等更具"精神气质"又与历史语境密不可分的话题。

数年前初读《说"戾气"》这一章，深以为赵园由此处开始切入"明清之际"的研究，正乃出于对时代氛围的刻骨铭心的体验吧。明代政治的暴虐已为人所周知，赵园更关心的是：士对暴政的批评角度，由此彰显士的自我反省的能力，他们关于政治暴虐的人性后果、士的精神斫丧的追究，对普遍精神疾患的诊断，以及由此表达的对"理想人格"的向往。人主的暴虐集中体现在"厂卫""廷杖"和"诏狱"，由此产生的普遍的怨毒与仇恨，时代气氛中的"杀气"和"戾气"，明清之际的儒者多所论列，乃有"躁竞""气激""任气"等断词乃至"弥天皆血"等意象。而王夫之持论的特殊处，更在于他所说的"戾气"不单由人主的暴虐所致，亦由"争"之不已的"士"与"民"所造成。上下交相激，莫非乖戾之气，士民之习嚚，早呈睽否之象。赵园说，这也还只是较浅层的概括，而士人与暴政更深刻的"精神联系"，当体现为他们的"施虐与自虐"，他们对"残酷"的欣赏态度，以"酷"为道德自我完成的病态激情。从"薄俸"到"坚忍"，赵园读出了明儒心性的"残"与"畸"，他们的这种"刀锯鼎镬学问"及行为与节妇烈女的互为指涉。赵园指出王夫之这种历史反省的最精彩之处，就在于他对张巡许远守睢阳的批判。明清之际曾一再重演张许的因守城而"人相食"故事，乃有刘宗周、王夫之等人的一再重申孟子的人兽之辨，

书评五则 | 363

仁暴之辨，乃有顾炎武《日知录》里的著名论断："有亡国有亡天下"，"易姓改号，谓之亡国；仁义充塞，而至于率兽食人，人将相食，请之亡天下"。易代之际的危机，在这些大儒看来，正在于这施暴嗜杀以至受虐自戕中"人道"的沦丧，这是比亡国更令人绝望的情境。赵园于此指出儒者对理想政治、理想人格的向往，正由于无可比拟的残酷处境而明晰化了。"守正""坦夷""雅量冲怀""中和""太和之气""温柔敦厚"等，不再是历代重复的泛泛之词，其"思想史"的严重意义于焉彰显。

赵园所关注的"特殊时段"中的思想，在这本书中，或可更明晰地表述为"危机时刻的思想"。在这种历史的危机时刻，思想及思想者面临"常世"未逢的拷问、质疑和挑战，思想的基本前提被动摇被重新思考，思想的体系分崩离析摇摇欲坠，某些在"常世"被压抑的话题由于"王纲解纽"而浮出历史地表，思想的历史背景画面被重组排序而与"当下"的情境产生新的明暗关系。更重要的是，思想者赖以"安身立命"的基本前提，无不与其生死存亡的历史情境劈头相遇，使被长期教条化的贫血命题重现了丰富与复杂，此时此刻的"思想"才更像是"真的"思想。正是这"丰富与复杂"由赵园一再申说，绝不肯用所谓"时代共识"遮掩了旧调新声中的分歧、差异、抵牾和"众声喧哗"。即如"性善""性恶"说在明清之际具体化为"戾气"论，既有赖于顾炎武、黄宗羲、王夫之等大儒的史论政论的解说，也时时援引如钱谦益、吴梅村等文人的艺术敏感。

由《说"戾气"》奠定的研究方法论，就此贯穿到"生死""节义""用独"等较具"精神气质"的话题，也延续到"南北""世族""流品"等"文化"层面，延续到"建文逊国"这样的重大历史事件的叙述史，乃至由"言官""清议""制艺"等构成的"关于言论的言论"之中。其要点，即在于把握经由"言说"呈现的思想，把握"言说"与其历史语境（危机时刻）的具体关联，从而一探思想的载体（士、儒者、文人等）的"心态"和"心态史"。

譬如"慎独""独善"等，本为"理学—心学"框架中的哲学范畴，其"独体"中的"独"，每可视为"心"或"良知"的别称。然而王夫之说"用众不如用独"，其"独"，固非近代思想中的"个人""个体"，但以"用众"与"用独"对举，无疑出于易代之际某种群体行为、取向的反省。这反省包含了对明代"甚嚣"的"士气"的批判，对明末"义军""举义""与义"的反思，乃至"民誉""流俗"之为非理性的认证。这是一系列沉痛深刻的历史经验，在经历了明代规模空前的讲学、党社的纷扰喧嚣，经历了在乌合的"义军"中"鲁阳挥戈"所体验到的士人的孤绝，经历了在党争、兵燹、告讦和仇杀中的"人心莫测"，此"用独"说所达到的哲学深度，为平世之士大夫所不能梦见。赵园指出，在王夫之所谓"用独"，则不但作为"遗民"的生存原则，也包含了"自靖""自尽"中的士的尊严原则、自我保存原则，更与儒者道德修为之"为己之学"相通贯。

本书的下编为"明遗民研究"，入手处也仍然是"言说"，即如有关"遗"与"逸"之辨，有关遗民生存意义的自我论证（存宗、存心、存天下、存道统文统），有关"遗民史"的述说（殷顽、宋遗、元遗等），有关历史人物的传奇化与象征化，等等。但赵园把"言说"的范围扩大到符号、仪式、历史的"日常生活"方面，就把这种"思想史的边缘研究"推到了一个更广泛更生机蓬勃也就更困难重重的境地。

仅以"衣冠"一节为例。"身体发肤，受之父母，不敢毁伤"，本为儒家古训。而衣冠的处置，亦历来被认为足以显示儒者人生态度的严肃性，更系于"礼仪"中的等级秩序。由此可以想见易代之际"髡发易服"的严重性。赵园密集地援引明清之际"头发的故事"和"衣冠的故事"，将明遗民在这关乎身体与"贴身符号"的重大问题上的挣扎、对抗和妥协，展露得淋漓尽致。尤其细致的是在如钱谦益的碑铭文字中，读出明遗民的那份"情怀"：记某生"摄衣冠之学宫，缓步闾巷，风谡谡出缝纫间"；记某公"褒衣大带，出于邑屋，有风肃然，如出衣袂中"。赵园并进而联系到明人与"日用"相关的文化创造如家具陶瓷等以及明代帝王在服饰上的创造欲，如何影响了明遗民对"明衣冠"的文化怀念。但如何由此推至"思想"的层面来讨论，你会感到一种意犹未尽的强烈期待。赵园在后记里曾谈到"理论工具"的匮乏，如何不能实现她已隐隐"看到"的可能性，并认为这里有一代人文研究者难以克服的局限。在我，却仍认为她所开出的这一研究取径不容忽视。

"遗"是一种选择，"选择"是士的自由、士之所以为士的证明，是士的存在方式，也是其痛苦之源。因而如"明清之际"这种特殊历史情境中的士的姿态，关联着士的全部历史。甚至可以说，遗民未必是特殊的士，士倒通常是某种意义、某种程度上的遗民。对这一"族群"的研究涉及士与历史（包括思想史）的方方面面，赵园对这"明清之际"士大夫的研究仍有相当规模的计划在进行中，而对成果的期待当然仍是强烈的。

读书小札

无泪的世纪

我看电视连续剧《三国演义》，最不习惯的就是看到男人们哗哗地流泪。从第一集"桃园结义"起，就看到七尺昂藏三条汉子，哭得像泪人儿似的。胡须满面的莽张飞泪流满面，尤为令人不忍。心想，这导演为何如此煽情？

复按原著的各种版本，刘备、关羽、张飞"三人焚香再拜而说誓"之时，并无涕泪交零的描写。随后杀牛设席，聚三百人在桃园中痛饮，更是欢天喜地，热闹喜庆得很。但整本看下来，汉子们哭哭啼啼的场合，确实远多于娘儿们的呼天抢地。"君臣痛哭""伏地大哭""掩面痛哭"的字样几乎每回皆有。其中刘备自是一个典型的"哭包"，眼泪招之即来而且挥洒自如。唯一的例外是，曹孟德越是危急时分，越是哈哈大笑。忠哭奸笑，似乎成了一种划分的标志。

不但说部稗史坦然书写男人之泪，官方正史里，男人痛哭流涕的记载，也比女人家多几十倍。刘玄德的乃祖刘邦不用说了，"哭包"的基因盖由他那里传来。连"力拔山兮气盖世"的楚霸王项羽，也毫不害臊，动辄当众"涕下数行"。为人师表一把年纪的孔圣人，听到获麟的消息，也当着学生们的面大哭不止。古男人似乎不以真情流露的号啕大哭为羞。我读书时不太注意这些记载，一旦化成视觉形象，就觉得分外碍眼。你会问，是古男人的毛病，还是今男人出了问题？

德国作家格拉斯称二十世纪为"无泪的世纪"。他的长篇小说《铁皮鼓》里有一个咖啡馆叫"洋葱地窖"，设施简陋，客人来了只供应一只紫皮洋葱和一把刀子。居然门庭若市，大战之后幸存的男男女女携手来此，坐下就猛切洋葱，直至泪流满面，才开始互诉衷情。人人乐此不疲，生意很好。

新世纪伊始，我看电视新闻里的男人（也有女人），开会的，呼口号的，对记者训话的，个个脸孔铁青，声色俱厉，心知大事不妙。或许，"无泪的世纪"并没有逝去，不禁怀想起莽张飞楚霸王泪流满面的可爱。据医学界的研究，眼泪有排毒杀菌的功用。男人们的平均寿命普遍比女性短，少流乃至不流泪是原因之一。昆曲《夜奔》里林冲一上场就念道："男儿有泪不轻弹，只因未到伤心处。"有泪不弹倒也罢了，最恐怖是欲哭无泪，找洋葱帮忙已然晚矣。

我的问题仅仅是：如果（文学）写作也是一种排毒杀菌的分泌，如果我们真的已经身处"无泪的世纪"之后，如果仍有许多人可以不靠洋葱帮忙而互诉衷情，那么……

精明正确的时代

友人赠我他的新著《艺术在上海》，我说这书名似乎有点别扭，他就笑了，说："原来定的书名是'错误的时代'，出版社的编辑给改成现在这个书名了。"我不禁大叹可惜,说:"改成'正确的时代'就好了!"他又笑道:"岂不更是不贴切?"我就补了一句:"还得加一个修饰词在前边,即精明正确的时代。"

其实,用一两个形容词来概括自己身处的时代,总归有点冒险。像狄更斯那样的文豪就很聪明,用的是一连串的矛盾排比句:"这是最美好的时代,这是最糟糕的时代;这是智慧的时代,这是愚昧的时代;这是信仰的时代,这是怀疑的时代;这是光明的季节,这是黑暗的季节;这是希望的春天,这是失望的冬天;我们的前途拥有一切,我们的前途一无所有;我们全都在直奔天堂,我们全都在直奔相反的方向……"如此修辞,谁也不得罪,而且显得特深刻,难怪后来效颦者众。

如今已是到了"历史终结"的年头,概括这时代再也不必那么麻烦。大可简明直接,甘冒天下之大不韪,以"精明""正确"两个形容词了断。简言之,过往的那些"大词",如"光明""美好""信仰""智慧"以及"崇高""仁慈"等连同它们的反义词,都早已被我们的时代远远抛在了后头。面对世间万事万物,如今只剩下两项价值判断:"对"还是"错","精"还是"笨"?其实两者是交织在一起的,精明地正确,正确地精明,以我们时代最精明正确的社会学家的术语来表述,叫作"象征资本与金融资本的互相转换"。谁都明白这一点。只需看看最能体现时代精神的世界领袖、高官要员、文化明星、知识权威每日每时的表演,就能深得其中真谛。最近的例子,便是有人恬然宣布自己同时代表了阔佬与穷人,代表了洲际导弹和大刀长矛,代表了毕加索和曾灶财。天底下的好处全给他代表了去。

具体到文学艺术这个本来与"正确""精明"毫无干系的领域,你就会看到时代精神的渗透,无远弗届。我不是指"手稿拍卖"或"版权纷争"这些为媒体热衷的喧闹。致命的反而是,面对文学与艺术,我们不再"感动",也不知"体验"为何物(除非借助于某某药丸)。谁要是为一部作品而流泪,准会羞愧万分而在人前矢口否认。作品不再感动我们,不再刺痛我们,甚至不能激怒我们。所有的段落与细节,开头与结尾,旋律与乐句,悬念与高潮,反讽与戏仿,建构与解构,都被人用过了,用烂了。我们太了解所有这些文化工业、生产程式、批评术语、理论招数、行销策略、公关套话、游戏规则了。当务之急是抢占一个有利的发言位置,不管是"边缘"还是"中心","少数"还是"多数","阴柔"还是"阳刚"。我们时代的口头禅是:"有无搞错!""少跟我来这一套!""你骗不了我!"

问题已经一目了然。在这个精明正确的时代,你不得不跟一大堆精明正确的人打交道。换言之,你必须像他们那样成为一个精明正确的人,否则就会被时代所抛弃。作为入门起步,是了解并学习这些精明正确的人的"语言"。进入"话语系统"乃是进入时代的必由之路。当然你不能高声嚷嚷,说我要精明我要正确,而要用精明正确时代的流行术语来表述,说:我正在"自我增值"。

最不喜欢的书

推荐好书不太容易,说出自己最不喜欢的书却不难。(对!对!我最不喜欢的书就是老师您指定要写读书报告的那几本⋯⋯)

我最近最不喜欢的书是"世界之最""某某世界纪录大全"之类。这些"最"通常在书中分归十类,有勇气篇、知识篇、财富篇、名气篇、文化篇、体育篇、危险与灾难篇,等等,历年更新,越出越厚。

不喜欢的理由？可分"大""小"两层分述之。

大而言之，这类书处处充斥了搜奇猎艳的人种学偏见，全球划一的量度标尺，无孔不入的人口统计，数量化管理的产业社会意识形态，崇拜名人富人的鄙俗心态……凡此种种，皆为我所不喜也。

小而言之，诸如：哈尔滨壮汉严寒中赤膊站立三个小时，南京奇女子原地旋转4个小时41分，某围棋九段同时与139人对弈，伊犁大厨用1千克高筋面粉拉出1268千米的面条相当于北京到西安的距离、珠穆朗玛峰的133.3倍……然后便是某某世界纪录总部代表与当地政要一起颁发世界纪录证书。我读到这些垃圾，心里总是不舒服小半天。（那又何必？您不必在寒风凛冽的城墙上挨冻吃盒饭，也不会在比赛吃蛋糕之后撑坏了胃，更不会在叠第六层罗汉时摔死……）

总而言之，这些书里，除了一些无用的"数据"（数据不等于知识，知识也不等于智慧），就是一些暴露人类狂妄（"超越极限"）、自大、自虐、他虐、被虐和百无聊赖的八卦旧闻。更重要的是，这类书以貌似中立的姿态鼓吹了一种危险的道德价值：极端。（那您又说什么"最"近"最"不喜欢……）

比较"卖文"学（或"卖文"地理学）

《香港的卖文者》是二十世纪四十年代末，一个署名司徒怀白的人，在香港《工商日报》上刊登的一篇文章。此文比较了当时桂林、重庆、北平、上海等地与香港的"卖文"形势，其着重点在描述各地投稿人的"品流"。用如今的理论术语来说，算是对各地写作群体的"社会构成"做了一番颇为有趣的比较分析。

据说桂林、重庆等地，是当年抗战文艺的重镇，写作者除了一些"有地位的作家"外，大都是一般教师公务员学生。而北平呢？因为它是"文化古都"，由"正常的文化"所支配，所以"写作者的品流也不复杂"，他们不是专家学者，就是教授学生。总之都是政界学界文化界的正人君子。写的文章也就关乎国族运命、世道人心，严肃而且高雅，"没有畸形的低级趣味的作品产生"。

司徒先生说："香港则不同，经常在报端写文的，有出身儒林，有出身宦海，有出身商贾，有出身洋行职员，有出身工役，有出身就是卖文者，种种色色，极其复杂。总之，是些落拓的文人，是些破败的豪家子弟，是些洋场失意的商贾之类的人物。"如此三教九流，写出来的无非旧闻掌故、洋场秘史、官宦黑幕、街谈巷议，当然参差不齐，良莠难分，流为"通俗"乃至低俗、庸俗、恶俗、媚俗。但文章并未一笔抹杀香江卖文者的"好处"。品流复杂的写作者们，也不见得就只能得到负面的评价。据说正是由于"这些人对于人生经验的丰富，对于香港人的趣味观念的熟识，于是才能终年源源不绝地产生出这类为市民们所喜爱的东西"。

由此又带来香港的卖文者与各地写作者的一大不同。京渝各地的投稿人除了拿稿酬，重利还兼爱名，故为文稍为"慎重"。自我尊重，慎言慎行，读者也就尊重之，于是地位也就提高，甚至可成为"全国知名人士"。若用如今流行的社会学理论套话，你会说，内地的卖文者注重的是积攒"象征资本"。而香港此地的卖文者简直就没别的目的，爬格子全是为了赚稿费，只要利，不顾名。还是现钞资本来得实在，可供买米买菜、养家糊口。他们可以同时在好几家报刊写专栏、写连载小说，笔名千变万化层出不穷，连作者自己也记不住。他们一味迎合读者的趣味，不能写出坚持自身写作理念的作品。于是"比较卖文学"就上升到了"卖文伦理学"的层面。

"卖文"地理学二元对立，借中原的"正常文化"抨击香江的通俗写作，也已源远流长。从二十世纪二十年代末香港第一本新文艺刊物《伴侣》的创刊始，中经六十年代刘以鬯长篇小说《酒徒》的愤怒意识流，至今仍不绝于耳。二元对立自是爽快明快痛快，比较京津桂渝等地与曾是沦落殖民地的香港，真个是泾渭分明。然而，碰到跟上海的卖文者来比较的时候，就有点掰扯不清了。香港地区的报刊曾大量刊用上海文人的来稿。谁都知道彼地"鸳鸯蝴蝶派"作家囊中稿酬，许多正是当年香港地区通俗刊物小市民读者的虔诚奉献。上海滩上，张恨水（言情）、平江不肖生（武侠）、程小青（侦探），哪一个不是香港卖文者的"先辈"。于是又有后世学者为之细做分析，说是"上海"不止一个，除了十里洋场的摩登上海，还有左翼新文化的战斗上海。"鸳鸯蝴蝶派""十里洋场派"虽然规模庞大，终于敌不过以鲁迅为代表的主旋律。香港地区就不同了，通俗文艺才是主流，严肃文学只能叫作"另类"或者"边缘"，多少年啊，多少年只能"策略性地与主流进退周旋"。

香港的卖文者一如既往，依刘以鬯先生的说法，先写点"娱乐读者"的东西养家糊口，以便创造条件写点"娱乐自己"的作品，先通俗然后严肃，然后先锋和实验。可是三十年河东，三十年河西。半个世纪之后，香港的"种种色色"，武侠言情财经无厘头，不知不觉全都成了"全国知名人士"，席卷大河上下长江南北。更刺激了京沪宁渝，新秀辈出，一时间革命秘史演义成黑幕邪狎，宝贝乌鸦勾搭上切格瓦拉。主旋律声势无论如何宏大，也掩不住世俗的嘈嘈切切，众声喧哗。

于是你也不免回头检点香江的写作史，那生生灭灭的文艺期刊、周报副刊、文体活动、校园创作，多少年不屈不挠，前仆后继，又岂是辛酸可怜的"卖文"二字，能够一言以蔽之。

黄心大师

多年以后，施蛰存先生回顾他的文学生涯，说："我的创作生命早已在1936年结束了。"（《十年创作集·引言》）这话说来平淡，海内外爱读《上元灯》《将军的头》的人，听来却未免太沉重。

其实，施先生当年三十而立，绝没有想到要"封笔"，而是"打算总结过去十年的写作经验，进一步发展创作道路，写几个有意义的长篇小说"。这雄心万丈的创作计划，包括以南宋首都临安为背景的《销金锅》，累积了不少史料，并且已经动手写。抗战后，也曾计划写一长篇《浮沤》，记录抗战八年的社会生态，但也只是写了几段就停笔。

长篇不易为，但是，短篇呢？施先生在他的最后一个短篇结集《小珍集》之后，也还写过十几个的。我以为写于1937年3月的《黄心大师》是很值得重视的文本。这一年六月，朱光潜在他主编的《文学杂志》第2期上发表这个短篇，同时在编辑后记中对小说"半文言半白话"的文体大表欣赏。但也有读者颇担心他的写法走了"鸳鸯蝴蝶派"或评话演义小说的"老路"。施先生后来回应许杰先生在《大晚报》上的批评，自觉地说："近一二年来，我曾有意地试验想创造一种纯中国式的白话文……严格说来，或者可以说是评话、传奇和演义诸种文体的融合。我希望用这种理想中的纯中国式的白话文来写新小说，一面排除旧小说中的俗套滥调，另一面也排除欧化的句法。"以"旧瓶的原料回炉"重烧新瓶,施先生坚持说,为艺术,为大众,定通这条"纯中国式文体"的路,是一件"有意思的工作"。一再强调,他还将继续尝试这种写法。

读过"新感觉派"或"心理分析小说"的读者,会觉得《黄心大师》太不"现代"太不"先锋"了,太古色古香了。一位曾为官妓的宋朝女子,皈依佛门,在尼姑庵炼钟时,跳入洪炉使得大钟得以铸成。这个传奇故事是由现代的叙述者钩稽古籍,排比情状而转述出来的。这些古籍包括无名氏撰的《比丘尼传》十二卷的明初钞本残帙、明人小说《洪都雅致》二册。问题是这些"古籍"根本不存在,是施先生的小说虚构!二十世纪八十年代熟读阿根廷作家博尔赫斯的人,对此自然见怪不怪。"纪实与虚构"是将来时的热门题目,当时的读者可是上了小说家的大当。有一位震华法师,编《续比丘尼传》六卷三册,在第二卷中"赫然有一篇南昌妙住庵尼黄心传",完全是依据施先生的小说写成的。等到知道震华法师已经寂灭,"永远无法知道他的虔诚的著作里掺入了不可信的材料",施先生只能怀着一个"永久的歉疚"了。(《一个永久的歉疚》)

在《黄心大师》中,"叙述"与"被叙述"中有"人性"与"神性"的暧昧纠缠,舍身铸钟的文本深处有许多模棱两可的意义,与小说的"纯中国式"文体构成一似旧还新的风格杰作。施先生若依了这条路继续尝试,不知会有多少佳篇妙作问世。而一部中国现代小说史,或许又会有不同的风景吧。

我一直纳闷的是,施先生怎么就那么狠心,说"封笔"就"封笔"了呢。

沟通的言语

语言有若干功能，指涉啦、表意啦，等等，沟通也是其中之一。说"其中之一"，有点将语言诸功能一视同仁的意思。但是，德国人哈贝马斯认为，"沟通"功能不能跟别的功能平起平坐，它带有更根本的性质。你甚至可以说，没有沟通就没有语言，语言根本就是为了沟通。可以举极端的例子来证明：骂人。骂人者也希望被骂者明白他骂的是什么，骂得越是恶毒，越是希望挨骂者声声入耳，句句入心。"指桑骂槐"的情形稍微复杂一些，"桑"君尽管被指着骂，却晓得骂者别有所指，遂面露会心的微笑；而"槐"君明明一肚子无名火却发作不得，否则就是自个儿对号入座担了骂名。骂声乍起，三方四面的"沟通"关系就已经明确形成，不然桑君槐君和你难免会扭作一团。

法国人拉康的看法更激进一点，他认为语言可分为"空洞言语"和"非空洞言语"两类，后者完全建立在前者的基础上，以前者为前提，围绕着前者的洞穴建立起我们所谓的语言。沟通的言语就属于这种"空洞言语"。以我们日常的"打招呼"为例。"打招呼"不宜以"普选"啦"还政以民"啦一类的敏感话题开头。你对邻居说："天气转凉了。"其实并不想和他交换任何气象学情报。只是因为"天气"本身的空洞性使它成为"打招呼"的最佳话题，古人所谓"寒暄"是也。国粹式的"打招呼"是"吃过了？"——其实你并不真的关心邻居的胃囊是否饱满。要是这位先生错把"空洞言语"当成"非空洞言语"，答曰："还没吃呢！你家有杯面么？先借我一两盒……"你即使不手足无措，至少也会愣上片刻。

但拉康举的例子是"口令"。自称是"拉康派哲学家"的斯洛文尼亚人齐泽克说，今晚设定的口令是"婶子烤了苹果馅饼"，你答对了卫兵就会让你通过。我终于弄明白了，当年杨修把曹操的"鸡肋"误读成"非空洞言语"，所以才招来杀身之祸。比《三国演义》更精彩的例子，出自解构主义天才吴承恩的《西游记》。话说孙行者与金角大王、银角大王在平顶山斗法，两位魔头有一好宝贝，拿着葫芦嘴儿对着你叫你的名字，但凡应了，就被吸进去，贴上"太上老君急急如律令"帖儿，一时半刻，化作脓水。这孙行者讹称是自己的兄弟"者行孙"，前去叫阵。魔头端了葫芦驾云在空中唤他的名：

　　行者在底下掐着指头算了一算，道："我真名字叫作孙行者，起的鬼名字叫作者行孙。真名字可以装得，鬼名字好道装不得。"却就忍不住，应了他一声，飕地被他吸进葫芦去，贴上帖儿。原来那宝贝，哪管什么名字真假，但绰个应的气儿，就装了去也。

漫说"漫说……"

编"漫说文化"丛书的主意，忘了是谁最早提出来的。

也许是老钱（钱理群）。他那些日子正成天倒腾"周氏兄弟"，编年谱，写传写论。一有机会，就发挥"'五四'文学中散文的成就实在高于诗和小说"的老论点，且举周家昆仲及其同时代人的作品为例，如数家珍，一往情深。"荠菜"啦，"乌篷船"啦，说得大伙儿也不禁对江浙风物悠然神往起来。

也许是平原兄（陈平原）。说起来，还是平原跟"文化"的交情深些。练书法，刻图章，逛旧书摊。其时还抱住他读大学本科时就入迷的大题目——"宗教与近现代文学"——不放。平时谈佛说道，入而能出，心得见解自与当时一窝蜂"垫"在文化里的人颇不相同。弘一法师、许地山、林语堂，自然都是聊天时的题目。散文天地里的边边角角，确有一番异样的风景哩。

谁知道呢，也许是我。那时节我正在北大给中文系的学生讲"主题学"，讲关于生死、鬼神、男女之类的主题，要从近现当代的文学里找材料。东拉西扯，生拉硬拽，想借着这法子，把"文化"扯到文学里头来翻腾翻腾，愣把文学史讲成了文化观念史。

总之是不约而同,都跟"散文"和"文化"有点儿瓜葛,就都想到了编一套书,按题材分卷,把二十世纪以来的散文检点检点。要选得精,篇幅不太长,每本十来万字,读者也买得起。古人编总集,原是有许多种编法的。按作家编的,自是有利于了解各家个性和风格。按体裁编的,有助于学习和钻研某类文体(比如说七言绝句)的源流和特色。也有许多是依着题材来编的,把惜春词啦,饮酒诗啦,分门别类搁一块儿,你要是想学着写同类题目,这种编法是挺实用的参考。一如当今的不少外语教材,是照着"情境"来编排的,"机场"是一课,"购物"是一课,接下来,是"问路""餐厅"和"邮局"。文学创作其实也是触"境"生情,依"情"造文,虽则其语言运用远较"购物""问路"复杂,却也并非毫无路径可循。近年来各类"鉴赏词典"出得不少,其实走的便是这条古路子。以前我对这类"词典"颇有腹诽,如今却渐渐悟出它们于保存和普及文化的大功用来。

于是都一齐跑图书馆、资料室,大举借阅各家各派各种散文书。老钱那时还住在著名的"青年教工宿舍",北大21楼的三楼。夏日里倒也还有树荫鸣蝉相伴,斗室里吹着风扇一块儿读这一百年的散文。每每与前辈文人作家写作中的"情境"相遇相通,引发多少即兴的讨论和发挥。选篇、复印、核对,当然都花了不少时间。最费心思的还是构思各集书名,确定编排体例,连丛书的名字都起过不下七八个。许多美妙的设想,后来证明是一厢情愿的空想,比如说封面啦,插页啦,装帧啦。可是于今最令人回想怀念的,便是那些设想的美妙了。说到兴致浓时,出书还八字没一撇呢,老钱已经喜滋滋地憧憬书出齐后如何赠送友人了。

合作,也有分工。每本集子粗具规模后,就分头细编,当然还要写序。我记得,老钱给摊上"乡土""师友"和"亲情",平原当然

漫说"漫说……" | 379

是他拿手的"佛道""生活的艺术"和"读书"。我呢,"生死""鬼神""男女"。先编好了"男女",出版社着急催,觉得这本的销路会最好。写序的时节正好大读了几本"女性主义"著作,就现炒现卖,把"散文"和"男女"搁一块儿调味。大意无非是说"散文"亦如"女性"一般,在二十世纪的"文化—权力"结构中,身份暧昧。写完了甚不满意,觉得"文化"味儿生生给理论搅和了,实在有违丛书的题旨。心里渐渐警觉起来,再编剩下的两本时就颇为踌躇,进度就慢了下来。

拖到1990年春,匆匆忙忙去国远游,将"生死"和"鬼神"索性托给平原去收拾了。后来在远方读到平原下了功夫写的两篇序,大佩服。当然依我自己当初的构想,或许能讲点别的感想,但文章中的"文化气质"却是强求不来的。

编书,写序,不过是三个读书人,在二十世纪八十年代的中国,做的平常又平常的事罢了。文字的时代行将接近尾声,音像时代大踏步地到来。写作会不会变成一个古老的行当呢?在北美时,听到老钱手心生癌的消息。据说他颇庆幸是左手心而不是右手心,不妨碍他继续写作。老钱的迂和痴,听了令我鼻酸。写作与生命的关系,本是我构想中的那篇序里要发挥的意思,却由老钱左手心动手术后的瘢痕阐释得分外显豁。鲁迅在他的作品集的题记或后记里,反复表达过这样的意思:消耗生命于写作中,获得的却是灵魂的荒凉与粗糙;但又实在喜爱这些文字,因它们正是曾经生活在风沙中的瘢痕。二十世纪末的中国,大潮涨落,涛声拍岸,历史将记载金戈铁马、政经风云。据说历史是以整数来计算的,小数点以下的一律四舍五入。历史不会理会于夏日树荫蝉鸣中,风扇吹拂下翻过去的一页页书页,也不会记载老钱从书堆中挤出去,端来一块块红瓤西瓜,满头大汗地招呼说:"凉快凉快再干!"

如何在21世纪的香港用汉语写作

老调·新声

  1927年2月18日,大雨,鲁迅在香港基督教青年会,由许广平用粤语翻译,做题为《无声的中国》的演讲。[1]第二天,他在同一地点做了另一个著名的演讲,题目是《老调子已经唱完》。据一位听过演讲的香港地区青年的回忆:"两天的讲词都是些对于旧文学一种革新的说话,原是很普通的(请鲁迅先生恕我这样说)。但香港地区政府听闻他来演说,便连忙请某团体的人去问话,问为什么请鲁迅先生来演讲,有什么用意。"[2]其实两天的演讲讨论的都是有关内地的内容,只有一处即兴提到香港地区,说香港已不是孔子时代的香港,"孔子口调的'香港论'是无从做起的,'吁嗟阔哉香港也',不过是笑话"[3]。笑话本来

---

1 这个演讲的记录稿收入《三闲集》时日期标为"二月十六日"。查《鲁迅日记》,应为"二月十八日"。鲁迅1927年2月18日赴香港,20日回到广州。
2 辰江(谢晨光):《谈皇仁书院》,载《语丝》第137期(1927年6月26日)。
3 鲁迅:《三闲集·无声的中国》,见《鲁迅全集》,第四卷,北京:人民文学出版社,1980年。

无伤大雅，但在这方面，当时殖民政府是神经过敏的机构，请人"饮咖啡"乃例行公事不足为怪。不过我们很快就会讨论到：这"过敏"绝非空穴来风。

倘要归纳演讲词的要义，则"关键词"已见于标题之中："声音"（"喑哑"）、"中国"（"世界"）、"完结"（"革新"）。用现代汉语发出"真的声音"，"才能和世界上的人同在世界上生活"；否则，就会让"老调子"（包括"文言"及其所承载的一切旧文明）把中国"唱完"。"声音"关乎"说"，落到实处却是"书写"。唯"书写"能使"声音"超越时空，所谓超越时空，这意味着：一、中国（主要是"主权中国"但也包含了"文化中国"）得以延续不致完结；二、中国人得以与这"世界"上的人平等交流。因此，"老调/新声""文言/白话"等的二元对立，就被强调到关乎民族生死存亡的高度。这是"五四"新文化运动的重要主题，即现代"民族—国家"建构中的民族语言现代化。这方面的研究论著甚多，无须在此展开讨论。我感兴趣的反而是演讲文本与其历史时空（二十世纪三十年代的香港）的纠缠关联。

当年演讲的听众后来有无响应先生号召，大胆起来发出"真的声音"，目前尚无足够的史料可供史家讲述。《老调子已经唱完》同年3月即刊载于广州的《国民新闻》副刊《新时代》，5月转载于汉口《中央日报》副刊第48号，却在鲁迅去世后才由许广平收入《集外集拾遗》（1938年），可能鲁迅本人也认同讲词"很普通"，不急于搜罗讲稿入集吧。一般香港地区的文学史论著将这两次演讲作为现代香港文学的起点，理由是第二年出现了被誉为"香港新文坛第一燕"的白话文文学期刊——《伴侣》。此种联系"以先后为因果"，并无扎实的依据。神话的产生需要英雄形象，亦无可非议。但鲁迅的演讲词是否全然"鸡同鸭讲"、与"香港"无涉？细读演讲词你会发现第一天的讲演结尾处，提到一串业已"无声"的民族——埃及、朝鲜、安南，还有泰戈尔除外的印度，都是著名的殖民地。第二天又大讲元朝的蒙古人和清朝的满族人，这些曾经统治中国的"外族人"到后来如何热衷于汉人的"老调子"。其中最敏感的是说，等到外国人大赞中国国粹时，便要警觉了：这是紧跟着钢刀子而来的软刀子。鲁迅后来听说，这些话颇可能得罪了香港的"藩司""臬司"乃至"金制军"。

"制军"，本是清代一地方最高长官的称谓，香港地区的中文报纸用"金制军"来尊称当时的港督金文泰爵士[1]。金文泰对中国国粹很感兴趣，通粤语，与当时香港士绅多有来往，经常请太史讲经，自己为座上客。鲁迅后来在香港《循环日报》上剪到一篇"金制军"的粤语讲词，如获至宝，认为其必是将来"中国国学振兴史"的贵重史料，请许广平加注，全盘抄入他的那篇《略谈香港》里。金文泰讲了当时筹办港大华文科的必要，有三大理由：一曰顾全中国历代相传的大道宏经；二曰整

---

[1] 第十七任港督金文泰爵士（Sir Cecil Clementi），1925年至1930年2月在任。

理国故，发扬中国国光；三曰促进中西学人的学问与感情的交流。[1]

由王韬创办于1874年的《循环日报》是鲁迅蛰居广州的那几个月里每日必读的报纸。鲁迅对这份报纸兴趣浓厚，当年写下的杂文中多次援引该报上的社会新闻、言论乃至广告。如《三闲集·述香港恭祝圣诞》一文，反话正说，基本全由该报所载的新闻综合而成——

> 文宣王大成至圣先师孔夫子圣诞，香港恭祝，向称极盛。盖北方仅得东邻鼓吹，此地则有港督督率，实事求是，教导有方。侨胞亦知崇拜本国至圣，保存东方文明，故能发扬光大，盛极一时也。今年圣诞，尤为热闹，文人雅士，则在陶园雅集，即席挥

---

[1] "列位先生，提高中文学业，周爵绅，赖太史，今日已经发挥尽致，毋庸我详细再讲咯，我对于呢件事，觉得有三种不能不办嘅原因，而家想同列位谈谈，（第一）係中国人要顾全自己祖国学问呀，香港地方，华人居民，最占多数，香港大学学生，华人子弟，亦係至多。如果在呢间大学，徒侧重外国科学文字，对于中国历代相传嘅大道宏经，反转当作等闲，视为无足轻重嘅学业，岂唔係一件大憾事吗，所以为香港中国居民打算，为大学中国学生打算，呢一科实在不能不办，（第二）係中国人应该整理国故呀，中国事物文章，原本有极可宝贵嘅价值，不过因为文字过于艰深，所以除咗书香家子弟，同埋天分较高嘅人以外，能够领略其中奥义嘅，实在很少，为呢个原故，近年中国学者，对于（整理国故）嘅声调已经越唱越高，香港地方，同中国内地相离，仅仅隔一衣带水，如果今日所提倡嘅中国学科，能够设立完全，将来集合一班大学嘅人将向来所有困难，一一加以整理，为后学者，开条轻便嘅路途，岂唔係极安慰嘅事咩，所以为中国发扬国光计，呢一科更不能不办，（第三）就係令中国道德学问，普及世界呀，中国通商以来，华人学习语言文字，成通材嘅，虽然项背相望，但係外国人精通汉学，同埋中国人精通外国科学，能够用中国语言文字翻译介绍各国高深学术嘅，仍然係很少，呢的岂因外国人，同中国外洋学生，唔愿学华国文章，不过因中国文字语言，未曾用科学方法整理完备，令到呢两班人，抱一类（可望而不可即）之嗟，如果港大（华文学系）得以成立健全，就从前所有困难，都可以由呢处逐渐解免，嗰时中外求学之士，一定多列门墙，争自濯磨，中外感情，自然更加浓洽，唔係有乜野隔膜咯，所以为中国学问及世界打算，呢一科亦不能不办，列位先生，我记得十几年前有一班中国外洋学生，因为想研精中国学问，曾整出过一份（汉风杂志），嗰份杂志，书面词，有四句集文选句，十分动人嘅，我愿借嚟贡献到列位，而且望列位实行嗰四句题词嘅意思，对于（香港大学文科，华文系）赞襄尽力，务底于成，嗰四句题词话，（怀旧之蓄念，发思古之幽情，光祖宗之玄灵，大汉之发天声）。"《略谈香港》所引，见《而已集》，北京：人民文学出版社，1980年，第23—24页。

毫，表示国粹。各学校皆行祝圣礼，往往欢迎各界参观，夜间或演新剧，或演电影，以助圣兴。超然学校每年祝圣，例有新式对联，贴于门口，而今年所制，尤为高超。今敬谨录呈，乞昭示内地，以愧意欲打倒帝国主义者：

乾　男校门联

　　本鲁史，作春秋，罪齐田恒，地义天经，打倒贼子乱臣，免得赤化宣传，讨父仇孝，共产公妻，破坏纲常伦纪。
　　堕三都，出藏甲，诛少正卯，风行雷厉，铲除贪官悍吏，训练青年德育，修身齐家，爱亲敬长，挽回世道人心。

坤　女校门联

　　母凭子贵，妻借夫荣，方今祝圣诚心，正宜遵懔三从，岂可开口自由，埋口自由，一味误会自由，趋附潮流成水性。
　　男禀乾刚，女占坤顺，此际尊孔主义，切勿反违四德，动说有乜所谓，冇乜所谓，至则不知所谓，随同社会出风头。
　　埋犹言合，乜犹言何，冇犹言无，盖女子小人，不知雅训，故用俗字耳。[1]

1　鲁迅：《述香港恭祝圣诞》，见《三闲集》，北京：人民文学出版社，1980年，第41—42页。

这些材料似乎验证了鲁迅在港演讲词里暗含的锐利观察：位于"五四"新文化运动边陲的香港地区，由殖民者提倡的老调子正在将中国人唱完。

方言·国语

或许"金制军"只是个特例，历届港督中甚至有能到街头饮那广东苦凉茶的，却罕有再用粤语流畅演说的语言能力。香港大学创办的中文科，早期虽也由几位太史秀才讲经，到1935年新文化人许地山南来掌系之后，也逐渐改革为现代教育意义上的"汉学系"了。[1] 殖民政府"重英轻中"的语文政策，一直延续到二十世纪七十年代的民间"中文法定"运动之后才有所调整改变。"番语"的历史优势在香港回归之后的今天也还固若金汤，以致在香港地区的中学推行"母语教学"阻力重重。被家长们和社会看不起的几百所"中文中学"里，有一个历史悠久的香港首所官立中文学校，正是以"金制军"的汉名命名的。这是后话，按下不提。回到当年，倘若将"金制军"的粤语演说与鲁迅的演讲词并置，产生的历史对照效果相当复杂。鲁迅多次引孔子的"道不行，乘桴浮于海"来解释国粹在殖民地的发扬光大，但未能注意汉语现代化中的"方言"问题。这里呈现的"语言战略态势"，是"五四"新文化运动的上述"二元对立"理论难以解释的。其中最值得展开讨论的，是粤语的书面化以及它可以被刊之于近代新闻报章的问题。

---

1 参见卢玮銮《香港故事》，香港：牛津大学出版社，1996年，第110—117页。

这里需要稍稍检讨一下晚清至"五四"时的白话文运动中,"方言土语"所处的暧昧地位。简言之,用"白话文"来对抗乃至"消灭"文言文,所建立的仍然是一种书面语系统,它与"方言"的同盟关系主要是语法结构和词汇方面,而不是语音方面。也就是说,至今我们仍可以用各地乡音来高声朗读"五四"新文学作品,一如当今香港地区中学的中国语文课堂上那样。所以,与流行的"我手写我口"正相反,各地方方言区的"我口"仍须依随"他手"所创建的现代书面语系统去"发声"。正如许多学者所指出的,现代汉语的一些基本规范来自欧洲,如横排印刷,如新式标点,如《马氏文通》所奠定的文法,如拉丁化的拼音方案。现代汉语同时是民族主义的和世界主义的。"国语"概念一方面明显地针对传统书面语,一方面则以方言为潜在的对立面。"国语运动在语言上为现代统一国家提供依据和认同的资源,而方言及其与地方认同的内在关系,则有可能是进行国家动员的障碍。"[1]

"文学的国语,国语的文学。"新文学运动的持续影响之一,就是为现代书面语的形成创造规范、条件和习惯,进而形成一种"普遍语言",一种有利于社会动员、国族认同的"普通话"。新文学作品当然也注意吸收方言(主要是北京或者说是北方方言)的词汇,却是为国语的规范化做了"招安""收编"的工作。陈大悲、刘半农和徐志摩等人曾用北京方言试写过新诗,始终未成主流。"五四"时期创作的白话文作品建立了新文学的"典律",亦形成被后人略带嘲讽地称为"新文

---

[1] 汪晖:《地方形式、方言土语与抗日战争时期"民族形式"的论争》,见《汪晖自选集》,桂林:广西师范大学出版社,1999年,第360页。

艺腔"的主导叙述语调。夏丏尊曾经如此概括：都市文人用"的了吗呢"代替"之乎者也"，摈弃了文言和方言的丰富词汇，把文章装进蓝青官话的腔调里去。他举的例子是白话文里的"父亲""母亲"：

> 实际上我们大家都叫"爸爸"，叫"爷"，叫"爹"，叫"娘"，叫"妈"，或叫"姆妈"，绝不叫"父亲""母亲"的……"爷娘妻子走相送"，唐人诗中已叫"爷娘"了，我们现在倒叫起"父亲""母亲"来，这不是怪事吗？[1]

在二十世纪三十年代有关"大众语"的讨论中，"方言文学"或"土话文学"的话题被再次提上桌面。鲁迅立刻感到有些猛将攻击白话、翻译、欧化、新字眼，借"大众语"来否定"白话文"，是一种"远交近攻"的战法，实际上是"文言余孽"，或者帮了文言的忙。[2]但也开始承认在"启蒙"的阶段可以有用"土话"来写作的必要。他举例说："只要下一番功夫，是无论用什么土话写，都可以懂得的。据我个人的经验，我们那里的土话，和苏州很不同，但一部《海上花列传》，却教我'足不出户'的懂了苏白。先是不懂，硬着头皮看下去，参照记事，比较对话，后来就懂了。"[3]《海上花列传》属于鲁迅在《中国小说史略》里论到的清代"狭邪小说"，对话用苏州方言，叙事却用白话，不能算"纯土话文学"。张爱玲后来把它译成"国语"，也正是痛感它精彩的苏

---

[1] 夏丏尊：《先使白话文成话》，见任重编《文言、白话、大众语论战集》，苏州：民众读物社，1934年，第2页。
[2] 鲁迅：《门外文谈》，见《鲁迅论文字改革》，济南：山东人民出版社，1979年，第43页。
[3] 鲁迅：《汉字和拉丁化》，见《鲁迅论文字改革》，济南：山东人民出版社，1979年，第63—64页。

白不能为大多数国人所欣赏，反而折损了其好处的吧。看来能"硬着头皮"看方言文学的他乡人，并不太多。假定鲁迅能用粤语写作，效果将会如何？我碰巧在一本研究粤语的专著的附录里，找到一篇被译成了粤语的《孔乙己》，且把开头的一段引在下面——

> 鲁镇酒店嘅格局，系同第二度唔同嘅：都喺对住街一个曲尺形嘅大柜面，柜里面就预备住热水，可以随时庆番热啲酒。打公仔，晏昼挨晚放咗工，时时使四文铜钱，买一碗酒，——呢啲系廿几年前嘅事，而家每碗要起到十文，——靠柜外边企喺度，热热地饮咗啩下；若果肯使多文钱，就买得一碟盐煮笋，抑或茴香豆，做饮酒嘅餸咯。若果出到十零文，咁就买得到一样荤菜；但係呢啲人客，多数系着短衫嘅，大概冇咁阔佬。唯有着长衫嘅，至踱入铺面隔篱嘅房里边，攞酒攞送坐住慢慢咁叹。[1]

虽然粤味不够纯正，但也能立即感觉到，倘若《呐喊》《彷徨》都是这般写成，于粤语文学的贡献可能不小，能否列入新文学的开山经典，那地位就颇可疑。翻译即叛逆。正是"翻译"彰显了"国语"与"方言"之间的潜在对立关系。

二十世纪四十年代的解放区文学如赵树理的《小二黑结婚》、周立波的《暴风骤雨》等，1949年以后的"工农兵文学"如柳青的《创业史》、梁斌的《红旗谱》等，虽然都在对白里采用了较多的北方土话，

---

[1] 高华年：《广州方言研究》，香港：商务印书馆，1980年，第338—339页。

但是它们的叙述语言坚定不移，始终是规范化的"国语"。其中叙述者的身份与"五四"新文学中的那个新文化人是一脉相承的。由于共处同一作品，"国语"与"方言"之间的权力关系就更加鲜明地呈现出来了。

边缘、夹缝、与比邻省份（广东、广西）相通的南方方言区，"新儒家"花果飘零兴废继绝，昔日的殖民地时空、迅猛崛起的现代国际都市，等等——香港，便成为回顾一个多世纪以来汉语现代化运动和汉语写作的一个极有利的立足点。

无人管？

回顾二十世纪香港的写作空间，其语言态势基本如下。

其一，殖民政府的官方语言——英文，本质上是一种"公务员英文"，基本上不推动香港地区的英语文学创作。正如郑树森所分析的，相形之下，加勒比海的小岛圣露西亚，虽只有一家中学，学生上大学还得到牙买加，1992年却有沃尔科特以英诗创作获诺贝尔奖。这当然跟英国向来只以香港为进入中国内地腹地的经济踏脚石，无心经营其他有关。[1]

其二，"老调子"即文言写作在香港地区未如内地一般受到"新文艺"的打击，相反，直到二十世纪五十年代前叶，虽有两个时段，因

1　郑树森：《遗忘的历史·历史的遗忘》，黄继持等编《追迹香港文学》，香港：牛津大学出版社，1998年，第5页。

大批新文化人南下而使新文艺"旺"过一阵子，但过后仍然是清末民初以来此地展开的诗文酬唱、报刊"谐部"、文言"言情"小说、粤式通俗说部为大宗。[1]二十世纪五十年代之后文言写作渐趋式微，但仍顽强生存于诗词的唱和与结集、大学中文系的写作课以及对联、诗词的征文比赛之中。

其三，香港地区未进行过由国家政府强制推行的"国语（普通话）运动"。在日常口语方面粤语占了主导的地位，那里的人们不像其他地区的民众一样，不必在日常生活中交错使用方言与国语，在"大场面"中主要使用国语。

其四，全国其他地区的方言虽然未从日常口语中消泯，但在书面写作中几乎全面被压抑。只有地方戏曲得到"文物"式的政策照顾，得以延续非常有限度的方言写作。[2]唯有在香港地区，粤语写作仍占据了报章版面的相当篇幅。其最直观的结果是：香港地区成为"化学界"之外唯一继续拥有"现代仓颉"造字功能的所在，而且，这一两千个"香港外字"有可能被 Unicode 所吸纳，即进入世界范围的"汉字规范"。

如此交错平衡角力颉颃产生的写作空间，在二十世纪的汉语写作中是独一无二的。简言之，这是一个官、匪、兵、民共处的所谓的"三

---

1 参见黄继持《化故为新：香港现代文学与中国古典关系漫谈》，黄继持等编《追迹香港文学》，香港：牛津大学出版社，1998年，第104页。
2 京剧占了文化首都与"国语"的便利而被定为"国剧"，其实也只是地方戏剧的一种，正如北京话只是方言的一种。之前唯一的方言电影是以四川话演出的《抓壮丁》，它与后来的陕西土话电影《秋菊打官司》一样，都应该被作为特例具体分析。

如何在 21 世纪的香港用汉语写作 | 391

不管"地带，它游离于各种规范之外，它游走于各种规范之间，它极为渴慕各种规范的同时随地颠覆各种规范，它肆意挪用各种规范的同时顺手歪曲各种规范，它逃离各种规范的同时急欲逃离无规范，它自行制定生生灭灭的新规范，它径自以无规范为唯一的规范，它同时生存于"东西、南北、左右"之间既为难又逢源。

然而，真的存在这样一个"写作乌托邦"么？正如人们一向深刻体会到的：大凡所谓"三不管"地带的背后总有"看不见的手"——"市场力量"是也。

这里最直接的语言对应物便是"三及第"文体。所谓"三及第"，就是文言、白话加粤语的奇异文体。据罗孚的说法，这种文体乃梁宽（梁厚甫）和高雄（三苏）首创。[1]他们在《新生晚报》上用这种文体写"怪论丛谈"，也写小说。最著名的当然是高雄的《经纪日记》：

> 早上七时，被她叫醒，八时，到大同饮早茶，周二娘独自回家去了。她说自己要买钻石，恐怕是水盘，大概和人家踏路是真。王仔走来，猛擦一轮，扬长而去，真是愈穷愈见鬼也。

这本书"连载数年而不衰"，"不但为一般读者所欣赏，文人学士，商行伙计，三百六十行，几乎包括香港的各色人等，都人手一篇"。二十世纪七十年代《纯文学》月刊专访高雄，高度评价这些作品（《石狗公日记》《香港二十年目睹怪现状》等），认为是可以传之后世的文

---

[1] 罗孚：《三苏一小生姓高》，见《南斗文星高》，香港：天地图书公司，1993年，第70—71页。

学作品。[1]耐人寻味的正是这个叙述者的"经纪"身份。这种文体至今仍被广泛运用于报刊的"怪论"专栏、投资者日记、马经、食经、色经乃至政治漫画中的人物对白等。世故,犬儒,世事洞明,人情练达,其俗入骨却又愤世嫉俗,入世甚深却又玩世不恭,"捞世界"捞到化,"冇眼睇","余不欲观之矣"——其"商场中人"的叙述者身份则始终如一。

新文艺腔

然而更为耐人寻味的是高雄也用"史得"等笔名写了不少"文艺小说"。除了高雄,南来的徐速、李辉英等也写过这一类小说。这种具有"新文学"格局的小说,港人曾笼统称之为"文艺小说"。黄继持认为这个词诚有语病,指涉也不确定,"本意或因其'文类'之'新'而赋予正面价值,但往往也用作商品标签,加以某些言情或感伤小说,带点'文艺腔'者,以别于'旧'式的通俗小说"。"但'文艺小说'名号之出现,毕竟见出港人对'新文学'有一份尊重。"[2]这尊重里便也有几分揶揄,几分排拒,对"外来"者的敬而远之,更重要的是,这是"新文艺腔"与本土阅读市场相结合的产物。新文艺腔的言情小说后来有长足的发展,于二十世纪七八十年代风靡内地,甚至以"财经小说"的新鲜名目威震内地出版界,其主要的叙述者身份越来越清楚

---

1 罗孚:《三苏—小生姓高》,见《南斗文星高》,香港:天地图书公司,1993年,第70—71页。
2 黄继持:《香港小说的踪迹》,见黄继持等《追迹香港文学》,香港:牛津大学出版社,1998年,第19页。

了——"白领丽人"是也。

瑞士语言学家索绪尔把"现代民族—国家语言"称为"文学语言",因为这种带有人工设计的语言压根儿就诉诸民族感情的激扬与凝聚,它充满激情和悲情,它先天就是浪漫主义的。内地的"国语的文学"分延一脉来到香港地区,正如学者所指出的,与其说是受了鲁迅演讲的鼓动,不如说是受了上海"洋场现代派"文学杂志的直接影响。[1]在内地,新文艺腔走向激昂高亢的"革命浪漫主义";在香港地区,无论"左中右",新文艺腔的一支走向"通俗浪漫主义",一支则发展了其中的"欧化"倾向,走向"后浪漫主义"即"现代主义"。焦虑、荒谬、前卫、先锋、东方文明的解体与招魂,你在马朗的诗文、昆南的诗和小说、刘以鬯的实验小说中,辨认出那个后浪漫诗人("酒徒")的叙述者身影。

"新武侠小说"的"新"字标明了它与"五四"新文学的暧昧关系。正如论者指出,武侠与反帝爱国同根并蒂而生。平江不肖生(向恺然)的《近代侠义英雄传》,述霍元甲事,其中"三打外国大力士"情节,最能表彰抗御外侮,一洗"东亚病夫"颓气的民族自强欲望。[2]金庸的武侠小说毫无疑问是用国语来书写的,其中的江湖用语几乎全部取自北方,连韦小宝这个扬州妓女的儿子也与大清皇帝用国语沟通。倘若"新武侠小说"是用方言写就的,二十世纪九十年代的文学史家要将它们纳入"现代文学史"的经典主流就要花费十倍的力气,它们

---

1 卢玮銮:《侣伦早期小说初探》,见黄继持等《追迹香港文学》,香港:牛津大学出版社,1998年,第48—51页。
2 叶洪生:《中国武侠小说史论》,见《武侠小说谈艺录——叶洪生论剑》,台北:联经出版公司,1994年,第3—43页。

也难以成为二十世纪末在世界华人圈中维系"文化中国"的"入门教科书"了。家国情仇，琴棋书画，叙述者的身份谁属？——"江湖老了那汉子"！

无声的喧哗

历数二十世纪香江写作空间里的"叙事主体"，有太史秀才、新文化人、商场"捞到化"、白领丽人、后浪漫诗人、国族江湖大侠，当然还有未来得及数到的一些。我现在却想回到鲁迅演讲词里提到的那个"（非）叙事主体"，即所谓"沉默的大多数"，在二十世纪行将结束的时候蓦然回首，他们可曾发出过"真的声音"？

文字之难，汉语写作之难，悲观地说，情形较之一百年前，并无多大改善。因此，写作仍然是一种精英的文化活动。写作者即使是在从事"普及文化"的实践，或者以"普通老百姓"的身份发言，他（她）也只是"代言"人。然而，"沉默的大多数"并不需要找代言人，也无法碰到代言者，因为他本身就代表着种种无端而普及的、为外人所不能体验的、难以言喻的欲望。这欲望是极为普遍的，但也是无根的、无名的、连绵不绝而支离破碎的。它是没有策略的，因此它虽然声势浩大（它不'代表'大多数，它'是'大多数），但缺乏可辨识的腔调（voice），缺乏可以言诠的身份（identity）。然而，它能够把多姿多彩的技术（tactics）集于一身，借此编织着为道统不可诠释、不能接受的历史的喧哗"。[1]

如果要在二十世纪的香港作品中依稀辨认这个"普通人"(可能的话),他(她)会是西西《飞毡》中那个"童言无忌"的讲故事者,还是甘国亮《人间蒸发》里的芸芸港人?(二十世纪末)在这无声的历史喧哗正向着下一世纪绵延的此刻,你听到了什么,又将用汉语写下些什么?

---

[1] 德塞图(Michel de Certeau):《日常生活的实践》,1984年,转引自陈清侨:《普及文化的普及技术》,见陈清侨编《文化想象与意识形态》,香港:牛津大学出版社,1997年,第255—256页。

在词语的风暴中借诗还魂
——读黄灿然的《哀歌》之一至之七

> 当我写到这里我便睡着了,当你阅读,
> 我的文字便醒来——而我已经不在。
> 我在另外的日子里阅读死亡的睫毛
> 和睫毛下闪电的隐喻。
>
> ——《哀歌之六》

黄灿然的《序曲与哀歌》中,其《哀歌》部分被收入他的《十年诗选》,作为他这本书的压轴之作。长诗或组诗通常显现出谋篇布局的宏大与精密,展示诗歌内在结构的连贯绵延。阅读这七首《哀歌》,你首先会注意到每一首都均匀地划分为三节,每节包含二十到三十个长句(行)。这种刻意安排的均匀结构并未造成呆板的修辞效果,得力于每一长句(行)中所含分句的变化多端。或者狼奔豕突汹涌而下,或者曲折蜿蜒艰涩难行,或者复沓回环步步为营,诗思却最终"行于所当行,止于所当止",栖息于相对完美的"诗"的形式结构之中。"如果形式就是内容又躲避着内容,牵引内容又抛弃了内容"(《哀歌之一》),你仍然会说,句、节、段、组之间的矛盾冲突、长短关系,绝非与诗人所关心所反复咏唱的主题毫无关联。这些主题是——世界、城市、生活、生命、语词、句子、诗歌、诗人。

一

《哀歌之一》的第一节整个是一句长达23行的假设句。假设句的上句由一连串（19句）紧逼而绵长的"如果"分句构成，这些"如果"互相延伸又互相替换，互相堆积又互相遮盖，一再推迟"那么"的出现，最终却落到只有四个字的下句上，"你就是你"。斩钉截铁，不可通融。"如果"是分句的起始，却常常蓄意安排在行末转折之处，在几处较短的诗行中，"如果"被同时置于这一行的两端：

>……
>如果你是黯淡的，而你又必须是黯淡的，如果
>你的眺望是内溯的，而眺望就是你的一生，如果
>我打破你的皮肤，而你的皮肤又是用来弥补的，
>
>如果那永不回来的事实上从未离开，如果
>那从未发生的事实上已经结束，如果
>伟大被渺小包围，崇高被低矮排挤，单纯
>被复杂诱惑，如果……

被这些"如果"前后左右重重包围的"你"，所假设的到底是何种情形？诗开始时引出生机盎然且不免俗艳的意象（"我的时间长出绿

叶""你的花朵昂起红瓣""你的旅程注满春水"),渐次推移到黯淡而抽象的概念("彼岸""今生""形式""内容""意义"),"我"无可奈何地承认了无数可能中唯一的不可能——

> 如果你的心只是一颗心,不能增减,不能被我赋予
> 你不拥有的意义,如果被我赋予睡眠的意义
> 并从此充满意义的你还是你,
> 如果你只是你,你就是你。

"你"何所指也?似乎一无所指,"你"即使被"我"赋予意义,这意义也是无法唤醒的,"你还是你""你只是你,你就是你",再三强调的同义语反复拒绝了所指。由大量"植物"隐喻(绿叶、枝丫、花蕾等)的堆积所呈现的"你",然而读者很快领略到了,这就是随后在《哀歌之二》里出现的"世界的树"。但这《哀歌之一》的第二节,主要是发展第一节里的"眺望"主题,由数个长短不一的疑问句带出:"你看到了……吗?"

"城市",在这里作为阻挡视线的障碍第一次出现了。由于它的遮挡,你的眺望不能不是内溯的。你只能看到你的"最初的最后","你的嫩芽姐妹、你的根茎兄弟、你的水土父母",你还看到风移云至,雾散露滴。有些则只能靠"听":

> ——我听见河流失去欢乐的叹息,大海怒斥黑暗的激动,
> 光的盐水涌起,击拍蓝天,把太阳变成黄色的斑点,
> 把尘世变成一层尘埃,把时间的红唇变绿

你看到，你听见，却无法说出。"你都看到了，但你不愿意说话，你的沉默有金子的质量"，"时间又再封住你的小嘴，阻止你说出它的秘密"。言说再次被标明为不可能，但这里出现了第一次转机，因为"时间的秘密"已被你收藏或把你收藏，何况因了这收藏，你拥有"开花的欢乐"和"含苞的幸福"，并在你我目光相遇的瞬间领悟了这秘密。

我的目光既然有如此效能，那么，"我"是谁？"我"和"你"的关系为何？第三节试图回答这个问题，却是以一连串否定句的方式来界定的，"我不是你的什么"。"我不是你的栗树，不是你刺入肉体中的记忆，不是记忆中猩红色的爱情"；"我不是你眼睛里的候鸟，不是秋空中的羽毛"——

> 我不是你秋天的槭树，午夜的雪花，窗前的白雾，甚至不是
> 当你幻想的车队经过天堂大街的时候静立在道旁的
> 只有陌生而胆怯的旅人才会注意的
> 那块小小的方向碑。

否定的联系是可能的联系，比肯定的联系更强烈却更模糊不定。我不是你的另一棵"世界的树"，也不是你的等待、期盼和记忆，更不是你的天国幻想的方向指示。因为用历数或列举的方式不能否定一切联系，反而暗示了更多的可能的联系，甚至这些否定是否成立也都是可疑的，"不是"极可能就是"就是"。诗人与世界的关系便是如此的暧昧含混。

二

《哀歌之二》立足秋天回顾夏天。在秋天我和你的关系已经变质，曾经有过的共同梦想现在还有，"不过主谓宾都已换位"，你的日光成了我的幻灭。四季的更替泄露了时间的秘密，你浑然不觉，于是我们对明暗的知觉是如此不同。

> 秋天真的来了，来得多么像光明，而你接住光明的尾巴，
> 仿佛抓到了白天的辫子，而我，是过了一夜之后
> 才通过回忆看见它的——它模糊
> 而又捉摸不定，在逐渐显现的同时更快地消失。

"城市"再次出现，不过这次来的是声音的喻象，"听见从城市的森林里澎湃而来的物质主义的挽歌。它溢出你的梦，滴向现实"。一如在《哀歌之一》中，视觉总是投向往昔、童年、夏天，"我的视觉在一秒钟内飞入往事又飞出这个句子"，对当下与未来却总是模糊，唯有听觉足以觉察到秋天的枯叶纷飞飘落，倾听衰败和没落。"我将日子的方向藏在耳中。我没有什么可以倾听的，除了黑暗。"

"飞入"又"飞出"这种句式在《哀歌之二》的第二节发挥得淋漓尽致。

> 世界把它本来的面目交给深处的水流。
> 我几乎把我的一生交给一个小故事去展开、叙述、死而复生。
> 我将一匹马的幻想移入史前动物的眼睛里。我将马的视线移入波

涛。波涛汹涌，马矗立不动。马的爱情被太阳引向南原之腰。

马将一只鸟的幻觉移入体内。马插起鸟的翅膀超速飞翔，快过光速。

马累了，腹中的杂草疯长起来，奔腾的欲望高于天空。而奔腾是漫长的。

而道路是多歧途的。世界是一座桥。所有的桥都通向死亡的河口。

汇合不是唯一的希望。

你把一枚枚小死亡搂抱在怀中，像搂抱着太多的花蕊。

你把一个人的终点和起始连接在死亡的途中。你飞翔，你的闪光

掠过你生命的屋顶。你被自己瞥见了，感到小小的心跳被它的速度夺走。

生命，无穷地交付、移入、引出，在无数的歧路上奔腾，未有穷期，在速度的眩惑下，忘记了生命即一个个小死亡的集合，忘记了死亡是唯一的汇合口。幻想与欲望的迁徙奔腾快过光速，而这也是"生活"的速度。生命有终点而生活没有，生活溃散成鸡毛蒜皮欲望横溢，生活是永恒的过程，生活是深渊。

抵抗这高速溃散的生活的，唯有回忆与叙述（写作）。回忆是温馨的，回忆是困难的，许多事情已经流失，已经无从回忆。回忆是孤独的，我驾着"独木舟"回到青春期的湖心，或通过"独木桥"联结你眼睛深处恍惚的道路。"飞出"句子的回忆力图回到叙述与写作中去，这是抵抗，也是救赎。"通过写作我把你的舌尖与我的歌唱连接起来，

通过你，我步入我生命的曲折长廊，回忆大海，山脉，光辉，骄傲和幻灭。"这一节里最值得注意的是终于出现了一个与诗人生命历史相关的专有地名——"珠江"。反讽的是这地名是作为啤酒商标的品牌而出现的，"我来到一杯珠江啤酒的底部……体验沉沦"。

三

"珠江啤酒"的主题在《哀歌之三》的第二节充分展开了，并就势引入更多专有地名：

> ……我跃出
> 珠江啤酒的泡沫，看见广州在南方的温床上醒来。
> 　　纽约仍在沉沦。
> 上海竖起怪异的纪念碑。北京埋在夜的底部
> 　　烂醉如泥。
> 我深入夜的客厅，被日光灯照见浅红色的啤酒脸。
> 我从啤酒的火焰中品尝往昔的明净，现在的更明净，
> 而未来显得微乎其微，仿佛灰尘散尽……

从回忆的酒杯中你感觉到几乎是世界范围内的幻灭和绝望，但"一个人的长成有赖于他的幻灭。一个人的绝望有赖于他的激情。一个人的放弃有赖于他的坚持。一个人离开故乡，便从此走在回家的途中；那条道路是晦暗而易于破碎的，但永远不能到达"。夜遮挡了这条路，遮挡了母亲的形象。夜吞噬了一切。

在词语的风暴中借诗还魂 | 403

回头读第一节的开首,你发现"距离"是《哀歌之三》的关键词。一个人的命运永远不能跟一条灰白的道路相比。"这是距离的秘密。"否定句式的明喻仍然是明喻。你我关系此时变得可望而不可即,"你站在距被我歌唱还差一级的台阶上","你再距我的眼睛还差一秒就能看到你的背影的时刻离去"。"爱情是隔着三棵槭树以外的事,鸟儿总在明天的树梢要抵达的高度上飞过。"可望而不可即——

　　　　　……这不像命运。
　　这仅仅是一个咒语,它灵不灵验是一回事,
　　但它被舌尖触及,又从口中吐出来,
　　这是另一回事,并已造成差别。

　　　　　　　　　　　　——《哀歌之三》

所谓"回忆",便是长成与幻灭的距离,激情与绝望的距离,坚持与放弃的距离,离乡与归家的距离,这些距离无法泯除,回忆永无终点。于是在"回忆的酒杯破碎以前",你看到"青春的骏马"再三跃起。呼应《哀歌之二》第二节的奔驰,"当我从马背上跳下来我的马已经苍老。当我把它牵给你我的手也已经苍老"。

四

"破碎"这词由《哀歌之三》延伸到之四,并与"丰富"一词构成一紧张的喻象。回忆呈现于我们的,是一幅破碎而又丰富的图像,因破碎而丰富,因丰富而更加破碎。在第一节里反复出现的叠句便是

"一片破碎的草地已暗示得太多"。

> 我就是我的终点,我的风景,我的丰富而痛苦的人生。我也应有尽有:肉体的浩劫,灵魂的灾难;每一根汗毛都能感受到的快乐和欢笑。而这些都说明不了什么,一片破碎的草地已暗示得太多。

"丰富"变成第二节里的叠句,"我丰富啊","我丰富啊",听起来不像是志得意满的宣告,听起来更像是身处水深火热的城市中的一声声呻吟,一声声哀号。而一直匿名不宣的"城市"此时终于显现为"后殖民地"的香港。"维多利亚港的海风出入我上下班的幻觉","文化中心的额头在中银大厦的避雷针下闪烁如电","维多利亚港逃入维多利亚公园"。丰富是海港两岸玻璃墙映照出来的幻觉,丰富是出入于日常琐事如同出生入死,丰富变成贫乏的同义词。"玻璃和镜子/互相幻灭。"

"破碎"进一步发展到语言和句子:

> 我从一枚钉子领悟到木板的脆弱,触摸到
> "裂开"这个词的根。我从一面镜子理解到一个句子:
> 都是易于破碎的,
> 甚至在照见任何事物之前就已破碎——除了照见它自身的破碎。

既然如此,那么,以破碎的语言写作的诗人又将何为?诗人的船在一百个老人的怒吼声中倾覆,但诗的精灵或仍能飞离水面升向星空?

五

《哀歌之五》充分探索语言和我们的关系，在语言的牵引扯动之下，我们已成碎片。整首诗的语调开始激动起来，犬儒般的激愤溢于言表。

> 我在人头攒动的小广场倾听那场
> 把所有不存在或即将存在的苹果树摧毁的风暴。
> 一场词语风暴，闪电般从词语内部倾巢而出的风暴。
> 动词掀起名词、弓箭引导射手、青春被老年迅速梦见的风暴。

我们在这词语的风暴面前卑躬屈膝，我们平庸、怯懦、虚构、耻辱，这些负面的道德判断构成一连串的叠句，在"邪恶就是我们的一生"这样盖棺论定（"故乡就是废墟。国家等于墓地。"）的句式下交替置换。"在肉中掠夺爱情，在树中盗取燃烧。在词中剥削意义，在碗中吞噬良心。生活成为借口：用它背叛朋友，用它兴风作浪，回头又用它生活。语言是借口中的借口：它背叛所有背叛它的。"语词的风暴吹袭我们，我们又为之推波助澜。我们是否已无可救药？

在词语中的堕落要靠语言来拯救。第三节笔锋一转，大谈语言的拯救功能。"使一切/像一切应有的那样/在分手的时候握住结合的意义，/从寂静的口中亮出词语的刀锋"，但这只是虚晃一枪，对语言的追问终归于虚无。

> 只有语言才能拯救我们。给我们绳索、草和幻觉。

使我们不知道事物的本质又以为知道,

知道了却仍然被以为不知道。

使存在变成虚无。使生命变成废墟。

只有语言才能拯救我们。

而语言已不能够挺救我们。

它使我们变得毫无价值,再使它自己变得毫无价值。

这就是它的价值,超越我们的死亡。

六

《哀歌之六》从虚无中复活,用这个自我缠绕的绝妙句子开始:

这个句子是一个分水岭,在这之前我好像没说什么,在这之后我不知道该说什么。

这是诗歌诞生的时刻,从死亡中诞生,又开始了死亡。"从……到……"句式贯串《哀歌之六》的始终,将阅读、写作、诞生、死亡的隐喻交替置换,繁衍出一大堆斩钉截铁极为霸道的格言式判断句。阅读即隐喻。残酷即美。读者即强盗。作者即读者。读者即世界。阅读即愤怒。写作即诞生。诗人即怀孕。成熟即毁灭。完美即夭折。诗歌即真理。写作即揭露。语言即黑暗。意象即诗人用手擦亮黑暗。

死亡仅仅是它自身的隐喻。诗人靠隐喻和空气过日子。

隐喻是从"从"到"到"的过程。

隐喻是隐喻自身的母亲。

……

判断句把隐喻的过程缩到最短，不容置疑，不及思索，刚开始即终止，却也立刻启动了下一个句子。"每一个句子都是前一个句子的破坏者。前一个句子又为后一个句子的毁灭埋下炸药。"连环爆破，诗人在暗夜中迎接曙光。

七

哀莫哀过于《哀歌之七》。黄灿然从生、死、写、读的玄学讨论回到血肉相连的地面，回到城市和日常生活。首句直接由一句革命名言转化而来，其修辞效果是震撼性的。"祖国像一粒小米被一枚子弹击中。"流亡开始了。

> 远离土地的人不能不忘却土地，唯母亲的形象撞击内心。
> 谁可以狠下心把珍贵的体验化为粪土。
> 以粮食为根的必将归于尘土，以汉语为水的
> 必将漂泊。这是黑暗的命运，这之中必有秘密。
> 而揭开它竟是我们的命运。这血还能分出
> 更稠的血，犹如这水——浓得叫我们流泪。

革命名言的颠覆性换喻紧接着又出现了一次"而祖国像一粒小米被步枪抵住喉咙"。而我，诗人，却继续在后殖民地的大都市里生存。

"无所谓","反正无所谓","我说过我无所谓"。这貌似犬儒的态度，是为了逼出《哀歌》的高潮部分：

> 前面还有时代的猛兽，
> 阳光中的毒草，高科技的私刑，自由的逼供。
> 而我像枯叶一样散步，在黄昏的入海口回忆日出。
> 耳中藏着诗歌的韵脚，视野所及全是生辉的文字。
> 在政治的光谱中，在太平洋的歌喉里，唯一的尊严
> 仍然是诗歌的尊严。是撕下"为了生活"这个面具的时候了，
> 哪怕已经没有了真面目。自己才是地狱。
> 恰恰是在没有英雄的时代诗人才要粉身碎骨，借诗还魂。

八

七首《哀歌》规模宏大而且结构精深，犹如一部辉煌的交响组曲。从一个小主题开始，逐渐过渡延伸到另一组小主题，又不断回环呼应，草蛇灰线，伏脉千里，像一幅花纹复杂的大织锦。即如组诗的结尾，诗人在词语的虚无中重拾诗歌的尊严，说：

> 当我写下一首新诗的第一个字，
> 我就又回到了语言的故乡，看见
> 女人把她们鲜花的命运
> 撒在天堂的街道上。

其实，我们在《哀歌之一》的第三节已经见到过这个"天堂的街道"，以及道旁那块以否定形式出现的不起眼的方向碑。于是重拾诗歌尊严的过于肯定的自信，重新被置于先在的否定之中。诗人在现代世界中的流放旅途，势必再次启动其行程。

一部规模宏大的作品，无疑是产生众多创造性阅读或误读的有效空间。我在这里有意不援用诗人的传记材料，以佐证诗中的"具体历史"部分（如"在鸿福大楼和国华大厦的出入口，我每天出出入入"之类，甚至这两个平庸不堪的香港楼名，也在诗中产生不凡的修辞效果）。我也有意回避黄灿然在写诗、编诗、译诗的过程中多处发表过的诗论观点。我亦刻意不援用组诗以外的黄灿然其他的诗句来取得"诗人写作史"的互参之效。同时，我也尽量避开已经存在的对黄灿然诗歌的评论或研究，尽管它们对我大有启发且已经留下了划痕。

这不意味着我相信一种可以完全囿于文本的"天真无邪的阅读"。在读它们之前我们早已饱受前阅读的"污染"。我只是给自己规定了一个单一却并不简单的任务，即以欣赏和略做解释的方式将七首《哀歌》"串读"下来。据说唯有严格意义上的诗人才有资格评论当代诗歌，才有可能在当代诗歌的迷宫中找到那条"阿里阿德涅"线。我作为非诗人，作为诗歌细胞所剩无几的普通文学读者，相信在"大"作品面前保持一种谦虚的态度是必要的。

大作品有无数的出口和入口，串读的路线绝非只有一条。

"诗人是语言功能的镜子"（布罗茨基），对我来说，七首《哀歌》极大地扩展了汉语的表现功能，其成果是令人振奋的。

只有语言才能拯救我们。

只有语言才能使时间长出绿叶。

使风中的月雨中的水合为一体。

使大地裸露心脏如同天空裸露太阳。

使石头打破沉默。

使闪电切开风暴的脉搏。

使蝴蝶弯腰大海倾斜。

使日子穿过夏天的小腹。

使泪水汪汪的眼睛看到陆地的极限。

使树叶在树身上弹奏飘落的音乐。

——《哀歌之五》

喜欢阅读[1]

我去年出了一本书，书名叫"害怕写作"。学生都笑说，黄老师害怕写作，又写了一本出来，要是不害怕不知会怎样。其实，要是不害怕，就一个字也写不出来了。害怕得跟喜欢一块儿说，正因为喜欢，所以会害怕，没包含了害怕的喜欢，不是真喜欢。

读书有好习惯，有坏习惯，我读书的好习惯和坏习惯很小就养成了。

读书的好习惯和坏习惯

小学毕业那年的暑假，组织上批准母亲带着我们哥俩儿，到粤东深山的一个林场去探访四年未见面的父亲。那是一个饥馑的年头。晚上见面的时候，父亲介绍他的场友说，这位姚伯伯前些天煮癞蛤蟆充饥没把毒腺挑干净，差点中毒送命，昨天才缓过气来。这些在大茅屋里打通铺、衣衫褴褛、面有菜色、四肢浮肿的汉子，我后来才知道他

---

[1] 本文发表于《中华读书报》2006年1月18日，写在香港版《害怕写作》出版之后。

们都是"有帽"之人,右派分子。他们白天干活,晚上却都在油灯下各自看书。姚伯伯当年曾在这山中打过游击,没想到旧地重游是来接受"改造"。他看我这十二岁小孩对他正在读的书感兴趣,就说白天可以拿去翻翻。可能因为姚伯伯的威信高,后来所有的场友都允许我白天随便翻读他们稻草通铺上的枕边书。

那是我囫囵吞枣读书最多的一个暑假。先找小说读,我记得有《堂吉诃德》和《悲惨世界》,接着读了几本"很像"小说的书——《爱弥儿》《波斯人信札》。外国诗歌有《普希金诗选》,不过觉得书中的"别尔金小说"要好看得多。长诗《唐璜》翻了翻就算了,不过插图真的很吸引人,我第一次见识了宫廷舞会和海盗船之类。古书我专找白话的或有"今译"的,我记得读了《水浒后传》《西游记》和《屈原赋今译》。《小逻辑》一早就放弃了,小学毕业生读不懂的书太多了,我也没觉得气馁。当时我没有意识到一群最好的老师就在自己的面前:因为直言犯上而沦落深山的革命前辈、教师、学者、工程师……父亲不让我用太多愚蠢的问题打扰白天已经累得半死的大人们,我被迫采取的读书方法很简单:不懂就跳过去。后来我才知道陶渊明早就这么干了,"好读书,不求甚解"。

好习惯就是那时候形成的,我读别人的书特别小心,真的是"捧读",捧着读,不涂不画不折页。到现在我从图书馆借到的书,看到有人在书上乱画,还是特别生气,何况画的往往又不是地方!当然读书的坏习惯也是那时候给养成的,除了不求甚解,还有就是同时翻开几本不同门类的书交替着读,这本读几页,那本读一章,有时把不同的书的内容混在了一起,煮成一锅粥。用现在的话说,在脑子里"跨科际整合"了。再就是读得很快,总觉得暑假快完了以后没有这么好的机会了,一跳一跳的真能一目十行。很多年以后我才读到有关"速读法"的书，发现我小时候的读法有点无师自通。读得快的好处其实受用无穷。我在海南岛插队八年，到处找书读。星期天走几十里山路到隔邻的农场借到一本书，通常要用好书去交换，我有一本磨破封皮的《牛虻》，用它换到不少好书来看，后来终于不知去向。书借回来后一帮场友就轮流请病假在蚊帐里接力读，到了星期天还得再走几十里山路去还书。我因为读得快，一般请个半天假也就够了，队长从来也没有起疑心。如今我常跟学生说要学会"速读法"，他们总是用将信将疑的眼光望着我。不光是因为知识爆炸的年代读慢了读不过来，更重要的是读书要是没有"快"感，那是自找罪受。当然，有不少书需要精读，那就细细地精读。

一本书总是通向另一本书

二十世纪八十年代《读书》杂志在北京创刊，第一期的重头文章是《读书无禁区》。这在现在是常识了，当年据说发这稿子还都捏着一把汗。一本书总是通向另一本书，读书怎么可能有禁区呢？插队那会儿只让读"老三篇"，可是《为人民服务》一开始就提到司马迁和《史记》，《愚公移山》直接从《列子》那里用典，《纪念白求恩》，你总得让人家知道"加拿大"不等于"大家拿"吧。七十年代开始开了几个口子让我们可以冠冕堂皇地读点书，不用躲在蚊帐里读。一是可以读马列，我那几年还真啃了不少马列经典，最喜欢的篇章是《路易·波拿巴的雾月十八日》，气势如虹，文采斐然呵。但是队里的支书跟别人说，这人马列读得多，思想还是很落后，不求上进。多年以后，我听说隔邻农场有几个知青成立了读书小组，被打成反革命给抓起来了，关了几年才平反。真是有点后怕！读马列的结果是通向西方古典哲学，黑格尔、康德、杜林、马赫，一条线可以一直推到古希腊。另一个口子是"批林批孔"和"批水浒"，趁机读了多少中国古典文史著作啊。记得1977年考上北大中文系，第一堂"中国文学史"，系里老师先来了个"摸底考试"，怕这些人荒废了十年基础太差了。题目有点难，没想到成绩都还不错。我看八十年代以后冒出来的文史哲专家学者，没准都是当年读马列和批这批那打下的底子。

积习难移：读百家书

在北大读书，图书馆很不好用。那年月还没有计算机系统，查书号得站在卡片柜那里一张一张翻找。本科生一次借十本。你填好十张书单递进去，馆员到书库里帮你取书。等了半天，运气好，十本里能出来两本。运气不好，一本也没有。连查书号带等人取书，浪费很多时间。我住的宿舍是个大间，一屋子摆了六张双层床住了十一位同学。我读书的坏习惯又发挥了作用，干脆，读另外十位同学借回来摆在个人桌上的书好了。每个同学读书的兴趣不同，论文题目不同，反正我是兼容并包，什么书都能开卷就读，而且读得比真正的借书人本人还快。上铺的老宋做郁达夫，中国现代文学的书，基本上他看过的我也看过了。邻床的梁左是我们班的"小红学家"，我的"红学"知识全从他借的几十本书中来。积习难移读百家书，好处是知识面比较广，视野不那么狭窄。坏处当然是什么都浅。大四那年做毕业论文，同屋的哥们儿的题目我都能参谋几句，可他们也没把跟我的讨论当真。

真的有系统地读书，还是研究生阶段才开始。我跟季红真、张志忠是谢冕教授的三位"开山弟子",谢老师的见面礼是一张两百本书的必读书单,不光要一本一本读,还要定期交读书报告。好在两百本里大部分是现当代的诗集,"诗是浪费纸张的文体",可以读得飞快。王瑶先生的研究生也是两百本,可大部分是小说,一本一本老厚的,就特别羡慕我们。那年头朦胧诗正红火,谢老师被算在"三个崛起"里头狠挨批,做学生的都替他担心。他倒一直是"不可救药的乐观主义者",对中国新诗的前景充满信心。最奇怪的是,当年批他最凶的论敌,他们的诗集都一视同仁列在那两百本里让学生好好读哩。

不知现在怎样了,当年在北大念书的另一个好处是可以旁听所有的课。哪个系的哪门课讲得好,学生自有口碑,于是蜂拥而至,不求学分,但求耳福。我听过哲学系、历史系、东方语言文学系、国际政治系、法律系的课,不一定听到底,总是领略过了。读研究生的第二年,俄语系的彭克巽教授开了一门专题课"陀思妥耶夫斯基研究",他一定很奇怪,只有中文系谢冕教授的这三个研究生来修读。那门课让我弄明白了托尔斯泰是现实主义,而陀思妥耶夫斯基是现代主义,两者的区别是十九世纪与二十世纪的区别。更重要的当然是巴赫金的"长篇小说诗学""复调理论"的介绍,让我一下子开了窍。最感动的当然是巴赫金这个连连遭难的残疾人,一辈子在被孤立被隔离的状态中生活,却毕生致力于阐明一种"对话哲学"。

"灰阑"中的叙述

研究生毕业,老师们都想留我在北大中文系任教,但碰到了某种阻力。后来他们很巧妙地安排我到北京大学出版社当了两年编辑,等

"阻力"自然消失了才把我调回系里。多年以后我才恍然大悟，出版社的社长和总编辑似乎跟老师们有默契，无论调进调出都非常爽快。在中文系教了四年"中国当代文学"，正好有机会到芝加哥大学访问进修，就出国了。在芝加哥我做的题目是"革命·历史·小说"，站在图书馆里，我非常吃惊地第一次看到，海峡两岸意识形态完全对立的"民国史小说"亲兄弟一样肩并肩插在同一个书架上。说它们是"亲兄弟"一点也没夸张，立场虽然相反，情节、人物、修辞却如出一辙。交替着重读这些小说是一次难得的阅读经验，战争、革命、历史、百姓、苦难，这些抽象的名词突然血肉饱满地"立"了起来。这研究的成果后来在香港的牛津大学出版社出了一本书，国内版是上海文艺出版社出的，书名叫"灰阑中的叙述"。"灰阑"用的是包公案里的典故，就是石灰圈子的意思。这个典故源远流长，弄比较文学的人都很熟悉，从《旧约》所罗门王一直到二十世纪布莱希特的《高加索灰阑记》。我用这个典故的意思其实很简单，几百年了，圈子外边的人都滔滔不绝，什么时候轮到"灰阑"中人发声呢？有朋友曾经担心我这书名起得不好影响销路，后来好像是说已经绝版不容易买到了。

在香港教书、写作，转眼十二年了。现在发愁的是书越买越多，读书的速度却越来越慢了。历史真会开我们这一代人的玩笑。就像长身体最能吃的年代没有东西吃，如今满桌琳琅，遵医嘱，这也不能吃，那也不能尝。读书也是这样，求知欲最旺盛的时候一书难求，如今坐拥书城，却没有时间没有精力来读书，连惯用的"速读"也对付不了。最近还得上网，我发现"读网"的方法倒与我少年时代的坏习惯有某种相通之处，一跳一跳的，从一个主题奔向另一个毫不相干的主题，交替阅读，关键就看你是不是善于"科际整合"吧。

图书在版编目（CIP）数据

文学的意思 / 黄子平著 . -- 天津：天津人民出版社，2022.12
　ISBN 978-7-201-18176-9

Ⅰ. ①文… Ⅱ. ①黄… Ⅲ. ①随笔 – 作品集 – 中国 – 当代 Ⅳ. ① I267.1

中国版本图书馆 CIP 数据核字（2022）第 006264 号

文学的意思
WENXUE DE YISI

出　　版	天津人民出版社
出 版 人	刘　庆
地　　址	天津市和平区西康路35号康岳大厦
邮政编码	300051
邮购电话	（022）23332469
电子信箱	reader@tjrmcbs.com
责任编辑	李　荣
装帧设计	卿松 [八月之光]
印　　刷	北京金特印刷有限责任公司
经　　销	新华书店
开　　本	889毫米 ×1194毫米　1/32
印　　张	13.5
字　　数	330 千字
版次印次	2022年12月第1版　2022年12月第1次印刷
定　　价	88.00元

版权所有　侵权必究
图书如出现印装质量问题，请致电联系调换（022-23332469）